A AUTO-ESTRADA

STEPHEN KING
ESCREVENDO COMO RICHARD BACHMAN

A AUTO-ESTRADA

Tradução
Fabiano Morais

3ª reimpressão

Copyright © 1981 by Richard Bachman

Título original
Roadwork

Capa
Tita Nigrí

Imagem de capa
© Paul B. Moore / Sob licença de Shutterstock.com

Tradução do texto "A importância de ser Bachman"
Vera Ribeiro

Revisão
Diogo Henriques
Liciane Corrêa
Eduardo Carneiro

---

cip-Brasil. Catalogação na fonte
Sindicato Nacional dos Editores de Livro, rj

---

k64a
    King, Stephen
        A auto-estrada / Stephen King escrevendo como Richard Bachman ; tradução Fabiano Morais. – 1ª ed. – Rio de Janeiro: Objetiva, 2009.
        304p.

        Título original: *Roadwork*
    isbn 978-85-60280-38-4

        1. Ficção americana. 2. Contos de terror. I. Morais, Fabiano. II. Título

09-0732   cdd: 813
                                        cdu: 821.111(73)-3

[2021]
Todos os direitos desta edição reservados à
editora schwarcz s.a.
Praça Floriano, 19, sala 3001 – Cinelândia
20031-050 – Rio de Janeiro – rj
Telefone: (21) 3993-7510
www.companhiadasletras.com.br
www.blogdacompanhia.com.br
facebook.com/editorasuma
instagram.com/editorasuma
twitter.com/Suma_br

Em memória de Charlotte Littlefield.
Provérbios 31:10-28.

Prólogo

Não sei o motivo. Não sei mesmo.
É bem provável que Deus não saiba, também.
É coisa do governo, não tem explicação.
— Entrevista com um transeunte sobre
a Guerra do Vietnã, *circa* 1967

Mas a Guerra do Vietnã tinha acabado e o país seguia em frente.

Naquela manhã quente de agosto em 1972, o veículo da emissora WHLM estava estacionado no Westgate, no final da via expressa da rota 784. Havia uma pequena multidão em volta de um palanque cheio de galhardetes que havia sido montado às pressas; os galhardetes, uma carne fina sobre o esqueleto de tábuas brutas. Atrás dele, em cima de um monte coberto de grama, ficavam as cabines de pedágio da auto-estrada. À sua frente, um terreno aberto e pantanoso se estendia em direção à borda suburbana da periferia da cidade.

Um jovem repórter chamado Dave Albert fazia uma série de entrevistas com transeuntes enquanto esperava junto com seus colegas pela chegada do prefeito e do governador para a cerimônia que daria início às obras.

Ele apontou o microfone para um senhor de idade que usava óculos fotocromáticos.

— Bem — disse o senhor de idade, olhando trêmulo para a câmera —, acho que vai ser ótimo para a cidade. Estávamos precisando disto faz tempo. Vai ser... ótimo para a cidade. — Ele engoliu em seco, sabendo que sua mente estava emitindo ecos de si mesma, sem conseguir parar, hipnotizada pelo olho triturador, ciclópico da posteridade. — Ótimo — acrescentou timidamente.

— Obrigado, senhor. Muito obrigado.

— Você acha que eles vão usar minha entrevista? No noticiário de hoje à noite?

Albert abriu um sorriso profissional, inexpressivo.

— É difícil saber ao certo, senhor. Mas é bem provável.

O técnico de som apontou para a rotatória da barreira de pedágio, onde o Chrysler Imperial do governador havia acabado de parar, piscando e reluzindo como uma bola 8 incrustada de cromo sob o sol de verão. Albert assentiu de volta e ergueu um só dedo. Ele e o cinegrafista se aproximaram de um cara de camisa branca com mangas arregaçadas. O cara estava olhando com desânimo para o palanque.

— O senhor se importaria em dar sua opinião sobre tudo isso, senhor...?

— Dawes. Não, não me importaria. — Sua voz era baixa e agradável.

— Rápido — murmurou o cinegrafista.

O homem de camisa branca disse, no mesmo tom agradável:

— Acho que é uma bela merda.

O cinegrafista fez uma careta. Albert assentiu, olhando com um ar de reprovação para o homem de camisa branca, e então fez um gesto de cortar com os primeiros dedos da mão direita.

O senhor de idade observava aquela cena com um horror sincero. Mais à frente, na altura das cabines de pedágio, o governador saía de seu Imperial. Sua gravata verde resplandecia sob o sol.

O homem de camisa branca perguntou educadamente:

— Isso vai estar no noticiário das seis ou das onze?

— Rá-rá, amigo, você é hilário — disse Albert com rabugice e saiu andando para alcançar o governador. O cinegrafista o seguiu. O homem de camisa branca ficou olhando o governador descer cuidadosamente o monte coberto de grama.

Albert reencontrou o homem de camisa branca 17 meses depois, porém, como nenhum dos dois se lembrava do encontro anterior, foi como se tivesse sido a primeira vez.

Parte Um

NOVEMBRO

Na calada da noite passada, a chuva estava batendo na minha janela
Eu atravessei o quarto escuro e, sob a luz de um poste,
Pensei ter visto na rua
O espírito do século
Nos dizendo que estamos todos no limite.

— Al Stewart

20 de novembro de 1973

Ele continuava fazendo as coisas sem se permitir pensar sobre elas. Era mais seguro assim. Era como ter um disjuntor na cabeça que era acionado sempre que parte dele tentava perguntar: *Mas por que você está fazendo isso?* Um pedaço da sua mente ficava escuro. Ei, Georgie, quem apagou as luzes? Ops, fui eu. Deve ser algum problema na fiação. Só um segundo. A chave é religada. As luzes voltam. Mas o pensamento desapareceu. Tudo está bem. Vamos continuar, Freddy — onde estávamos?

Ele estava andando até o ponto de ônibus quando viu a placa que dizia:

MUNIÇÃO LOJA DE ARMAS DO HARVEY MUNIÇÃO
REMINGTON WINCHESTER COLT SMITH & WESSON
CAÇADORES SÃO BEM-VINDOS

Nevava um pouco de um céu cinza. Era a primeira neve do ano e ela caía na calçada como punhados brancos de bicarbonato de sódio, então derretia. Ele viu um menininho com um gorro vermelho de lã passar com a boca aberta e a língua para fora, tentando pegar um floco. Vai só derreter, Freddy, pensou ele, olhando para o garoto, mas o menino continuou do mesmo jeito, com a cabeça jogada para trás, apontando para o céu.

Ele parou em frente à Loja de Armas do Harvey, hesitante. Havia uma máquina de jornais com edições de última hora na entrada, e a manchete dizia:

FRÁGIL CESSAR-FOGO CONTINUA

Abaixo dessas palavras, na máquina, havia uma placa branca suja que informava:

POR FAVOR, PAGUE PELO SEU JORNAL!
ESTA MÁQUINA É ALUGADA, O REVENDEDOR
PAGA POR TODOS OS EXEMPLARES

Estava quente lá dentro. A loja era comprida, mas não muito larga. Havia apenas um corredor. Depois da porta, à esquerda, havia um mostruário de vidro cheio de caixas de munição. Ele reconheceu os cartuchos calibre 22 imediatamente, pois tivera um rifle .22 de apenas um tiro quando era criança em Connecticut. Passou três anos querendo aquele rifle e, quando enfim o ganhou, não conseguia pensar em nada para fazer com ele. Atirou em algumas latas, depois em um gaio-azul. A morte do pássaro não foi limpa. Ele ficou caído na neve, cercado por uma mancha de sangue rosa, seu bico abrindo e fechando devagar. Depois disso, ele pendurou o rifle na parede e ele ficou lá por três anos, até ser vendido para um garoto da rua por nove dólares e uma caixa de papelão de livros de piadas.

As outras munições lhe eram menos familiares. Calibre 36, .30-06 e algumas que pareciam balas de canhão em miniatura. Que tipo de animal você matava com aquilo?, ele se perguntou. Tigres? Dinossauros? Ainda assim, elas o fascinavam, paradas lá dentro do mostruário de vidro como docinhos em uma loja de artigos gerais.

O balconista ou dono estava conversando com um gordo de calças verdes e camisa do Exército também verde. Eles falavam sobre uma pistola que estava em cima de outro mostruário de vidro, desmontada. O gordo puxou o ferrolho para trás com o polegar e os dois olharam para a câmara lubrificada. O gordo disse algo e o balconista ou dono riu.

— Automáticas sempre travam? Isso você aprendeu com seu pai, Mac. Admita.

— Harry, você é um cascateiro de marca maior.

Você é um cascateiro, Fred, pensou ele. De marca maior. Sabia disso, Fred?

Fred disse que sabia.

À direita, havia um mostruário de vidro que corria por toda a extensão da loja. Estava cheio de rifles pendurados. Conseguiu reconhecer as espingardas de dois canos, mas todo o resto era um mistério para ele. Ainda assim, algumas pessoas — como os dois no balcão do outro lado, por exemplo — dominavam aquele mundo com a mesma facilidade com que ele dominara contabilidade geral na faculdade.

Ele adentrou mais a loja e olhou para o interior de um mostruário cheio de revólveres. Viu algumas pistolas de ar comprimido, algumas .22, uma .38 com cabo de madeira, algumas .45 e uma arma que reconheceu como sendo uma Magnum .44, a arma que Dirty Harry carregava naquele filme. Ele tinha ouvido Ron Stone e Vinnie Mason falando sobre o filme na lavanderia, e Vinnie dissera: Nunca que eles iriam deixar um policial carregar uma arma daquelas na cidade. Dá para abrir um buraco em um homem a mais de um quilômetro e meio de distância com ela.

O gordo, Mac, e o balconista ou dono, Harry (como Dirty Harry), montaram a arma de volta.

— Me dê uma ligada quando aquela Menschler chegar — disse Mac.

— Pode deixar... mas seu preconceito contra automáticas é irracional — disse Harry. (Ele decidiu que Harry devia ser o dono — um balconista jamais chamaria um cliente de irracional.) — Você precisa daquela pistola Cobra para a semana que vem?

— Seria bom — disse Mac.

— Não posso prometer.

— Você nunca pode... mas é o melhor vendedor de armas da cidade, e sabe disso.

— Claro que sei.

Mac deu um tapinha na arma em cima do mostrador de vidro e se virou para ir embora. Esbarrou nele — *Preste atenção, Mac. Sorria quando fizer uma coisa dessas* — e continuou andando até a porta. O jornal estava enfiado debaixo do braço de Mac, e ele conseguia ler:

FRÁGIL CES

Harry se voltou para ele, ainda sorrindo e balançando a cabeça.

— Posso ajudá-lo?

— Espero que sim. Mas vou logo avisando, não entendo nada de armas.

Harry deu de ombros.

— E tem alguma lei que obrigue você a entender? É presente para alguém? De Natal?

— É, isso mesmo — disse ele, aproveitando a deixa. — Eu tenho um primo... Nick, é o nome dele. Nick Adams. Ele mora em Michigan e se amarra em armas. Sabe como é. Adora caçar, mas é mais que isso. É tipo um, bem, um...

— Um hobby? — perguntou Harry, sorrindo.

— É, isso. — Ele tinha quase dito *fetiche*. Baixou os olhos para a caixa registradora, onde um adesivo de pára-choque velho estava colado. O adesivo dizia:

SE ARMAS FOSSEM ILEGAIS, SÓ OS FORA-DA-LEI TERIAM ARMAS

Ele sorriu para Harry e disse:

— Isso é bem verdade, sabia?

— Com certeza — disse Harry. — Este seu primo...

— Bem, é meio uma questão de quem tem mais bala na agulha. Nick sabe que eu adoro andar de barco e, juro pra você, ele me deu de presente um motor Evinrude de sessenta cavalos de potência no Natal passado. Mandou pra mim por Correio Expresso. Eu dei a ele um colete de caça. Me senti o cocô do cavalo do bandido.

Harry assentiu com simpatia.

— Bem, eu recebi uma carta dele há umas seis semanas, e ele parecia uma criança que ganhara um passe livre para o circo. Parece que ele e mais uns seis amigos juntaram uma grana e compraram uma viagem para um lugar no México, tipo uma zona de tiro livre...

— Uma reserva onde a caça é liberada?

— É, isso aí. — Ele deu uma risadinha. — Você atira o quanto quiser. Eles criam os animais lá. Veados, antílopes, ursos, bisões. Tem de tudo.

— O lugar se chama Boca Rio?

— Pior que eu não me lembro. Acho que o nome era um pouco maior do que isso.

Os olhos de Harry ficaram um pouco sonhadores.

— Aquele cara que acabou de sair, eu e mais dois fomos para Boca Rio em 1965. Eu matei uma zebra. Porra, uma zebra! Mandei colocar a cabeça dela na sala de jogos lá de casa. Foi a coisa mais divertida que fiz na vida, sem comparação. Invejo o seu primo.

— Bem, eu conversei com a minha mulher — disse ele — e ela falou vá em frente. Tivemos um ano muito bom na lavanderia. Trabalho na lavanderia Blue Ribbon, lá em Western.

— Sim, eu sei onde fica.

Ele achou que poderia continuar conversando com Harry o dia inteiro, bordando as verdades e as mentiras em uma bela e reluzente tapeçaria. Deixe o mundo pra lá. Que se fodam a falta de gasolina, o preço da carne nas alturas e o frágil cessar-fogo. Vamos conversar sobre primos que nunca existiram, certo, Fred? É isso aí, Georgie.

— Conseguimos a conta do Hospital Central este ano, além do hospício e de três novos motéis.

— O Quality Motor Court na Franklin Avenue é de vocês?

— É, sim.

— Fiquei lá algumas vezes — disse Harry. — Os lençóis estavam sempre limpinhos. Engraçado, você nunca pensa em quem lava os lençóis quando fica em um motel.

— Bem, tivemos um bom ano. E então eu pensei, talvez eu possa dar a Nick um rifle e uma pistola. Sei que ele sempre quis uma Magnum .44, lembro que ele já falou dela...

Harry pegou a Magnum e a deitou com cuidado em cima do mostruário de vidro. Ele a apanhou. Gostou do peso dela. Parecia coisa de gente grande.

Ele a colocou de volta no mostruário de vidro.

— A câmara desta... — começou a falar Harry.

Ele riu e ergueu uma das mãos.

— Nem precisa me vender. Já estou convencido. Um leigo sempre se convence sozinho. Quanta munição eu devo levar com ela?

Harry deu de ombros.

— Que tal dar dez caixas para o seu primo? Se quiser, ele sempre pode comprar mais. O preço desta arma é 289 dólares mais o imposto, mas eu lhe vendo por 280, com a munição incluída. O que você acha?

— Maravilha — disse ele, falando sério. E então, porque parecia necessário algo mais, acrescentou: — É uma bela arma.

— Se ele estiver indo para Boca Rio, vai ser bem aproveitada.

— Agora o rifle...
— O que ele tem?

Ele deu de ombros e espalmou as mãos.

— Sinto muito. Não sei mesmo. Duas ou três espingardas e algo que ele chama de automática...

— Remington? — perguntou-lhe Harry tão depressa que ele teve medo; era como se estivesse andando com água até a cintura e tivesse afundado de repente num buraco.

— Acho que sim. Posso estar errado.

— As Remington são as melhores — disse Harry, meneando a cabeça e voltando a acalmá-lo. — Até quanto você quer gastar?

— Bem, vou ser franco com você. O motor deve ter custado quatrocentos para ele. Eu gostaria de chegar pelo menos a quinhentos. Seiscentos no máximo.

— Você e esse seu primo se dão bem mesmo, hein?

— Crescemos juntos — disse ele, com sinceridade. — Acho que daria meu braço direito para Nick se ele pedisse.

— Bem, deixe-me lhe mostrar uma coisa — falou Harry. Ele pegou uma chave do molho no seu chaveiro e foi até um dos armários de vidro. Abriu-o, subiu em um banco e desceu um rifle longo e pesado com uma coronha entalhada. — Isso talvez vá um pouco além do que você quer gastar, mas é uma bela arma.

Harry a entregou para ele.

— O que é?

— Este é um Weatherbee calibre 460. Atira munição mais pesada do que eu tenho na loja no momento. Eu teria que encomendar quantos cartuchos você quisesse de Chicago. Eles chegariam daqui a mais ou menos uma semana. É uma arma perfeitamente equilibrada. O impacto dessa belezinha é de mais de três toneladas e meia... é como bater em algo com um ônibus de aeroporto. Se você atingir um veado na cabeça com ela, vai ter que levar o rabo como troféu.

— Não sei — disse ele, soando em dúvida, embora já estivesse decidido a levar o rifle. — Sei que Nick quer troféus. Faz parte do...

— É claro que faz — disse Harry, pegando o Weatherbee e abrindo a câmara. O buraco parecia grande o suficiente para caber um pombo-correio dentro. — Ninguém vai para Boca Rio atrás de carne. Então seu primo vai mirar na barriga. Com essa arma, você não precisa se preocupar em seguir o animal por 20 quilômetros de planalto, com o bicho sofrendo o tempo todo e você ainda por cima perdendo a hora da janta. Essa belezinha vai espalhar as tripas dele por um raio de 6 metros.

— Quanto?

— Bem, vou ser sincero. Não consigo repassá-la na cidade. Quem quer uma porra de uma arma antitanque quando não há mais nada para se caçar além de faisões? E se você colocá-los na mesa, parece que está comendo fumaça de cano de descarga. No varejo, ela sai por 950 dólares, no atacado, 630. Eu vendo pra você por setecentos.

— Isso dá... quase mil pratas.

— Nós damos dez por cento de desconto em compras acima de trezentos dólares. Isso já baixa de volta para novecentos. — Ele deu de ombros. — Dê essa arma para seu primo, eu garanto que ele não tem uma. Se tiver, compro de volta por 750. Pode escrever o que eu digo, pra você ver como eu tenho certeza.

— Sério?

— Sem dúvida. Sem dúvida. Claro que, se for demais para o seu bolso, é demais para o seu bolso. Podemos olhar outras armas. Mas se ele for realmente fissurado, não devo ter mais nada que ele já não tenha em dobro.

— Entendo. — Ele colocou uma expressão pensativa no rosto. — Você tem um telefone?

— Claro, nos fundos. Quer ligar para sua esposa e conversar a respeito?

— Acho que seria melhor.

— Claro. Venha.

Harry o conduziu até um quarto de fundos entulhado. Havia um banco e uma mesa de madeira riscada cheia de peças de armas, molas, produtos de limpeza, panfletos e frascos rotulados com balas de chumbo dentro.

— Lá está o telefone — disse Harry.

Ele se sentou, pegou o telefone e discou enquanto Harry voltava para pegar a Magnum e colocá-la na caixa.

— Obrigado por ligar para o número da previsão do tempo da WDST — disse a voz alegre, gravada. — A previsão desta tarde é de pancadas de neve que tendem a diminuir até uma neve fraca à noite...

— Alô, Mary? — disse ele. — Olhe, estou aqui na Loja de Armas do Harvey. Isso é sobre aquele negócio do Nicky. Comprei aquela pistola de que a gente falou, sem problemas. Tinha uma bem no mostruário. Então o cara me mostrou um rifle...

— ...clareando amanhã à tarde. Hoje à noite, mínima de um grau negativo a 4 graus e, amanhã, máxima de 7 a 9 graus. Probabilidade de chuva à noite...

— ...então, o que você acha que eu devo fazer? — Harry estava parado no batente da porta, atrás dele; ele conseguia ver sua sombra.

— É — falou ele. — Eu sei disso.

— Obrigado por ligar para o número da previsão do tempo da WDST, e não deixe de ouvir as Notícias das Seis com Bob Reynolds, de segunda a sexta, às seis da tarde, para mais informações sobre o tempo. Até logo.

— Você não está brincando, eu *sei* que é muito dinheiro.

— Obrigado por ligar para o número da previsão do tempo da WDST. A previsão desta tarde é de pancadas de neve que tendem a diminuir...

— Tem certeza, querida?

— Probabilidade de chuva hoje à noite: oitenta por cento. Amanhã...

— Bem, está certo. — Ele se virou no banco, sorriu para Harry e fez um círculo com o polegar e o indicador direitos. — Ele é gente boa. Me garantiu que Nick não teria um daqueles.

— ...amanhã à tarde. Hoje à noite, mínima...

— Eu também te amo, Mare. Tchau. — Ele desligou. Nossa, Freddy, você mandou bem. Eu sei, George. Eu sei.

Ele se levantou.

— Por ela tudo bem se eu disser ok. Então, ok.

Harry sorriu.

— O que você vai fazer se ele lhe der um Thunderbird?

Ele retribuiu o sorriso.

— Eu devolvo sem abrir.

Enquanto eles andavam de volta, Harry perguntou:
— Cheque ou cartão?
— American Express, se você aceitar.
— Pra mim é dinheiro.
Ele pegou seu cartão. No verso, escrito na tira especial, lia-se:

BARTON GEORGE DAWES

— Tem certeza que a munição chega a tempo para eu mandar tudo pro Fred?
Harry ergueu os olhos do formulário de compra.
— Fred?
O sorriso dele se alargou.
— Nick é Fred e Fred é Nick — disse ele. — Nicholas Frederic Adams. É uma brincadeira com o nome. De quando éramos garotos.
— Ah. — Ele sorriu com educação, como fazem as pessoas quando estão por fora da piada. — Pode assinar aqui?
Ele assinou.
Harry pegou outro livro debaixo do balcão, um livro pesado com uma corrente de aço enfiada na extremidade superior esquerda, perto da lombada.
— E o seu nome e endereço aqui, para o governo.
Ele sentiu seus dedos se apertarem em volta da caneta.
— Claro — disse ele. — Olhe só para mim, nunca comprei uma arma na vida e já sou um maníaco. — Ele escreveu seu nome e endereço no livro:

Barton George Dawes 1.241 Crestallen Street West

— Eles se metem em tudo — falou.
— Isso não é nada perto do que gostariam de fazer — disse Harry.
— Eu sei. Sabe o que eu ouvi no noticiário um dia desses? Eles querem aprovar uma lei que obriga os motociclistas a usar um protetor bucal. Um protetor *bucal*, onde já se viu? E por acaso é da conta do governo se um homem quiser correr o risco de arrebentar seu tratamento de canal?

— No meu modo de ver, não mesmo — disse Harry, colocando seu livro debaixo do balcão.

— Ou então essa extensão da auto-estrada que estão construindo lá em Western. Algum topógrafo metido a besta diz "Ela vai passar por aqui", e o estado manda um monte de cartas dizendo "Sentimos muito, mas a extensão 784 vai passar por aqui. Você tem um ano para encontrar uma casa nova".

— É uma vergonha.

— E é mesmo. O que quer dizer "domínio eminente" para alguém que viveu vinte anos na mesma droga de casa? Fez amor com a esposa nela, criou os filhos nela e voltou para ela das viagens que fez? Isso é só um termo jurídico qualquer que eles inventaram para sacanear melhor a gente.

Cuidado. Cuidado. Mas o disjuntor não foi rápido o suficiente e acabou escapando um pouco.

— Você está bem? — perguntou Harry.

— Estou. Não devia ter comido aquele sanduíche de baguete no almoço. Fico cheio de gases.

— Tome um desses — disse Harry, tirando um frasco de comprimidos do bolso da camisa. O rótulo dizia:

ANTIÁCIDOS ROLAIDS

— Obrigado — disse ele, pegando um e jogando-o para dentro da boca, ignorando o pedacinho de algodão no comprimido. Olhe para mim, estou em um comercial de tevê. Um comprimido absorve 47 vezes seu próprio peso de excesso de ácido gástrico.

— Para mim, eles sempre adiantam — disse Harry.

— Sobre a munição...

— Sim. Uma semana. No máximo duas. Vou encomendar setenta cartuchos para você.

— Bem, por que você não deixa essas armas guardadas aqui? Coloque uma etiqueta com meu nome nelas, ou algo assim. Acho que é bobagem, mas não quero que elas fiquem na minha casa. Bobagem minha, não é?

— Cada um na sua — disse Harry, sem mudar de tom.

— Ok. Vou lhe dar meu telefone do trabalho. Quando as balas chegarem...

— Cartuchos — interrompeu Harry. — Cartuchos ou projéteis.

— Cartuchos — disse ele, sorrindo. — Quando eles chegarem, me dê uma ligada. Daí eu pego as armas e tomo as providências para enviá-las. Eu posso mandar armas por Correio Expresso, não posso?

— Claro. Seu primo só vai ter que assinar para recebê-las.

Ele escreveu seu nome em um dos cartões de Harry. O cartão dizia:

Harold Swinnerton   849-6330

LOJA DE ARMAS DO HARVEY
Munição   Armas Antigas

— Ei — disse ele. — Se você é o Harold, quem é Harvey?

— Harvey era meu irmão. Ele morreu há oito anos.

— Sinto muito.

— Todos nós sentimos. Ele veio para cá um dia, abriu a loja, esvaziou a caixa registradora e então teve um infarto e morreu. Um dos homens mais gentis que você poderia conhecer. Conseguia derrubar um cervo a 200 metros de distância.

Ele estendeu o braço por cima do balcão e eles trocaram um aperto de mãos.

— Eu ligo — prometeu Harry.

— Cuide-se bem.

Ele saiu para a neve novamente, passando pelo FRÁGIL CESSAR-FOGO CONTINUA. Nevava um pouco mais forte e ele tinha deixado as luvas em casa.

O que você estava fazendo lá dentro, George?

Claque, fez o disjuntor.

Quando chegou ao ponto de ônibus, aquilo poderia ter sido um incidente sobre o qual ele lera em algum lugar. Nada mais que isso.

Crestallen Street West era uma rua longa que descia em curva e costumava oferecer uma bela vista do parque e uma vista maravilhosa do rio até o progresso intervir na forma de um programa de construção de arranha-céus. Eles tinham sido erguidos na Westfield Avenue dois anos antes e bloquearam boa parte da vista.

O número 1.241 era uma casa de vários níveis com uma garagem lateral para um carro. Tinha um longo jardim da frente que no momento estava seco e esperando que a neve — neve de verdade — o cobrisse. A entrada para carros era de asfalto, recém-aplicado na primavera anterior.

Ele entrou e ouviu a tevê ligada, o novo modelo de gabinete da Zenith que eles tinham comprado no verão. Havia uma antena motorizada no telhado que ele mesmo tinha instalado. Mary não quis que ele fizesse aquilo, por conta do que supostamente estava para acontecer, mas ele insistiu. Se ela podia ser montada, argumentara ele, também podia ser desmontada quando eles se mudassem. Bart, não seja bobo. Vai ser só uma despesa a mais... trabalho a mais para você. Mas ele a venceu pelo cansaço e ela finalmente disse que sim, só para "agradá-lo". Era isso que ela falava nas raras ocasiões em que ele fazia questão o suficiente de algo para forçá-lo contra o melaço pegajoso das suas argumentações. Dessa vez, vou "agradar" a você.

Naquele momento, ela assistia a Merv Griffin conversando com uma celebridade. A celebridade era Lorne Greene, que falava sobre sua nova série policial, *Griff*. Lorne dizia a Merv como estava adorando fazer o programa. Logo uma cantora negra (uma intérprete preta, pensou ele) da qual ninguém nunca tinha ouvido falar apareceria para cantar uma música. *I Left My Heart in San Francisco*, talvez.

— Olá, Mary — gritou ele.

— Olá, Bart.

Correspondência na mesa. Ele a folheou. Uma carta para Mary da sua irmã ligeiramente psicopata de Baltimore. Uma fatura de cartão de crédito — 38 dólares. Um extrato bancário: 49 débitos, 9 créditos, saldo 954,47 dólares. Que bom que ele havia usado o American Express na loja de armas.

— O café está quente — gritou Mary. — Ou você quer um drinque?

— Um drinque — disse ele. — Deixe que eu pego.

Três outras correspondências: um aviso de atraso da biblioteca. *Facing the Lions*, de Tom Wicker. Wicker tinha dado uma palestra em um almoço no Rotary Club um mês antes. Havia anos eles não viam um palestrante tão bom.

Uma mensagem pessoal de Stephan Ordner, um dos manda-chuvas administrativos da Amroco, a corporação que passara a ser dona da Blue Ribbon quase inteira. Ordner queria que ele fosse até lá conversar sobre o negócio de Waterford — sexta estava bom, ou ele estava planejando viajar no feriado de Ação de Graças? Se estiver, me ligue. Se não, traga Mary. Carla sempre gosta de encontrá-la e blablablá, conversa fiada etc. et al.

E outra carta do Departamento de Estradas.

Ele ficou um bom tempo parado olhando para ela sob a luz cinza da tarde que atravessava as janelas e então colocou toda a correspondência no aparador. Preparou um uísque com gelo e foi com ele até a sala de estar.

Merv ainda estava conversando com Lorne. A cor da nova tevê Zenith era mais do que boa; era quase sobrenatural. Ele pensou: se nossos mísseis balísticos intercontinentais forem tão bons quanto nossas televisões em cores, um dia teremos um big bang dos infernos. O cabelo de Lorne era prateado, o tom mais impossível de prateado que se pode imaginar. *Ah, se eu arranco essa sua peruca*, pensou ele e deu uma risadinha. Não sabia dizer por que a imagem de Lorne Greene careca era tão engraçada. Um pequeno ataque histérico tardio por conta do episódio na loja de armas, talvez.

Mary ergueu os olhos com um sorriso nos lábios.

— Qual é a graça?

— Nada — disse ele. — Coisa da minha cabeça.

Ele se sentou ao lado dela e apertou sua bochecha. Ela era uma mulher alta, de 38 anos, e naquela crise de aparência em que a beleza juvenil está decidindo o que vai ser na meia-idade. Sua pele era muito boa e seus seios, pequenos, sem tendência a ficarem muito caídos. Ela comia bastante, mas seu metabolismo acelerado a mantinha magra. Não estaria apta a tremer diante da idéia de vestir um traje de banho em uma praia dali a dez anos, independente do destino que os deuses resolvessem dar ao resto do seu caso. Isso o fazia ter consciência da sua barriga de cerveja. Ora, Freddy, todo executivo tem barriga de cerveja.

É um símbolo de sucesso, como um Delta 88. Isso mesmo, George. Tome cuidado com o velho coração e com os tubinhos de câncer e você chega aos 80.

— Como foi seu dia? — perguntou ela.

— Bom.

— Você foi ver o lugar novo em Waterford?

— Hoje não.

Ele não ia a Waterford desde o final de outubro. Ordner sabia — um passarinho devia ter lhe contado —, e daí a mensagem. O lugar novo era uma fábrica de tecidos vazia e o corretor irlandês espertinho encarregado da negociação não parava de ligar para ele. Temos que fechar este contrato, vivia lhe dizendo. Vocês não são os únicos em Westside de olho na propriedade. Estou indo o mais rápido que posso, disse ele ao irlandês espertinho. Você precisa ter paciência.

— E quanto àquele lugar em Crescent? — perguntou-lhe Mary.

— A casa de alvenaria?

— Está cara demais pra gente — disse ele. — Estão pedindo 48 mil.

— Por aquele lugar? — perguntou ela, indignada. — Que assalto!

— Com certeza. — Ele bebeu um gole generoso do seu drinque.

— O que a velha Bea de Baltimore tem para contar?

— O de sempre. Agora está fazendo hidroterapia de conscientização em grupo. É ou não é uma piada? Bart...

— Com certeza — ele se apressou a dizer.

— Bart, temos que correr. Vinte de janeiro já está chegando e vamos acabar na rua.

— Estou indo o mais rápido que posso — disse ele. — Precisamos ter paciência.

— Aquela casinha colonial na Union Street...

— ...está vendida — completou ele, terminando seu drinque.

— Bem, é disso que eu estou falando — disse ela, irritada. — Ela teria servido perfeitamente para nós dois. Com o dinheiro que a Prefeitura está nos dando por esta casa e pelo terreno, poderíamos ter saído na frente.

— Eu não gostei dela.

— Você não parece estar gostando de muita coisa ultimamente — disse Mary, com uma amargura surpreendente. — Ele não gostou — falou ela para a tevê. A cantora negra estava na tela, cantando *Alfie*.

— Mary, estou fazendo todo o possível.

Ela se virou para encará-lo, séria.

— Bart, eu sei como você se sente a respeito desta casa...

— Não, não sabe — disse ele. — Nem um pouco.

21 de novembro de 1973

Uma fina camada de neve caíra sobre o mundo durante aquela noite e, quando as portas do ônibus se abriram com um chiado e ele saiu para a calçada, pôde ver as pegadas das pessoas que haviam passado por lá antes dele. Dobrou a esquina e desceu a Fir Street, escutando o ônibus se afastar às suas costas com seu rugido de tigre. Então, Johnny Walker passou por ele, seguindo para sua segunda coleta da manhã. Johnny acenou da cabine da sua van azul e branca da lavanderia e ele acenou de volta. Passava um pouco das oito.

O expediente na lavanderia começava às sete, quando Ron Stone, o supervisor, e Dave Radner, que cuidava do setor de lavagem, chegavam e aumentavam a pressão na caldeira. As garotas encarregadas das camisas batiam ponto às sete e trinta e as que operavam a máquina de passar entravam às oito. Ele odiava o subsolo da lavanderia, onde o trabalho pesado era feito, onde a exploração não cessava; porém, por algum motivo perverso, os homens e as mulheres que trabalhavam lá gostavam dele. E, com algumas exceções, a recíproca era verdadeira.

Ele entrou pelo portão de carga e descarga e passou pelos cestos de lençóis da noite anterior que a máquina ainda não tinha passado. Todos os cestos estavam cobertos com capas justas de plástico para evitar a poeira. Mais adiante, Ron Stone prendia a correia de direção no tambor da velha lavadora Milnor enquanto Dave e seu ajudante, um rapaz chamado Steve Pollack, que tinha largado a faculdade, enchiam as máquinas industriais Washex de lençóis de motel.

— Bart! — cumprimentou-o Ron Stone. Ele sempre gritava; trinta anos falando com as pessoas sob os barulhos combinados de secadoras, passadeiras, prensas para camisas e máquinas de lavar centrifugando tinham incorporado o grito ao seu sistema. — Essa filha-da-puta dessa Milnor fica parando toda hora. Agora o alvejamento já está tão adiantado que Dave precisa operá-la manualmente. E ela não consegue terminar a centrifugação.

— Recebemos o pedido do Kilgallon — disse ele para acalmá-lo. — Daqui a dois meses estaremos...

— Na fábrica de Waterford?

— É — disse ele, um pouco titubeante.

— Daqui a dois meses estarei pronto para ir para o hospício — disse Stone, em um tom soturno. — E mudar para lá... vai ser pior do que um desfile do Exército polonês.

— Os pedidos vão acumular, imagino.

— Acumular! Vamos ficar três meses sem sair de baixo da terra. Aí já vai ser verão.

Ele assentiu, sem querer continuar com aquilo.

— O que você está batendo primeiro?

— Holiday Inn.

— Coloque 45 quilos de toalhas em cada leva. Você sabe como eles enchem o saco com as toalhas.

— Eles enchem o saco com tudo.

— Qual o total?

— Eles mandaram 270 quilos. Quase tudo dos Shriners.[1] A maioria deles ficou até segunda. São os lençóis mais cheios de porra que eu já vi. Tem uns que, se você colocar de pé, se sustentam.

Ele meneou a cabeça na direção do novo menino, Pollack.

---

[1] Adeptos da "Antiga Ordem Arábica dos Notáveis do Santuário Místico", organização maçônica americana cujos membros são conhecidos como "Shriners", do inglês *shrine*, santuário. (N. do T.)

— Como ele está indo? — A Blue Ribbon tinha uma grande rotatividade de ajudantes no setor de lavagem. Dave tirava o couro deles e os gritos de Ron os deixavam nervosos, e então ressentidos.

— Bem, até agora — disse Stone. — Você se lembra do último?

Ele se lembrava. O garoto tinha durado três horas.

— Lembro. Como ele se chamava?

A testa de Ron Stone ficou tempestuosa.

— Esqueci. Baker? Barker? Algo assim. Eu o vi na loja de conveniência na sexta passada, entregando panfletos sobre um boicote à alface ou algo do gênero. É ou não é impressionante? Um sujeito não consegue manter um emprego então sai falando para todo mundo como é triste a América não poder ser como a Rússia. Isso acaba comigo.

— Você vai bater o pedido do Howard Johnson em seguida?

Stone pareceu magoado.

— Nós sempre o batemos logo de manhãzinha.

— Às nove?

— Pode apostar.

Dave acenou para ele, que acenou de volta. Ele subiu as escadas, passou pelo setor de lavagem a seco, pela contabilidade e entrou no escritório. Sentou-se na sua cadeira giratória atrás da mesa e pegou tudo que estava na caixa de entrada para ler. Na sua mesa, havia uma placa que dizia:

PENSE!
Pode Ser uma Experiência Nova

Não gostava muito daquela placa, mas a mantinha ali porque Mary havia lhe dado... quando? Cinco anos atrás? Ele suspirou. O vendedor que apareceu naquele dia a achou engraçada. Eles riram pra cacete. Porém, se você mostrasse a um vendedor uma foto de crianças morrendo de fome, ou de Hitler transando com a Virgem Maria, ele também riria pra cacete.

Vinnie Mason, o passarinho que sem dúvida havia gorjeado no ouvido de Steve Ordner, tinha uma placa na sua mesa que dizia:

Agora, que sentido tinha aquilo, PENÇE? Nem mesmo um vendedor acharia graça, certo, Fred? Certo, George — correto. Um barulho de motores a diesel vinha lá de fora e ele girou sua cadeira para olhar. Os construtores da auto-estrada estavam se preparando para começar um novo dia. Um caminhão-plataforma longo com dois buldôzeres em cima passava pela lavanderia, seguido por uma fila impaciente de carros.

Do terceiro piso, em cima do setor de lavagem a seco, dava para observar o progresso da construção. Ela atravessava as áreas comercias e residenciais de Western como uma longa incisão marrom, uma cicatriz pós-operatória ungida de lama. Já estava cortando a Guilder Street e havia soterrado o parque na Hebner Avenue, onde ele costumava levar Charlie quando era pequeno... apenas um bebê, na verdade. Qual era o nome do parque? Ele não sabia. Acho que é simplesmente Hebner Avenue Park, Fred. Havia um campinho de beisebol para a Liga Juvenil, um monte de gangorras e um lago para patos com uma casinha no meio. No verão, o telhado da casinha ficava sempre coberto de cocô de passarinho. Havia balanços, também. Charlie teve sua primeira experiência com eles no Hebner Avenue Park. O que você acha disso, Freddy meu velho, meu camarada? No começo ele teve medo e chorou, então passou a gostar e, quando chegou a hora de voltarmos para casa, chorou de novo porque eu o tirei dele. Molhou as calças e o banco do carro inteiro na volta. Faz mesmo 14 anos que isso aconteceu?

Outro caminhão passou, carregando uma escavadeira.

O Garson Block tinha sido demolido quatro meses atrás; ele ficava a três ou quatro quadras a oeste da Hebner Avenue. Dois prédios comerciais cheios de financeiras e um ou outro banco, e o restante dentistas, quiropráticos e podólogos. Aquilo não tinha muita importância, mas, minha nossa, como doeu ver o fim do velho Grand Theater. Ele tinha assistido a alguns dos seus filmes favoritos nele, no começo dos anos 50. *Disque M para Matar*, com Ray Milland. *O Dia em que a Terra Parou*, com Michael Rennie. O primeiro tinha passado na televisão poucas noites atrás. Ele tentou vê-lo, mas acabou dormindo bem na frente da porra da tevê e não acordou até o hino nacional. Derramara uma bebida no tapete e Mary fizera um escândalo por conta daquilo, também.

Mas o Grand — ele era mesmo um espetáculo. Agora eles tinham aqueles cinemas de nova geração nos subúrbios, prediozinhos vagabundos no meio de 6 quilômetros de estacionamento. Cinema I, Cinema II, Cinema III, Espaço de Cinema, Cinema MCMXLVII. Ele levara Mary até um desses para ver *O Poderoso Chefão* e os ingressos custavam 2,50 dólares com desconto e lá dentro parecia uma porra de uma pista de boliche. Nada de balcão. Mas o Grand tinha piso de mármore no saguão, um balcão e uma máquina de pipoca antiga, linda, coalhada de gordura, na qual uma pipoca grande custava dez centavos. O sujeito que rasgava seu ingresso (que você tinha comprado por sessenta centavos) usava um uniforme vermelho, como um porteiro, e tinha no mínimo 600 anos. E ele sempre resmungava a mesma coisa. "Bom filme procês." No interior, a sala era imensa, escura e repleta de um cheiro de veludo empoeirado. Quando a gente se sentava, não batia com os joelhos no banco da frente. E havia um enorme candelabro de vidro lapidado no teto. Ninguém nunca se sentava debaixo dele porque, se ele caísse em cima de você, eles teriam que raspá-lo com uma espátula. O Grand era...

Ele olhou para o relógio de pulso, sentindo-se culpado. Quase quarenta minutos tinham se passado. Cristo, aquilo não era boa notícia. Tinha acabado de perder quarenta minutos, e nem havia *pensado* em tanta coisa assim. Apenas sobre o parque e o Grand Theater.

Tem alguma coisa errada com você, Georgie?

Talvez tenha, Fred. Acho que talvez tenha, sim.

Ele passou os dedos pela bochecha, logo debaixo do olho, e, ao vê-los molhados, percebeu que tinha chorado.

Ele foi até o andar de baixo para falar com Peter, que era o responsável pelas entregas. A lavanderia já a mil por hora: a passadeira martelando e chiando à medida que o primeiro dos lençóis do Howard Johnson alimentava seus rolos; as máquinas de lavar trabalhando duro e fazendo o chão tremer; as prensas para camisas fazendo *shhhh-xuu!* enquanto Ethel e Rhonda as operavam a toda a velocidade.

Peter lhe disse que as entregas comuns já estavam no caminhão número quatro e perguntou se ele gostaria de dar uma olhada antes de elas serem despachadas para a loja. Ele respondeu que não. Então perguntou se o pedido do Holiday Inn já tinha saído. Peter falou que ele estava sendo carregado, mas que o babaca que administra o hotel já tinha ligado duas vezes para perguntar sobre as toalhas.

Ele assentiu e subiu de volta para procurar Vinnie Mason, mas Phyllis disse que Vinnie e Tom Granger tinham ido para aquele restaurante alemão novo barganhar por toalhas de mesa.

— Você pede para Vinnie passar no meu escritório quando voltar?

— Peço sim, sr. Dawes. O sr. Ordner telefonou e perguntou se o senhor poderia retornar a ligação.

— Obrigado, Phyllis.

Ele voltou para o escritório, apanhou os novos papéis que tinham se acumulado na sua caixa de entrada e começou a folheá-los.

Um vendedor queria telefonar sobre um novo alvejante industrial, Xô Amarelo. De onde eles tiram esses nomes?, ele se perguntou, separando aquilo para Ron Stone. Ron adorava impor novos produtos a Dave, especialmente se conseguisse extorquir uns 200 quilos de amostra grátis para testá-los.

Uma carta de agradecimento de uma instituição de caridade, o United Fund. Ele a separou para afixar no mural de informações no andar de baixo, ao lado do relógio de ponto.

Uma propaganda de mobília de escritório em pinho maciço. Para o lixo.

Uma propaganda de uma secretária eletrônica que transmitia mensagens e gravava chamadas recebidas enquanto você estivesse na rua, com capacidade de até trinta segundos. *Não estou aqui, imbecil. Cai fora.* Para o lixo.

Uma carta de uma senhora que mandara seis camisas do marido para a lavanderia e elas haviam voltado com os colarinhos queimados. Ele deu um suspiro e a separou para tomar providências mais tarde. Ethel andara bebendo seu almoço novamente.

Uma encomenda da universidade com os resultados do teste da água. Ele a separou para analisá-la com Ron e Tom Granger depois do almoço.

Uma propaganda de uma companhia de seguros qualquer com Art Linkletter lhe dizendo como você poderia ganhar 80 mil dólares, e tudo que precisava fazer era morrer. Para o lixo.

Uma carta do corretor de imóveis irlandês espertinho que estava vendendo a fábrica de Waterford, dizendo que havia uma empresa de calçados muito interessada nela, nada menos do que a Calçados Thom

McAn, não é pouca coisa, e lhe recordando que a preferência de compra da Blue Ribbon expirava no dia 26 de novembro. *Cuidado, insignificante executivo de lavanderia. O tempo urge.* Para o lixo.

Outro vendedor para Ron, dessa vez vendendo um removedor de manchas com o nome abusado de Tira-Tudo. Ele a colocou junto com a do Xô Amarelo.

Ele estava se voltando para a janela novamente quando o interfone tocou. Vinnie tinha voltado do restaurante alemão.

— Mande-o entrar.

Vinnie entrou imediatamente. Era um jovem alto de 25 anos, com pele cor de oliva. Seu cabelo escuro caía em cascata em um penteado minuciosamente descuidado. Ele usava um paletó esporte vermelho-escuro e calças marrom-escuras. E uma gravata-borboleta. Muito arrojado, você não acha, Fred? Acho sim, George, acho sim.

— Como vai, Bart? — perguntou Vinnie.

— Bem — disse ele. — Como foi lá naquele restaurante alemão?

Vinnie riu.

— Você devia ter ido. Aquele velho boche quase se ajoelhou de felicidade quando nos viu. Nós vamos assassinar a Universal quando nos instalarmos naquela nova fábrica, Bart. Eles não mandaram nem uma circular, quanto mais um representante. Acho que aquele boche estava com medo de acabar lavando as toalhas de mesa na cozinha. Mas você não iria acreditar no lugar que ele tem. É uma cervejaria de verdade. Ele vai assassinar a concorrência. O aroma... Deus! — Ele abanou as mãos para indicar o aroma e pegou um maço de cigarros do bolso interno do seu paletó. — Vou levar Sharon lá quando ele abrir. Dez por cento de desconto.

Como em uma estranha superposição, ele ouviu Harry, o dono da loja de armas, dizendo: *Nós damos dez por cento de desconto em compras acima de trezentos dólares.*

Meu Deus, pensou ele. Eu comprei aquelas armas ontem? Comprei mesmo?

Aquele quarto na sua mente ficou escuro.

Ei, Georgie, o que você...

— Qual o tamanho do pedido? — perguntou ele. Sua voz saiu um pouco engrolada e ele pigarreou.

— De quatrocentas a seiscentas toalhas de mesa por semana assim que ele abrir. Mais guardanapos. Todos de linho genuíno. Ele quer que eles sejam lavados com sabão Ivory Snow. Falei que não seria problema.

Vinnie estava tirando um cigarro do maço, lentamente, de modo que ele conseguiu ver o rótulo. Aquilo era algo que ele poderia vir a detestar em Vinnie Mason: seus cigarros vagabundos. O rótulo no maço dizia:

PLAYER'S NAVY CUT
CIGARROS
TAMANHO MÉDIO

Agora, quem neste mundo de meu Deus além de Vinnie fumaria Player's Navy Cut? Ou King Sano? Ou English Ovals? Ou Marvels, Murads ou Twists? Se alguém lançasse uma marca chamada Fumo-de-Merda ou Pulmão Preto, Vinnie a fumaria.

— Falei para ele que talvez precisássemos de um prazo de entrega de dois dias até nos mudarmos — disse Vinnie, oferecendo-lhe um último vislumbre agradável do maço enquanto o guardava de volta. — Até irmos para o centro da cidade.

— Era sobre isso que eu queria conversar — disse ele. Posso atirar nele, Fred? Claro. Mande-o pelos ares, George.

— É mesmo? — Ele acendeu uma chama para o cigarro com seu Zippo dourado e fino e ergueu as sobrancelhas em meio à fumaça como um ator inglês.

— Eu recebi uma mensagem de Steve Ordner ontem. Ele quer que eu o encontre na sexta à noite para conversarmos um pouco sobre a fábrica de Waterford.

— Ah, é?

— Hoje de manhã recebi um telefonema de Steve Ordner enquanto estava lá embaixo falando com Peter Wasserman. O sr. Ordner quer que eu retorne a ligação. Isso me dá a impressão de que ele está bastante ansioso para saber alguma coisa, você não acha?

— Acho que sim — falou Vinnie, abrindo seu sorriso número dois: *Pista molhada, dirija com cuidado.*

— O que eu quero saber é quem deixou Steve Ordner tão ansioso de uma porra de uma hora para outra.

— Bem...

— Ora, Vinnie. Não me venha com essa cara de arrumadeira acanhada. São dez da manhã e eu ainda tenho que falar com Ordner, com Ron Stone e com Ethel Gibbs sobre colarinhos queimados. Você andou metendo o bedelho no meu trabalho enquanto eu não estava olhando?

— Bem, Sharon e eu fomos até a casa do St... do sr. Ordner no domingo para jantar...

— E você mencionou, como quem não quer nada, que Bart Dawes anda empurrando o negócio de Waterford com a barriga enquanto a extensão 784 se aproxima cada vez mais, não foi?

— Bart! — protestou Vinnie. — Foi tudo muito amigável. Foi tudo...

— Tenho certeza que sim. Assim como o bilhetinho de intimação dele. Imagino que nosso pequeno telefonema vá ser muito amigável, também. A questão não é essa. A questão é que ele convidou você e sua esposa para jantar na esperança de que você batesse com a língua nos dentes e não teve motivo para se decepcionar.

— Bart...

Ele levantou o dedo para Vinnie.

— Preste atenção, Vinnie. Se você largar mais uma casca de banana dessas para eu escorregar, vai precisar procurar um novo emprego. Pode contar com isso.

Vinnie estava chocado. Seu cigarro completamente esquecido entre os dedos.

— Vinnie, deixe-me lhe contar uma coisa — falou ele, baixando a voz de volta ao normal. — Sei que um cara jovem como você já ouviu seiscentos sermões sobre gente mais velha como eu que fez e aconteceu no mundo quando tinha a sua idade. Mas dessa vez você fez por merecer.

Vinnie abriu a boca para protestar.

— Não acho que você tenha metido uma faca nas minhas costas — disse ele, erguendo uma das mãos para evitar o protesto de Vinnie. — Se achasse isso, estaria com uma carta de demissão nas mãos quando você entrou aqui. Só acho que você foi burro. Entrou naquele casarão enorme, tomou três drinques antes do jantar, depois uma sopa de entrada e uma salada com molho Thousand Island, depois carne e frutos do mar como prato principal, tudo servido por uma empregada de uniforme preto, com Carla dando uma de senhora da mansão, mas sem ser nem um pouco condescendente, e então veio uma torta de morango, ou um bolo de mirtilo com *chantilly* de sobremesa, depois cafés com conhaque ou licor Tia Maria, e você simplesmente saiu falando tudo. Foi mais ou menos assim?

— Algo parecido com isso — sussurrou Vinnie. Sua expressão era três quartos vergonha e um quarto ódio agressivo.

— Ele começou perguntando como estava Bart. Você disse que Bart estava bem. Ele disse que Bart era um sujeito excelente, mas seria bom se ele fincasse mais um pouco o pé em relação àquele negócio de Waterford. Você disse: com certeza. Ele disse: por sinal, como está indo aquilo? E você: bem, não é exatamente o meu departamento; e ele: não me diga, Vincent, mas você sabe o que está acontecendo. Daí você falou: tudo que sei é que Bart ainda não fechou o negócio. Ouvi dizer que o pessoal da Thom McAn está interessado no terreno, mas talvez seja apenas um boato. E então ele disse: bem, tenho certeza de que Bart sabe o que está fazendo, e você respondeu: claro que sim, e tomou outro café com conhaque, e ele lhe perguntou se você achava que os Mustangs chegariam aos *play-offs*, e então você e Sharon voltaram para casa. E sabe quando você vai voltar lá, Vinnie?

Vinnie ficou quieto.

— Você vai voltar lá quando Steve Ordner precisar de outro dedo-duro. É aí que você vai voltar.

— Sinto muito — disse Vinnie, com a cara fechada. Ele começou a se levantar.

— Ainda não terminei.

Vinnie se sentou novamente e fitou o canto da sala com os olhos em chamas.

— Eu fazia o seu trabalho 12 anos atrás, sabia disso? Doze anos, o que provavelmente parece muito tempo para você. Quanto a mim, mal sei onde essa porra de tempo foi parar. Mas me lembro do serviço bem o suficiente para saber que você gosta dele. E que faz um bom trabalho. Aquela reorganização no setor de lavagem a seco, com o novo sistema de numeração... aquilo foi uma obra-prima.

Vinnie estava olhando para ele, estupefato.

— Comecei na lavanderia vinte anos atrás — disse ele. — Em 1953, eu tinha 20. Eu e minha mulher tínhamos acabado de nos casar. Eu tinha terminado um curso de dois anos em administração e Mary e eu iríamos esperar, mas nosso método era coito interrompido, entende? Estávamos transando, daí alguém bateu uma porta no andar de baixo e eu levei um susto e gozei. Foi assim que ela ficou grávida. Então, sempre que começo a me sentir esperto, faço questão de lembrar que só cheguei onde eu estou hoje por causa de uma porta que bateu. É um exercício de humildade. Naquela época, não tinha nenhuma maravilha de lei do aborto. Quando você engravidava uma garota, casava com ela ou fugia. Eram as únicas opções. Eu me casei e agarrei o primeiro emprego que consegui, que foi nesta lavanderia, como ajudante do setor de lavagem, o mesmíssimo trabalho que aquele menino, o Pollack, está fazendo lá embaixo neste exato momento. Tudo era manual naquela época, e tudo tinha que ser retirado encharcado das lavadoras e secado em um torcedor Stonington enorme que conseguia torcer até 225 quilos de roupa molhada. Se você carregasse a máquina errado, ela arrancava a porra do seu pé fora. Mary perdeu o bebê no sétimo mês de gravidez e o médico falou que ela nunca mais poderia ter outro. Fiquei três anos como ajudante, e meu salário-base por 55 horas de trabalho era 55 dólares. Então Robert Albertson, o chefe do setor de lavagem naquela época, sofreu um pequeno acidente de carro e morreu de ataque cardíaco enquanto ele e outro cara trocavam informações sobre as respectivas companhias de seguro. Ele era um bom homem. A lavanderia inteira fechou no dia do seu funeral. Depois que ele foi devidamente enterrado, fui até Ray Tarkington e pedi seu emprego. Tinha certeza de que o conseguiria. Sabia tudo sobre o processo de lavagem, porque Ralph tinha me ensinado.

"Era um negócio de família naquela época, Vinnie. Ray e o pai dele, Don Tarkington, o administravam. Don o herdara do pai, que fundou a Blue Ribbon em 1926. Era uma empresa não filiada ao sindicato, e suponho que os trabalhistas diriam que todos os três Tarkington eram exploradores paternalistas do trabalhador sem instrução. E eram mesmo. Porém, quando Betty Keeson escorregou no chão molhado e quebrou o braço, os Tarkington pagaram as despesas hospitalares, e ela recebeu dez pratas por semana para comprar comida até voltar. E todo Natal eles faziam um grande jantar na sala de marketing com os melhores empadões de frango que comi na vida, geléia de amora e pãezinhos e chocolate a gosto ou torta de carne de sobremesa. Don e Ray davam a cada mulher um par de brincos e a cada homem uma gravata nova de Natal. Ainda guardo minhas nove gravatas no armário lá em casa. Quando Don Tarkington morreu em 1959, usei uma delas no seu funeral. Estava fora de moda, e Mary falou no meu ouvido até dizer chega, mas eu a usei assim mesmo. O lugar era escuro, as horas demoravam a passar e o trabalho era penoso, mas as pessoas se importavam com você. Se o torcedor quebrava, Don e Ray estariam junto com a gente lá embaixo, com as mangas das camisas brancas arregaçadas, torcendo aqueles lençóis à mão. Era assim que era um negócio de família, Vinnie. Para você ter uma idéia.

"Então, quando Ralph morreu e Ray Tarkington disse que já tinha contratado um cara de fora para administrar o setor de lavagem, não consegui entender o que diabo estava acontecendo. E então Ray me diz: eu e meu pai queremos que você volte para a faculdade. E eu respondo: maravilha, com que dinheiro? O da passagem de ônibus? E ele me entrega um cheque de 2 mil dólares. Olho para ele e não consigo acreditar no que estou vendo. Daí eu falo: o que é isso? E ele diz: não cobre tudo, mas dá para pagar a mensalidade, um quarto para você e os livros. Para o restante, você trabalha aqui durante as férias de verão, pode ser? Eu pergunto: tem alguma maneira de eu agradecer? E ele: tem, três maneiras. Primeiro, pague o empréstimo. Segundo, pague os juros. Terceiro, traga o que você aprender de volta para a Blue Ribbon. Levei o cheque para casa, mostrei-o para Mary e ela chorou. Colocou as mãos sobre o rosto e chorou."

Vinnie olhava para ele com uma admiração sincera.

— Então, em 1955 voltei para a faculdade e me formei em 1957. Voltei para a lavanderia e Ray me colocou para trabalhar como chefe dos entregadores. Noventa dólares por semana. Quando paguei a primeira parcela do empréstimo, perguntei a ele qual seria a taxa de juros. Ele me diz: Um por cento. Eu falo: o *quê*? E ele: você me ouviu. Não tem mais o que fazer? Daí eu respondo: tenho sim, acho melhor eu ir até a cidade e trazer um médico para examinar sua cabeça. Ray ri pra cacete e me manda dar o fora do seu escritório. Paguei a última parte daquele dinheiro em 1960, e sabe da maior, Vinnie? Ray me deu um relógio. Este relógio.

Ele puxou a manga para cima e mostrou a Vinnie o relógio Bulova com sua pulseira de ouro.

— Ele o chamou de presente de formatura atrasado. Vinte dólares de juros foi o que eu paguei pela minha instrução, e aquele filho-da-mãe vira para mim e me dá um relógio de oitenta pratas. Na parte de trás, está gravado: *Com os cumprimentos de Don & Ray, Lavanderia Blue Ribbon.* Don já estava dentro do caixão havia um ano àquela altura.

"Em 1963, Ray me colocou na sua função, ficar de olho no setor de lavagem a seco, abrir novas contas e administrar as lavanderias sucursais — só que naquela época eram apenas cinco, em vez de 11. Fiquei no cargo até 1967, então Ray me colocou nesta função aqui. Então, quatro anos atrás, ele teve que vender. Disso você sabe, a maneira como aqueles safados o pressionaram. Aquilo o transformou em um velho. Então, agora somos parte de uma corporação com mais duas dúzias de empresas no bolso: restaurantes fast-food, o clube de golfe Ponderosa, aquelas três lojas de departamentos horrorosas, postos de gasolina, essa merda toda. E Steve Ordner não passa de um capataz de luxo. Eles têm um conselho administrativo em algum lugar de Chicago, ou então Gary, que talvez passe 15 minutos por semana cuidando da Blue Ribbon. Não querem nem saber como se administra uma lavanderia. Não *sabem* porra nenhuma do negócio. Eles sabem ler o relatório do contador de custos, é só isso que sabem. O contador diz: vejam bem, eles vão construir uma extensão 784 que vai passar por Westside, e a Blue Ribbon está no meio do caminho, junto com metade da área residencial. E a diretoria responde: Ah, é mesmo? Quanto eles estão dispostos a nos dar pela propriedade? E pronto. Deus do céu, se Don e Ray Tarkington estivessem vivos, eles colocariam aqueles merdas do Departamento de Estradas na justiça com tantas liminares nas costas que eles só conseguiriam se livrar delas no ano 2000. Iriam atrás deles com um porrete nas mãos. Podiam até ser dois paternalistas desgraçados, mas sabiam o que era *pertencer a um lugar*, Vinnie. Isso não aparece no relatório de um contador de custos. Se estivessem vivos e alguém lhes dissesse que a comissão de estradas enterraria a lavanderia sob oito pistas de asfalto, daria para ouvir seus gritos lá da Prefeitura."

— Mas eles estão mortos — disse Vinnie.

— É, eles estão mortos, sim. — De súbito, sua mente pareceu amolecida e solta, como as cordas da guitarra de um músico amador.

Qualquer coisa que tivesse para dizer a Vinnie se perdera em um emaranhado de assuntos pessoais constrangedores. Olhe para ele, Freddy, nem sabe do que eu estou falando. Não faz idéia. — Graças a Deus que não estão aqui para ver isso.

Vinnie ficou calado.

Ele se recompôs com algum esforço.

— O que estou tentando dizer, Vinnie, é que temos dois grupos envolvidos aqui. Eles e nós. Nós somos o pessoal da lavanderia. Este é o nosso negócio. Eles são os contadores. Esse é o negócio *deles*. Eles dão as ordens lá de cima, e nós temos que obedecê-las. Mas é *só isso* que temos que fazer. Está entendendo?

— Claro, Bart — disse Vinnie, mas ele conseguia ver que Vinnie não estava entendendo nada. Nem ele tinha certeza se entendia.

— Certo — continuou ele. — Vou falar com Ordner. Mas, para o seu governo, Vinnie, a fábrica de Waterford já está no papo. Vou fechar o negócio na quinta que vem.

Vinnie sorriu, aliviado.

— Meu Deus, que bom.

— Pois é. Está tudo sob controle.

Enquanto Vinnie saía, ele o chamou:

— Depois me diga o que achou daquele restaurante alemão, ok?

Vinnie Mason lançou-lhe seu sorriso número um, brilhante e cheio de dentes, nos trinques.

— Com certeza, Bart.

Então Vinnie foi embora e ele ficou olhando para a porta fechada. Eu estraguei tudo, Fred. Não acho que você tenha sido tão mal assim, George. Talvez tenha perdido o controle no final, mas só nos livros as pessoas dizem tudo certinho de primeira. Não, eu fiz besteira. Ele saiu daqui pensando que Barton Dawes está com alguns parafusos a menos. E ele tem toda a razão. George, preciso lhe perguntar uma coisa de homem para homem. Não, não me desligue. Por que você comprou aquelas armas, George? Por que fez aquilo?

Claque, fez o disjuntor.

Ele desceu até o primeiro piso, entregou os folhetos do vendedor para Ron Stone e, enquanto ia embora, Ron chamou Dave aos berros para ele ver aquilo, poderia dar em alguma coisa. Dave girou os olhos. Aquilo daria em alguma coisa, sem dúvida. E o nome era trabalho.

Ele subiu e ligou para o escritório de Ordner, torcendo para ele estar na rua, bebendo seu almoço. Porém, nada de trégua naquele dia. A secretária passou a ligação imediatamente.

— Bart! — disse Steve Ordner. — Sempre um prazer falar com você.

— Eu digo o mesmo. Conversei com Vinnie Mason mais cedo e ele parecia achar que você está um pouco preocupado com a fábrica de Waterford.

— Deus do céu, não. Embora eu tenha pensado, sim, que talvez na sexta à noite a gente pudesse discutir algumas coisas...

— Pois é, eu liguei principalmente para avisar que Mary não poderá ir.

— Ah, não?

— É uma virose. Ela não tem coragem de se afastar cinco segundos do banheiro mais próximo.

— Nossa, sinto muito.

Vá "sentir muito" naquele lugar, seu escroto de merda.

— O médico receitou uns comprimidos e parece que ela está se sentindo melhor. Mas, sabe como é, pode ser contagioso.

— A que horas você pode chegar, Bart? Oito?

— Pode ser, oito está bom.

É isso aí, estrague meu Cinema de Sexta à Noite *de uma vez, seu babaca. Até agora, nenhuma novidade.*

— E como está indo o negócio de Waterford, Bart?

— Acho melhor conversarmos sobre esse assunto pessoalmente, Steve.

— Tudo bem. — Outra pausa. — Carla está mandando um abraço. E diga a Mary que tanto eu quanto Carla...

Claro. Sem dúvida. Blablablá.

22 de novembro de 1973

Ele acordou com um espasmo que derrubou o travesseiro no chão, com medo de ter gritado. Porém, Mary ainda estava dormindo na outra cama, um relevo silencioso. O relógio digital na escrivaninha marcava:

4:23

 Ele passou com um clique para o próximo minuto. A velha Bea de Baltimore, a que estava fazendo hidroterapia de conscientização, o havia dado de presente para eles no Natal anterior. Não tinha nada contra o relógio, mas jamais conseguira se acostumar com o clique que ele fazia quando os números mudavam. 4:23 *clique*, 4:24 *clique*, era de enlouquecer.
 Ele desceu até o banheiro, acendeu a luz e urinou. Aquilo fez seu coração bater com força no peito. Ultimamente, quando ele urinava, seu coração batia como uma porra de um tambor. Você está tentando me dizer alguma coisa, Deus?
 Ele voltou para a cama e se deitou, mas o sono demorou muito para vir. Debatera-se enquanto dormia e a cama tinha sido remodelada em um território inimigo. Não conseguia mais deixá-la como antes. Seus braços e pernas também pareciam ter esquecido qual era a posição certa para dormir.
 O sonho foi bem fácil de entender. Sopa no mel, Fred. Aquele truque do disjuntor era tranqüilo de se fazer quando estava acordado: ele poderia colorir um quadro por partes e fingir que não o estava vendo como um todo. Dava para enterrar o quadro inteiro no subsolo da sua mente. Mas havia um alçapão. Quando você estava dormindo, às vezes ele se abria com violência e algo saía rastejando da escuridão. *Clique.*

4:42

 No sonho ele estava na Pierce Beach com Charlie (engraçado, quando ele desfiou aquela autobiografia em miniatura para Vinnie Mason se esquecera de mencionar Charlie — não é engraçado, Fred? Não, não acho que seja muito engraçado, George. Nem eu, Fred. Mas agora é tarde. Ou cedo. Ou sei lá).

Ele e Charlie estavam naquela longa praia de areia branca e estava um dia ótimo para ir à praia — céu azul brilhante e o sol emitindo seus raios como um *smiley*, aquele broche sorridente idiota. Pessoas sobre toalhas de praia reluzentes e debaixo de guarda-sóis de várias tonalidades diferentes, criancinhas chapinhando na beira da água com baldes de plástico. Um salva-vidas em sua torre pintada de branco, sua pele marrom como uma bota, a forquilha da sua sunga de látex branco protuberante, como se o tamanho do pênis e dos testículos fosse uma espécie de pré-requisito para o emprego e ele quisesse que todas as pessoas da área soubessem que não estavam sendo enganadas. O radinho a pilha de alguém tocando alto um rock-and-roll. Ele ainda conseguia se lembrar da música:

But I love that dirty water,
Owww, Boston, you're my home

Duas garotas passando de biquíni, saudáveis e seguras de si em seus belos corpos desejáveis — que nunca eram para seu bico, mas para o de namorados que ninguém nunca via —, os dedos chutando pequenos leques de areia.

Só que era estranho, Fred, porque a maré estava subindo e não havia maré na Pierce Beach, pois o oceano mais próximo ficava a quase 1.500 quilômetros de distância.

Ele e Charlie estavam fazendo um castelo de areia. Mas o haviam começado muito próximo da água e as ondas estavam chegando cada vez mais perto.

Temos que construir mais para trás, papai, disse Charlie, mas ele era cabeça-dura e continuou construindo o castelo. Quando a maré trouxe a água até o primeiro muro, ele cavou um fosso com os dedos, abrindo a areia molhada como se fosse uma vagina. A água continuava vindo.

Droga!, gritou ele para a água.

Ele reconstruiu o muro. Uma onda o derrubou. As pessoas começaram a gritar por algum motivo. O apito do salva-vidas cortou o ar como uma flecha prateada. Ele não ergueu os olhos. Tinha que salvar o castelo. Mas a água não parava de vir, lambendo seus tornozelos, sugando uma torre, um telhado, a parte de trás da construção, toda ela. A última onda recuou, revelando apenas areia mole, macia e lisa, marrom e reluzente.

Houve mais gritos. Alguém estava chorando. Ele olhou para cima e viu que o salva-vidas estava fazendo respiração boca a boca em Charlie. Charlie estava molhado e branco, com exceção dos lábios e das pálpebras, que estavam azuis. Seu peito não subia e descia. O salva-vidas parou de tentar. Ele ergueu os olhos. Estava sorrindo.

Não estava mais dando pé para ele, dizia o salva-vidas através do sorriso. *Por que você não foi buscá-lo?*

Ele gritou: *Charlie!*, e foi neste momento que acordou, com medo de que tivesse gritado de verdade.

Ele ficou bastante tempo deitado no escuro, ouvindo os cliques do relógio digital, e tentou não pensar no sonho. Por fim, se levantou para pegar um copo de leite na cozinha e somente depois de ver o peru degelando em uma bandeja no balcão lembrou que era Dia de Ação de Graças e que a lavanderia estava fechada. Bebeu o leite de pé, olhando pensativo para o corpo depenado. A cor da sua pele era igual à da pele do seu filho no sonho. Charlie, no entanto, não tinha se afogado, é claro.

Quando ele voltou para a cama, Mary murmurou algo interrogativo, engrolado e indecifrável por conta do sono.

— Nada — disse ele. — Volte a dormir.

Ela murmurou alguma outra coisa.

— Ok — disse ele no escuro.

Ela adormeceu.

Clique.

Eram cinco horas, cinco da manhã. Quando ele finalmente pegou no sono, a aurora tinha entrado no quarto como um ladrão. Seu último pensamento foi sobre o peru de Ação de Graças, em cima do balcão da cozinha sob o brilho da lâmpada fluorescente fria. Carne morta esperando insensivelmente para ser devorada.

23 de novembro de 1973

Ele manobrou o Ford LTD seminovo até a entrada para carros de Stephan Ordner e o estacionou atrás do Delta 88 verde-garrafa dele. A casa era uma construção assimétrica de pedra bruta, ligeiramente afastada da Henreid Drive e parcialmente escondida por uma alfena alta, que estava no esqueleto naquela guimba fumegante do outono. Ele já estivera ali antes e conhecia muito bem o lugar. No andar de baixo, havia uma lareira enorme forrada de pedras, e outras mais modestas nos quartos de cima. Todas funcionavam. No porão, havia uma mesa de sinuca Brunswick, uma tela de projeção para filmes caseiros e um aparelho de som que Ordner convertera para alta-fidelidade no ano anterior. Fotos da época em que Ordner jogava basquete na universidade salpicavam as paredes — ele tinha um metro e noventa e oito e ainda se mantinha em boa forma. Precisava abaixar a cabeça para passar pelas portas, e Bart suspeitava que tinha orgulho disso. Talvez tivesse mandado diminuir as portas para ter que passar abaixado por elas. A mesa da sala de jantar era uma placa de carvalho envernizado de quase 3 metros de comprimento. Uma cômoda alta de carvalho caruncoso a complementava, brilhando de forma magnífica sob seis ou oito camadas de verniz. E mais um aparador grande na outra extremidade da sala, que devia ter... bem, cerca de um metro e noventa e oito, não é, Fred? É, por aí. Nos fundos, havia uma churrasqueira quase grande o suficiente para assar um dinossauro inteiro e um campo de golfe em miniatura. Nada de piscina em forma de rim. Piscinas em forma de rim não tinham mais graça naquela época. Eram exclusivas da classe média adoradora de Rá da Califórnia do Sul. Os Ordner não tinham filhos, mas sustentavam uma criança coreana e outra do Vietnã do Sul e pagavam uma faculdade de engenharia para um ugandense poder retornar a seu país e construir represas hidrelétricas. Eles eram Democratas, mas tinham apoiado Nixon.

Caminhou com os pés sussurrando até a porta e tocou a campainha. A empregada a abriu.

— Sou o sr. Dawes — disse ele.

— Perfeitamente, senhor. Deixe-me pegar seu casaco. O sr. Ordner está no escritório.

— Obrigado.

Ele lhe entregou o sobretudo e desceu o corredor, passando pela cozinha e pela sala de jantar. Deu apenas uma olhadinha para a mesa grande e a Monumental Cômoda Alta de Stephan Ordner. O carpete do chão terminou e ele desceu um corredor com piso de linóleo xadrez preto-e-branco. Seus pés clicavam.

Chegou à porta do escritório e Ordner a abriu assim que ele estendeu a mão para a maçaneta, como já esperava que Ordner fizesse.

— Bart! — disse o outro. Eles trocaram um aperto de mãos. Ordner usava um paletó de veludo marrom com cotoveleiras, calças cor de oliva e chinelos vinho. Sem gravata.

— Olá, Steve. Como estão as finanças?

Ordner suspirou de modo teatral.

— Terríveis. Tem visto as páginas da bolsa de valores no jornal ultimamente?

Ele o conduziu para dentro da sala e fechou a porta atrás de si. As paredes eram forradas de livros. À esquerda, havia uma pequena lareira com uma tora elétrica. No centro, uma mesa grande com alguns papéis. Tinha certeza de que havia uma máquina de escrever elétrica da IBM enterrada em algum lugar naquela mesa; se você apertasse o botão certo, ela saltaria para fora como um torpedo preto reluzente.

— A coisa está ficando feia — disse ele.

Ordner fez uma careta.

— Isso para dizer o mínimo. É só deixar na mão do Nixon, Bart. Ele encontra utilidade para tudo. Quando eles mandaram a teoria do efeito dominó às favas lá no Sudeste Asiático, ele simplesmente a pegou e colocou em prática na economia americana. Não serviu para nada do lado de lá. Funciona que é uma maravilha aqui. O que você bebe?

— Uísque com gelo está ótimo.

— Tenho bem aqui.

Ele foi até um armário, pegou uma garrafa de 750ml de uísque, pela qual você receberia apenas moedas de troco se a pagasse com uma nota de dez numa loja de bebidas em liquidação, e derramou o conteúdo sobre dois cubos de gelo em um copo pequeno. Entregou o copo para ele e disse:

— Vamos nos sentar.

Sentaram-se em poltronas arrastadas para perto da lareira elétrica. Ele pensou: *Se eu jogasse meu drinque lá dentro, poderia fazer aquela porra explodir em chamas.* E quase fez isso.

— Carla também não pôde vir — disse Ordner. — Um dos grupos dela está patrocinando um desfile de moda. Depois ela vai para alguma cafeteria para adolescentes lá em Norton.

— O desfile de moda é lá?

Ordner pareceu surpreso.

— Em *Norton?* Nem sonhando. É em Russell. Não deixaria Carla ir até a Pista de Aterrissagem nem com dois guarda-costas e um cachorro policial. Tem um padre... Drake, acho que é esse o nome dele. Bebe pra cacete, mas aqueles crioulinhos o adoram. Ele é uma espécie de contato dentro da comunidade. Padre andarilho.

— Ah.

— Pois é.

Eles ficaram olhando para o fogo por um minuto. Ele mandou para dentro metade do seu uísque.

— A questão da fábrica de Waterford surgiu na última reunião do conselho — falou Ordner. — Meados de novembro. Tenho que admitir que o assunto me pegou um pouco com as calças na mão... Eu fui... bem, instruído a descobrir qual era exatamente a situação. Isso não é uma crítica a sua administração, Bart...

— Não tomei dessa forma — disse ele, bebendo um pouco mais de uísque. Já não restava nada lá dentro além de pequenas poças de álcool presas entre o gelo e o copo. — É sempre um prazer quando nossos trabalhos convergem, Steve.

Ordner pareceu gostar daquilo.

— Então, o que está acontecendo? Vin Mason me disse que o negócio não estava fechado.

— Vinnie Mason tem o problema de não saber controlar a língua.

— Então está fechado?

— Quase. Pretendo assinar nossa ida para Waterford na sexta que vem, a não ser que surja algum imprevisto.

— Fui informado de que o corretor lhe fez uma oferta bastante razoável, que você recusou.

Ele olhou para Ordner, se levantou e renovou aquelas poças de uísque.

— Você não ouviu isso de Vinnie Mason.

— Não.

Ele voltou para a poltrona e a lareira elétrica.

— Imagino que não vá se importar em dizer de quem ouviu, então?

Ordner espalmou as mãos.

— São negócios, Bart. Quando ouço alguma coisa, preciso conferir, mesmo quando toda minha experiência pessoal e profissional com aquela pessoa indica que deve ser uma bobagem. Sei que é chato, mas também não é motivo para ficar irritado.

Freddy, ninguém sabia sobre a recusa além do cara da imobiliária e eu. Ao que parece, o velho sr. São Apenas Negócios andou fazendo uma pequena verificação por conta própria. Mas isso não é motivo para ficar irritado, certo? Certo, George. Devo mandá-lo pelos ares, Freddy? Melhor esfriar a cabeça, George. E eu pegaria mais leve na água que passarinho não bebe.

— A oferta que eu recusei foi de 450 — disse ele. — Só para constar, foi isso que você ouviu?

— Foi por aí.

— E isso lhe pareceu razoável.

— Bem — disse Ordner, cruzando as pernas —, na verdade, pareceu, sim. A Prefeitura orçou a fábrica antiga em 620 e a caldeira pode ser locomovida para o outro lado da cidade. Claro, não teríamos muito espaço para expandir, mas o pessoal de lá de cima está falando que, uma vez que a matriz já chegou praticamente ao tamanho ideal, não há necessidade de mais espaço. Me pareceu que no mínimo zeraríamos as contas, talvez até tirássemos algum lucro... embora essa não seja nossa maior preocupação. Precisamos de um lugar, Bart. E bem rápido.

— Talvez você tenha ouvido mais alguma coisa.

Ordner cruzou as pernas novamente e suspirou.

— Na verdade, ouvi, sim. Ouvi dizer que você recusou os 450 e então Thom McAn apareceu oferecendo quinhentos.

— Uma oferta que o corretor não pode aceitar, por uma questão de boa-fé.

— Ainda não, mas nossa preferência de compra acaba na terça. Você sabe disso.

— Sim, eu sei. Steve, deixe-me expor uns três ou quatro argumentos para você, sim?

— Por favor.

— Primeiro, se formos para Waterford, estaremos a uns 5 quilômetros de nossos clientes industriais, em média. Isso vai mandar nossas despesas gerais para as alturas. O acesso para todos os motéis é pela Interestadual. E o que é pior, nosso serviço vai ficar mais lento. O Holiday Inn e o Hojo já nos enchem a paciência quando atrasamos as toalhas em 15 minutos. Como vai ser quando os caminhões tiverem que brigar com 5 quilômetros de tráfego de uma ponta à outra da cidade?

Ordner estava balançando a cabeça.

— Bart, eles estão *estendendo* a Interestadual. É por isso que estamos de mudança, lembra? Os rapazes estão dizendo que não haverá perda de tempo nas entregas. E também estão dizendo que as empresas de hotelaria já compraram terrenos bons em Waterford e Russell, perto de onde vai ser o novo trevo rodoviário. Irmos para Waterford vai melhorar nossa localização, não piorar.

Dei mancada, Freddy. Ele está olhando para mim como se eu tivesse perdido todas as minhas bolas de gude. Exatamente, George. Correto.

Ele sorriu.

— Ok. Ponto para você. Mas esses motéis ainda vão demorar um ano para ficarem prontos, talvez dois. E se essa questão energética estiver tão ruim quanto parece...

Ordner falou categoricamente:

— É uma decisão política, Bart. Nós somos apenas dois soldados de infantaria. Obedecemos às ordens.

Pareceu-lhe haver uma alfinetada de repreensão naquela frase.

— Certo. Mas queria que meu ponto de vista ficasse registrado.

— Ótimo. Ele está. Mas a decisão não é sua, Bart. Quero deixar isso bem claro. Se o estoque de gasolina secar e todos os motéis forem à falência, vai ser um golpe para nós e para todo mundo também. Nesse meio-tempo, é melhor deixarmos o pessoal do andar de cima se preocupar com isso e fazermos nosso trabalho.

Levei um puxão de orelha, Fred. Levou mesmo, George.

— Tudo bem. Só mais uma coisa. Pela minha estimativa, precisaremos gastar 250 mil dólares em reformas antes de a fábrica de Waterford poder nos dar um lençol limpo.

— *O quê?* — Ordner baixou seu drinque com força.

Arrá, Freddy. Agora atingi um nervo exposto.

— As paredes estão todas carcomidas. A alvenaria das alas leste e norte já está quase toda reduzida a pó. E o piso está tão ruim que a primeira lavadora pesada que colocarmos lá vai acabar no porão.

— Esse é um número consistente? Esses 250 mil?

— Sim. Vamos precisar de uma nova chaminé. Pisos novos, no andar de baixo e no de cima. E de cinco eletricistas que vão precisar de duas semanas para cuidar do andar superior. A instalação foi feita para circuitos de no máximo 450 volts, e precisamos de correntes de 550 volts. E já que estaremos no extremo da rede de abastecimento da cidade, posso lhe garantir que nossas contas de energia e de água subirão em vinte por cento. Podemos arcar com o acréscimo na energia, mas não preciso lhe dizer o que um acréscimo de vinte por cento nos custos com água significa para uma lavanderia.

Ordner o encarava, chocado.

— Esqueça o que eu disse sobre o acréscimo nas despesas com infra-estrutura. Isso entra nos gastos operacionais, não nos de reforma. Então, onde eu estava? O lugar precisa de uma nova instalação de 550 volts. Precisaremos de um bom sistema de alarme e de um circuito fechado de tevê. De um novo isolamento. De telhados novos. Ah, sim, e de um sistema de drenagem. Lá na Fir Street, estamos em um terreno elevado, mas a Douglas Street fica bem no fundo de uma bacia natural. Só a instalação do sistema de drenagem custará algo em torno de 40 a 70 mil dólares.

— Minha nossa, como Tom Granger não me falou nada a respeito disso?

— Ele não foi comigo inspecionar o local.

— Por que não?

— Porque eu falei para ele ficar na fábrica.

— Você fez *o quê?*

— Foi o dia em que a caldeira pifou — disse ele, com paciência. — Os pedidos acumulando e nós sem água quente. Tom precisava ficar. Ele é o único na lavanderia que se entende com aquela caldeira.

— Por Deus, Bart, você não poderia ter ido com ele algum outro dia?

Ele mandou o resto do seu drinque para dentro.

— Não vi motivo.

— Você não viu... — Ordner não conseguiu terminar. Ele baixou o copo e balançou a cabeça, como um homem que tivesse levado um soco. — Bart, você sabe o que está em jogo se a sua estimativa estiver errada e nós perdermos aquela fábrica? O que está em jogo é o seu *emprego*, isso sim. Meu Deus, você quer chegar em casa e falar para Mary que levou um pé na bunda? É isso que você quer?

Você não entenderia, pensou ele, porque nunca faz nada antes de se resguardar de seis maneiras diferentes e ter outros três caras para caírem antes de você. É assim que se consegue 400 mil em ações e fundos de investimentos, um Delta 88 e uma máquina de escrever que salta da mesa na sua cara como um palhaço em uma caixa de surpresas idiota. Seu filho-da-puta burro, eu poderia tapeá-lo pelos próximos dez anos. Talvez até faça isso mesmo.

Ele sorriu, encarando o rosto contorcido de Ordner.

— Esse é meu último argumento, Steve. É por isso que não estou preocupado.

— O que você quer dizer?

Alegremente, ele mentiu:

— A Thom McAn já informou ao corretor que eles não estão interessados na fábrica. O pessoal deles foi enviado até lá para dar uma olhada e botou a boca no trombone. Então o que você tem é a minha palavra de que aquela merda de lugar não vale 450 mil. O que você também tem é uma preferência de noventa dias que expira na terça. E o que você *também* tem é um corretor irlandês esperto chamado Monohan, que está blefando para cima da gente até dizer chega. E quase nos convenceu.

— E o que você sugere?

— Sugiro que a gente deixe a preferência expirar. Que não volte atrás até mais ou menos a próxima quinta. Você fala com seus rapazes da contabilidade sobre aquele aumento de vinte por cento nas despesas com infra-estrutura. Eu falo com Monohan. Depois que eu terminar, ele estará implorando de joelhos por 200 mil.

— Bart, você tem certeza?

— Claro que tenho — disse ele, abrindo um sorriso tenso. — Não colocaria meu pescoço na reta se achasse que alguém fosse cortá-lo.

George, o que você está fazendo???

Cale a boca, cale a boca, não me atrapalhe agora.

— O que temos aqui — disse ele — é um corretor espertinho sem nenhum comprador. Podemos fazer a coisa no nosso tempo. Cada dia que eu o deixo a ver navios é mais um dia que o preço cai para quando formos de fato comprar.

— Certo — falou Ordner lentamente. — Mas vamos deixar uma coisa bem clara, Bart. Se não aproveitarmos nossa preferência e alguma outra pessoa *pegar* o imóvel, vou ter que derrubar você do cavalo. Nada...

— Eu sei — falou ele, subitamente cansado. — Nada pessoal.

— Bart, tem certeza de que não pegou a virose de Mary? Está parecendo meio caído esta noite.

Você também está parecendo meio caído, seu babaca.

— Vou melhorar quando resolvermos isso. Tem sido estressante.

— Não duvido. — Ordner dispôs seu rosto em um arranjo mais simpático. — Tinha quase esquecido... sua casa também está bem na linha de fogo.

— Está.

— Já encontrou outro lugar?

— Bem, estamos de olho em dois. Não ficaria surpreso se fechasse o negócio da lavanderia e o meu próprio no mesmo dia.

Ordner sorriu.

— Pode ser a primeira vez na sua vida que você vai movimentar de 300 mil a meio milhão de dólares entre o nascer e o pôr do sol.

— Pois é, vai ser um dia e tanto.

No caminho para casa, Freddy continuou tentando falar com ele — gritar, na verdade — e ele precisou continuar puxando o disjuntor. Quando estava parando o carro na Crestallen Street West, ele queimou com o cheiro de sinapses fritando e axônios sobrecarregados. Todas as perguntas transbordaram e Bart enfiou os dois pés no freio. O Ford LTD cantou os pneus até parar no meio da rua e ele foi jogado contra o cinto de segurança com força o bastante para travá-lo e arrancar um gemido do seu estômago.

Quando reassumiu o controle, ele deixou o carro se arrastar até o acostamento. Desligou o motor, apagou os faróis, desafivelou o cinto de segurança e ficou tremendo com as mãos no volante.

De onde estava parado, a rua fazia uma pequena curva, os postes descrevendo um gracioso anzol de luz. Era uma rua bonita. Quase todas as casas que a ladeavam tinham sido construídas no período do pós-guerra, entre 1946 e 1958, porém, de alguma forma, tinham escapado à Síndrome dos Caixotes da Década de 50 e às doenças que a acompanharam: estruturas comprometidas, gramados falhados, excesso de brinquedos, envelhecimento precoce de automóveis, pinturas descascadas e janelas antitempestade de plástico.

Ele conhecia seus vizinhos — e como não conheceria? Ele e Mary já estavam na Crestallen Street havia quase 14 anos. Aquilo era muito tempo. Os Upslinger da casa vizinha, cujo filho, Kenny, entregava o jornal da manhã. Os Lang do outro lado da rua; os Hobart duas casas mais adiante (Linda Hobart tinha sido babá de Charlie e agora fazia doutorado no City College); os Stauffer; Hank Albert, cuja mulher morrera de enfisema quatro anos atrás; os Darby e, apenas quatro casas além de onde ele estava estacionado e tremendo dentro de seu carro, os Quinn. E uma dúzia de outras famílias que ele e Mary conheciam apenas de vista — em sua maioria, as que tinham crianças pequenas.

Uma bela rua, Fred. Um belo bairro. Oh, eu sei como os intelectuais desdenham os subúrbios — eles não são tão românticos quanto aqueles cortiços infestados de ratos ou aquele esquema de retorno à natureza, com sua vida sadia e vigorosa. Não existem cogumelos grandes nos subúrbios, nem grandes florestas ou grandes desafios.

Porém, houve bons momentos. Sei o que você está pensando, Fred. Bons momentos, o que são bons momentos? Não há nenhuma grande alegria nos bons momentos, nenhuma grande tristeza, nada de grandioso. Apenas tédio. Churrascos no quintal dos fundos no fim da tarde, todo mundo meio alto, mas ninguém bêbado de verdade ou violento de verdade. Aquelas vezes em que rachamos um carro para assistirmos aos jogos dos Mustangs. A porra dos Musties, que não conseguiram vencer os Pats no ano em que eles vinham de 11 derrotas em 12 partidas. Receber amigos para jantar ou sair. Jogar golfe no campo de Westside ou levar as esposas até o *camping* de Ponderosa Pines e pilotar aqueles pequenos *karts*. Você se lembra de quando Bill Stauffer varou uma cerca com o *kart* dele e caiu dentro da piscina daquele cara? Sim, eu me lembro, George, a gente quase morreu de rir. Mas George...

Então que venham os buldôzeres, certo, Fred? Vamos enterrar tudo isso. Daqui a pouco aparece outro subúrbio, lá em Waterford, onde não havia nada além de um monte de terrenos baldios até este ano. A Marcha do Tempo. O Progresso em Revista. Projetos de Um Bilhão de Dólares. E, quando você vai ver, qual o resultado? Um monte de caixotes pintados de cores diferentes. Encanamentos de plástico que vão congelar no inverno. Madeira de plástico. Tudo de plástico. Porque Moe, do Departamento de Estradas, falou para Joe na Empreiteira do Joe, e Sue, que trabalha na recepção da Empreiteira do Joe, falou para Lou na Empreiteira do Lou, e daqui a pouco o grande *boom* imobiliário de Waterford começa e conjuntos habitacionais serão erguidos nos terrenos baldios, assim como os arranha-céus e os condomínios. Você compra uma casa na Lilac Lane, que corta a Spain Lane na direção norte e a Dain Lane na direção sul. Pode escolher entre a Elm Street, a Oak Street, a Cypress Street e a White Pine Blister Street. Todas têm um banheiro completo no andar superior e uma chaminé falsa na ala leste. E se você voltar bêbado alguma noite, não consegue nem encontrar a porra da sua própria casa.

Mas George...

Cale a boca, Fred, estou falando. E onde estão seus vizinhos? Talvez não fossem grande coisa, mas pelo menos você os conhecia. Sabia a quem poderia pedir uma xícara de açúcar quando estivesse sem grana. Para onde eles foram? Tony e Alicia Lang estão em Minnesota porque pediram transferência para uma nova localidade e foram atendidos. Os Hobart tinham se mudado para o Northside. Hank Albert tinha uma casa no centro de Waterford, era verdade, porém, quando ele voltou depois de assinar o contrato parecia um homem usando uma máscara sorridente. Eu vi os olhos dele, Freddy. Era como se tivessem acabado de cortar suas pernas fora e ele estivesse tentando enganar a todos que estava ansioso por receber as novas pernas de plástico, porque elas não ficariam machucadas se ele por acaso batesse uma porta nelas. Então nós nos mudamos, e onde vamos parar? O que nos tornamos? Apenas dois estranhos dentro de uma casa no meio de um monte de casas de outros estranhos. É isso que nos tornamos. A Marcha do Tempo, Freddy. É isso o que é. Aos 40, você espera pelos 50 e depois espera pelos 60. Espera por um bom leito hospitalar e uma enfermeira boa para enfiar um belo cateter dentro de você. Freddy, 40 é o fim da juventude. Bem, na verdade, 30 é o fim da juventude, 40 é quando você pára de se enganar. Não quero envelhecer em um lugar estranho.

Ele estava chorando novamente, sentado no seu carro frio e escuro e chorando como um bebê.

George, não é só a auto-estrada, não é só a mudança. Eu sei o que há de errado com você.

Cale a boca, Fred. Estou avisando.

Porém, Fred não queria calar a boca, e aquilo era ruim. Se ele não conseguisse mais controlar Fred, como teria paz?

É Charlie, não é, George? Você não quer enterrá-lo uma segunda vez.

— É Charlie — disse ele, sua voz grossa e estranha em meio às lágrimas. — E sou eu também. Não consigo. Realmente não consigo...

Ele baixou a cabeça e deixou as lágrimas virem, o rosto contorcido e os punhos colados aos olhos, como um garotinho que tivesse perdido a moedinha do doce por conta de um furo no bolso da calça.

Quando enfim seguiu adiante, estava mais leve. Sentia-se seco. Vazio, porém seco. Perfeitamente calmo. Conseguia até olhar para as casas escuras nos dois lados da rua, das quais as pessoas já haviam se mudado sem alarde.

Estamos vivendo em um cemitério agora, pensou ele. Mary e eu, em um cemitério. Igual a Richard Boone naquele filme, *I Bury the Living*. As luzes estavam acesas na casa dos Arlin, mas eles estavam de mudança marcada para o dia 5 de dezembro. E os Hobart tinham se mudado no fim de semana anterior. Casas vazias.

Subindo o asfalto da sua própria entrada para carros (Mary estava no andar de cima; ele conseguia ver o brilho fraco da sua luminária), ele se viu pensando, de repente, em algo que Tom Granger tinha dito algumas semanas antes. Ele conversaria com Tom sobre aquilo. Na segunda.

25 de novembro de 1973

Ele estava assistindo ao jogo dos Mustangs contra os Chargers na tevê em cores e bebendo seu drinque particular, Southern Comfort com Seven-Up. Ele era particular porque as pessoas riam quando ele o bebia em público. Os Chargers estavam vencendo por 27 a 3 no terceiro quarto. Rucker tinha sido interceptado três vezes. Maravilha de jogo, hein, Fred? Com certeza, George. Não entendo como você consegue agüentar a tensão.

Mary estava dormindo no andar de cima. O tempo tinha esquentado no decorrer do fim de semana e chuviscava lá fora. Ele também estava sonolento. Aquele já era seu terceiro drinque.

O jogo foi interrompido e entrou um comercial. Bud Wilkenson dizendo que a crise energética era um verdadeiro pé no saco e que todos deveriam isolar seus sótãos e se certificar de que a chaminé da lareira estava fechada quando não estivessem torrando *marshmallows*, queimando bruxas ou algo do gênero. O logotipo da companhia responsável pelo comercial apareceu no fim; ele mostrava um tigre feliz olhando para você de dentro de uma placa que dizia:

EXXON

Ele pensou que todos deveriam ter percebido que os maus tempos estavam chegando quando a Esso mudou seu nome para Exxon. Esso saía tranqüilamente da sua boca, como o som de um homem relaxando em uma rede. Exxon parecia o nome de um comandante militar do planeta Yurir.

— Exxon exige que todos os terráqueos insignificantes larguem suas armas — disse ele. — Entreguem-se, terráqueos insignificantes. — Ele deu uma risadinha e preparou outro drinque. Nem precisou se levantar; o Southern Comfort, uma garrafa de 1,5 litro de Seven-Up e uma tigela de plástico com gelo estavam em cima de uma mesinha redonda ao lado da sua poltrona.

De volta ao jogo. Os Chargers chutaram a bola. Hugh Federnach, o atacante avançado dos Mustangs, a pegou e fez um passe para o número 31 do seu time. Então, sob a liderança implacável de Hank Rucker, que talvez tenha visto o troféu Heisman[2] uma vez em um cinejornal, os Mustangs conseguiram avançar 6 jardas. Gene Voreman chutou. Andy Cocker, dos Chargers, fez a bola voltar para o número 46 dos Mustangs. E por aí vai, conforme apontou com tanta astúcia Kurt Vonnegut. Ele tinha lido todos os livros de Kurt Vonnegut. Gostava deles principalmente porque eram engraçados. Deu no jornal na semana anterior que o conselho escolar de uma cidade chamada Drake, em Dakota do Norte, tinha queimado um monte de exemplares do romance de Vonnegut, *Matadouro 5*, sobre o bombardeio incendiário de Dresden. Se você pensasse bem, havia uma relação curiosa entre os dois fatos.

Fred, por que aqueles merdas do Departamento de Estradas não constroem a extensão 784 por cima de Drake? Aposto que eles iriam adorar. George, essa é uma ótima idéia. Por que você não escreve para o *Blade* a respeito? Vá se foder, Fred.

Os Chargers marcaram ponto, fazendo 34 a 3. Algumas *cheerleaders* pavonearam-se pelo gramado artificial e balançaram seus rabos. Ele caiu em um semicochilo e quando Fred começou a importuná-lo, não conseguiu se livrar dele.

George, já que você não parece saber o que está fazendo, deixe-me lhe contar. Vou soletrar para você, meu velho. (*Largue do meu pé, Fred.*) Primeiro, a preferência de compra da fábrica de Waterford vai expirar. Isso vai acontecer à meia-noite de terça. Na quarta, Thom McAn fechará o negócio com aquele irlandês bajulador de merda chamado Patrick J. Monohan. Na quarta à tarde ou na manhã de quinta, uma placa grande dizendo VENDIDO! será colocada no lugar. Se alguém da lavanderia a vir, talvez você possa adiar o inevitável dizendo: Claro. Vendido para nós. No entanto, se Ordner conferir a informação, você está morto. Mas isso

---

[2] Troféu concedido anualmente ao melhor jogador da temporada de futebol americano universitário. (N. do T.)

é pouco provável. Porém (*Freddy, me deixe em paz*), na sexta uma nova placa vai aparecer. Ela vai dizer:

> LOCAL DA NOSSA NOVA FÁBRICA EM WATERFORD
> CALÇADOS THOM MCAN
> *Crescendo sempre!!!*

Na segunda, bem cedo, você perderá seu emprego. É, pelo que vejo, estará desempregado antes do cafezinho das dez. Então vai poder voltar para casa e contar para Mary. Não sei quando vai ser isso. A viagem de ônibus pode durar só 15 minutos, então nada impede que você *possa* acabar com vinte anos de casamento e vinte anos de emprego lucrativo em cerca de apenas meia hora. No entanto, depois de contar para Mary, vem a cena da explicação. Você pode adiá-la enchendo a cara, porém, mais cedo ou mais tarde...

Fred, cale essa maldita boca.

...mais cedo ou mais tarde, terá que explicar exatamente como perdeu seu emprego. Vai ter que confessar. Bem, Mary, o Departamento de Estradas vai demolir a fábrica da Fir Street daqui a mais ou menos um mês, e eu meio que negligenciei minha obrigação de conseguir um novo local para nós. Fiquei pensando que toda essa história da extensão 784 era uma espécie de pesadelo do qual eu iria acordar em algum momento. Sim, Mary, sim, eu encontrei uma nova fábrica para nós — em Waterford, isso, exatamente —, mas por algum motivo não consegui levar aquilo adiante. Quanto isso vai custar à Amroco? Ah, eu diria um milhão ou um milhão e meio, depende de quanto tempo eles levarem para encontrar um novo lugar para a fábrica e de quantos contratos perderem de vez.

Estou avisando, Fred.

Ou então você poderia contar a ela o que ninguém sabe melhor do que você, Fred. Que a margem de lucros da Blue Ribbon ficou tão pequena que os contadores talvez apenas joguem as mãos para cima e digam: vamos mandar tudo pro espaço, pessoal. Vamos simplesmente pegar o dinheiro da Prefeitura e comprar um fliperama lá em Norton ou um belo campinho de *pitch 'n' putt* em Russell ou Crescent. O risco de prejuízo é muito grande depois da água que aquele filho-da-puta do Dawes colocou no nosso chope. Você pode falar isso para ela.

Oh, vá para o inferno.

Mas esse é só o primeiro filme, e essa sessão é dupla, não é mesmo? A parte dois vai ser quando você falar para Mary que vocês não têm nenhuma casa para ir, e que nunca vão ter. E como você vai explicar isso?

Não vou fazer nada.

Está certo. Você é só um cara que pegou no sono na canoa. Porém, quando a meia-noite de terça chegar, sua canoa estará indo para a cachoeira, George. Pelo amor de Deus, vá encontrar Monohan na segunda e faça dele um homem feliz. Assine a linha pontilhada. Você já estará encrencado de qualquer maneira, com todas aquelas mentiras que contou para Ordner na noite de sexta. Mas pode se livrar dessa. Deus sabe que já se livrou de encrencas antes.

Me deixe em paz. Estou quase dormindo.

É Charlie, não é? Essa é uma maneira de você cometer suicídio. Mas não é justo com Mary, George. Não é justo com ninguém. Você está...

Ele deu um salto na poltrona, empertigando-se e derramando seu drinque no tapete.

— Com ninguém, exceto talvez comigo.

E quanto àquelas armas então, George? E quanto àquelas armas?

Tremendo, ele apanhou seu copo e preparou outro drinque.

26 de novembro de 1973

Ele estava almoçando com Tom Granger no Nicky's, um restaurante a três quadras da lavanderia. Estavam sentados em um reservado, bebendo cerveja e esperando seus pedidos. Havia um jukebox em que tocava "Good-bye Yellow Brick Road", do Elton John.

Tom falava sobre o jogo dos Mustangs contra os Chargers, que os Chargers ganharam por 37 a 6. Ele era apaixonado por todos os times da cidade e suas derrotas o deixavam enlouquecido. Um dia — pensou Bart enquanto ouvia Tom fazer a caveira da equipe inteira dos Mustangs, um por um — Tom Granger vai cortar uma de suas orelhas com um alfinete de lavanderia e mandá-la para o presidente do time. Um louco a mandaria para o técnico, que iria rir e afixá-la ao quadro de avisos do vestiário, mas Tom a mandaria para o presidente, que ficaria encucado com aquilo.

A comida chegou, trazida por uma garçonete vestindo um uniforme com calças brancas de náilon. Ele calculou que ela teria 300, talvez 304 anos de idade. E por aí de peso. Um crachá pequeno sobre o seio esquerdo dela dizia:

GAYLE
Obrigado pela preferência
Restaurante Nicky's

Tom comeu um rosbife que boiava de barriga para cima em um prato de caldo de carne. Ele pediu dois *cheeseburgers*, mal passados, e uma porção de batatas fritas. Sabia que os *cheeseburgers* viriam ao ponto. Já comera no Nicky's. A extensão 784 não pegaria o restaurante por meio quarteirão.

Eles comeram. Tom concluiu sua arenga sobre o jogo do dia anterior e lhe perguntou sobre a fábrica de Waterford e o encontro dele com Ordner.

— Vou assinar o contrato na quinta ou na sexta — disse ele.

— Pensei que a preferência expirasse na terça.

Ele contou sua história de como Thom McAn tinha desistido da fábrica de Waterford. Não tinha graça mentir para Tom Granger. Ele o conhecia havia 17 anos. Tom não era o cara mais inteligente do mundo. Não era difícil mentir para ele.

— Ah — disse Tom quando ele acabou de falar, e o assunto morreu. Ele levou uma garfada de rosbife à boca e fez uma careta. — Por que a gente come aqui? A comida é horrível. Até o café é horrível. Até o café da minha *mulher* é melhor.

— Não sei — disse ele, aproveitando a deixa. — Mas você se lembra de quando abriu aquele novo restaurante italiano? A gente levou Mary e Verna.

— Lembro, em agosto. Verna fala até hoje daquela tal de ricota... não, rigatoni. É assim que eles chamam. Rigatoni.

— Lembra aquele cara que sentou perto da gente? Aquele cara grande, gordo?

— Grande, gordo... — mastigou Tom, tentando recordar. Balançou a cabeça.

— Você disse que ele era bandido.

— Ahhhhh. — Os olhos dele se arregalaram. Ele afastou o prato e acendeu um Herbert Tareyton, jogando dentro dele o fósforo apagado, que ficou boiando no caldo de carne. — Agora, sim. Sally Magliore.

— Era esse o nome dele?

— É, isso mesmo. Um cara grande, com óculos fundo de garrafa. Nove queixos. Salvatore Magliore. Parece a especialidade da casa em um puteiro italiano, não parece? Sally Caolho, era como ele costumava ser chamado, por conta da catarata que tinha em um olho. Ele mandou tirar na clínica Mayo três ou quatro anos atrás... a catarata, não o olho. É, ele é um bandidaço.

— E qual o negócio dele?

— O de sempre — falou Tom, batendo a cinza do cigarro dentro do prato. — Drogas, garotas, jogos, negócios ilícitos, roubos. Além de matar outros bandidos. Você não viu no jornal? Deu na semana passada. Encontraram um cara na mala do próprio carro atrás de um posto de gasolina. Com seis tiros na cabeça e a garganta cortada. Quer coisa mais ridícula? Por que alguém cortaria a garganta de um cara depois de dar seis tiros na cabeça dele? Crime organizado, essa que é a praia do Sally Caolho.

— Ele tem algum negócio lícito?

— Acho que tem, sim. Lá na Pista de Aterrissagem, depois de Norton. Vende carros. Carros Usados Magliore, Qualidade Garantida. Um corpo em cada porta-malas. — Tom riu e bateu mais cinzas no prato. Gayle apareceu de volta e perguntou se eles queriam mais café. Os dois disseram que sim.

— Recebi hoje aqueles contrapinos para a porta da caldeira — falou Tom. — Me fizeram lembrar do meu pinto.

— Não me diga.

— Sério, você precisa ver aqueles filhos-da-puta. Vinte e três centímetros de comprimento e 7,5 de grossura.

— Você está falando do meu pinto? — perguntou ele, e os dois riram e jogaram conversa fora até a hora de voltar ao trabalho.

Ele desceu do ônibus naquela tarde na Barker Street e entrou no Duncan's, que era um bar tranqüilo do bairro. Pediu uma cerveja e ficou ouvindo Duncan reclamar um pouco sobre o jogo dos Mustangs contra os Chargers. Um homem entrou pela porta dos fundos e falou para Duncan que a máquina de boliche não estava funcionando direito. Duncan foi até os fundos para dar uma olhada nela e ele bebericou sua cerveja e olhou para a tevê. Estava passando uma novela, na qual duas mulheres falavam devagar, em um tom apocalíptico, sobre um homem chamado Hank. Hank estava voltando da faculdade e uma das mulheres tinha acabado de descobrir que ele era seu filho, o resultado de uma experiência desastrosa que acontecera depois do seu baile de formatura vinte anos antes.

Freddy tentou falar alguma coisa, mas George calou sua boca imediatamente. O disjuntor estava em perfeito funcionamento. Tinha funcionado o dia inteiro.

É isso aí, seu esquizofrênico de merda!, gritou Freddy, e então George se sentou em cima dele. Vá catar coquinho, Freddy. Você é *persona non grata* por aqui.

"Claro que não vou contar para ele", disse uma das mulheres na televisão. "Como você acha que eu vou contar uma coisa dessas?"

"Tudo que precisa fazer é... contar", disse a outra mulher.

"E por que deveria? Por que mandar a vida inteira dele pelos ares por conta de algo que aconteceu vinte anos atrás?"

"Vai mentir para ele?"

"Não vou lhe contar nada."

"Você *tem* que contar."

"Sharon, não posso fazer isso."

"Se você não contar, Betty, conto eu mesma."

— Aquela porra de máquina está toda fodida — falou Duncan, voltando para o bar. — Só deu aporrinhação desde que foi instalada. E agora, o que eu tenho que fazer? Ligar para a porra da empresa. Esperar vinte minutos até uma secretária de merda me passar para a linha certa. Ouvir um sujeito me falar que eles estão muito ocupados, mas que vão tentar mandar alguém na quarta. *Quarta!* Aí um fulano que tem o cérebro na racha da bunda aparece na sexta, bebe quatro pratas de cerveja de graça, conserta seja lá qual for o problema, provavelmente mexe em alguma outra coisa pra ela dar defeito daqui a duas semanas e me diz que eu não deveria deixar os clientes jogarem as bolas com tanta força. Eu costumava ter máquinas de *pinball*. Essas sim eram boas. Aquelas máquinas quase nunca davam defeito. Mas progresso é isso aí. Se eu ainda estiver aqui em 1980, eles vão tirar a máquina de boliche e colocar uma máquina de boquete automático. Vai querer outra cerveja?

— Claro — disse ele.

Duncan foi pegá-la. Ele colocou cinqüenta centavos no balcão e foi até a cabine de telefone nos fundos, ao lado da máquina de boliche quebrada.

Encontrou o que estava procurando nas páginas amarelas, na parte de *Automóveis, novos e usados*. A lista dizia: CARROS USADOS MAGLIORE, Rota 16, Norton 892-4576.

A rota 16 se tornava a Venner Avenue à medida que você entrava mais em Norton. A Venner Avenue também era conhecida como a Pista de Aterrissagem, onde você podia arranjar tudo que não era anunciado nas Páginas Amarelas.

Ele colocou uma moeda no telefone e discou o número da concessionária de carros usados Magliore. Atenderam ao telefone no segundo toque e uma voz masculina disse:

— Carros Usados Magliore.

— Aqui é Dawes — disse ele. — Barton Dawes. Posso falar com o sr. Magliore?

— Sal está ocupado. Mas será um prazer ajudá-lo, se eu puder.

— Não, tem que ser com o sr. Magliore, sr. Mansey. É sobre aqueles dois Eldorados.

— O senhor está mal informado — disse Mansey. — Não estamos negociando nenhum carro grande até o ano que vem, por causa dessa crise energética. Ninguém está comprando esse tipo de carro. Então...

— *Eu* estou comprando.

— Como é?

— Dois Eldorados. Um 1970 e o outro 1972. Um dourado e o outro creme. Falei sobre eles com o sr. Magliore na semana passada. Já fechamos negócio.

— Ah, sim. Entendo. Na verdade, ele não está aqui no momento, sr. Dawes. Para ser sincero, está em Chicago. Só chega lá pelas onze da noite.

Do lado de fora, Duncan pendurava uma placa na máquina de boliche. Ela dizia:

COM DEFEITO

— Ele estará aí amanhã?
— Sim, com certeza. Foi uma troca?
— Não, compra.
— Um dos pacotes especiais?
Ele hesitou por um instante, então falou:
— Isso, exatamente. Quatro da tarde é um bom horário?
— Claro, está ótimo.
— Obrigado, sr. Mansey.
— Vou falar para ele que o senhor ligou.
— Faça isso — disse ele, desligando o telefone com cautela. As palmas de suas mãos estavam suando.

Merv Griffin estava batendo papo com celebridades quando ele voltou para casa. Não havia correspondência, o que foi um alívio. Ele entrou na sala de estar.

Mary bebericava um preparado de rum quente em uma xícara de chá. Havia uma caixa de lenços de papel a seu lado e a sala cheirava a Vick Vaporub.

— Você está bem? — perguntou ele.
— Dão me peije — disse ela, e sua voz parecia uma buzina distante. — Beguei alduma coisa.
— Pobrezinha. — Ele lhe beijou a testa.
— Detesto te bedir isso, Bard, más será que você bode fazer as combras hoje? Eu ia com Meg Carder, más tibe que ligar bra ela bra cancelar.
— Claro. Você está com febre?
— Num sei. Bem, talvez um bouco.
— Está bem entupida.

— É. Os Vicks ajudaram um bouco, más agora... — Ela deu de ombros e abriu um sorriso fraco. — Bareço o Bato Donald.

Ele hesitou por um instante, então disse:

— Vou chegar um pouco mais tarde amanhã à noite.

— Ah, é?

— Vou até Northside ver uma casa. Parece boa. Seis quartos. Um quintalzinho de fundos. Fica perto dos Hobart.

Freddy falou muito claramente: *Seu cretino filho-da-puta de meia-tigela.*

Mary sorriu.

— Que marabilha! Pofo ir com bocê?

— Melhor não, com esse resfriado.

— Eu bou melhorar.

— Fica pra próxima — disse ele com firmeza.

— Ok. — Ela o encarou. — Graças a Deus, bocê finalmente está tocando isso — disse ela. — Estaba breocubada.

— Não se preocupe.

— Bode deixar.

Ela deu um gole no seu drinque de rum quente e se aninhou junto dele. Ele conseguia ouvir o barulho da sua respiração. Merv Griffin conversava com James Brolin sobre seu novo filme, *Westworld, Onde Ninguém tem Alma*. Em breve nos cinemas de todo o país.

Logo em seguida, Mary se levantou e colocou os congelados no forno para o jantar. Ele se levantou, mudou de canal para assistir a reprises do seriado *F-Troop* e tentou não dar ouvidos a Freddy. Algum tempo depois, no entanto, Freddy mudou o tom da conversa.

Você se lembra de como conseguiu sua primeira tevê, Georgie?

Ele deu um sorrisinho, olhando não para Forrest Tucker na televisão, mas através dele. Lembro, Fred. Claro que lembro.

Eles estavam voltando para casa uma noite, cerca de dois anos depois de se casarem, da casa dos Upshaw, onde tinham assistido aos programas *Your Hit Parade* e *Dan Fortune* e Mary lhe perguntara se ele não tinha achado Donna Upshaw um pouco... bem, desligada. Sentado diante da tevê, ele se lembrava de Mary, magra e, de uma forma estranha e atraente, mais alta naquelas sandálias brancas que comprara para celebrar a chegada do verão. Ela usava shorts brancos, também; suas pernas pareciam longas e velozes, como se fossem até a altura do seu queixo. Na verdade, ele não se interessara muito em saber se Donna Upshaw parecia ou não um pouco desligada; estava mais interessado em livrar Mary daqueles shorts. Era naquilo que ele estava interessado — para ser bem claro.

— Talvez ela esteja um pouco cansada de servir amendoins para metade da vizinhança só porque eles são as únicas pessoas na rua que têm uma televisão — disse ele.

Ele achou ter visto a pequena linha franzida entre os olhos dela; aquela que sempre significava que Mary estava matutando alguma coisa, porém, àquela altura eles já haviam subido metade das escadas, a mão dele descendo pelo fundilho daqueles shorts — como era pequenino aquele fundilho —, e foi somente mais tarde, somente depois, que ela falou:

— Quanto um modelo de mesa custaria para nós, Bart?

Meio dormindo, ele respondeu:

— Bem, acho que conseguiríamos um Motorola por 28, talvez 30 pratas. Mas um Philco...

— Não um rádio. Uma tevê.

Ele se sentou, acendeu a luz e a encarou. Ela estava nua na cama, com o lençol enrolado em volta da cintura e, embora sorrisse, Bart achou que ela estava falando sério. Era o sorriso "eu te desafio" de Mary.

— Mary, não temos dinheiro para uma tevê.

— Quanto custa um modelo de mesa? Uma GE, ou uma Philco, ou sei lá?

— Nova?

— Nova.

Ele refletiu sobre a pergunta, observando a luz do abajur brincar nas curvas arredondadas e formosas dos seus seios. Ela era tão mais magra naquela época (embora não seja nada gordinha agora, George, repreendeu-se ele; eu nunca falei isso, Freddy, meu garoto), tão mais viva, de certa forma. Até seu cabelo tremeluzia, emitindo sua própria mensagem: *viva, desperta, alerta...*

— Algo em torno de 750 dólares — falou ele, achando que aquilo apagaria o sorriso dela... mas não apagou.

— Olhe... — disse ela, sentando-se na cama com as pernas cruzadas sob o lençol.

— Estou olhando — falou ele, sorrindo.

— Não para *isso*. — Mas ela riu, e um rubor se espalhou lindamente pelas suas bochechas, descendo até o pescoço (embora ela não tivesse puxado o lençol para cima, ele se lembrou).

— No que você está pensando?

— Para que os homens querem uma televisão? — perguntou ela.

— Para assistir a todos os esportes nos fins de semana. E para que as mulheres querem uma? Para ver aquelas novelas à tarde. Você pode ficar ouvindo enquanto passa a roupa ou colocar os pés para cima se já tiver terminado o trabalho. Agora, imagine se nós dois tivéssemos alguma coisa para fazer, algo que *valesse a pena*, durante aquele tempo em que estaríamos simplesmente à toa...

— Lendo um livro, ou talvez até transando? — sugeriu ele.

— A gente sempre arranja tempo para *isso* — disse ela, e então riu e corou, e seus olhos estavam escuros sob a luz do abajur, que jogava uma sombra cálida e semicircular entre seus seios, e ele teve certeza de que acataria a ela, lhe prometeria um modelo com gabinete da Zenith de 1.500 dólares se Mary apenas o deixasse fazer amor com ela novamente e, ao pensar nisso, ele se sentiu enrijecer, sentiu a cobra virando pedra, como ela havia dito certa vez, depois de beber um pouco além da conta na festa de ano-novo dos Ridpath (e então, 18 anos depois, ele sentiu a cobra virando pedra novamente — por conta de uma lembrança apenas).

— Bem, está certo — disse ele. — Eu posso arranjar outro trabalho nos fins de semana e você pode trabalhar à tarde. Mas, querida Mary, minha não-exatamente-Virgem Maria, o que podemos fazer?

Ela pulou em cima dele, rindo, seus seios um peso macio contra sua barriga (que era bastante lisa naquela época, Freddy, nem sinal de barriga de cerveja).

— É assim que se fala! — disse ela. — Que dia é hoje? Dezoito de junho?

— Isso.

— Bem, você faz o seu esquema de fim de semana e no dia 18 de dezembro nós juntamos nosso dinheiro...

— ...e compramos uma torradeira — falou ele, sorrindo.

— ... e compramos aquela tevê — disse ela, solene. — Tenho certeza de que podemos fazer isso, Bart. — Ela disparou a rir novamente. — Mas a parte divertida é que só vamos contar um ao outro o que fizemos depois que ela estiver comprada.

— Desde que eu não veja uma luz vermelha na porta quando voltar do trabalho amanhã — disse ele, capitulando.

Ela o agarrou, montou em cima dele e começou a fazer cócegas. As cócegas se tornaram carícias.

— Vem — sussurrou ela contra o seu pescoço, agarrando-o com uma pressão delicada, porém excruciante, conduzindo-o e apertando-o ao mesmo tempo. — Enfia em mim, Bart.

E, mais tarde, no escuro novamente, com as mãos entrelaçadas atrás da cabeça, ele disse:

— Não contamos nada um para o outro, certo?

— Não.

— Mary, o que fez você pensar nisso? Foi o que eu falei sobre Donna Upshaw não querer ficar servindo amendoins para metade da vizinhança?

Não havia riso na sua voz quando ela respondeu. Seu tom era monocórdio, solene e ligeiramente assustador: um gostinho de inverno no ar quente de junho naquele apartamento de terceiro andar em um edifício sem elevador.

— Não gosto de viver à custa dos outros, Bart. E não vou fazer isso. Nunca.

Ele ficou uma semana e meia remoendo a pequena proposta dela na cabeça, se perguntando como diabo faria para arranjar sua metade dos 750 dólares (que provavelmente seriam três quartos no fim das contas, pensou ele) no decorrer dos próximos vinte e poucos fins de semana. Ele estava um pouco velho para ficar cortando grama por mixaria. E Mary estava com um olhar — um olhar convencido — que lhe dava a impressão de que ela ou tinha armado alguma coisa, ou estava armando. Melhor calçar seus tênis de corrida, Bart, pensou ele, e teve que rir de si mesmo.

Aquela foi uma época boa, não foi, Freddy?, ele se perguntou enquanto Forrest Tucker e *F-Troop* davam lugar a um comercial de cereais no qual um coelho animado pregava que "Trix é o cereal das crianças". Foi sim, Georgie. Aquela foi uma época *maravilhosa*.

Um dia, quando estava abrindo a porta do carro depois do trabalho, ele olhou por acaso para a chaminé grande atrás do setor de lavagem a seco e teve a idéia.

Colocou as chaves de volta no bolso e foi falar com Don Tarkington. Don recostou na sua cadeira, olhou para ele por debaixo das sobrancelhas desgrenhadas que já naquela época estavam ficando brancas (assim como os pêlos que brotavam das orelhas e saíam fazendo caracóis das narinas), as mãos fazendo um triângulo sobre o peito.

— Pintar a chaminé — falou Don.

Ele assentiu.

— Nos fins de semana.

Ele assentiu novamente.

— Remuneração: trezentos dólares.

E novamente.

— Você está louco.

Ele caiu na gargalhada.

Don abriu um pequeno sorriso.

— Você anda tomando drogas, Bart?

— Não — falou ele. — Mas há um negócio rolando entre mim e Mary.

— Uma aposta? — As sobrancelhas desgrenhadas saltaram um quilômetro.

— Algo mais honroso do que isso. Acho que você poderia chamar de um desafio. Enfim, Don, a chaminé precisa ser pintada e eu preciso dos trezentos dólares. O que me diz? Um pintor profissional cobraria 450.

— Você verificou.

— Eu verifiquei.

— Seu maluco desgraçado — falou Don, caindo na gargalhada. — Vai acabar se matando.

— É, provavelmente — disse ele, começando a rir também (e ali, 18 anos depois, à medida que o coelho do cereal Trix dava lugar ao noticiário da noite, ele sorriu feito um idiota).

E foi assim que, no fim de semana depois do 4 de Julho, ele se viu em um andaime balançante a 25 metros do chão, com um pincel na mão e a bunda sacudindo ao vento. Certa vez, uma tempestade vespertina chegou de repente, arrebentou uma das cordas que seguravam o andaime com a mesma facilidade com que você arrebentaria um barbante de um pacote e ele quase caiu. O cordão de segurança em volta da sua cintura o segurou e ele baixou a si mesmo até o solo, seu coração esmurrando o peito como um tambor, convencido de que nenhuma força na Terra o faria voltar lá para cima — não por uma tevê de mesa fajuta. Porém, ele voltou. Não pela tevê, mas por Mary. Pela visão da luz do abajur caindo sobre seus seios pequenos e empinados, pelo sorriso desafiador nos seus lábios e nos seus olhos — aqueles olhos escuros que às vezes ficavam tão mais claros ou escureciam ainda mais, transformando-se em nuvens carregadas de verão.

No começo de setembro ele havia terminado de pintar a chaminé; ela se erguia de um branco límpido contra o céu, um risco de giz contra um quadro azul, fina e reluzente. Bart olhou para ela com certo orgulho enquanto esfregava solvente nos braços respingados de tinta.

Don lhe pagou em cheque.

— Não ficou nada mal — foi seu único comentário —, se você levar em conta a anta que fez o serviço.

Ele conseguiu outros cinquenta revestindo de lambris as paredes da nova sala de estar de Henry Chalmers — naquela época, Henry era o supervisor da lavanderia — e pintando a velha lancha de Ralph Tremont. Quando chegou o dia 18 de dezembro, ele e Mary se sentaram à mesinha da sala de jantar como pistoleiros adversários, porém estranhamente amigáveis, e ele colocou 390 dólares em espécie na frente dela — tinha colocado o dinheiro no banco e ele rendera um pouco.

Ela acrescentou 416 dólares ao montante. Tirou de dentro do bolso do seu avental. Era um maço muito maior do que o dele, porque a maioria consistia em notas de um e cinco.

Ele engasgou ao ver aquilo, e então disse:

— Pelo amor de Deus, Mary, o que você *fez*?

Sorrindo, ela disse:

— Costurei 26 vestidos, diminuí a bainha de outros 49 e aumentei a bainha de mais 64; costurei 31 camisas; fiz três amostras de bordados; bordei quatro tapetes, um deles em ponto de cadeia; costurei quatro suéteres, duas mantas e um conjunto completo de toalhas de mesa; bordei 63 lenços; 12 jogos de toalhas e 12 jogos de fronhas e fico vendo um monte de monogramas na minha frente quando vou dormir.

Rindo, ela estendeu as mãos e, pela primeira vez, ele notou as almofadas grossas de calos nas pontas dos seus dedos, como os que um guitarrista arranja com o tempo.

— Meu Deus, Mary — disse ele, com a voz rouca. — Meu Deus, olhe para as suas mãos.

— Minhas mãos estão ótimas — disse ela, e seus olhos se escureceram e dançaram nas órbitas. — E você ficou uma graça lá em cima na chaminé, Bart. Cheguei a pensar em comprar um estilingue e ver se conseguia acertar sua bunda...

Rosnando, ele pulou da cadeira e a perseguiu pela sala de estar e pelo quarto. E foi lá que passamos o resto da tarde, se bem me lembro, meu velho Freddy.

Eles descobriram que não só tinham dinheiro o suficiente para uma tevê de mesa, como que por mais quarenta dólares poderiam, na verdade, comprar um modelo de gabinete. A RCA tinha deixado de lançar um modelo novo naquele ano, explicou-lhes John, o dono da loja de tevê (a loja do John já estava enterrada debaixo da extensão 784, é claro, há muito tempo, junto com o Grand e com todo o resto), e estava indo à falência. Ele teria o maior prazer em vendê-la para eles, e por apenas dez dólares por semana...

— Não — disse Mary.

John pareceu ficar magoado.

— Moça, são apenas quatro semanas. Não é como se estivesse vendendo a sua alma em troca de crédito fácil.

— Só um minuto — disse Mary, levando-o até o frio pré-natalino lá de fora, onde músicas de Natal se entrelaçavam subindo e descendo a rua.

— Mary — falou Bart —, ele tem razão. Não é como...

— A primeira coisa que vamos comprar a prazo tem que ser nossa casa, Bart — disse ela. Aquela linha tênue aparecendo entre os seus olhos.
— Agora, ouça...

Eles voltaram para a loja.

— O senhor pode reservá-la para nós? — perguntou ele a John.

— Acho que sim... por uns dias. Mas essa é minha época mais movimentada, sr. Dawes. Por quanto tempo?

— Só por este fim de semana — disse ele. — Eu passo aqui na segunda à noite.

Eles passaram aquele fim de semana no campo, agasalhados contra o frio e a neve que ameaçou, mas não caiu. Subiram e desceram estradas secundárias de carro, rindo como crianças, uma embalagem de seis cervejas no banco para ele e uma garrafa de vinho para Mary. Eles guardaram as garrafas de cerveja e cataram mais delas, sacolas de garrafas de cerveja e sacolas de garrafas de refrigerante, cada uma das pequenas valendo dois centavos, enquanto as grandes valiam cinco. Foi um fim de semana do cacete, pensava Bart agora — o cabelo de Mary estava grande na época, espalhava-se pelas costas dela por cima daquele seu casaco de imitação de couro, um rubor inflamando suas faces. Ele conseguia vê-la naquele instante, subindo uma vala cheia de folhas de outono caídas, chutando-as com suas botas, produzindo um som como o de um incêndio florestal rasteiro e constante... então, o retinir de uma garrafa e ela erguendo-a triunfante, agitando-a para ele do outro lado da estrada, sorrindo como uma criança.

Eles já nem produzem mais garrafas retornáveis, Georgie. A lei hoje em dia é não guardar nada, não retornar nada. Use e jogue fora.

Naquela segunda, depois do trabalho, eles fizeram 31 dólares, depois de irem a quatro supermercados diferentes para distribuir todo aquele tesouro. Chegaram à loja do John dez minutos antes de fechar.

— Faltam nove pratas — disse ele a John.

John escreveu PAGO na nota fiscal que estava presa com fita adesiva ao aparelho da RCA.

— Feliz Natal, sr. Dawes — disse ele. — Vou só pegar meu carrinho e já o ajudo a tirá-la da loja.

Eles a levaram para casa e um empolgado Dick Keller, que morava no primeiro andar, ajudou Bart a subi-la. Naquela noite, eles assistiram à tevê até o último canal no ar transmitir o hino nacional, e então fizeram amor diante das barras coloridas, os dois explodindo de dor de cabeça por conta da vista cansada.

Desde então, raras vezes uma tevê pareceu tão bonita.

Mary entrou na sala e se deparou com ele olhando para a tevê com o copo de uísque com gelo vazio na mão.

— A janta está pronta, Bart — disse ela. — Quer comer aqui?

Bart olhou para ela, se perguntando quando exatamente tinha visto aquele sorriso desafiador nos seus lábios pela última vez... quando exatamente aquela pequena linha entre seus olhos havia começado a estar ali o tempo todo, como uma ruga, uma cicatriz, uma tatuagem evidenciando a idade.

A gente se pergunta sobre coisas, pensou ele, que jamais, sob hipótese alguma, gostaria de saber. E por que diabos a gente faz isso?

— Bart?

— Vamos comer na sala de jantar — disse ele, levantando-se e desligando a tevê.

— Tudo bem.

Eles se sentaram. Ele olhou para a comida na bandeja de alumínio. Seis compartimentos pequenos e algo que parecia ter sido prensado em cada um deles. A refeição estava coberta de caldo de carne. Era impressão sua, ou aqueles pratos congelados *sempre* tinham caldo de carne? A carne neles pareceria nua sem o caldo, pensou. Então, sem o menor motivo, se lembrou do que tinha pensando sobre Lorne Greene: *Ah, se eu arranco essa sua peruca.*

Não achou divertido daquela vez. De certa forma, aquilo lhe deu medo.

— Sobre o que bocê estaba resmundando na sala, Bart? — perguntou Mary. Seus olhos estavam vermelhos por conta da gripe e seu nariz parecia irritado, em carne viva.

— Não me lembro — disse ele, e pensou naquele instante: *Acho que vou gritar agora. Pelas coisas perdidas. Pelo seu sorriso, Mary. Me perdoe se eu jogar a cabeça para trás e gritar pelo sorriso que nunca mais aparece no seu rosto. Ok?*

— Bocê barece muito feliz — disse ela.

Contra sua vontade — era um segredo e, naquela noite, ele sentia que precisava dos seus segredos, naquela noite seus sentimentos pareciam tão em carne viva quanto o nariz de Mary —, contra sua vontade ele disse:

— Estava pensando na vez em que saímos catando garrafas para acabar de pagar aquela televisão. Aquela RCA.

— Ah, sim — falou Mary, e então espirrou no seu lenço sobre a comida congelada.

Ele encontrou Jack Hobart no mercado. O carrinho de Jack estava cheio de comida congelada, enlatados semiprontos e muita cerveja.

— Jack! — disse ele. — O que você está fazendo aqui?

Jack deu um sorrisinho.

— Ainda não me acostumei com o outro mercado, então... pensei...

— Cadê a Ellen?

— Ela teve que pegar um avião para Cleveland — disse ele. — A mãe dela morreu.

— Minha nossa, sinto muito, Jack. Foi tão de repente assim?

Os clientes passavam em volta deles sob a luz das lâmpadas fluorescentes. Música ambiente vinha de caixas de som escondidas, velhos clássicos que você nunca conseguia reconhecer direito. Uma mulher com um carrinho cheio passou por eles, arrastando um garotinho de 3 anos aos berros que usava um casaco azul com ranho nas mangas.

— É, foi sim — falou Jack Hobart. Abriu um sorriso sem sentido e baixou os olhos para seu carrinho. Havia um saco plástico amarelo dentro dele que dizia:

> AREIA PARA GATOS KITTY-PAN
> *Para usar e jogar fora*
> *Produto sanitário*

— É, foi. Ela andava se sentindo meio caída, sem dúvida, mas achou que pudesse ser um, sei lá, uma espécie de efeito colateral por conta da mudança de vida. Era câncer. Eles a abriram, deram uma olhada e costuraram de volta na mesma hora. Três semanas depois, ela estava morta. Foi muito duro para Ellen. Quero dizer, ela é só vinte anos mais nova.

— Entendo — disse ele.

— Então ela vai ficar um tempo em Cleveland.

— Claro.

— Pois é.

Eles trocaram olhares e sorriram envergonhados diante da realidade da morte.

— Como estão as coisas? — perguntou ele. — Lá em Northside.

— Bem, para dizer a verdade, Bart, as pessoas não parecem muito amigáveis.

— Não?

— Você sabe que Ellen trabalha no banco, certo?

— Sim, claro.

— Bem, muitas das garotas costumavam fazer lotação para ir ao trabalho, eu deixava a Ellen usar o nosso carro toda quinta. Era a contribuição dela. Tem uma lotação lá em Northside para a cidade, mas todas as mulheres envolvidas fazem parte de um tal de um clube em que a Ellen só pode entrar depois de um ano morando lá.

— Para mim, isso está parecendo bastante com discriminação, Jack.

— Elas que se fodam — falou Jack com raiva. — Ellen não entraria na droga de clube delas nem que elas viessem pedir de joelhos. Comprei um carro só para ela. Um Buick usado. Ela está adorando. Deveria ter feito isso dois anos atrás.

— E que tal a casa?

— É boa — disse Jack, suspirando. — Mas a conta de luz é alta. Você precisa ver. Fica pesado para quem tem um filho na faculdade.

Eles começaram a andar. Agora que a raiva de Jack tinha passado, o sorriso envergonhado estava de volta a seu rosto. Bart percebeu que Jack estava quase pateticamente feliz em ver alguém da vizinhança e tentava prolongar aquele momento. Teve uma visão repentina de Jack zanzando pela casa nova, o som da tevê enchendo os cômodos com uma companhia fantasma, sua mulher a 1.600 quilômetros de distância enterrando a própria mãe.

— Olhe, por que não volta comigo pra casa? — perguntou ele. — A gente bebe umas cervejas e escuta Howard Cosell explicar tudo o que há de errado com a NFL.

— Ei, isso seria ótimo.

— Deixe-me só dar uma ligada pra Mary antes de a gente sair.

Ele ligou para Mary e ela disse ok. Falou que iria colocar uns congelados no forno e depois ir para a cama, para não passar a gripe para Jack.

— O que ele está achando de lá? — perguntou ela.

— Parece que está gostando. Mare, a mãe de Ellen morreu. Ela viajou para Cleveland para o funeral. Câncer.

— Oh, *não*.

— Então eu pensei que Jack talvez gostasse de um pouco de companhia, entende...

— Claro, sem dúbida. — Ela fez uma pausa. — Bocê contou bra ele que daqui a bouco vamos ser bizinhos?

— Não — disse ele. — Não contei.

— Debia contar. Talbez ele se anime.

— Claro. Tchau, Mary.

— Tchau.

— Tome umas aspirinas antes de ir para a cama.

— Vou tomar.

— Tchau.

— Tchau, George. — Ela desligou.

Ele olhou para o telefone, arrepiado. Ela só o chamava daquele jeito quando estava muito feliz com ele. Foi Charlie quem inventou aquela brincadeira de Freddy-e-George.

Ele e Jack Hobart foram para casa e assistiram ao jogo. Beberam muita cerveja. Mas não foi tão bom.

Quando Jack estava entrando no seu carro para voltar para casa à meia-noite e quinze, ele olhou desolado para cima e disse:

— Aquela maldita auto-estrada. Foi ela quem fodeu com tudo.

— Com certeza. — Ele pensou que Jack parecia velho, e aquilo o assustou. Jack era mais ou menos da sua idade.

— Mantenha contato, Bart.

— Pode deixar.

Eles trocaram sorrisos insinceros, um pouco bêbados, um pouco nauseados. Ele ficou olhando o carro de Jack até os faróis traseiros desaparecerem pela colina longa e curvada abaixo.

27 de novembro de 1973

Ele estava com um pouco de ressaca e um pouco sonolento por ter ficado acordado até tão tarde. O som das máquinas de lavar começando a centrifugação parecia-lhe alto e o *claque-shhh* constante das prensas para camisas e da máquina de passar lhe dava vontade de se encolher todo.

Mas o pior era Freddy. Ele estava especialmente diabólico naquele dia.

Ouça, dizia Fred. Esta é sua última chance, meu garoto. Você ainda tem a tarde inteira para ir até o escritório de Monohan. Se não fizer nada até as 17 horas, vai ser tarde demais.

A preferência não expira até a meia-noite.

Claro que não. Porém, logo depois do fim do expediente, Monohan sentirá uma vontade incontrolável de visitar uns parentes. No Alasca. Para ele, a diferença é entre uma comissão de 45 mil dólares e outra de 50 mil — o preço de um carro novo. Em se tratando de uma grana dessas, você nem precisa de uma calculadora portátil. Por esse tipo de grana, consegue descobrir parentes na rede de esgoto debaixo de Bombaim.

No entanto, aquilo não importava. A coisa já havia ido longe demais. Ele tinha deixado a máquina correr sozinha por muito tempo. Estava hipnotizado pela explosão iminente, quase ansiava por ela. Seu estômago roncou, revolvendo em seus próprios líquidos.

Ele passou a tarde quase inteira no setor de lavagem, observando Ron Stone e Dave baterem algumas máquinas cheias com um dos novos produtos de limpeza. O setor de lavagem era barulhento. Os sons faziam sua cabeça sensível doer, mas evitavam que ele ouvisse os próprios pensamentos.

Depois do trabalho, ele tirou o carro da garagem — Mary teve o maior prazer em deixá-lo com ele naquele dia, já que Bart iria ver a casa nova — e seguiu pelo centro e depois por Norton.

Em Norton, havia negros parados nas esquinas e do lado de fora dos bares. Os restaurantes anunciavam uma variedade de comidas típicas do Sul. Crianças pulavam e dançavam sobre jogos de amarelinha riscados a giz na calçada. Ele viu um carro de cafetão — um Cadillac Eldorado rosa imenso — parado em frente a um prédio residencial sem nome. O homem que saiu dele era um negro gigantesco com um chapéu branco de fazendeiro, terno branco leitoso com botões de pérola e sapatos plataforma pretos com fivelas de ouro enormes. Carregava uma bengala de madeira de Malaca com uma bola de marfim grande na ponta. Contornou devagar, de forma majestosa, o capô do carro, sobre o qual haviam sido instalados dois chifres de rena. Trazia uma colherzinha de prata pendurada em uma corrente, também de prata, em volta do pescoço, e ela cintilava sob o sol fraco de outono. Bart ficou observando o homem pelo retrovisor enquanto as crianças corriam até ele para pedir doces.

Nove quarteirões depois, os edifícios rarearam, dando lugar a terrenos acidentados e abertos, ainda de terra fofa e pantanosa. Entre os outeiros, a água oleosa formava poças cujas superfícies eram arco-íris achatados e mortais. À esquerda, próximo do horizonte, ele conseguia ver um avião pousando no aeroporto da cidade.

Já estava na rota 16, cruzando a área semi-rural entre a cidade e seus limites. Passou por um McDonald's. Pelos restaurantes Shakey's e Nino's Steak Pit. Por outro restaurante, dessa vez um Dairy Freez, e pelo motel Noddy Time, os dois fechados devido à baixa temporada. Passou pelo drive-in de Norton, cujo letreiro dizia:

SEX — SÁB — DOM

RESTLESS WIVES
SOME CAME RUNNING   18 ANOS
EIGHT-BALL

Passou por um boliche e por uma área de treinamento de golfe, também fechada devido à baixa temporada. E por postos de gasolina — dois com placas que diziam:

COMBUSTÍVEL EM FALTA, SENTIMOS MUITO

Ainda faltavam quatro dias para eles receberem as cotas de gasolina de dezembro. Ele não conseguia se obrigar a sentir pena do país como um todo enquanto ele sofria aquela crise digna de uma ficção científica — os EUA já vinham bebendo petróleo feito água havia tempo demais para o seu gosto —, mas tinha pena dos pobres-diabos que ficaram na mão no meio da tempestade.

Um quilômetro e meio depois, chegou à concessionária de carros usados Magliore. Ele não sabia o que esperava encontrar, porém, se decepcionou. Parecia um negócio fajuto, suspeito. Havia carros alinhados no estacionamento de frente para a estrada sob fileiras arqueadas de bandeirolas ondulantes — vermelhas, amarelas, azuis, verdes —, amarradas entre postes de luz que iluminavam os produtos à noite. Preços e slogans enchiam os pára-brisas:

>US$750
>MUITO VELOZ!

e

>US$550
>BOM VEÍCULO

E, em um Valiant velho e empoeirado, com pneus vazios e um pára-brisa quebrado:

>US$75
>PROMOÇÃO PARA MECÂNICOS

Um vendedor que usava um sobretudo cinza-esverdeado assentia e sorria ao mesmo tempo enquanto um garotinho com um casaco de seda vermelho falava com ele. Eles estavam parados ao lado de um Mustang azul com câncer na parte de baixo da carroceria. O garoto disse algo com veemência e bateu na porta do motorista com a palma da mão. Partículas de ferrugem se soltaram no ar. O vendedor deu de ombros e continuou sorrindo. O Mustang ficou simplesmente parado ali e envelheceu mais um pouco.

Uma mistura de escritório e garagem ficava no meio do estacionamento. Ele estacionou e saiu do carro. Havia um elevador na garagem e um Dodge velho com barbatanas enormes estava em cima dele. Um mecânico saiu andando lá de baixo, segurando um silencioso nas duas mãos enluvadas e sujas de graxa como um cálice.

— Ei, senhor, não pode estacionar aqui. Está bem no meio do caminho.

— E onde eu devo estacionar?

— Dê a volta até os fundos se quiser ir para o escritório.

Ele guiou o LTD até os fundos, deslizando com cuidado pela passagem estreita entre a lateral de metal corrugado da garagem e uma fileira de carros. Estacionou atrás da garagem e saiu do carro. O vento, forte e cortante, o fez se encolher. O aquecedor tinha desarmado seu rosto e ele teve que apertar os olhos para evitar que lacrimejassem.

Havia um ferro-velho lá atrás. Estendia-se por acres e acres; uma visão impressionante. A maioria dos carros tinha sido estripada e jazia em seus aros de roda ou eixos como vítimas de alguma praga terrível, contagiosa demais até para ser enterrada. Grades com os encaixes dos faróis dianteiros vazios o encaravam de forma arrebatadora.

Ele voltou andando até a entrada. O mecânico instalava o silencioso. Uma garrafa aberta de Coca-Cola estava equilibrada sobre uma pilha de pneus à sua direita.

Ele perguntou para o homem:

— O sr. Magliore está? — Falar com mecânicos sempre o fazia se sentir um babaca. Tinha comprado seu primeiro carro 24 anos antes e, quando falava com eles, ainda se sentia um adolescente espinhento.

O mecânico olhou por sobre o ombro e continuou trabalhando com sua chave de boca.

— Está, ele e Mansey.

— Obrigado.

— Por nada.

Ele entrou no escritório. As paredes eram de imitação de pinho, o piso, quadrados foscos de linóleo vermelho e branco. Havia duas poltronas velhas com uma pilha de revistas esfarrapadas entre elas: *Outdoor Life, Field and Stream, True Argosy*. Não havia ninguém sentado nas poltronas. Havia outra porta, que provavelmente conduzia a um escritório interno e, à esquerda, um cubículo parecido com uma bilheteria de cinema. Uma mulher estava sentada lá dentro, trabalhando numa calculadora com um lápis amarelo enfiado no cabelo. Um par de óculos "gatinha" estava pendurado sobre seus seios mirrados, preso por uma corrente de imitação de diamante. Ele foi na direção dela, subitamente nervoso. Molhou os lábios antes de falar.

— Com licença.

Ela ergueu os olhos.

— Sim?

Ele sentiu um impulso louco de dizer: *Estou aqui para ver Sally Caolho, sua vadia. Mexa esse rabo.*

Em vez disso, falou:

— Tenho hora marcada com o sr. Magliore.

— Ah, é? — Ela o encarou com suspeita por um instante, então folheou algumas tiras de papel na mesa ao lado da calculadora. Pegou uma. — Seu nome é Dawes? Barton Dawes?

— Isso mesmo.

— Pode entrar. — Ela esticou os lábios para a frente e voltou a bater na calculadora.

Ele estava muito nervoso. Certamente aqueles caras sabiam que ele tinha passado a perna neles. O que administravam ali era uma espécie de concessionária clandestina, ao menos aquilo ficara óbvio pela maneira como Mansey tinha falado com ele no dia anterior. E eles sabiam que ele sabia. Talvez fosse melhor sair andando pela porta, seguir a toda para o escritório de Monohan e talvez pegá-lo antes de ele ir para o Alasca, Timbuktu ou sabe-se lá para onde.

Até que enfim, disse Freddy, o homem está mostrando um pouco de bom senso.

Apesar de Freddy, ele andou até a porta, abriu-a e entrou no escritório interno. Havia dois homens lá dentro. O que estava atrás da mesa era gordo e usava óculos pesados. O outro era magro feito um palito e vestia um paletó esporte rosa-salmão que o fez pensar em Vinnie. Inclinava-se sobre a mesa. Eles estavam olhando para um catálogo de autopeças da J.C. Whitney.

Ergueram os olhos para ele. Magliore sorriu de trás da mesa. Os óculos deixavam seus olhos desbotados e enormes, como gemas de ovos poché.

— Sr. Dawes?

— Isso mesmo.

— Que bom que o senhor veio. Poderia fechar a porta?

— Ok.

Ele a fechou. Quando virou de volta, Magliore não estava mais sorrindo. Mansey tampouco. Apenas olhavam para ele e a temperatura da sala parecia ter caído uns 10 graus.

— Certo — disse Magliore. — Que merda é essa?

— Eu queria conversar com o senhor.

— Eu converso de graça. Mas não com merdinhas como você. Você me liga para Pete e vem com uma conversa fiada sobre dois Eldorados. — Ele pronunciava "Eldoraydos". — Agora vai abrir o jogo comigo, meu camarada. Vai me falar o que está armando.

Parado diante da porta, ele disse:

— Ouvi dizer que o senhor talvez vendesse umas coisas.

— É, isso é verdade. Carros. Eu vendo carros.

— Não — disse ele. — Outras coisas. Tipo... — Ele olhou em volta para as paredes revestidas de imitação de pinho. Só Deus sabia quantas agências estavam grampeando aquele lugar. — Umas coisas aí — concluiu ele, as palavras saindo claudicantes.

— Você está falando de coisas tipo bagulho, putas e jogo ilegal? Ou quer comprar um berro para apagar sua mulher ou seu chefe? — Magliore viu que ele se assustou e deu uma gargalhada rouca. — Nada mal, meu camarada, nada mal para um merdinha. É o velho truque do "E se este lugar estiver grampeado?", certo? É a primeira lição na Academia de Polícia, não é?

— Olhe, eu não sou um...

— Cale a boca — falou Mansey. Ele estava com o catálogo da J.C. Whitney nas mãos. Suas unhas eram manicuradas. Nunca tinha visto unhas manicuradas daquele jeito, a não ser nos comerciais de televisão em que o anunciante tinha que segurar um frasco de aspirina ou algo do gênero. — Quando Sal quiser que você fale, ele vai deixar você falar.

Ele piscou e calou a boca. Aquilo parecia um pesadelo.

— Vocês estão ficando cada vez mais burros — disse Magliore. — Mas tudo bem. Gosto de lidar com idiotas. Estou *acostumado* a lidar com eles. Sou bom nisso. Agora. Sei que você já sabe, mas este escritório está mais limpo do que bunda de neném. Damos uma geral toda semana. Tenho uma caixa de charutos cheia de grampos em casa. Microfones de contato, de carbono, de pressão, gravadores da Sony que cabem na palma da sua mão. Eles já nem andam tentando muito. Agora enviam merdinhas como você.

Ele se ouviu dizendo:

— Não sou um merdinha.

Uma expressão de surpresa exagerada se espalhou pelo rosto de Magliore. Ele se virou para Mansey.

— Ouviu isso? Ele disse que não é um merdinha.

— É, eu ouvi — falou Mansey.

— Ele parece um merdinha para você?

— Parece, sim — respondeu Mansey.

— Até fala como um merdinha, não fala?

— Fala.

— Então, se você não é um merdinha — disse Magliore, voltando-se novamente para ele. — O que você é?

— Eu sou... — começou ele, sem saber ao certo o que dizer. O que ele *era*? Fred, cadê você quando eu mais preciso?

— Vamos, desembucha — falou Magliore. — Polícia estadual? Municipal? Receita Federal? FBI? Ele parece um belo de um agente do Efe-Bê-I para você, Pete?

— Parece — disse Pete.

— Nem a guarda municipal mandaria um merdinha como você, meu camarada. Você deve ser ou do Efe-Bê-I ou um detetive particular. Qual dos dois?

Ele começou a ficar com raiva.

— Tire-o daqui, Pete — falou Magliore, perdendo o interesse. Mansey começou a andar para a frente, ainda segurando o catálogo da J.C. Whitney.

— Seu paspalho! — ele gritou de repente para Magliore. — É tão burro que deve ver policiais debaixo da cama! Deve achar que eles estão na sua casa comendo a sua mulher enquanto está aqui.

Magliore olhou para ele, arregalando os olhos ampliados. Mansey parou onde estava com uma expressão de descrença no rosto.

— Paspalho? — falou Magliore, girando a palavra na boca da mesma forma que um carpinteiro giraria uma ferramenta que não conhece nas mãos. — Ele me chamou de paspalho?

Magliore ficou chocado com o que ele dissera.

— Vou levá-lo para os fundos — disse Mansey, voltando a andar para a frente.

— Espere. — Magliore suspirou, encarando-o com uma curiosidade sincera. — Você me chamou de paspalho?

— Não sou um policial — falou ele. — Também não sou bandido. Sou apenas um cara que ouviu dizer que o senhor vende algumas coisas para pessoas que têm dinheiro para comprá-las. Bem, eu tenho o dinheiro. Não sabia que precisava falar uma senha ou ter um anel decodificador do Capitão Meia-Noite ou alguma babaquice dessas. Sim, eu chamei o senhor de paspalho. Me desculpe se fiz isso para evitar que este sujeito me cobrisse de porrada. Eu... — Ele molhou os lábios e não conseguiu pensar em nenhuma maneira de prosseguir. Magliore e Mansey o encaravam, fascinados, como se ele tivesse virado uma estátua grega de mármore diante dos seus olhos.

— Paspalho. — Magliore suspirou. — Reviste este cara, Pete.

Pete espalmou as mãos nos seus ombros e ele se virou.

— Coloque as mãos nas paredes — falou Mansey com a boca ao lado da sua orelha. Ele cheirava a Listerine. — Afaste os pés para trás. Igual àqueles seriados policiais.

— Eu não vejo seriados policiais — disse ele, mas entendeu o que Mansey queria dizer e se colocou em posição de revista. Mansey correu as mãos pelas suas pernas acima, tateou sua virilha com a impessoalidade de um médico, colocou uma das mãos por dentro do seu cinto, passou-as pelos lados do seu corpo e enfiou um dedo no seu colarinho.

— Ele está limpo — disse.

— Você, vire pra mim — falou Magliore.

Ele se virou. Magliore ainda o encarava com fascinação.

— Venha cá.

Ele obedeceu.

Magliore tamborilou o tampo de vidro da sua mesa. Debaixo do vidro, havia várias fotos: uma negra que sorria para a câmera com óculos de sol em cima do cabelo crespo; crianças pardas nadando numa piscina; o próprio Magliore andando por uma praia com uma roupa de banho preta, parecendo o rei Farouk, com um *collie* grande aos seus pés.

— Pode ir espalhando.

— Hein?

— Tudo que estiver no seu bolso. Pode ir espalhando.

Ele pensou em se opor, então pensou em Mansey, que pairava logo atrás do seu ombro esquerdo. Esvaziou os bolsos.

Dos bolsos do sobretudo, tirou os canhotos dos ingressos do último filme que ele e Mary tinham visto no cinema. Algo com bastante cantoria, ele não se lembrava do nome.

Despiu o sobretudo. Do paletó, tirou um isqueiro Zippo com suas iniciais — BGD — gravadas. Um pacote de pedras de isqueiro. Um único charuto Phillies Cheroot. Uma cartela de pastilhas de leite de magnésia Phillips. Um recibo da loja de pneus A&S Tires, o lugar em que havia instalado seus pneus de neve. Mansey olhou para o recibo e disse, com certa satisfação:

— Minha nossa, que assalto.

Ele tirou o paletó. Nada no bolso da camisa além de uma bolinha de sujeira. Do bolso da frente direito das calças retirou as chaves do carro e quarenta centavos de troco, a maioria em moedas de cinco. Por algum motivo que jamais conseguira compreender, ele parecia atrair moedas de cinco centavos. Nunca tinha uma moeda de dez para o parquímetro; somente de cinco, que não servia. Colocou a carteira sobre a mesa de tampo de vidro com o restante de suas coisas.

Magliore apanhou a carteira e olhou para o monograma apagado nela — um presente que Mary lhe dera de aniversário quatro anos antes.

— O que significa o *G*? — perguntou Magliore.

— George.

Ele abriu a carteira e dispôs o conteúdo diante de si como se estivesse jogando paciência.

Quarenta e três dólares em notas de vinte e de um.

Cartões de crédito: Shell, Sunoco, Arco, Grant's, Sears, loja de departamentos Carey's, American Express.

Carteira de motorista. Cartão da Previdência Social. Um cartão de doador de sangue, tipo A positivo. Cartão da biblioteca. Um miniálbum de fotos de plástico. Uma cópia da sua certidão de nascimento. Várias notas fiscais velhas, algumas rasgando nas dobras de tão antigas. Canhotos de depósitos bancários carimbados, alguns ainda de junho.

— Qual o seu problema? — perguntou Magliore com irritação.
— Nunca limpa a carteira? A coitada está sofrendo, cheia desse jeito, com você andando com ela por aí o ano todo.

Ele deu de ombros.

— Detesto jogar as coisas fora. — Estava pensando que aquilo era estranho: Magliore tê-lo chamado de merdinha o deixou com raiva, mas a crítica dele à sua carteira não o incomodou nem um pouco.

Magliore abriu o miniálbum, que estava cheio de fotografias 3x4. A primeira era de Mary, com os olhos vesgos e mostrando a língua para a câmera. Uma foto antiga. Ela era mais magra naquela época.

— Sua esposa?

— É.

— Aposto que é bonita quando não está com uma câmera enfiada na cara.

Ele virou outra foto para cima e sorriu.

— Seu garotinho? Tenho um mais ou menos dessa idade. Ele sabe acertar uma bola de beisebol? Vapt! Aposto que sim.

— É, este era meu filho. Ele morreu.

— Sinto muito. Acidente?

— Tumor no cérebro.

Magliore assentiu e olhou para as outras fotos. Recortes minúsculos de uma vida: a casa na Crestallen Street West; ele e Tom Granger no setor de lavagem da Blue Ribbon; uma foto dele no palanque da convenção dos profissionais de lavanderia, no ano em que ela foi sediada pela cidade (ele havia apresentado o palestrante principal); um churrasco de quintal com ele diante da grelha com um chapéu de cozinheiro e um avental que dizia: PAPAI ESTÁ NA COZINHA, MAMÃE ESTÁ DE OLHO.

Magliore largou o miniálbum, juntou os cartões de crédito em uma pilha e os entregou para Mansey:

— Tire xerox desses cartões — disse. — E leve um desses canhotos de depósito. A mulher dele mantém o talão de cheques guardado a sete chaves, igual à minha. — Magliore riu.

Mansey o encarou com ceticismo.

— Você vai fazer negócio com esse merdinha?

— Se você parar de chamá-lo de merdinha talvez ele não me chame mais de paspalho. — Soltou uma risada ofegante que parou repentinamente, de forma perturbadora. — Cuide da sua vida, Petie. Não me diga como cuidar da minha.

Mansey riu, mas foi embora com um andar diferente.

Magliore olhou para ele quando a porta se fechou.

— Paspalho — disse. — Por Deus, achei que já tivesse sido chamado de tudo.

— Por que ele vai tirar xerox dos meus cartões?

— A gente tem acesso a um computador. Ninguém é dono dele sozinho. É compartilhado por algumas pessoas. Se você souber as senhas certas, pode entrar nos bancos de dados de mais de cinqüenta empresas que prestam serviço para a cidade. Então eu vou dar uma conferida em você. Se for um tira, nós vamos descobrir. Se aqueles cartões de crédito forem falsos, nós vamos descobrir. Se forem legítimos, mas não forem seus, também. Mas você me convenceu. Acho que está limpo. Paspalho. — Ele balançou a cabeça e riu. — Ontem foi segunda-feira? Meu camarada, você deu sorte de não me chamar de paspalho na segunda.

— Posso lhe dizer agora o que eu quero comprar?

— Poderia, sim, e mesmo que fosse um tira com seis gravadores debaixo da roupa ainda não poderia encostar um dedo em mim. O nome disso é cilada. Mas não quero saber agora. Volte amanhã, na mesma hora, no mesmo canal, e eu lhe digo se quero saber ou não. Até se você estiver limpo, talvez não lhe venda nada. Sabe por quê?

— Por quê?

Magliore riu.

— Porque acho que você é maluco. Acho que está correndo sobre três rodas. Agindo no piloto automático.

— Por quê? Porque eu xinguei o senhor?

— Não — falou Magliore. — Porque você me lembrou de uma coisa que aconteceu comigo quando eu tinha mais ou menos a idade do meu filho. Havia uma cadela no bairro em que eu cresci. A Cozinha do Inferno, em Nova York. Isso foi antes da Segunda Guerra, durante a Depressão. Um cara chamado Piazzi tinha uma vira-lata preta chamada Andrea, que todo mundo só chamava de cadela do sr. Piazzi. Ele a mantinha acorrentada o tempo todo, mas aquela cadela nunca ficou brava, não até um dia quente de agosto. Acho que pode ter sido em 1937. Ela pulou em cima de um menino que foi brincar com ela e o colocou no hospital por um mês. Trinta e sete pontos no pescoço. Mas eu sabia que aquilo estava para acontecer. Aquela cadela tinha ficado no sol quente todos os dias, o dia inteiro, durante todo o verão. No meio de junho, ela parou de abanar o rabo quando as crianças vinham fazer carinho nela.

Então começou a girar os olhos. No final de julho, dava um rosnado gutural quando algum garoto passava a mão no seu pêlo. Depois disso, eu parei de fazer carinho na cadela do sr. Piazzi. E meus amigos diziam: "Qual é, Sally? Virou covarde?", e eu dizia: "Não, não virei covarde, mas também não sou burro. Essa cadela ficou brava." E eles todos diziam: "Que brava o cacete, a cadela do sr. Piazzi não morde, nunca mordeu ninguém, não morderia um bebê se ele colocasse a cabeça na garganta dela." E eu falava: "Então podem ir fazer carinho nela, não tem lei nenhuma que proíba os outros de fazerem carinho num cachorro, mas eu não vou." E então todos eles começaram a falar: "Sally é covarde, Sally é uma garotinha, Sally vai chamar a mamãe para passar na frente da cadela do sr. Piazzi." Você sabe como são as crianças.

— Eu sei — disse ele. Mansey tinha voltado com os seus cartões de crédito e estava parado na porta, ouvindo.

— E foi um dos garotos que estava fazendo mais escarcéu que finalmente levou a pior. Luigi Bronticelli era o nome dele. Um bom judeu igual a mim. — Magliore riu. — Ele foi fazer carinho na cadela do sr. Piazzi em um dia de agosto tão quente que daria para fritar um ovo na calçada, e desde aquele dia só consegue falar cochichando. Ele tem uma barbearia em Manhattan, e todo mundo o chama de Gi Cochichador.

Magliore sorriu para ele.

— Você me faz lembrar do cachorro do sr. Piazzi. Ainda não está rosnando, mas se alguém viesse lhe fazer carinho, você giraria os olhos. E parou de abanar o rabo há muito tempo. Pete, devolva as coisas desse homem.

Mansey lhe entregou seus pertences.

— Volte amanhã para a gente conversar mais — disse Magliore, observando-o colocar suas coisas de volta na carteira. — E você devia mesmo arrumar essa bagunça. Está arregaçando a porra da carteira toda.

— Talvez eu faça isso — disse ele.

— Pete, acompanhe este homem até o carro dele.

— Claro.

Ele tinha aberto a porta e estava saindo quando Magliore o chamou:

— Sabe o que fizeram com a cadela do sr. Piazzi, meu camarada? Eles a levaram para o canil para ser sacrificada na câmara de gás.

***

Depois do jantar, enquanto John Chancellor falava sobre como a redução no limite de velocidade na rodovia Jersey tinha provavelmente sido a responsável pelo menor número de acidentes, Mary lhe perguntou sobre a casa.

— Cupins — disse ele.

O rosto dela caiu como um elevador expresso.

— Oh. Que azar, hein?

— Bem, volto lá amanhã. Se Tom Granger conhecer algum bom desinsetizador, vou levá-lo junto. Para ter a opinião de um profissional. Talvez não seja tão ruim quanto parece.

— Espero que não. Já que ela tem quintal dos fundos e tudo... — ela deixou a frase no ar, desejosa.

Oh, você é um príncipe, disse Freddy, de súbito. Um verdadeiro príncipe. Como consegue ser tão bom com a sua esposa, George? É um talento natural ou você teve que fazer algum curso?

— Cale a boca — disse ele.

Mary olhou ao redor, assustada.

— O quê?

— Oh... esse Chancellor — falou ele. — Não agüento mais ficar ouvindo essas notícias deprimentes de John Chancellor, Walter Cronkite e toda essa cambada.

— Você não deveria odiar o mensageiro por conta da mensagem — disse ela, lançando um olhar desconfiado e intrigado para John Chancellor.

— Imagino que não — disse ele, pensando: *Freddy, seu desgraçado.* Freddy lhe disse para não odiar o mensageiro por conta da mensagem.

Eles ficaram um tempo assistindo ao noticiário em silêncio. Uma propaganda de um remédio para gripe começou — dois homens cujas cabeças tinham virado blocos de ranho. Quando um deles tomou o comprimido, o cubo cinza-esverdeado se quebrou em pedaços grandes.

— Você parece melhor do resfriado esta noite — disse ele.

— Estou mesmo. Bart, qual o nome do corretor?

— Monohan — respondeu ele automaticamente.

— Não, não o homem que está vendendo a fábrica para você. O que está vendendo a casa.

— Olsen — falou ele de imediato, fisgando um nome de um cesto de lixo interno.

O noticiário voltou do intervalo com uma matéria sobre David Ben-Gurion, que estava prestes a se juntar a Harry Truman naquela grande Secretaria de Governo celestial.

— O que Jack está achando de lá? — perguntou ela na mesma hora.

Ele iria lhe contar que Jack estava achando uma porcaria e se ouviu dizendo:

— Parece que está gostando.

John Chancellor fechou o noticiário com uma notícia humorística sobre discos voadores sobrevoando Ohio.

Ele foi para cama às dez e meia, e o pesadelo deve ter começado quase imediatamente — quando acordou, o relógio digital marcava:

11:22

No sonho, ele estava em uma esquina em Norton — a esquina da Venner com a Rice Street. Estava parado logo debaixo da placa da rua. Mais adiante, em frente a uma loja de doces, um carro de cafetão rosa com chifres de rena montados no capô tinha acabado de estacionar. Crianças começaram a correr na direção dele, saindo de varandas e sacadas.

Do outro lado da rua, um cachorro grande e preto estava acorrentado ao corrimão de um prédio de tijolos inclinado. Um menininho se aproximava dele com confiança.

Ele tentou gritar: *Não brinque com esse cachorro! Vá apanhar seu doce!* Mas as palavras não saíam. Como se estivesse em câmera lenta, o cafetão de terno branco e chapéu de fazendeiro se virou para olhar. Suas mãos estavam cheias de doces. As crianças que se amontoavam à sua volta se viraram também. Todas as crianças em volta do cafetão eram negras, mas o menininho que se aproximava do cachorro era branco.

O cachorro avançou, catapultando-se das suas ancas como uma flecha rombuda. O garoto gritou e cambaleou para trás, com as mãos na garganta. Quando ele se virou, o sangue escorria pelos seus dedos. Era Charlie.

Foi então que ele acordou.

Os sonhos. Aqueles malditos *sonhos*.

Fazia três anos que seu filho estava morto.

28 de novembro de 1973

Estava nevando quando ele se levantou, mas já havia quase parado quando chegou à lavanderia. Tom Granger veio correndo de dentro da fábrica em mangas de camisa, sua respiração produzindo plumas curtas e duras no ar frio. Só de olhar para a cara de Tom, ele soube que aquele seria um dia ruim.

— Temos problemas, Bart.

— É grave?

— Bastante. Johnny Walker sofreu um acidente voltando do Holyday Inn com o primeiro carregamento do dia. Um sujeito em um Pontiac avançou o sinal na Deakman e o acertou em cheio. *Cabum.* — Ele fez uma pausa e lançou um olhar vago para os portões de carga e descarga. Não havia ninguém lá. — Os policiais disseram que Johnny ficou todo arrebentado.

— Deus do céu.

— Eu fui até lá uns 15, vinte minutos depois do acidente. Você sabe como é aquele cruzamento...

— Eu sei, eu sei, ali é uma merda.

Tom balançou a cabeça.

— Seria cômico se não fosse uma porra de uma tragédia. Parece até que alguém atirou uma bomba numa lavanderia. Há lençóis e toalhas do Holiday Inn espalhados por todo lado. Ainda teve gente que aproveitou para roubar, aqueles ladrões de cova desgraçados. É inacreditável o que as pessoas são capazes de fazer. E o caminhão... Bart, não sobrou nada da porta do motorista para a frente. Só ferro-velho. Johnny foi atirado lá de dentro.

— Ele está no Central?

— Não, no St. Mary. Johnny é católico, você não sabia?

— Quer ir até lá comigo?

— Melhor não. Ron está gritando no meu ouvido que quer mais pressão na caldeira. — Ele deu de ombros, constrangido. — Você sabe como é o Ron. O show deve continuar.

— Certo.

Ele voltou para o carro e seguiu para o St. Mary Hospital. Jesus Cristo, de todas as pessoas com quem aquilo poderia acontecer. Johnny Walker era o único além dele que já trabalhava na Blue Ribbon em 1953 — Johnny, na verdade, estava lá desde 1946. O pensamento se alojou na sua garganta como um mau presságio. Ele tinha lido nos jornais que a extensão 784 deixaria o cruzamento perigoso com a Deakman praticamente obsoleto.

O nome dele não era Johnny, na verdade. Era Corey Everett Walker — ele já vira aquele nome em cartões de ponto o suficiente para saber. Porém, já fazia pelo menos vinte anos que era conhecido como Johnny. Sua mulher morrera em 1956 numa viagem de férias em Vermont. Depois disso, ele passou a morar com o irmão, que dirigia um caminhão de lixo para a Prefeitura. Havia dezenas de empregados da Blue Ribbon que chamavam Ron de "Prega-presa" pelas costas, mas Johnny tinha sido o único a chamá-lo assim na cara e sair impune.

Ele pensou: Se Johnny morrer, eu serei o empregado mais velho da lavanderia. Mantido por um tempo recorde de vinte anos. Não é de morrer de rir, Fred?

Fred não achou que fosse.

O irmão de Johnny estava sentado na sala de espera da ala de emergência. Era um homem alto, com os traços de Johnny e muito corado, que vestia uma roupa de trabalho cor de oliva. Girava um boné da mesma cor entre os joelhos e olhava para o chão. Levantou a cabeça ao ouvir o som de passos.

— O senhor é da lavanderia? — perguntou ele.

— Sim. E você é... — Ele não esperava que fosse recordar o nome, mas recordou. — Arnie, certo?

— Isso, Arnie Walker. — Ele balançou a cabeça lentamente. — Não sei não, senhor...?

— Dawes.

— Não sei não, sr. Dawes. Eu vi meu irmão numa daquelas salas de exames. Ele me pareceu bem castigado. Já não é nenhum garoto. Estava mal mesmo.

— Sinto muito — disse ele.

— Aquele cruzamento é brabo. O outro cara não teve culpa. Ele só derrapou na neve. Não posso botar a culpa nele. Disseram que ele só quebrou o nariz e mais nada. É engraçado como essas coisas são, não é?

— É.

— Eu me lembro de uma vez em que estava guiando um carroção para Hemingway, isso foi no começo dos anos 60, e quando estava na Indiana Toll Road eu vi...

Ouviu-se o barulho da porta externa se abrindo e um padre entrou. Ele bateu a neve dos pés e então subiu depressa o corredor, quase correndo. Arnie Walker o viu, seus olhos se arregalaram e assumiram uma expressão vidrada de choque. Ele engasgou, fazendo um som lamuriento com a garganta, e tentou se levantar. Bart colocou um braço em volta dos ombros de Arnie e o conteve.

— Meu Deus! — exclamou Arnie. — Ele estava com o cibório, o senhor viu? Vai dar a extrema-unção a ele... meu irmão já deve estar morto. *Johnny*...

Havia outras pessoas na sala de espera: um adolescente com um braço quebrado, uma senhora de idade com uma atadura elástica, um homem com o polegar envolvido em um curativo gigante. Eles ergueram os olhos para Arnie e então os baixaram de volta, constrangidos, para suas revistas.

— Calma — disse ele, inutilmente.

— Me solte — falou Arnie. — Tenho que ir lá ver.

— Ouça...

— *Me solte!*

Ele o soltou. Arnie Walker dobrou o corredor e saiu de vista, seguindo o caminho do padre. Ele ficou sentado no banco abaulado de plástico por um instante, se perguntando o que deveria fazer. Olhou para o chão, que estava coberto de pegadas negras e lamacentas. Olhou para o posto de enfermagem, onde uma mulher conectava cabos a uma mesa telefônica. Olhou pela janela e viu que a neve havia parado.

Um grito soluçante desceu pelo corredor, vindo das salas de exame.

Todos levantaram a cabeça com a mesma expressão semi-enojada no rosto.

Outro grito, seguido de um brado rouco e escandaloso de dor.

Todos voltaram a olhar para suas revistas. O menino com o braço quebrado engoliu em seco ruidosamente, produzindo um pequeno clique no silêncio.

Ele se levantou e foi embora depressa, sem olhar para trás.

Na lavanderia, todos os funcionários do andar vieram falar com ele, e Ron Stone não os impediu.

— Não sei — disse ele aos funcionários. — Não consegui descobrir se ele estava vivo ou morto. Vocês terão notícias. Eu não sei mesmo.

Então, fugiu para o andar de cima, sentindo-se estranho e aéreo.

— O senhor tem alguma notícia de Johnny, sr. Dawes? — perguntou-lhe Phyllis. Ele notou pela primeira vez que Phyllis, apesar do cabelo vistoso, tingido de azul, estava velha.

— Ele está mal — disse ele. — O padre apareceu para lhe dar a extrema-unção.

— Oh, que horror. E tão perto do Natal.

— Alguém foi pegar a carga dele no cruzamento?

Ela o encarou com um pouco de reprovação no olhar.

— Tom mandou Harry Jones fazer isso. Ele chegou com a carga faz cinco minutos.

— Que bom — disse ele, mas não era bom. Era ruim. Pensou em descer até o setor de lavagem e despejar Hexlite o suficiente nas lavadoras para desintegrar todos aqueles lençóis e toalhas. Quando a centrifugação acabasse e Pollack abrisse as máquinas, não haveria nada além de um monte de fiapos cinza. *Isso* seria bom.

Phyllis disse algo que ele não ouviu.

— O quê? Desculpe.

— Eu falei que o sr. Ordner telefonou. Ele quer que o senhor retorne a ligação imediatamente. E um sujeito chamado Harold Swinnerton. Ele disse que os cartuchos chegaram.

— Harold...? — E então ele se lembrou. A Loja de Armas do Harvey. Só que Harvey, como Marley, estava mortinho da silva.³ — Ah, sim.

Ele foi para o seu escritório e fechou a porta. A placa na sua mesa ainda dizia:

PENSE!
Pode Ser uma Experiência Nova

Ele a tirou da mesa, jogando-a na lata de lixo. *Tum.*

Sentou-se atrás da mesa, tirou tudo da caixa de entrada e jogou na lixeira sem nem olhar o que era. Parou e olhou ao redor do escritório. As paredes eram revestidas de lambris. À esquerda, havia dois diplomas emoldurados: um da faculdade, outro do Laundry Institute, que ele freqüentara durante os verões de 1969 e 1970. Atrás da mesa havia uma foto ampliada dele apertando a mão de Ray Tarkington no estacionamento da Blue Ribbon logo depois de ele ser asfaltado. Ele e Ray estavam sorrindo. A lavanderia se erguia ao fundo, três caminhões com as traseiras na plataforma de carga. A chaminé ainda estava muito branca.

Ele estava naquele escritório desde 1967, havia mais de seis anos. Desde antes de Woodstock, antes de Kent State,⁴ antes do assassinato de Robert Kennedy e Martin Luther King, desde antes de Nixon. Tinha passado anos da sua vida entre aquelas quatro paredes. Respirado aquele ar milhares de vezes. Milhares de batidas de coração lá dentro. Ele olhou em volta para ver se sentia alguma coisa. Um pouco de tristeza. Nada mais.

Limpou sua mesa, jogando fora papéis pessoais e seu livro de contabilidade particular. Escreveu sua carta de demissão no verso da impressão de uma fórmula de lavagem e a colocou dentro de um envelope de pagamento da lavanderia. Deixou as coisas que não eram pessoais — os

---

³ Marley, nome do fantasma que visita o protagonista de *Um Conto de Natal*, de Charles Dickens. (N. do T.)

⁴ O autor se refere ao dia 4 de maio de 1970, no qual a Guarda Nacional de Ohio abriu fogo contra estudantes que protestavam contra o envio de tropas americanas ao Camboja pelo governo Nixon na Universidade de Kent State. Quatro estudantes morreram e outros nove ficaram feridos. (N. do T.)

clipes de papel, a fita adesiva, o livro de cheques, a pilha de cartões de ponto em branco presos por um elástico.

Levantou-se, tirou os dois diplomas da parede e os jogou no lixo. O vidro da moldura do diploma do Laundry Institute se quebrou. Os quadrados em que eles tinham ficado pendurados todos aqueles anos estavam mais claros do que o resto da parede, nada mais.

O telefone tocou e ele o atendeu, achando que fosse Ordner. Porém, era Ron Stone, ligando do andar de baixo.

— Bart?

— Sim.

— Johnny faleceu meia hora atrás. Acho que ele nem chegou a ter chance.

— Sinto muito, de verdade. Quero fechar a lavanderia pelo resto do dia, Ron.

Ron suspirou.

— Acho que é melhor assim. Mas os chefões não vão cair na sua pele?

— Não trabalho mais para os chefões. Acabei de escrever minha carta de demissão. — Pronto. Tinha falado. Aquilo tornava a coisa real.

Um momento de silêncio do outro lado da linha. Ele conseguia ouvir as lavadoras e o chiado constante da passadeira. A trituradora, como eles a chamavam, por conta do que poderia acontecer se você ficasse preso nela.

— Devo ter ouvido você errado — disse Ron, finalmente. — Achei que tinha dito...

— Eu disse, Ron. Para mim, chega. Foi um prazer trabalhar com você, com Tom e até com Vinnie, quando ele ainda conseguia ficar de bico calado. Mas acabou.

— Ei, veja bem, Bart. Vá com calma. Sei que isso te deixou aborrecido...

— Não é por causa de Johnny — falou ele, sem saber se aquilo era verdade ou não. Talvez ainda tivesse feito algum esforço para se salvar, para salvar a vida que existira sob uma redoma protetora de rotina durante os últimos vinte anos. No entanto, quando o padre passou quase correndo por eles, descendo aquele corredor até o lugar em que Johnny estava moribundo ou morto, e quando Arnie Walker produziu aquele estranho som lamuriento bem no alto da sua garganta, ele desistiu. Era como se estivesse dirigindo um carro numa derrapagem, ou se enganando que o estava dirigindo, e então simplesmente tirasse as mãos do volante e as colocasse sobre os olhos.

— Não é por causa de Johnny — repetiu ele.

— Veja bem... veja bem... — Ron parecia bastante transtornado.

— Olhe, eu falo com você mais tarde, Ron — disse ele, sem saber se o faria ou não. — Vá dizer que eles podem bater o ponto e ir embora.

— Certo. Certo, mas...

Ele desligou o telefone delicadamente.

Pegou o catálogo telefônico da gaveta e vasculhou a seção de ARMAS das páginas amarelas. Discou o número da Loja de Armas do Harvey.

— Alô, Loja do Harvey.

— Quem está falando é Barton Dawes — disse ele.

— Ah, sim. Sua munição chegou ontem à tarde. Não falei que ela chegaria bem antes do Natal? Duzentos projéteis.

— Ótimo. Veja só, estou cheio de compromissos a tarde inteira. Vocês estarão abertos hoje à noite?

— Ficamos abertos até as nove da noite até o dia de Natal.

— Certo. Vou tentar aparecer por volta das oito. Se não der, amanhã à tarde com certeza.

— Perfeito. Ouça, conseguiu descobrir se era mesmo Boca Rio?

— Boca... — Ah, sim, Boca Rio, onde seu primo Nick Adams logo estaria caçando. — Boca Rio. É, acho que era isso mesmo.

— Nossa, que inveja. Nunca me diverti tanto na vida.

— Frágil cessar-fogo continua — disse ele. Então, de repente, teve uma visão da cabeça de Johnny Walker pendurada sobre a lareira elétrica de Stephan Ordner, com uma plaqueta polida de bronze debaixo dela dizendo:

HOMO LAVANDERICUS
28 de novembro de 1973
Ensacado no cruzamento com a Deakman

— Como? — perguntou Harry Swinnerton, intrigado.

— Eu falei que o invejo também — disse ele, fechando os olhos. Uma onda de enjôo o atravessou. *Estou tendo um colapso nervoso*, pensou. *O nome disso é colapso nervoso.*

— Ah. Bem, até mais, então.

— Até. Obrigado novamente, sr. Swinnerton.

Ele desligou, abriu os olhos e olhou outra vez ao redor do seu escritório despido. Apertou o botão do interfone.

— Phyllis?

— Sim, sr. Dawes?

— Johnny morreu. Nós vamos fechar por hoje.

— Vi as pessoas indo embora e imaginei que ele tivesse morrido mesmo. — Phyllis soava como se tivesse chorado.

— Veja se consegue colocar o sr. Ordner na linha antes de ir embora, sim?

— Deixe comigo.

Ele girou na sua cadeira e olhou pela janela. Uma motoniveladora laranja berrante movia-se pesadamente com correntes nas suas rodas enormes, fustigando a estrada. Isso é culpa deles, Freddy. Tudo culpa deles. Eu estava bem até aqueles caras lá da Prefeitura decidirem estraçalhar a minha vida. Eu estava bem, não estava, Freddy?

Freddy?

Fred?

O telefone tocou e ele o atendeu:

— Dawes.

— Você ficou doido — falou sem rodeios Steve Ordner. — Completamente maluco.

— O que você quer dizer com isso?

— Quero dizer que liguei pessoalmente para o sr. Monohan às nove e meia da manhã de hoje. O pessoal da McAn assinou o contrato da fábrica de Waterford às nove. Agora me diga: que merda foi essa, Barton?

— Acho melhor discutirmos isto pessoalmente.

— Eu também acho. E acho bom você saber que vai precisar ter uma explicação na ponta da língua se quiser salvar seu emprego.

— Pare de me enrolar, Steve.

— O quê?

— Você não tem a menor intenção de me manter aqui, nem como faxineiro. Já escrevi minha carta de demissão. Está fechada, mas posso citar de cor. "Eu me demito. Assinado, Barton George Dawes."

— Mas por quê? — Ele pareceu fisicamente ferido. Porém, não choramingou como Arnie Walker. Ele duvidava que Steve Ordner tivesse choramingado alguma vez desde os 11 anos de idade. Choramingar era o último recurso de homens inferiores.

— Duas da tarde? — perguntou ele.

— Duas está bem.

— Até mais, Steve.

— Bart...

Ele desligou e lançou um olhar inexpressivo para a parede. Algum tempo depois, Phyllis enfiou a cabeça na sala, parecendo cansada, nervosa e desnorteada debaixo do seu penteado elegante de senhora de idade. Ver seu chefe sentado em silêncio no seu escritório despido não ajudou a melhorar seu estado de espírito.

— Sr. Dawes, devo ir embora? Não tenho o menor problema em ficar se...

— Não, pode ir, Phyllis. Vá para casa.

Ela parecia estar lutando para dizer algo mais, porém ele girou a cadeira e olhou pela janela, esperando poupar ambos do constrangimento. Logo em seguida, ouviu-se o clique da porta se fechando, bem baixinho.

No andar de baixo, a caldeira chiou e morreu. Motores começaram a pegar no estacionamento.

Ele ficou sentado no seu escritório vazio na lavanderia vazia até a hora do encontro com Ordner. Estava dizendo adeus.

O escritório de Ordner era no centro, em um daqueles arranha-céus comerciais novos que a crise de energia talvez fosse tornar obsoletos. Setenta andares de altura, todo de vidro, incapaz de ser aquecido no inverno, impossível de ser resfriado no verão. A Amroco ficava no 54º andar.

Ele parou o carro no estacionamento subterrâneo, pegou o elevador até o saguão, atravessou as portas giratórias e encontrou a fileira certa de elevadores. Subiu com uma negra com um penteado afro enorme. Usava um vestido sem mangas e carregava um bloco de anotações.

— Adorei o seu afro — disse ele repentinamente, sem motivo algum.

Ela o encarou com frieza e não disse nada. Absolutamente nada.

A recepção do escritório de Stephan Ordner era mobiliada com poltronas modernas e uma secretária ruiva sentada debaixo de uma reprodução dos *Girassóis* de Van Gogh. Havia um tapete felpudo cor de ostra no chão. Luz ambiente. Música ambiente, apitando Mantovani.

A ruiva sorriu para ele. Ela usava um vestido sem mangas preto e seu cabelo estava preso com uma echarpe dourada.

— Sr. Dawes?

— Sim.

— Por favor, entre.

Ele abriu a porta e entrou direto. Ordner estava escrevendo algo na sua mesa, cujo tampo era uma impressionante placa de acrílico. Atrás deles, uma janela imensa dava vista para a região oeste da cidade. Ele ergueu os olhos e largou a caneta.

— Olá, Bart — disse em voz baixa.

— Olá.

— Sente-se.

— Isso vai levar tanto tempo assim?

Ordner olhou fixamente para ele.

— Minha vontade é de estapear você — disse. — Sabia disso? Sair estapeando você por este escritório inteiro. Não de lhe dar um soco ou uma surra. Só de encher sua cara de tapas.

— Eu sei — respondeu ele, e sabia de fato.

— Acho que não faz idéia do que jogou fora — falou Ordner. — Imagino que o pessoal da McAn tenha comprado você. Espero que eles tenham lhe dado bastante dinheiro. Porque eu o havia assinalado pessoalmente para um cargo de vice-presidente executivo nesta corporação. Que lhe renderia um salário inicial de 35 mil dólares por ano. Espero que eles tenham pagado mais do que isso.

— Eles não me pagaram um centavo.

— Está falando a verdade?

— Estou.

— Então por quê, Bart? Pelo amor de Deus, por quê?

— Por que eu deveria lhe dizer, Steve? — Ele se sentou na cadeira que lhe estava reservada, a cadeira do suplicante, do outro lado da mesa grande, de tampo de acrílico.

Por um instante, Ordner pareceu ficar perplexo. Ele balançou a cabeça como um lutador depois de levar um murro não muito forte.

— Porque você é meu funcionário. O que acha disso, só para começar?

— Acho pouco.

— O que isso quer dizer?

— Steve, eu era funcionário de Ray Tarkington. Ele era uma pessoa de verdade. Você poderia até não gostar dele, mas precisava admitir que era uma pessoa de verdade. Às vezes, no meio da conversa, ele peidava, arrotava ou tirava pele morta da orelha. Tinha problemas de verdade. De vez em quando, eu era um deles. Uma vez, quando tomei uma decisão errada sobre o faturamento de um motel lá em Crager Plaza, ele me atirou contra uma porta. Você não é como ele. A Blue Ribbon é como um brinquedo de montar para você, Steve. Você não se importa comigo. Se importa é com a sua própria ascensão social. Então não me venha com essa conversa de funcionário. Não finja que colocou seu pau na minha boca e eu dei uma mordida nele.

Se o rosto de Ordner era uma fachada, não havia nenhuma rachadura nela. Seus traços continuaram a revelar uma aflição controlada, nada mais.

— Você acredita mesmo nisso? — perguntou ele.

— Acredito. Você só se importa com a Blue Ribbon até onde ela afeta o seu status na corporação. Então, vamos direto ao ponto. Aqui. — Ele fez sua carta de demissão deslizar pelo tampo de acrílico da mesa.

Ordner deu outra balançadinha com a cabeça.

— E quanto às pessoas que você prejudicou, Bart? O baixo escalão. Independente de tudo o que aconteceu, você estava em um cargo importante. — Ele pareceu saborear aquela frase. — E quanto às pessoas na lavanderia que vão perder seus empregos porque não existe outra fábrica para fazermos a mudança?

Ele riu com aspereza e disse:

— Seu filho-da-puta mesquinho. Você está tão no topo que nem consegue ver lá embaixo, não é?

Ordner corou. Então, disse com cautela:

— É melhor explicar o que quer dizer com isso, Bart.

— Cada assalariado na lavanderia, de Tom Granger a Pollack no setor de lavagem, tem fundo de garantia. É direito deles. Eles *pagam* por isso. Se este conceito for complicado demais para você, pense nele como um gasto dedutível. Tipo um almoço no Benjamin's com direito a quatro drinques.

Melindrado, Ordner falou:

— Isso é dinheiro da previdência e você sabe disso.

Ele reiterou:

— Seu filho-da-puta mesquinho.

As mãos de Ordner se uniram, formando um punho duplo. Elas se juntaram como as mãos de uma criança ensinada a rezar na beirada da cama.

— Você está se excedendo, Bart.

— Não estou, não. Você me chamou aqui. Pediu explicações. Queria que eu dissesse o quê? Me desculpe, fiz besteira, vou ressarcir a empresa? Não posso dizer isso. Não estou arrependido. Não vou ressarcir dinheiro nenhum. E, se fiz besteira, isso é problema meu e de Mary. E ela nunca vai saber, não com certeza. Vai me dizer que eu prejudiquei a corporação? Acho que nem você é capaz de dizer uma mentira dessas. Depois que uma corporação atinge certo tamanho, nada pode prejudicá-la. Ela vira uma força da natureza. Quando as coisas vão bem, ela dá um lucro imenso, quando vão mal, dá lucro, e quando elas vão pro inferno, é descontada no imposto de renda. E você *sabe* disso.

Ordner disse, medindo as palavras:

— E quanto ao seu futuro? E quanto ao futuro de Mary?

— Você não se importa com isso. É só um argumento que está achando que pode usar. Deixe-me lhe perguntar uma coisa, Steve. Isso vai prejudicar você? Vai desfalcar seu salário? Seus rendimentos anuais? Seu fundo de aposentadoria?

Ordner balançou a cabeça.

— Vá para casa, Bart. Você está fora de si.

— Por quê? Porque eu estou falando de você e não só da sua grana?

— Você está perturbado, Bart.

— Você não sabe — disse ele, levantando-se e cravando os punhos no tampo de acrílico da mesa de Ordner. — Está com raiva de mim, mas não sabe por quê. Alguém lhe ensinou que, numa situação dessas, você deveria ficar com raiva. Mas você não sabe por quê.

Ordner repetiu com cautela:

— Você está perturbado.

— Pode ter certeza que estou. E você, está o quê?

— Vá para casa, Bart.

— Não, mas vou deixá-lo em paz, que é o que você quer. Só me responda uma pergunta. Pare por um segundo de ser o executivo e me responda uma pergunta. Você se importa com isso? Isso tem a mínima importância que seja para você?

Ordner o encarou pelo que pareceu um bom tempo. A cidade se estendia às suas costas como um reino de arranha-céus, envolvido em tons de cinza e neblina. Ele disse:

— Não.

— Certo — disse ele baixinho. Então, olhou para Ordner sem animosidade. — Não fiz aquilo para ferrar com você. Ou com a corporação.

— Então por quê? Eu respondi à sua pergunta. Responda à minha. Você poderia ter assinado o contrato da fábrica de Waterford. Depois disso, ela teria sido problema de outra pessoa. Por que não assinou?

Ele respondeu:

— Não sei explicar. Dei ouvido a mim mesmo. Mas, por dentro, a gente fala uma língua diferente. Parece a pior merda do mundo quando você tenta falar a respeito. Mas era a coisa certa a fazer.

Ordner olhou inabalado para ele.

— E Mary?

Ele ficou calado.

— Vá para casa, Bart — falou Ordner.

— O que você quer, Steve?

Ordner balançou a cabeça com impaciência.

— Nossa conversa acabou, Bart. Se quiser sair no braço com alguém, vá para um bar.

— O que você quer de mim?

— Quero que você saia daqui e vá para casa.

— O que você quer da vida, então? O que te prende às coisas?

— Vá para casa, Bart.

— Me *responda*! O que você *quer*? — Ele olhou desarmado para Ordner.

Sem levantar a voz, Ordner respondeu:

— Quero o que todo mundo quer. Vá para casa, Bart.

Ele foi embora sem olhar para trás. E nunca mais entrou ali.

Quando ele foi para a Concessionária de Carros Usados Magliore, estava nevando forte e a maioria dos carros no caminho estava com os faróis acesos. Seus limpadores de pára-brisa batiam em um vaivém constante e, fora do alcance deles, a neve que tinha derretido até virar lama descia pelo vidro como lágrimas.

Ele estacionou nos fundos e deu a volta até o escritório. Antes de entrar, olhou para seu reflexo fantasmagórico no vidro laminado e limpou com a mão uma camada rosa de cima dos lábios. O encontro com Ordner o perturbara mais do que ele tinha imaginado. Comprara uma garrafinha de Pepto Bismol em uma farmácia e bebera metade do remédio cor-de-rosa para estômago no caminho. *Devo ficar uma semana sem cagar, Fred.* Mas Fred não estava em casa. Talvez tivesse ido visitar os parentes de Monohan em Bombaim.

A mulher atrás da calculadora lhe deu um estranho sorriso especulativo e fez sinal para ele entrar.

Magliore estava sozinho. Lia o *Wall Street Journal* e, quando ele entrou, o jogou através da mesa em uma lata de lixo, onde o jornal caiu com um barulho farfalhante.

— Está tudo indo para o *inferno*, isso sim — disse Magliore, como se continuasse um diálogo interno começado algum tempo antes. — Esses corretores são todos umas velhas corocas, como diz Paul Harvey. Será que o presidente vai renunciar? Vai? Não vai? Vai? Será que a GE vai pedir falência por causa da crise de energia? É de torrar a paciência.

— Pois é — disse ele, sem saber ao certo com o que estava concordando. Sentia-se desconfortável, e não tinha certeza se Magliore se lembrava de quem ele era. O que deveria dizer? *Eu sou o cara que chamou o senhor de paspalho, está lembrado?* Pelo amor de Deus, aquilo não era jeito de começar.

— Está nevando mais forte, não está?

— É, está.

— Odeio neve. Meu irmão, ele vai para Porto Rico todo ano no dia 1º de novembro e fica até 15 de abril. É dono de quarenta por cento de um hotel lá. Diz que tem que cuidar do seu investimento. Conversa fiada. Não saberia cuidar da própria bunda se você desse a ele um rolo de papel higiênico. O que você quer?

— Hein? — Ele levou um pequeno susto e se sentiu culpado.

— Você veio aqui atrás de alguma coisa. Como eu vou arranjá-la se você nem sabe o que é?

Ao ouvir a questão ser colocada de forma tão brusca, sem o menor pudor, ele teve dificuldade para falar. Era como se a palavra que ele queria tivesse que fazer muitas curvas antes de sair da sua boca. Ele se lembrou de algo que tinha feito quando criança e abriu um pequeno sorriso.

— Qual é a graça? — perguntou Magliore com uma cordialidade traiçoeira. — Do jeito que vão os negócios, bem que eu gostaria de uma piada.

— Uma vez, quando eu era criança, enfiei um ioiô na boca — disse ele.

— E isso é engraçado?

— Não, mas eu não conseguia tirar. *Isso* é engraçado. Minha mãe me levou para o médico e ele tirou. Beliscou minha bunda e, quando eu abri a boca para gritar, ele simplesmente arrancou o ioiô fora.

— Eu não vou beliscar sua bunda — disse Magliore. — O que você quer, Dawes?

— Explosivos.

Magliore olhou para ele. Girou os olhos. Começou a dizer algo, mas, em vez disso, deu um tapa em uma de suas papadas.

— Explosivos.

— Isso.

— Sabia que esse cara era fruta — disse Magliore para si mesmo. — Falei com Pete depois que você foi embora: "Lá vai um cara a fim de ver um acidente acontecer." Foi o que eu disse pra ele.

Ele ficou calado. Falar de acidentes o fazia pensar em Johnny Walker.

— Ok, ok, você me convenceu. Para que quer esses explosivos? Vai explodir a Exposição de Comércio Egípcio? Sabotar um avião? Ou talvez mandar sua sogra para o inferno?

— Eu não desperdiçaria meus explosivos nela — falou ele, sem relaxar. Aquilo fez os dois rirem, mas não aliviou a tensão.

— Então o que é? Quer bater o pau na mesa de quem?

Ele disse:

— Não quero bater o pau na mesa de ninguém. Se quisesse matar, compraria uma arma. — Então ele se lembrou de que *tinha* comprado uma arma, *duas*, na verdade, e seu estômago entorpecido de Pepto Bismol começou a embrulhar novamente.

— Então para que precisa de explosivos?

— Quero explodir uma estrada.

Magliore olhou para ele com uma incredulidade calculada. Todas as suas emoções pareciam exageradas; era como se tivesse incorporado aquele personagem para se enquadrar às proporções ampliadas dos seus óculos.

— Você quer explodir uma estrada? Que estrada?

— Ainda não está construída. — Ele estava começando a extrair um prazer perverso daquilo. Que, além do mais, estava adiando o confronto inevitável com Mary, é claro.

— Então você quer explodir uma estrada que ainda não foi construída. Estava enganado a seu respeito, meu caro. Você não é um frutinha. É um psicopata. Pode falar coisa com coisa, ou está difícil?

Escolhendo as palavras com cuidado, ele disse:

— Eles estão construindo uma estrada que está sendo chamada de extensão 784. Quando estiver pronta, a Interestadual vai passar bem em cima da cidade. Por certos motivos sobre os quais prefiro não falar, porque não posso, essa estrada destruiu vinte anos da minha vida. É...

— Porque eles vão derrubar a lavanderia em que você trabalha e a sua casa?

— Como o senhor sabe disso?

— Falei que iria verificar sua vida. Achou que eu estava brincando? Sabia até que estava para perder o emprego. Talvez até antes de você.

— Não, eu já sabia disso há um mês — falou ele, sem pensar no que estava dizendo.

— E como você vai fazer isso? Está pensando em simplesmente passar de carro pela obra, acender os pavios com seu charuto e jogar bananas de dinamite pela janela?

— Não. Todo feriado eles deixam todas as máquinas no canteiro de obras. Quero explodir todas elas. E os três novos viadutos. Quero explodi-los também.

Magliore o encarou com os olhos arregalados. Ficou olhando-o daquele jeito um bom tempo. Então jogou a cabeça para trás e gargalhou. Sua barriga se balançou e a fivela do seu cinto subiu e desceu como um pedaço de madeira na crista de uma onda grande. Sua risada era sonora, vigorosa e retumbante. Ele riu até lágrimas esguicharem dos seus olhos, então retirou um lenço enorme, digno de uma ópera-bufa, de um bolso interno e as secou. Ficou observando Magliore rir e, de repente, teve certeza absoluta de que aquele gordo de óculos grossos lhe venderia os explosivos. Ficou observando Magliore com um sorrisinho no rosto. As gargalhadas não o incomodaram. Naquele dia, elas eram boas de ouvir.

— Cara, você é maluco mesmo — disse Magliore quando suas gargalhadas diminuíram até virarem risadinhas e pequenos espasmos. — Pena que Pete não está aqui para ouvir isso. Ele não vai acreditar. Ontem, você me chamou de paspalho e hoooje... hoooje... — E disparou a rir de novo, rugindo suas gargalhadas e esfregando o lenço nos olhos.

Quando seu ataque de risos parou novamente, ele perguntou:

— Como você pretende financiar sua pequena aventura, sr. Dawes? Agora que está desprovido de uma fonte de renda.

Aquele era um jeito engraçado de colocar a questão. *Desprovido de uma fonte de renda.* Dito daquela forma, parecia mesmo verdade. Ele estava desempregado. Aquilo tudo não era um sonho.

— Eu saquei meu seguro de vida no mês passado — disse ele. — Vinha pagando uma apólice de 10 mil dólares por dez anos. Tenho uns 3 mil.

— Você está mesmo planejando isso há tanto tempo assim?

— Não — disse ele, sendo honesto. — Quando saquei o dinheiro da apólice, não sabia ao certo para que o queria.

— Na época você ainda estava se decidindo, certo? Ficou em dúvida entre queimar a estrada, ou metralhá-la até a morte, ou estrangulá-la, ou...

— Não. Eu só não sabia o que iria fazer. Agora, sei.

— Bem, eu estou fora.

— O quê? — Ele piscou para Magliore, sinceramente chocado. Aquilo não estava no roteiro. Era para Magliore fazer jogo duro, de um jeito meio paternal, e então lhe vender os explosivos. Deveria fazer uma ressalva, do tipo: *Se você for pego, vou dizer que nem te conheço.*

— O que o senhor disse?

— Eu disse não. N-a-o-til. Não. — Ele se inclinou para a frente. Todo o bom humor tinha sumido dos seus olhos. Eles estavam vazios e subitamente pequenos, apesar da ampliação causada pelos óculos. Não eram nem de longe os olhos de um Papai Noel napolitano.

— Preste atenção — disse ele para Magliore. — Se eu for pego, vou dizer que nem conheço o senhor. Jamais mencionaria o seu nome.

— O caralho que você faria isso. Iria é bater com a língua nos dentes e tentar alegar insanidade. Eu pegaria perpétua.

— Não, ouça...

— Ouça *você* — disse Magliore. — Você é engraçado até certo ponto. Até o ponto em que chegou agora. Eu falei não e estava falando sério. Nada de armas, nada de explosivos, nada de dinamite, nada de nada. Sabe por quê? Porque você é um frutinha e eu sou um homem de negócios. Alguém lhe falou que eu posso "arranjar" coisas. Posso arranjá-las, sim. Arranjei um monte de coisas para um monte de gente. Também arranjei algumas coisas para mim mesmo. Em 1946, arranjei de dois a cinco anos de prisão por carregar uma arma sem porte. Cumpri dez meses. Em 1952, arranjei um processo por conspiração, que eu ganhei. Em 1955, arranjei um processo por sonegação de impostos, que também ganhei. Em 1959, arranjei um processo por receber bens roubados que não ganhei. Cumpri 18 meses em Castleton, mas o cara que foi interrogado perante o júri de instrução pegou perpétua num buraco qualquer. Desde 1959, fui preso três vezes, tive dois processos arquivados e ganhei um. Eles querem me pegar novamente porque, com mais uma acusação das boas, eu entro em cana por vinte anos, sem redução de pena por bom comportamento. Para um homem na minha condição, a única parte dele que sai da cadeia depois de vinte anos são os rins, que eles dão para algum crioulo de Norton na ala pública. Isso é uma espécie de jogo para você. Um jogo louco, mas um jogo. Para mim, não. Você acha que está falando a verdade quando diz que vai ficar de boca fechada. Mas está mentindo. Não para mim, para *você mesmo*. Então a resposta é não. — Ele jogou as mãos para cima. — Se fossem mulheres, meu Deus, eu teria colocado duas na sua mão de graça só pelo espetáculo que você deu ontem. Mas não vou entrar nessa.

— Certo — disse ele. Seu estômago estava pior do que nunca. Sentia vontade de vomitar.

— Este lugar está limpo — falou Magliore —, tenho certeza. Além disto, sei que *você* está limpo, embora Deus saiba que isso vai mudar se você continuar nessa. Mas vou lhe contar uma coisa. Uns dois anos atrás, um crioulo me procurou e disse que queria uns explosivos. Ele não queria explodir algo inofensivo como uma estrada. Queria explodir a porra de um tribunal de justiça federal.

Não me conte mais nada, pensava ele. Acho que vou vomitar. Parecia haver um monte de penas no seu estômago, todas fazendo cócegas juntas.

— Vendi a parada para ele — disse Magliore. — Conversa vai, conversa vem. Nós pechinchamos. Ele falou com o pessoal dele, eu falei com o meu. Dinheiro trocou de mãos. Muito dinheiro. A parada trocou de mãos. Pegaram o cara e dois parceiros dele antes que eles conseguissem machucar alguém, graças a Deus. Mas eu nunca perdi um minuto de sono me preocupando se ele iria bater com a língua nos dentes para os tiras, ou para o defensor público, ou para o Efe-Bê-I. Sabe por quê? Porque ele estava com um *bando* de frutinhas, frutinhas negros, que são o pior tipo, e um *bando* de frutinhas é uma coisa completamente diferente. Um maluco sozinho como você, ele está cagando e andando. Entrega os pontos fácil. Mas se são trinta caras e três deles são pegos, eles simplesmente fazem boca-de-siri e esquecem o assunto.

— Certo — disse ele novamente. Sentiu os olhos pequenos e quentes.

— Ouça — falou Magliore, um pouco mais baixo. — De qualquer forma, 3 mil pratas não comprariam o que você quer. Isso é tipo o mercado negro, entende?, sem trocadilhos. Você precisaria de três ou quatro vezes mais grana para comprar a parada que quer.

Ele ficou calado. Não conseguiria ir embora se Magliore não o dispensasse. Aquilo era como um pesadelo, com a exceção de que não era.

Ele precisava ficar repetindo para si mesmo que não faria algo idiota na presença de Magliore, como se beliscar para acordar.

— Dawes.

— O quê?

— De qualquer maneira, não vai adiantar nada. Você não sabe disso? Você pode explodir uma pessoa, um marco natural, ou destruir uma bela obra de arte, como aquele retardado de merda que deu uma marretada na Pietà, que o pau dele apodreça e caia. Mas não pode explodir prédios, estradas ou coisas desse tipo. É isso que todos aqueles crioulos malucos não entendem. Se você explode um tribunal da justiça federal, eles constroem dois no lugar. Um para substituir o que foi explodido e outro para recolher pela porta da frente todo e qualquer crioulo que for preso. Se sair matando policiais, eles contratam seis tiras para cada um que você matou — e cada um desses tiras novos estará atrás de carne negra. Não dá pra vencer, Dawes. Seja você branco ou preto. Se você entrar no caminho daquela estrada, eles vão soterrar você junto com sua casa e seu emprego.

— Tenho que ir agora — ele se ouviu dizendo com a voz grossa.

— É, você parece mal. Precisa tirar isso do seu sistema. Posso arranjar uma puta velha se você quiser. Velha e burra. Pode enchê-la de porrada se quiser. Botar o veneno para fora. Eu simpatizei um pouco com você e...

Ele saiu correndo. Correu às cegas, passando pela porta, atravessando o escritório principal e adentrando a neve. Ficou parado ali, tremendo, inalando generosas porções brancas e geladas daquele ar cheio de neve. De repente, teve certeza de que Magliore viria atrás dele, o arrastaria de volta para o escritório pelo colarinho e ficaria falando com ele até o fim dos tempos. Quando Gabriel tocasse as trombetas do Apocalipse, Sally Caolho ainda estaria explicando pacientemente a invulnerabilidade de todos os sistemas de todos os lugares e empurrando a puta velha para cima dele.

Quando chegou em casa, a neve estava a quase 15 centímetros de altura. Os tratores tinham passado e ele teve que guiar o LTD por um monte de neve endurecida até chegar à entrada para carros. O LTD conseguiu sem problemas. Era um bom carro, pesado.

A casa estava escura. Quando ele abriu a porta e entrou, batendo a neve dos pés no capacho, percebeu que ela também estava silenciosa. Merv Griffin não estava batendo papo com as celebridades.

— Mary — chamou ele. Não teve resposta. — *Mary?*

Estava quase pensando que ela não estava em casa quando a ouviu chorando na sala de estar. Ele tirou o sobretudo e o pendurou no seu cabide no armário. Havia uma caixa pequena no chão, debaixo do cabide. Estava vazia. Mary a colocava ali todo inverno, para os pingos caírem nela. Às vezes, ele tinha se perguntado: quem se importa com um pouco d'água pingando dentro de um armário? Naquele instante, a resposta lhe veio à mente, perfeita em sua clareza. Mary. Era ela quem se importava.

Ele entrou na sala de estar. Ela estava sentada no sofá de frente para a tevê Zenith, chorando. Não usava um lenço. Suas mãos estavam perpendiculares ao corpo. Mary sempre se recolhia para chorar, ou subindo para o quarto de cima, ou, se fosse pega de surpresa, escondendo o rosto com as mãos ou com um lenço. Vê-la daquela maneira fazia seu rosto parecer nu e obsceno, o rosto de uma vítima de acidente de avião. O coração dele se torceu no peito.

— Mary — falou ele baixinho.

Ela continuou chorando, sem olhar na sua direção. Ele se sentou ao seu lado.

— Mary — disse ele. — Não é tão ruim assim. Nada é. — No entanto, duvidava daquilo.

— É o fim de tudo — respondeu ela, e as palavras saíram estilhaçadas pelo choro. Estranhamente, a beleza que ela nunca havia alcançado, ou perdido, de fato estava em seu rosto naquele instante, reluzente. No momento do golpe final, tornara-se uma mulher linda.

— Quem contou para você?

— *Todo mundo me contou!* — gritou ela. Ainda não conseguia olhar para ele, porém uma de suas mãos se levantou, contorcendo-se e golpeando o ar antes de cair sobre a perna das suas calças. — Tom Granger ligou. Depois a *mulher* de Ron Stone ligou. Então Vincent Mason ligou. Eles queriam saber o que havia de errado com você. E eu não *sabia*! Eu nem sabia que *havia* algo de errado!

— Mary — disse ele, tentando pegar sua mão. Ela a puxou para si como se ele fosse contagioso.

— Você está me punindo? — perguntou ela, olhando finalmente para ele. — É isso que você está fazendo? Está me punindo?

— Não — ele se apressou a dizer. — Oh, Mary, não. — Ele queria chorar, mas aquilo seria errado. Aquilo seria muito errado.

— Porque eu te dei um bebê que morreu e depois outro que estava programado para se autodestruir? Você acha que eu matei o seu filho? É por isso?

— Mary, ele era *nosso* filho...

— Ele era *seu* — gritou ela.

— Não faça isso, Mary. Não faça isso. — Ele tentou abraçá-la e ela se desvencilhou.

— Não me toque.

Eles se encararam, chocados, como se tivessem descoberto pela primeira vez que havia mais coisas a respeito deles do que jamais haviam imaginado — lacunas e vastas de uma espécie de mapa interior.

— Mary, não pude evitar o que eu fiz. Por favor, acredite nisto. — Porém, aquilo poderia ser mentira. Mesmo assim, ele prosseguiu: — Se teve alguma coisa a ver com Charlie, teve sim. Fiz algumas coisas que não entendo. Eu... eu saquei meu seguro de vida em outubro. Essa foi a primeira coisa, a primeira coisa *real*, mas as coisas já vinham acontecendo na minha cabeça bem antes disso. Mas era mais fácil fazer as coisas do que falar a respeito delas. Você consegue entender isso? Consegue tentar entender?

— O que vai acontecer comigo, Barton? A única coisa que eu sei fazer é ser a sua esposa. O que vai acontecer comigo?

— Não sei.

— É como se você tivesse me estuprado — falou ela, voltando a chorar.

— Mary, por favor, não faça mais isso. Não... tente não fazer mais isso.

— Quando você estava fazendo todas essas *coisas*, você alguma vez pensou em mim? Alguma vez pensou que eu *dependo* de você?

Ele não conseguia responder. De uma forma estranha e desconexa, era como falar com Magliore de novo. Era como se Magliore tivesse chegado mais rápido do que ele em casa, colocado uma cinta e as roupas de Mary e uma máscara com seu rosto. O que viria em seguida? A oferta da puta velha?

Ela se levantou.

— Vou subir. Vou me deitar.

— Mary... — Ela não o interrompeu, mas ele descobriu que não tinha palavras para dizer depois daquela primeira.

Ela saiu da sala e ele ouviu seus passos subindo a escada. Em seguida, escutou a cama ranger quando Mary se deitou nela. Então a ouviu chorar novamente. Ele se levantou, ligou a tevê e aumentou o volume para não escutar. Na televisão, Merv Griffin batia papo com as celebridades.

Parte Dois

DEZEMBRO

Ah, amor, sejamos sinceros
Um com o outro! pois o mundo que pensamos
Estender-se diante de nós como uma terra de sonhos
Tão variado, tão belo, tão novo,
Não possui, na verdade, alegria, amor, ou luz,
Tampouco segurança, paz, ou alívio para a dor;
E cá estamos, como numa planície sombria,
Varrida por alarmes confusos de luta e fuga,
Na qual exércitos ignorantes digladiam-se à noite.

— Matthew Arnold
"Praia de Dover"

5 de dezembro de 1973

Ele estava tomando seu drinque particular, Southern Comfort com Seven-Up, e assistindo a algum programa de tevê cujo nome não sabia. O herói do programa era um policial à paisana ou um detetive particular, e alguém tinha dado uma cacetada na cabeça dele. Isso fez o policial à paisana (ou detetive particular) decidir que estava perto de descobrir alguma coisa. Antes que ele pudesse falar o que era, um comercial do caldo de carne Gravy Train entrou no ar. O homem no comercial dizia que era só misturar Gravy Train na água quente que o caldo ficava pronto. Ele perguntou à platéia se não era igualzinho a um ensopado de carne. Para Barton George Dawes, parecia o resultado de um intestino solto em um pote vermelho de comida de cachorro. O programa voltou. O detetive particular (ou policial à paisana) estava interrogando um barman negro que tinha passagem pela polícia. O barman dizia *saca só*. O barman dizia *vaza daqui*. O barman dizia *mermão*. Era um barman muito descolado, sem dúvida, mas Barton George Dawes achava que o policial à paisana (ou detetive particular) sacava qual era a dele.

Ele estava bastante bêbado e assistia à tevê usando apenas shorts. A casa estava quente. Ele havia aumentado o termostato para 25,5 graus e o deixara assim desde que Mary saíra. Crise de energia? Vá se foder, Dick. Junto com o cavalo que trouxe você. Checkers que se foda, também.[5] Quando ele chegava à Interestadual, corria a 112 quilômetros por hora, mostrando o dedo médio para os motoristas que buzinavam para ele desacelerar. A analista de consumo do presidente — uma mulher que poderia ter sido uma estrela-mirim na década de 30 antes de o passar do tempo transformá-la em uma hermafrodita política — tinha aparecido em um programa de utilidade pública duas

---

[5] O então presidente Richard Nixon tinha o apelido de Tricky Dick, por conta dos "truques sujos" que teria usado para chegar à vice-presidência em 1952. Especialmente, a menção sentimentalóide ao cachorro da família Nixon, Checkers, presente de um eleitor, ao se defender publicamente de acusações de financiamento ilegal da sua campanha. (N. do T.)

noites antes para falar sobre as maneiras!!! Como Você e Eu!!! poderíamos economizar energia em casa. Seu nome era Virginia Knauer, e ela enfatizou bastante as várias maneiras como VOCÊ E EU podemos economizar energia, porque a coisa está ficando feia e estamos todos juntos nessa. Quando o programa acabou, ele foi até a cozinha e ligou o liquidificador. A sra. Knauer tinha dito que o liquidificador era o segundo eletrodoméstico de pequeno porte que mais desperdiçava energia na casa. Ele deixou o liquidificador ligado a noite inteira e, quando acordou na manhã seguinte — a manhã de ontem —, o motor tinha queimado. Segundo a sra. Knauer, nada gastava mais energia do que aqueles aquecedores elétricos portáteis. Ele não tinha aquecedor elétrico, mas brincara com a idéia de comprar um apenas para deixá-lo ligado noite e dia até queimar. Provavelmente, se ele estivesse bêbado e apagado, ele o queimaria também. Aquilo seria o fim de toda aquela droga de autocomiseração idiota.

Ele se serviu outra bebida e ficou assistindo, pensativo, àqueles velhos programas de tevê, que passavam desde que ele e Mary eram praticamente recém-casados e uma RCA modelo de mesa novinha — o modelo mais comum de televisão preto-e-branca possível — era algo de encher os olhos. Havia *The Jack Benny Program* e *Amos 'n Andy*, com aqueles negões cheios de ginga das antigas. Havia *Dragnet*, o *Dragnet* original, com Ben Alexander no papel de parceiro de Joe Friday, em vez daquele cara novo, Harry sei-lá-o-quê. Havia também *Highway Patrol*, com Broderick Crawford murmurando câmbio no seu microfone e todos dirigindo Buicks que ainda tinham portinholas nas laterais. *Your Show of Shows. Your Hit Parade*, com Gisele MacKenzie cantando coisas como *Green Door* e *Stranger in Paradise*. Esta o rock-and-roll tinha matado. E que tal aqueles programas de perguntas-e-respostas? *Tic-Tac-Dough* e *Twenty-One* todas as noites de segunda, estrelando Jack Barry. As pessoas entrando em cabines isoladas e colocando fones de ouvido nas cabeças para ouvir perguntas inacreditáveis das quais já tinham sido informadas. *The $64,000 Question*, com Hal March. Os competidores saindo cambaleantes do palco com um monte de obras de referência nos braços. *Dotto*, com Jack Narz. E programas da manhã de sábado, como *Annie Oakley*, que estava sempre salvando seu irmãozinho Tag de alguma encrenca dos diabos. Ele sempre se perguntava se aquele moleque não seria, na verdade, irmão bastardo dela. Havia também *Rin-Tin-Tin*, que servia no Fort Apache. *Sergeant Preston*, que servia em Yukon — numa espécie de missão itinerante, por assim dizer. *Range Rider*, com Jock Mahoney. *Wild Bill Hickok*, com Guy Madison e Andy Devine no papel de Jingles. Mary dizia: Bart, se as pessoas soubessem que você assiste a esse tipo de coisa, elas te achariam um bobo. Francamente, um homem da sua idade! E ele sempre respondia: eu quero conseguir conversar com meus filhos, minha filha. Só que eles nunca existiram, não exatamente. O primeiro tinha sido um desastre natimorto, e o segundo tinha sido Charlie, sobre quem era melhor nem pensar. Nos vemos nos meus sonhos, Charlie. Parecia que todas as noites ele e seu filho se encontravam em um ou outro sonho. Barton George Dawes e Charles Frederick Dawes, reunidos pelo milagre do subconsciente. E cá estamos novamente, meus amigos, de volta ao novo passeio mental da Disneylândia, A Terra da Autopiedade, onde você pode passear de gôndola pelo Canal das Lágrimas, visitar o Museu das Fotografias Antigas e dar uma volta no Maravilhoso Nostalgiamóvel, dirigido por Fred MacMurray. A última parada do nosso passeio é esta sensacional réplica da Crestallen Street West. Aqui está ela, dentro desta garrafa gigante de Southern Comfort, preservada para toda a eternidade. Isso mesmo, madame, abaixe a cabeça ao passar pelo gargalo. Ela já vai alargar. E esta é a casa de Barton George Dawes, o último morador vivo da Crestallen Street West. Dêem uma olhada por esta janela aqui — só um segundo, filho, vou levantar você. Olhem lá o George, sentado diante da sua tevê em cores Zenith com sua cueca samba-canção ridícula, tomando um drinque e chorando. Chorando? Mas é claro. Ele chora o tempo todo. O que mais ele estaria fazendo na Terra da Autopiedade? O fluxo das lágrimas dele é controlado pela nossa EQUIPE DE ENGENHEIROS MUNDIALMENTE FAMOSA. Nas segundas ele só choraminga um pouco, porque é uma noite fraca. Durante o restante da semana, chora muito mais. Nos fins de semana, ele se debulha em lágrimas, e no Natal podemos mandá-lo correnteza abaixo. Admito que ele é um pouco repugnante, porém, mesmo assim, é um dos moradores mais populares da Terra da Autopiedade, páreo a páreo com nossa recriação do King Kong no topo do Empire State Building.

Ele atirou seu drinque na televisão.

Errou por uma distância razoável. O copo bateu na parede, caiu no chão e se despedaçou. Ele começou a chorar novas lágrimas.

Enquanto chorava, pensou: Olhe para mim, olhe para mim, meu Deus, você é nojento. Está tão na merda que não dá nem para acreditar. Estragou sua vida inteira e a de Mary também, e fica sentado fazendo piadas a respeito, seu inútil. Meu Deus, meu Deus, meu Deus...

Estava a meio caminho do telefone quando se forçou a parar. Na noite anterior, bêbado e chorando, tinha ligado para Mary e implorado que ela voltasse. Implorara até ela começar a chorar e desligar o telefone na sua cara. Pensar que havia feito uma coisa tão terrivelmente constrangedora o fez se encolher e arreganhar os dentes.

Ele foi até a cozinha, pegou a pá de lixo e a vassourinha e voltou para a sala de estar. Desligou a tevê e varreu o copo quebrado. Levou os cacos de vidro até a cozinha, cambaleando um pouco, e os jogou no lixo. Então ficou parado lá, pensando no que fazer em seguida.

Conseguia ouvir a geladeira zumbir como um inseto e teve medo. Foi para a cama. E sonhou.

6 de dezembro de 1973

Eram três e meia e ele estava indo para casa, disparando pela Interestadual a 112 quilômetros por hora. O tempo estava limpo, rigoroso e claro, a temperatura por volta de zero grau. Todos os dias, desde que Mary partira, ele fazia um longo passeio pela Interestadual — de certa forma, aquilo se transformara em um substituto do trabalho. Acalmava-o. Enquanto a estrada se desenrolava à sua frente, seus limites delineados claramente, em ambos os lados, pelos montinhos de neve de começo de inverno, ele se via sem pensamentos e em paz. Às vezes, cantava junto com o rádio com uma voz potente, aos berros. Muitas vezes, nesses passeios, ele pensava que deveria simplesmente seguir adiante, deixando uma via levar à outra, comprando gás no cartão de crédito. Seguiria para o sul e não pararia até que as estradas ou a terra acabassem. Seria possível ir de carro até a pontinha da América do Sul? Ele não sabia.

No entanto, sempre voltava. Saía da Interestadual, comia hambúrgueres com batatas fritas em algum restaurante de beira de estrada e então guiava até a cidade, chegando ao pôr do sol ou logo depois dele.

Ia sempre até a Stanton Street, parava o carro e saía para olhar qualquer progresso que a extensão 784 tivesse feito durante o dia. A construtora tinha erguido uma plataforma especial para os curiosos — em sua maioria, velhos e gente voltando das compras com um tempinho livre — e, durante o dia, ela estava sempre cheia. Eles se alinhavam no parapeito como patos de argila em uma barraca de tiro ao alvo, o vapor frio saindo como plumas de suas bocas, olhando embasbacados para os buldôzeres, as motoniveladoras e os inspetores com seus sextantes e tripés. Teria sido um prazer atirar neles todos.

Porém, à noite, com a temperatura abaixo de zero, o sol uma linha laranja amarga ao oeste e milhares de estrelas já perfurando com frieza o firmamento, ele podia avaliar o progresso da estrada sozinho, sem que ninguém o incomodasse. Os momentos que passava lá estavam se tornando muito importantes para ele: suspeitava que, de alguma maneira nebulosa, eles o estivessem recarregando, mantendo-o preso a um mundo ao menos parcialmente são. Naqueles momentos antes de o longo mergulho da noite na embriaguez começar, antes que a necessidade inevitável de ligar para Mary surgisse, antes de começar as atividades noturnas na Terra da Autopiedade, Bart era totalmente ele mesmo, numa sobriedade fria e oscilante. Ele enroscava as mãos sobre o cano de ferro e olhava para a construção lá embaixo. Continuava naquela posição até seus dedos se tornarem tão insensíveis quanto o próprio ferro e ficar impossível saber onde terminava seu próprio mundo — o dos seres humanos — e onde o mundo externo de tratores, guindastes e plataformas de observação começava. Naqueles momentos, não havia necessidade de chorar ou remoer as lengalengas do passado que confundiam sua cabeça. Naqueles momentos, ele sentia seu eu pulsando calorosamente em meio à indiferença fria da noite daquele início de inverno, uma pessoa de verdade, talvez ainda completa.

Então, zunindo pela Interestadual a 112 por hora, faltando mais de 60 quilômetros para as cabines de pedágio do Westgate, ele divisou um vulto parado no acostamento logo depois da saída 16, agasalhado com um casacão e usando um gorro de lã preto. O vulto segurava um cartaz que dizia (surpreendentemente, no meio daquela neve toda): LAS VEGAS. E, debaixo daquilo, um desafiador OU CAIA FORA!

Ele pisou no freio e sentiu o cinto de segurança afundar um sulco no seu peito por ter desacelerado tão rápido, empolgando-se um pouco com o som digno de Richard Petty[6] dos seus pneus cantando. Parou a cerca de 20 metros do vulto, que enfiou o cartaz debaixo do braço e veio correndo na sua direção. Algo na maneira como ele corria lhe dizia que era uma garota.

A porta do passageiro se abriu e ela entrou.

— Ei, obrigada.

— De nada. — Ele olhou pelo retrovisor e deu partida, acelerando até 112 quilômetros por hora novamente. A estrada voltou a se desenrolar à sua frente. — É um longo caminho até Las Vegas.

— Com certeza. — Ela abriu para ele o sorriso reservado às pessoas que lhe diziam que era um longo caminho até Las Vegas, tirando as luvas. — Se importa se eu fumar?

— Não, vá em frente.

Ela tirou um maço de Marlboro.

— Quer um?

— Não, obrigado.

Ela colocou um cigarro na boca, pegou uma caixa de fósforos de cozinha do bolso do casacão, acendeu o cigarro, deu uma tragada enorme e soprou a fumaça, embaçando parte do pára-brisa. Então, guardou o maço e os fósforos, afrouxou o cachecol azul-escuro em volta do pescoço e disse:

— Obrigada pela carona. Está frio lá fora.

— Estava esperando há muito tempo?

— Uma hora, mais ou menos. O último sujeito estava bêbado. Cara, que bom que eu caí fora.

Ele assentiu.

— Posso levar você até o fim da Interestadual.

— Até o fim? — Ela o encarou. — Você está indo até Chicago?

— O quê? Ah, não. — Ele falou o nome da sua cidade.

---

[6] Famoso automobilista americano da categoria Nascar. (N. do T.)

— Mas a Interestadual passa por lá. — Ela pegou um mapa rodoviário, com as pontas dobradas de tanto ser folheado, do outro bolso do casaco. — Está *dizendo* no mapa.

— Abra e olhe de novo.

Ela obedeceu.

— Qual é a cor da Interestadual em que estamos agora?

— Verde.

— E qual é a cor da parte que cruza a cidade?

— Verde pontilhado. Está... oh, meu Deus. Está em *construção*.

— Exatamente. A mundialmente famosa extensão 784. Menina, você nunca vai chegar a Las Vegas se não ler a legenda do mapa.

Ela se curvou sobre ele, o nariz quase tocando o papel. Sua pele era clara, talvez normalmente leitosa, mas o frio havia corado suas bochechas e sua testa. A ponta do seu nariz estava vermelha e uma gotinha d'água pendia do lado de sua narina esquerda. Seu cabelo era curto e não muito bem cortado. Um trabalho de amador. Era de um castanho bonito. Um pecado cortá-lo, pior ainda cortá-lo mal. Qual era mesmo aquele conto de Natal de O. Henry? "O Presente dos Magos". Para quem você comprou uma corrente de relógio, pequeno andarilho?

— A parte verde uniforme começa em um lugar chamado Landy — disse ela. — Qual a distância de lá até onde esta parte acaba?

— Uns 50 quilômetros.

— Oh *meu Deus*.

Ela quebrou um pouco mais a cabeça sobre o mapa. A saída 15 passou rapidamente.

— Qual é a estrada secundária? — perguntou ela finalmente. — Isso para mim é uma confusão só.

— A rota 7 é melhor — disse ele. — Fica na última saída, a que a gente chama de Westgate. — Ele hesitou. — Mas é melhor você encerrar por esta noite. Tem um Holiday Inn no caminho. Não vamos chegar lá antes do anoitecer e você não vai querer pedir carona na rota 7 de noite.

— Por que não? — perguntou ela, encarando-o. Seus olhos eram verdes e desconcertantes; o tipo de cor sobre a qual você lê às vezes, mas que raramente encontra.

— É uma estrada secundária municipal — disse ele, pegando a pista contrária e ultrapassando toda uma fila de veículos que seguiam a 80 por hora. Muitos buzinaram para ele com raiva. — Quatro pistas com uma divisória minúscula de concreto entre elas. Duas pistas na direção oeste, para Landy, duas na direção leste, para a cidade. Um monte de shopping centers, lanchonetes, boliches etc. Todo mundo fazendo viagens curtas. Ninguém quer parar.

— É. — Ela suspirou. — Tem algum ônibus para Landy?

— Tinha um ônibus municipal, mas a empresa faliu. Deve haver algum Greyhound...

— Ah, foda-se. — Ela dobrou o mapa de volta e o enfiou no bolso. Ficou olhando para a estrada, parecendo brava e preocupada.

— Não tem dinheiro para um quarto de hotel?

— Meu senhor, eu tenho 13 pratas. Não conseguiria alugar nem uma casa de cachorro.

— Pode dormir na minha casa, se quiser — disse ele.

— Sei, e talvez seja melhor você me deixar aqui mesmo.

— Esqueça. Retiro minha oferta.

— Além do mais, o que sua mulher iria pensar? — Ela olhou enfaticamente para a aliança no seu dedo. Era um olhar que sugeria que ele talvez ficasse zanzando por pátios escolares depois que o supervisor ia embora.

— Minha mulher e eu estamos separados.

— É recente?

— É. Foi no dia 1º de dezembro.

— E agora você está cheio de problemas na cabeça e bem que gostaria de ajuda — disse ela. Havia desprezo na sua voz, mas era um desprezo antigo, não direcionado especificamente a ele. — Ainda mais de uma garota novinha.

— Não quero trepar com ninguém — disse ele, sendo sincero. — Acho que nem conseguiria ficar de pau duro. — Ele percebeu que tinha acabado de usar duas expressões que jamais utilizara com nenhuma mulher na vida, mas não parecia ter problema. Nem bom, nem ruim, mas normal, como falar sobre o tempo.

— Isso é um desafio? — perguntou ela. Tragou com força o cigarro e exalou mais fumaça.

— Não — disse ele. — Imagino que pareça uma cantada, se você estiver atenta a elas. E imagino que uma garota sozinha tem que ficar atenta a elas o tempo todo.

— Essa deve ser a terceira parte — falou ela. Ainda havia um leve desprezo e hostilidade na sua voz, embora atenuado por certo bom humor cansado. — Como uma garota bonita como você entra em um carro desse jeito?

— Ah, esqueça — disse ele. — Você é impossível.

— É isso aí, sou mesmo. — Ela esmagou o cigarro no cinzeiro do carro e enrugou o nariz. — Olhe só para isso. Está cheio de embalagens de doce, celofane e tudo quanto é porcaria. Você não tem um saquinho de lixo?

— Não, porque eu não fumo. Se você tivesse ligado antes e dito: "Barton, meu velho, eu pretendo pedir carona hoje na Interestadual, será que você poderia me pegar? A propósito, dê uma limpada no seu cinzeiro porque eu vou querer fumar", eu teria esvaziado o cinzeiro. Por que você não joga a guimba pela janela e pronto?

Ela estava sorrindo.

— Você tem um bom senso de ironia.

— É por causa de minha vida triste.

— Você sabe quanto tempo um filtro de cigarro leva para se decompor na natureza? Duzentos anos. Até lá, seus netos estarão mortos.

Ele deu de ombros.

— Você não se importa que eu respire sua fumaça cancerígena e ferre com os cílios de meus pulmões, mas não quer atirar um filtro de cigarro na Interestadual. Beleza.

— O que você quer dizer com isso?

— Nada.

— Olhe, você quer que eu saia? É isso?

— Não — disse ele. — Mas por que a gente não conversa sobre alguma coisa neutra? Tipo o estado do dólar. O estado da União. O estado do Arkansas.

— Acho que eu prefiro tirar uma soneca, se você não se importar. Pelo jeito, vou ficar acordada a noite quase inteira.

— Tudo bem.

Ela baixou o gorro sobre os olhos, cruzou os braços e ficou quieta. Logo em seguida, começou a respirar mais fundo, em longos haustos. Ele deu uma série de olhadinhas para ela, roubando aos poucos uma imagem sua. Ela usava um jeans apertado, desbotado e fino. A calça modelava suas pernas, colada o suficiente para lhe dizer que não havia nenhuma outra por baixo. Suas pernas eram longas, dobradas debaixo do painel para ficarem mais confortáveis, e deviam estar vermelhas como uma lagosta àquela altura, coçando feito o diabo. Ele começou a lhe perguntar se elas estavam coçando, mas então pensou em como aquilo soaria. Pensar nela pedindo carona a noite inteira na rota 7, conseguindo caronas curtas ou nada não o agradava. Noite, calças finas, temperatura abaixo de zero. Bem, o problema era dela. Se começasse a sentir muito frio, poderia ir para algum lugar e se aquecer. Não tinha mistério.

Eles passaram pelas saídas 14 e 13. Ele parou de olhar para ela e se concentrou em dirigir. A agulha do velocímetro continuou presa aos 112 por hora e ele continuou na pista contrária. Mais carros buzinaram para ele. Ao passarem pela saída 12, um homem em uma caminhonete com um adesivo que dizia NÃO PASSE DE 80 buzinou três vezes e piscou os faróis com indignação. Ele mostrou o dedo médio para a caminhonete.

Com os olhos ainda fechados, ela disse:

— Você está indo rápido demais. É por isso que eles estão buzinando.

— Eu sei o motivo.

— Mas não se importa.

— Não.

— Mais um cidadão consciente — entoou ela —, fazendo sua parte para livrar a América da crise de energia.

— Estou pouco me lixando para a crise de energia.

— É o que todos dizemos.

— Eu costumava dirigir a 90 por hora na Interestadual. Nem mais, nem menos. Era onde meu carro fazia boa parte da quilometragem dele. Agora, estou protestando contra a Ética do Cachorro Adestrado. Tenho certeza de que você leu sobre ela nos seus cursos de sociologia. Ou estou enganado? Parti do princípio de que você era universitária.

Ela se empertigou.

— Cursei um pouco de sociologia. Bem, mais ou menos. Mas nunca ouvi falar da Ética do Cachorro Adestrado.

— É porque eu inventei.

— Ah. Primeiro de abril. — Repugnância. Ela deslizou de volta para baixo no assento e cobriu os olhos com o gorro novamente.

— A Ética do Cachorro Adestrado, proposta pela primeira vez por Barton George Dawes no fim de 1973, explica totalmente mistérios como a crise financeira, a inflação, a Guerra do Vietnã e a crise de energia atual. Vamos tomar a crise de energia como exemplo. O povo americano é o cachorro adestrado que, neste caso, foi adestrado a amar brinquedos bebedores de petróleo. Carros, motos de neve, barcos grandes, *buggies*, mobiletes, trailers e muito, muito mais. De 1973 a 1980, seremos treinados para odiar brinquedos que consomem energia. O povo americano adora ser adestrado. O adestramento faz as pessoas abanarem seus rabos. Use energia. Não use energia. Faça xixi no jornal. Não sou contra economizar energia, sou contra o adestramento.

Ele se viu pensando na cadela do sr. Piazzi, que primeiro parou de abanar o rabo, depois começou a girar os olhos e então rasgou a garganta de Luigi Bronticelli.

— Como os cachorros de Pavlov — disse ele. — Eles foram adestrados para salivarem ao som de um sino. Nós fomos adestrados a salivar quando alguém nos mostra uma moto de neve Bombardier com sobremarcha ou uma tevê em cores Zenith com uma antena motorizada. Tenho uma dessas na minha casa. A tevê tem um dispositivo de comando a distância. Você pode mudar de canal, aumentar ou abaixar o volume, ligar ou desligar o aparelho da sua poltrona. Uma vez, eu enfiei o negócio na minha boca, apertei o botão e a televisão ligou direitinho. O sinal passou direto pelo meu cérebro e funcionou mesmo assim. A tecnologia é uma maravilha.

— Você é doido — disse ela.

— Imagino que sim. — Eles passaram pela saída 11.

— Acho que vou dormir. Me chame quando chegarmos.

— Ok.

Ela cruzou os braços e fechou os olhos novamente.

Eles passaram pela saída 10.

— De qualquer forma, meu problema não é com a Ética do Cachorro Adestrado — disse ele. — É com o fato de os adestradores serem retardados mentais, morais e espirituais.

— Você está tentando aliviar sua consciência com um monte de retórica — falou ela com os olhos ainda fechados. — Por que não reduz a 80? Vai se sentir melhor.

— *Eu não vou me sentir melhor.* — E disse aquilo com tanta veemência que ela se endireitou e olhou para ele.

— Você está bem?

— Estou — disse ele. — Perdi minha mulher e meu emprego porque eu ou o mundo enlouquecemos. Então, dou uma carona para uma pessoa, para uma garota de 19 anos de idade que, francamente, deveria estar careca de saber que o mundo enlouqueceu e ela me diz que o problema é comigo, que está tudo bem com o mundo. Não tem muito petróleo, mas, fora isso, tudo bem.

— Eu tenho 21.

— Bom para você — disse ele com amargura. — Se o mundo está tão perfeito, o que uma menina como você está fazendo pedindo carona para Las Vegas no meio do inverno? Planejando passar a noite inteira com o polegar para cima na rota 7 e provavelmente arranjando ulcerações nas pernas por não estar usando nada debaixo dessas calças?

— É claro que estou usando alguma coisa por baixo! O que você acha que eu *sou*?

— Eu acho que você é *burra*! — rugiu ele. — Que vai congelar o seu *rabo*!

— E aí você não vai poder tirar uma casquinha dele, não é? — perguntou ela com doçura.

— Ai, ai — disse ele. — Ai, ai.

Eles passaram batidos por um sedã que seguia a 80 por hora. O sedã buzinou para ele.

— *Senta aqui!* — gritou ele. — *E roda!*

— Acho melhor você me deixar sair agora — disse ela baixinho.

— Esqueça o que eu disse. Não vou fazer a gente bater. Vá dormir.

Ela o encarou com desconfiança por um longo instante, então cruzou os braços e fechou os olhos. Eles passaram pela saída 9.

Deixaram a saída 2 para trás às 16h05. As sombras que se estendiam pela estrada tinham assumido aquele tom peculiar de azul que é marca registrada das sombras de inverno. Vênus já havia aparecido ao leste. O tráfego tinha ficado mais intenso ao se aproximarem da cidade.

Ele olhou na direção dela e viu que ela estava empertigada, olhando para os automóveis que corriam, indiferentes. O carro logo na frente deles estava com uma árvore de Natal amarrada no bagageiro do teto. Os olhos da garota eram muito grandes e, por um instante, Bart mergulhou neles e enxergou através deles naquele tipo de empatia perfeita concedida aos seres humanos em momentos misericordiosamente raros. Ele viu que todos os carros estavam indo para algum lugar quente, um lugar no qual haveria negócios a tratar, ou amigos a receber, ou a malha de uma vida em família esperando para ser apanhada e cerzida. Ele viu a indiferença deles com estranhos. Compreendeu em um instante breve e frio o que Thomas Carlyle chamou de a grande locomotiva morta do mundo, que avançava sem parar.

— Estamos chegando? — perguntou ela.

— Quinze minutos.

— Olhe, se eu fui dura com você...

— Não, eu fui duro com você. Veja só, eu não tenho nada de importante para fazer. Vou te levar até Landy.

— Não...

— Ou pago um pernoite para você no Holiday Inn. Sem compromisso. Feliz Natal e tudo o mais.

— Você é mesmo separado da sua mulher?

— Sou.

— E é tão recente mesmo?

— É.

— Ela te deu filhos?

— Não temos filhos. — Eles estavam chegando às cabines de pedágio. As luzes verdes de "siga" delas piscavam com indiferença no crepúsculo precoce.

— Então me leve para a sua casa.

— Eu não preciso fazer isso. Quero dizer, você não precisa...

— Eu prefiro estar com alguém esta noite — disse ela. — E não gosto de pedir carona depois do anoitecer. Tenho medo.

Ele guiou até uma cabine e baixou o vidro da janela, deixando o ar frio entrar. Entregou seu cartão ao funcionário do pedágio e um dólar e noventa. Voltou a andar lentamente. Eles passaram por uma placa espelhada que dizia:

OBRIGADO POR DIRIGIR COM ATENÇÃO!

— Certo — disse ele, com cautela. Sabia que era provavelmente um erro ficar tentando tranqüilizá-la, era bem capaz de causar o efeito contrário, mas não conseguia evitar. — Olhe, é que a casa fica bem solitária só comigo lá dentro. A gente pode jantar e daí talvez ver tevê e comer pipoca. Você pode ficar com o quarto de cima e eu...

Ela riu um pouco e ele olhou na sua direção enquanto contornavam o trevo. Porém, estava difícil de vê-la naquele instante, um pouco indistinta. Poderia ter sido um sonho dele. A idéia o perturbou.

— Olhe só — disse ela —, é melhor eu contar isso logo para você. Sabe aquele bêbado que me deu carona? Eu passei a noite com ele. Ele estava indo para Stilson, onde você me apanhou. Foi o preço dele.

Ele parou no sinal vermelho na beira do trevo.

— Minha colega de quarto me disse que seria assim, mas eu não acreditei nela. Não iria sair dando para atravessar o país, de jeito nenhum. — Ela o encarou por um instante, mas ele ainda não conseguia ler seu rosto na penumbra. — Mas você não faz porque as pessoas te *obrigam*. Faz porque se sente tão desconectado de tudo, como se estivesse andando no espaço. Quando você chega a uma cidade grande e pensa em todas as pessoas que existem nela, dá vontade de chorar. Não sei por quê, mas dá. Então você acaba passando a noite apertando os mamilos sangrentos de um cara só para ouvi-lo respirar e falar.

— Não me interessa com quem você anda dormindo — disse ele, entrando no tráfego. Pegou automaticamente a Grand Street, seguindo para casa pelo caminho da obra da 784.

— Teve um vendedor — disse ela. — Ele era casado havia 14 anos. Não parava de dizer isso enquanto me comia. Catorze anos, Sharon, ele ficava falando, 14 anos, 14 anos. Ele gozou em uns 14 segundos. — Ela deu uma risada parecida com um latido, dolorosa e triste.

— É esse o seu nome? Sharon?

— Não. Acho que era o nome da mulher dele.

Ele parou no meio-fio.

— O que você está fazendo? — perguntou ela, instantaneamente desconfiada.

— Nada de mais — disse ele. — Isso faz parte de voltar para casa. Pode sair, se quiser. Vou lhe mostrar uma coisa.

Eles saíram do carro e andaram até a plataforma de observação, que estava deserta. Ele pousou as mãos nuas sobre o cano de ferro frio e olhou para baixo. Viu que tinham passado o dia aplicando o revestimento interno. Nos três dias anteriores, haviam aplicado o saibro. Era a vez do revestimento. Equipamentos vazios — caminhões, buldôzeres e retroescavadeiras amarelas — jaziam silenciosos por ali nas sombras da noite, como dinossauros expostos em um museu. Lá está o estegossauro vegetariano, o triceratope carnívoro, a temível escavadeira a diesel comedora de terra. *Bon appétit.*

— O que você acha? — ele perguntou.

— Deveria achar alguma coisa? — Ela desconversava, tentando entender o que significava aquilo.

— Você deve achar alguma coisa — disse ele.

Ela deu de ombros.

— É uma obra, e daí? Estão construindo uma estrada em uma cidade na qual eu provavelmente nunca mais vou aparecer. O que eu deveria achar? É feio.

— Feio — repetiu ele, aliviado.

— Eu cresci em Portland, no Maine — disse ela. — Nós morávamos em um prédio residencial grande e eles construíram um shopping center do outro lado da rua...

— Eles derrubaram alguma coisa para construí-lo?

— Hein?

— Eles...

— Ah. Não, era só um terreno baldio com um espaço grande atrás. Eu tinha só uns 6 ou 7 anos. Achei que eles iriam continuar cavando, serrando e revirando a terra para sempre. E a única coisa em que eu pensava... é engraçado... a única coisa em que eu pensava era naquela pobre terra. Era como se eles estivessem fazendo um enema nela sem nunca terem perguntado se ela queria aquilo ou se havia algo de errado.

Eu tinha tido um tipo de infecção intestinal naquele ano, então era a especialista do bairro em enemas.

— Ah — disse ele.

— Nós fomos até lá um domingo quando eles não estavam trabalhando e parecia muito com isto aqui, muito silencioso, como um cadáver que morreu na cama. Eles tinham construído parte dos alicerces e havia um monte daquelas coisas amarelas de metal saindo do cimento...

— Barras centrais.

— Que seja. E havia um monte de canos e rolos de cabos cobertos com embalagens de plástico transparente e um monte de terra crua por todo lado. É engraçado pensar nela dessa forma, até parece que existe terra cozida, mas era assim que ela parecia estar. Simplesmente crua. Brincamos de pique-esconde lá e então minha mãe apareceu e deu uma bronca danada em mim e na minha irmã. Ela disse que crianças pequenas podiam se meter em encrencas feias num canteiro de obra. Minha irmã caçula tinha só 4 anos e abriu o berreiro. Engraçado lembrar disso tudo. Podemos voltar para o carro agora? Estou com frio.

— Claro — disse ele, e eles voltaram.

Enquanto continuavam viagem, ela falou:

— Nunca pensei que sairia alguma coisa daquele lugar que não fosse um caos. Então, logo, logo o shopping center estava de pé. Lembro o dia em que eles asfaltaram o estacionamento. E poucos dias depois apareceram uns homens com um carrinho de mão e fizeram todas aquelas faixas amarelas das vagas. Então armaram uma festa enorme e um figurão qualquer cortou uma fita, daí todo mundo começou a freqüentar o shopping e era como se ele nunca tivesse sido construído. O nome da loja de departamentos gigante era Mammoth Mart e minha mãe costumava ir lá sempre. Às vezes, quando Angie e eu íamos com ela, eu pensava em todas aquelas barras laranja saindo do cimento no porão. Era tipo um pensamento secreto.

Ele assentiu. Tinha experiência com pensamentos secretos.

— O que aquilo significa para você? — perguntou ela.

— Ainda estou tentando entender.

Ele ia preparar comida congelada, mas ela abriu o freezer, viu a carne e disse que poderia fazê-la, se ele não se importasse em esperar.

— Ótimo — disse ele. — Não sabia quanto ela precisava ficar no fogo e nem a que temperatura.

— Você sente falta da sua mulher?

— Pra cacete.

— Porque você não sabe como fazer um assado? — perguntou ela, mas ele não respondeu. Ela assou batatas e cozinhou milho congelado. Eles jantaram no cantinho do café-da-manhã e ela comeu quatro fatias grossas do assado, duas batatas e duas porções de milho.

— Fazia um ano que eu não comia assim — disse ela, acendendo um cigarro e olhando para seu prato vazio. — Provavelmente vou botar tudo pra fora.

— E o que você anda comendo?

— *Animal crackers*.

— O quê?

— *Animal crackers*, aqueles biscoitos em forma de bichinhos.

— Achei que tinha ouvido isso mesmo.

— São baratos — disse ela. — E enchem sua barriga. Eles também têm um monte de nutrientes e tal. Está escrito bem na caixa.

— Nutrientes é o cacete. Você está cheia de espinhas, garota. Já está velha demais pra isso. Venha cá.

Ele a levou até a sala de jantar e abriu o guarda-louças de Mary. Pegou uma bandeja de prata e tirou um maço grosso de notas de dinheiro de dentro. Os olhos dela se arregalaram.

— Quem você matou, cara?

— Eu matei minha apólice de seguro. Aqui. Duzentas pratas. Use para comer.

Porém, ela não tocou no dinheiro.

— Você é doido — disse. — O que está achando que eu vou fazer com você por duzentos dólares?

— Nada.

Ela riu.

— Tudo bem. — Ele colocou o dinheiro sobre o aparador e guardou a bandeja de prata de volta no guarda-louças. — Se você não levar esse dinheiro pela manhã, eu jogo na privada e dou descarga. — No entanto, não achava que seria capaz.

Ela o olhou nos olhos.

— Sabe, acho que você seria capaz.

Ele ficou calado.

— Veremos — disse ela. — Pela manhã.

— Pela manhã — repetiu ele.

Ele estava vendo *To Tell the Truth* na televisão. Duas das participantes estavam mentindo que eram campeãs mundiais de rodeio e outra estava dizendo a verdade. Os jurados, que incluíam Soupy Sales, Bill Cullen, Arlene Dahl e Kitty Carlisle, tinham que adivinhar quem estava falando sério. Gary Moore, o único apresentador de *game show* de 300 anos de idade da tevê, sorria, fazia piadas e tocava um sino quando o tempo de cada jurado acabava.

A garota estava olhando pela janela.

— Ei — disse ela. — Quem mora nesta rua? Parece que todas as casas estão com as luzes apagadas.

— Eu e os Dankman — disse ele. — E eles vão se mudar no dia 15 de janeiro.

— Por quê?

— A estrada. Quer um drinque?

— Como assim, a estrada?

— Ela vai passar por aqui — falou ele. — Esta casa vai estar em alguma parte da pista do meio, até onde consigo prever.

— Foi por isso que você me mostrou a obra?

— Acho que sim. Eu trabalhava em uma lavanderia a uns 3 quilômetros daqui. A Blue Ribbon. Ela vai passar por lá, também.

— É por isso que você perdeu seu emprego? Porque a lavanderia fechou?

— Não exatamente. Eu deveria ter assinado o contrato para uma nova fábrica em um bairro chamado Waterford e não assinei.

— Por que não?

— Não tive coragem — foi tudo que ele disse. — Quer um drinque?

— Você não precisa me embebedar — disse ela.

— Deus do céu — disse ele, girando os olhos. — Você não sabe pensar em outra coisa, não é?

Houve um momento de silêncio desconfortável.

— Hi-fi é o único drinque que eu gosto. Você tem vodca e suco de laranja?

— Tenho.

— Maconha não, imagino.

— Não, nunca usei.

Ele foi até a cozinha e preparou um hi-fi para ela. Fez um Comfort com Seven-Up para si mesmo e levou as bebidas de volta para a sala de estar. Ela estava brincando com o dispositivo de Comando a Distância e a tevê mudava de canal para canal, mostrando seus artigos das sete e meia da noite: *To Tell the Truth*, chiado, *What's My Line*, *Jeannie é um Gênio*, *Gilligan's Island*, chiado, *I Love Lucy*, chiado, chiado, Julia Child fazendo algo com abacates que parecia cocô de cachorro, *The New Price Is Right*, chiado, e então de volta a Gary Moore, que estava desafiando os jurados a descobrir qual dos três participantes era o verdadeiro autor de um livro sobre como era ficar perdido por um mês nas florestas de Saskatchewan.

Ele entregou a bebida para ela.

— Você comeu besouros, número dois? — perguntou Kitty Carlisle.

— Qual o problema de vocês? — perguntou a garota. — Não está passando *Jornada nas Estrelas*. Vocês são hereges?

— Passa às quatro da tarde, no canal oito — disse ele.

— Você assiste?

— Às vezes. Minha mulher sempre assiste ao Merv Griffin.

"Não vi besouro nenhum", disse a número dois. "Mas, se tivesse visto, teria comido." A platéia riu com animação.

— Por que ela foi embora? Não precisa me contar se não quiser — perguntou ela, olhando-o cautelosa, como se o preço da sua confissão pudesse ser tediosamente alto.

— Pelo mesmo motivo que eu fui despedido — respondeu ele, sentando-se.

— Porque você não comprou aquela fábrica.

— Não. Porque eu não comprei uma casa nova.

"Eu votei na número dois", disse Soupy Sales, "porque ela tem cara de quem comeria um besouro se visse um". A platéia riu com animação.

— Eu não... uau. Oh, uau. — Ela olhou para ele por sobre o drinque sem piscar. A expressão no seu rosto parecia uma mistura de espanto, admiração e terror. — O que você vai fazer?

— Não sei.

— Não está trabalhando?

— Não.

— E o que faz o dia inteiro?

— Ando de carro pela Interestadual.

— E vê televisão à noite?

— E bebo. Às vezes faço pipocas. Vou fazer mais tarde.

— Eu não como pipoca.

— Então eu vou comer.

Ela apertou o botão "desliga" no dispositivo de Comando a Distância (ele às vezes pensava naquilo como um "módulo", porque você era incentivado a pensar em qualquer coisa que desligava e ligava aparelhos como um módulo) e a imagem na Zenith tremeu até virar um ponto luminoso e então se apagou.

— Deixe-me ver se eu entendi direito — disse ela. — Você mandou sua mulher e seu trabalho por água abaixo...

— Mas não necessariamente nesta ordem.

— Tanto faz. Você jogou as duas coisas fora por causa dessa estrada. É isso mesmo?

Ele olhou desconfortavelmente para a tevê desligada. Embora quase nunca acompanhasse o que estava passando nela com muita atenção, sentia-se desconfortável com o aparelho desligado.

— Não sei se foi ou não por isso — disse ele. — Você nem sempre entende uma coisa só porque a fez.

— Foi um protesto?

— Não *sei*. Quando você protesta por algo é porque pensa que alguma outra coisa seria melhor. Toda aquela gente protestou contra a guerra porque achava que a paz era melhor. As pessoas protestam contra as leis sobre as drogas porque acham que outras leis seriam mais justas, ou mais divertidas, ou menos prejudiciais, ou... sei lá. Por que você não liga a tevê?

— Daqui a pouco. — Ele notou novamente como seus olhos eram verdes, decididos, felinos. — É porque você odeia a estrada?

Por causa da sociedade tecnológica que ela representa? Do efeito desumanizador da...

— Não — disse ele. Era difícil demais ser sincero, e ele se perguntou por que estava se importando em sê-lo quando uma mentira terminaria a discussão de forma muito mais rápida e limpa. Ela era como o resto dos jovens da sua idade, como Vinnie, como as pessoas que pensavam que a educação formal era a verdade: queria propaganda, com gráficos para completar, não uma resposta. — Passei a vida inteira vendo essa gente construir estradas e prédios. Nunca nem parei para pensar no assunto, exceto que era um saco ter que fazer um desvio ou atravessar a rua porque a calçada estava quebrada ou a construtora estava usando uma bola de demolição.

— Mas quando atingiu a casa... a *sua* casa e o seu emprego, você falou não.

— É, pode crer que eu falei. — Porém, ele não sabia ao certo a que tinha falado não. Ou teria sido sim? Sim, finalmente sim a algum impulso destrutivo que fizera parte dele o tempo todo, um mecanismo de autodestruição embutido como o tumor de Charlie? Ele se viu desejando que Freddy aparecesse. Freddy lhe diria o que ela queria ouvir. Mas Fred estava na dele.

— Você é ou maluco ou extraordinário — disse ela.

— As pessoas só são extraordinárias nos livros — disse ele. — Vamos ver televisão.

Ela ligou o aparelho. Ele a deixou escolher o programa.

— O que você está bebendo?

Eram nove e quinze. Ele estava alto, mas não tão bêbado quanto estaria àquela altura sozinho. Fazia pipoca na cozinha. Ele gostava de observá-la estourar na panela de vidro temperado, subindo e subindo como neve que saía do chão em vez de cair do céu.

— Southern Comfort com Seven-Up — disse ele.

— *O quê?*

Ele deu uma risadinha, envergonhado.

— Posso experimentar um? — Ela mostrou seu copo vazio e sorriu. Era a primeira expressão completamente espontânea que exibia desde que ele a apanhara na estrada. — O seu hi-fi é horrível.

— Eu sei — falou ele. — Comfort com Seven-Up é minha bebida particular. Em público, fico no uísque. Detesto uísque.

— Posso tomar um?

— Claro.

Ele misturou um Comfort com Seven-Up, então colocou uma barra derretida de manteiga sobre a pipoca.

— Isso vai colocar um monte de colesterol na sua corrente sanguínea — disse ela, recostando no batente entre a cozinha e a sala de jantar. Bebericou seu drinque. — Ei, eu *gostei* disso.

— Claro que gostou. Guarde segredo e vai ter sempre um drinque de vantagem.

Ele salgou a pipoca.

— O colesterol entope o seu coração — disse ela. — As passagens para o sangue vão diminuindo, diminuindo, e então um dia... *graaag!* — Ela agarrou dramaticamente o peito e derramou um pouco da bebida no suéter.

— Meu metabolismo dá conta disso tudo — falou ele, passando pela porta. Roçou o seio dela (perfeitamente acomodado em um sutiã, ao que parecia) no caminho. Tocar o seio de Mary não lhe causava uma sensação como aquela havia anos. Talvez essa não fosse uma boa maneira de se pensar.

Ela comeu a maior parte da pipoca.

Ela começou a bocejar durante o noticiário das onze, que era quase todo sobre a crise de energia e as fitas da Casa Branca.

— Vá lá pra cima — disse ele. — Vá para a cama.

Ela olhou firme para ele.

Ele disse:

— Nós vamos nos dar muito bem se você parar de dar a impressão de que te apertaram a bunda sempre que ouve a palavra "cama". A finalidade principal da Grande Cama Americana é dormir, não fazer sexo.

Aquilo a fez sorrir.

— Você não quer nem ajeitar os lençóis?

— Você já é grandinha.

Ela o encarou com calma.

— Pode subir comigo se quiser — disse ela. — Já decidi isso uma hora atrás.

— Não... mas você não faz idéia de como este convite é tentador. Só fui para a cama com três mulheres na vida, e as primeiras duas foi há tanto tempo que mal consigo me lembrar delas. Antes de eu me casar.

— Você está brincando?

— De forma alguma.

— Olhe, não seria só porque você me deu uma carona, ou me deixou dormir aqui, ou nada parecido. Ou pelo dinheiro que me ofereceu.

— É bondade sua dizer isso — falou ele, levantando-se. — É melhor você subir, agora.

Porém, ela não seguiu seu exemplo.

— Você deveria saber por que não quer fazer isso.

— Deveria?

— Sim. Quando a gente faz as coisas e não consegue explicá-las, como você disse, talvez não tenha problema porque as fazemos assim mesmo. Mas se a gente decide não fazê-las, deveria saber por quê.

— Certo — disse ele. Então fez sinal com a cabeça para a sala de jantar, onde o dinheiro ainda estava dentro da bandeja. — É o dinheiro. Você é jovem demais para estar na rua se prostituindo.

— Não vou ficar com o dinheiro — falou ela sem titubear.

— Sei que não. É por isso que *eu* não vou ficar. Quero que você fique com ele.

— Por que nem todo mundo é tão gente boa como você?

— Exatamente. — Ele a encarou com uma expressão desafiadora.

Ela balançou a cabeça com irritação e se levantou.

— Certo. Mas você é um burguês, sabia disso?

— Sabia.

Ela se aproximou e beijou-lhe a boca. Foi excitante. Ele conseguia sentir seu cheiro, e era um cheiro bom. Teve uma ereção quase instantaneamente.

— Suba — disse ele.

— Se você mudar de idéia durante a noite...

— Não vou mudar. — Ele a observou subir as escadas com os pés descalços. — Ei?

Ela se virou, as sobrancelhas erguidas.

— Como você se chama?

— Olivia, já que você quer saber. Idiota, não é? Como Olivia De Havilland.

— Não, é um bom nome. Eu gosto. Boa noite, Olivia.

Ela subiu. Ele ouviu a luz se acender, como sempre ouvia quando Mary subia antes dele. Se prestasse atenção, talvez conseguisse ouvir o som discretamente enlouquecedor do suéter roçando sua pele enquanto ela o tirava pela cabeça, ou o estalar da fivela que mantinha a calça jeans apertada contra sua cintura.

Usando o módulo de Comando a Distância, ele ligou a televisão.

Seu pênis ainda estava completamente ereto, causando desconforto. Salientava-se contra a virilha de suas calças, o que Mary chamara às vezes de rocha ancestral e às vezes de cobra-que-virou-pedra, quando eles eram mais jovens e a cama não era nada além de uma quadra de esportes. Ele puxou as dobras das suas cuecas e, quando o pênis não amoleceu, se levantou. Depois de um tempo, a ereção arrefeceu e ele voltou a se sentar.

Depois do noticiário, começou um filme: *The Brain from Planet Arous*, estrelando John Agar. Ele dormiu sentado diante da tevê, ainda segurando com a mão frouxa o módulo de Comando a Distância. Passados alguns minutos, um movimento começou sob a braguilha das suas calças, à medida que sua ereção retornava, furtivamente, como um assassino revisitando a cena de um crime antigo.

7 de dezembro de 1973

No entanto, ele a visitou naquela noite.

Sonhou com o cão do sr. Piazzi e, daquela vez, sabia que o menino se aproximando do animal era Charlie antes de a cadela atacar. Aquilo deixou tudo pior e, quando a cadela saltou, ele lutou para acordar como um homem se debatendo para sair de uma cova rasa e arenosa.

Ele arranhou o ar, não acordado, mas também não dormindo, e perdeu o senso de equilíbrio no sofá, no qual havia por fim se enroscado. Ele cambaleou lamentavelmente, mal conseguindo se equilibrar, desorientado, apavorado por conta do seu filho morto que morria sem parar nos seus sonhos.

Caiu no chão, batendo com a cabeça e machucando o ombro, e despertou o suficiente para saber que estava na própria sala de estar e que o sonho havia acabado. A realidade era triste, mas não assustadora de fato.

O que ele estava fazendo? Uma espécie de realidade estrutural do que ele tinha feito com sua vida o invadiu, uma visão panorâmica abominável. Ele a havia rasgado bem no meio, como um pedaço de pano barato. Nada mais estava certo. Ele estava ferido. Conseguia sentir o gosto de Southern Comfort velho no fundo da garganta, regurgitou uma coisa ácida e azeda e a engoliu de volta.

Começou a tremer e abraçou os joelhos numa tentativa vã de parar. À noite, tudo era estranho. O que ele estava fazendo, sentado no chão da sala de estar, segurando os próprios joelhos e tremendo como um velho bêbado em um beco? Ou como um catatônico, ou melhor, uma porra de um psicopata. O que era aquilo? Ele era um psicopata? Nada relativamente engraçado ou pitoresco como um frutinha, um paspalho, ou um molenga, mas um completo psicopata? A idéia o atirou em uma nova onda de terror. Por que tinha ido até um mafioso tentar conseguir explosivos? Ele estava mesmo escondendo duas armas na garagem lá fora, uma grande o suficiente para matar um elefante? Um pequeno ganido saiu da sua garganta e ele se levantou com hesitação, seus ossos rangendo como os de um homem muito velho.

Ele subiu as escadas sem se permitir pensar e foi até o quarto.

— Olivia? — sussurrou. Aquilo era ridículo, como um filme antigo com Rodolfo Valentino. — Você está acordada?

— Estou — disse ela. Nem parecia sonolenta. — O relógio não estava me deixando dormir. Aquele relógio digital. Ficava fazendo *clique*. Eu puxei a tomada.

— Não tem problema — disse ele. Era uma coisa idiota de se dizer. — Tive um pesadelo.

O som de cobertas sendo afastadas.

— Vem. Deita comigo.

— Eu...

— Quer *calar a boca*?

Ele entrou debaixo das cobertas com ela. Eles fizeram amor. E então dormiram.

Pela manhã, a temperatura estava apenas 12 graus negativos. Ela perguntou se ele tinha um jornal.

— Costumávamos ter — disse ele. — Kenny Upslinger o entregava. A família dele mudou para Iowa.

— Iowa, ainda por cima — falou ela, ligando o rádio. Um homem estava dando a previsão do tempo. Claro e frio.

— Quer um ovo frito?

— Dois, se você tiver.

— Tenho, sim. Olhe, sobre ontem à noite.

— Esqueça ontem à noite. Eu gozei. É muito raro para mim. Achei bom.

Ele sentiu certo orgulho vil, o que talvez fosse o que ela queria que ele sentisse. Fritou os ovos. Dois para ela, dois para ele. Torradas e café. Ela bebeu três xícaras com creme e açúcar.

— Então, o que você vai fazer? — perguntou ela depois que os dois terminaram de comer.

— Levar você até a auto-estrada — respondeu ele sem titubear.

Ela fez um gesto impaciente.

— Não isso. Sobre a sua *vida*.

Ele sorriu.

— Isso pareceu sério.

— Não para mim — disse ela. — Para você.

— Ainda não pensei a respeito — disse ele. — Sabe, antes — ele frisou um pouco a palavra *antes* para indicar toda a sua vida e todas as partes dela que havia jogado em um barco da beirada do mundo —, antes de o machado cair, acho que eu estava me sentindo como um condenado deve se sentir na cela do corredor da morte. Nada parecia real. Era como se eu estivesse vivendo em um sonho de vidro que nunca acabava. Agora, tudo parece real. A noite passada... aquilo foi muito real.

— Fico feliz — disse ela, parecendo feliz. — Mas o que você vai fazer agora?

— Não sei, sinceramente.

Ela falou:

— Acho isso triste.

— É mesmo? — perguntou ele. Era uma pergunta de verdade.

Eles estavam de volta ao carro, seguindo pela rota 7 em direção a Landy. O tráfego perto da cidade estava lento. Pessoas a caminho do trabalho. Quando passaram pela obra da extensão 784, o movimento do dia já estava começando. Homens com capacetes de construção amarelos de alto impacto e botas de plástico verdes subiam em suas máquinas, hálito congelado saindo como plumas de suas bocas. O motor de uma das escavadoras laranja da cidade estourou duas vezes, pegou com um barulho claudicante de morteiro, estourou novamente e então, com um rugido, passou a rodar em marcha lenta. O operador o acelerou, produzindo explosões irregulares que pareciam sons de guerra.

— Daqui de cima, eles parecem garotinhos brincando de caminhão em um monte de areia — disse ela.

Fora da cidade, o tráfego melhorou. Ela havia pegado os duzentos dólares sem constrangimento ou relutância — e sem grande entusiasmo, tampouco. Cortara uma pequena abertura no forro do seu casacão, colocara as notas dentro e então costurara a abertura com uma agulha e um pouco de linha azul da caixa de costura de Mary. Tinha recusado sua oferta de levá-la até a rodoviária, dizendo que o dinheiro duraria mais se ela continuasse pedindo carona.

— Então, o que uma garota bonita como você está fazendo em um carro como este? — perguntou ele.

— Hum? — Ela olhou na sua direção, arrancada dos seus pensamentos.

Ele sorriu.

— Por que você? Por que Las Vegas? Você está vivendo à margem como eu. Me conte um pouco a seu respeito.

Ela deu de ombros.

— Não tem muita coisa. Eu estava fazendo faculdade na Universidade de New Hampshire, em Durham. Fica perto de Portsmouth. Eu era caloura este ano. Morava fora do campus. Com um cara. Entramos numa de drogas pesadas.

— Tipo heroína, você quer dizer?

Ela riu alegremente.

— Não, nunca conheci ninguém que usasse heroína. Nós, os drogadinhos da classe média, ficamos só nos alucinógenos. Ácido lisérgico. Mescalina. Peiote de vez em quando, STP às vezes. Sintéticos. Entrei em umas 16 ou 18 viagens entre setembro e novembro.

— E como foram? — perguntou ele.

— Você está perguntando se eu tive alguma "*bad trip*"?

— Não, não foi isso que eu quis dizer — respondeu ele, na defensiva.

— Rolaram algumas *bad trips*, mas todas elas tiveram partes boas. Uma vez, me convenci de que tinha leucemia. Essa foi assustadora. Mas a maioria era só estranha. Nunca vi Deus. Nunca quis me suicidar. Nunca tentei matar ninguém.

Ela ficou um minuto pensando no assunto.

— Todo mundo fez um alarde do cacete em cima das drogas sintéticas. Os caretas, gente como Art Linkletter, dizem que elas matam as pessoas. Os doidões dizem que elas abrem todas as portas que precisam ser abertas. Como se você encontrasse um túnel no meio de si mesmo e sua alma fosse tipo um tesouro em um romance de H. Rider Haggard. Você já leu alguma coisa dele?

— Li *She* quando era garoto. Não foi ele que escreveu esse?

— Foi. Você acha que nossa alma é como uma esmeralda no meio da testa de um ídolo?

— Nunca pensei a respeito.

— Eu acho que não — disse ela. — Vou lhe contar minha melhor e minha pior experiência com drogas sintéticas. A melhor foi chapar no apartamento uma vez e ficar olhando o papel de parede. Havia um monte de pontinhos redondos no papel e eles viraram neve para mim. Fiquei sentada na sala de estar vendo uma nevasca na parede por mais de uma hora. Então, depois de um tempo, vi uma menininha andando com dificuldade pela neve. Ela estava com um lenço na cabeça, de um tecido bem grosseiro, tipo aniagem, e o segurava assim. — Ela fechou o punho debaixo do queixo. — Me convenci de que ela estava indo para casa e, bum!, vi uma rua inteira ali, toda coberta de neve. Ela subiu a rua e depois entrou numa casa. Essa foi a melhor. Ficar sentada no apartamento assistindo à paredevisão. Só que Jeff chamava de cabeçavisão.

— Jeff era o cara que morava com você?

— Isso. A pior viagem foi a vez que eu decidi desentupir a pia. Não sei por quê. Às vezes a gente tem umas idéias engraçadas quando está doidão, só que elas parecem perfeitamente normais. Parecia que eu *tinha* que desentupir a pia. Então, peguei o desentupidor e fui ao trabalho... e um monte de *porcaria* começou a sair do ralo. Ainda não sei quanto daquilo era de verdade e quanto era da minha cabeça. Restos de café. Um pedaço velho de camisa. Uns nacos enormes de gordura congelada. Um negócio vermelho que parecia sangue. E foi aí que apareceu a mão. A mão de uma pessoa.

— O quê?

— A *mão*. Chamei Jeff e disse: ei, mandaram alguém pelo ralo. Mas ele tinha saído para algum lugar e eu estava sozinha. Puxei até não poder mais e finalmente o antebraço saiu. A mão estava caída em cima da porcelana, toda suja de resto de café, e lá estava o antebraço, saindo direto do ralo. Fui rapidinho até a sala de estar para ver se Jeff tinha chegado e, quando voltei para a cozinha, o braço e a mão tinham sumido. Fiquei meio encucada. Às vezes sonho com aquilo.

— Que loucura — falou ele, desacelerando enquanto passavam por uma ponte em construção.

— Os sintéticos deixam você maluco — disse ela. — Às vezes isso é bom. Mas na maioria das vezes não é. Enfim, estávamos nesse lance de drogas pesadas. Você já viu aqueles desenhos de como é um átomo, com os prótons, nêutrons e elétrons girando?

— Já.

— Bem, era como se o nosso apartamento fosse o núcleo e toda a gente que entrava e saía fosse os prótons e elétrons. Pessoas entrando e saindo, num fluxo constante, todas desconectadas umas das outras, como em *Manhattan Transfer*.

— Esse eu não li.

— Pois deveria. Jeff sempre falava que Dos Passos foi o primeiro jornalista gonzo. É um livro muito doido. Enfim, tinha noites em que estávamos assistindo à tevê com o som desligado e um disco tocando, todo mundo chapado, pessoas trepando no quarto, talvez, e ninguém nem sabia *quem era* aquela gente toda. Sabe qual é?

Pensando em algumas festas pelas quais vagara bêbado, tão aturdido quanto Alice no País das Maravilhas, ele disse que sim.

— Então, uma noite passou um especial com o Bob Hope. E todo mundo estava diante da tevê, depois de ter fumado todos, rindo pra cacete de todas aquelas tiradas velhas, todas aquelas caretas manjadas e toda aquela zoação inofensiva com os malucos por poder de Washington. Sentados em volta da televisão como todos nossos papais e mamães em casa e eu pensei: bem, é para isso que passamos pelo Vietnã, para Bob Hope fechar o abismo entre as gerações. É só uma questão de como você fica chapado.

— Mas você era pura demais para aquilo tudo.

— Pura? Não, não era isso. Mas comecei a pensar nos 15 anos anteriores, mais ou menos, como uma espécie de Banco Imobiliário grotesco. O avião de espionagem de Francis Gary Powers é abatido a tiros.[7] Uma rodada perdida. Negros dispersados por mangueiras d'água em Selma. Vá direto para a cadeia. Manifestantes alvejados no Mississippi, passeatas, comícios, Lester Maddox e seus cabos de machados,[8] Kennedy indo pelos ares em Dallas, Vietnã, passeatas, Kent State, greves estudantis, liberação feminina e tudo para quê? Para um bando de cabeças poderem ficar chapadas em um apartamento vagabundo assistindo a Bob Hope. Que bela merda. Então decidi dar o fora.

— E quanto a Jeff?

Ela deu de ombros.

— Ele tem uma bolsa. Está bem. Diz que vai se formar no verão que vem, mas não vou atrás dele até que a gente se esbarre. — Havia uma estranha desilusão no rosto dela, que provavelmente, no seu íntimo, parecia um autocontrole valente.

— Você sente falta dele?

— Todas as noites.

— Por que Vegas? Você conhece alguém por lá?

— Não.

— Me parece um lugar estranho para uma idealista.

— É isso que você acha que eu sou? — Ela riu e acendeu um cigarro.

— Talvez. Mas não acho que ideais precisem de um cenário especial.

---

[7] Em 1960, um avião de espionagem da CIA pilotado por Francis Gary Powers foi derrubado enquanto sobrevoava a União Soviética. (N. do T.)

[8] Político democrata conhecido por sua postura segregacionista e pelo costume bizarro de autografar cabos de machados. (N. do T.)

Quero ver aquela cidade. É tão diferente do resto do país que só pode ser bom. Mas não vou jogar. Vou só arranjar um emprego.

— E depois?

Ela soltou a fumaça e deu de ombros. Eles passaram por uma placa que dizia:

LANDY 8 QUILÔMETROS

— Tentar juntar alguma grana — disse ela. — Não vou colocar nenhuma droga na minha cabeça por um bom tempo e vou largar isto. — Ela fez um gesto no ar com o cigarro e ele acabou descrevendo um círculo, como se discordasse. — Vou parar de fingir que a vida ainda não começou. Ela começou, sim. Vinte por cento já foram. Já bebi o creme.

— Olhe. Aquela é a entrada da Interestadual.

Ele parou no acostamento.

— E você, cara? O que vai fazer?

Cautelosamente, ele disse:

— Ver o que acontece. Vou deixar minhas opções em aberto.

Ela disse:

— Espero que não se importe que eu diga isso, mas você não está muito bem.

— Não, não me importo.

— Aqui. Tome isso. — Ela segurava um pequeno embrulho de papel-alumínio entre o indicador e o dedo médio da mão direita, estendendo-o para ele.

Ele pegou o embrulho e o olhou. O alumínio refletiu o sol da manhã e projetou dardos de luz nos seus olhos.

— O que é isso?

— Mescalina sintética tipo quatro. O sintético mais pesado e mais limpo já produzido. — Ela hesitou. — Talvez você devesse apenas jogar isso na privada e dar descarga quando chegar em casa. Pode deixar você mais pirado do que já está. Mas pode ajudar. Já ouvi falar de alguns casos.

— Já viu algum?

Ela sorriu com amargura.

— Não.
— Você faria uma coisa por mim? Se puder?
— Se eu puder.
— Me ligue no dia de Natal?
— Por quê?
— Você é como um livro que eu não acabei de ler. Quero saber um pouco mais como ele continua. Pode ligar a cobrar. Aqui, deixe-me anotar o número.

Ele estava tirando uma caneta do bolso quando ela disse:
— Não.

Ele a encarou, confuso e magoado.
— Não?
— Eu posso conseguir seu telefone no auxílio à lista se precisar. Mas talvez seja melhor não.
— Por quê?
— Não sei. Eu gosto de você, mas é como se alguém tivesse te causado uma mágoa. Não sei explicar. É como se você estivesse prestes a fazer uma loucura muito grande.
— Você acha que eu sou um frutinha — ele se ouviu dizer. — Bem, foda-se.

Ela saiu tensa do carro. Ele inclinou o corpo.
— Olivia...
— Talvez esse não seja meu nome.
— Talvez seja. Por favor, me ligue.
— Tenha cuidado com esse negócio — disse ela, apontando para o pequeno embrulho de alumínio. — Você também está andando no espaço.
— Tchau. Juízo.
— Juízo, o que é isso? — O sorriso amargo novamente. — Tchau, sr. Dawes. Obrigada. Por sinal, você é bom de cama, sabia? É sim. Tchau.

Ela bateu porta, atravessou a rota 7 e ficou parada na base da rampa de acesso da Interestadual. Ele a observou mostrar o polegar para dois carros. Nenhum deles parou. Então, a estrada ficou livre e ele fez o contorno, buzinando uma vez. No espelho retrovisor, viu um pequeno fac-símile do aceno dela.

Garota sonsa, pensou ele, com total consciência de toda a arrogância estranha que a palavra carregava. Ainda assim, quando estendeu a mão para ligar o rádio, seus dedos tremiam.

Ele voltou até a cidade, pegou a Interestadual e seguiu a 112 por hora por 320 quilômetros. Uma vez, quase jogou a pequena embalagem de alumínio pela janela. Outra, quase tomou a pílula que havia lá dentro. Por fim, apenas a colocou no bolso do paletó.

Quando chegou em casa, se sentiu exaurido, vazio de emoções. A extensão 784 avançara no decorrer do dia; dali a algumas semanas, a lavanderia estaria pronta para a bola de demolição. Eles já haviam retirado os equipamentos pesados. Tom Granger lhe contara aquilo em um telefonema estranho, forçado, três noites antes. Quando fossem demoli-la, ele queria passar o dia assistindo. Prepararia até uma marmita.

Havia uma carta para Mary do seu irmão em Jacksonville. Ele não sabia da separação quando a escreveu. Colocou-a de lado sem pensar, junto com outras correspondências para Mary que sempre se esquecia de encaminhar.

Colocou um jantar congelado no forno e pensou em preparar uma bebida. Achou melhor não. Queria pensar no sexo com a garota na noite anterior, saboreá-lo, explorar suas nuances. Depois de alguns drinques, ele assumiria aquele tom artificial, febril, de um filme de sacanagem ruim — *Alunas Insaciáveis, Proibido para Menores de 18 Anos* —, e ele não queria pensar nela daquela forma.

Porém, não vinha a ele, não da maneira como queria. Não conseguia se lembrar da maneira como seus seios lhe pareceram firmes ou do gosto secreto dos seus mamilos. Ele sabia que o vaivém propriamente dito do sexo tinha sido mais prazeroso com ela do que com Mary. Olivia era mais apertada, e uma vez seu pênis tinha saltado da sua vagina fazendo um som alto, como o espocar de uma rolha de champanhe. No entanto, ele não sabia dizer ao certo como tinha sido aquele prazer. Em vez de ser capaz de senti-lo, ele queria se masturbar. Este desejo o enojava. Além disso, o nojo que sentia o enojava. Ela não era santa, ele afirmou para si mesmo enquanto se sentava para comer seu jantar congelado. Só uma piranha vagabundeando por aí. Indo para Las Vegas, ainda por cima. Ele se viu desejando poder encarar a coisa toda do ponto de vista preconceituoso de Magliore e aquilo o enojou mais que tudo.

Mais tarde naquela noite, apesar das suas boas intenções, ele se embebedou e, por volta das dez, sentiu a mesma necessidade piegas de ligar para Mary crescer dentro de si. Em vez disso, se masturbou diante da tevê e gozou enquanto um anunciante mostrava, de forma indiscutível, que Anacin alcançava e mantinha um nível de alívio para a dor maior do que qualquer outra marca de analgésico.

8 de dezembro de 1973

Ele não fez seu passeio no sábado. Ficou zanzando inutilmente pela casa, adiando o que precisava ser feito. Por fim, ligou para a casa dos seus sogros. Lester e Jean Calloway, os pais de Mary, ambos se aproximando dos 70 anos. Nas ligações anteriores, Jean (que Charlie sempre chamava de "Mamãe Jean") atendera, sua voz congelando até virar lascas de gelo ao perceber quem estava na linha. Para ela — e para Lester, também, sem dúvida —, ele era como algum tipo de animal que tinha enlouquecido e mordido sua filha. Agora o animal não parava de ligar, claramente bêbado, choramingando para sua garota voltar para ele poder mordê-la mais uma vez.

Ele ouviu a própria Mary atender, "Alô", com tanto alívio que pôde falar normalmente.

— Sou eu, Mary.

— Oh, Bart. Como você está? — Impossível interpretar sua voz.

— Bem.

— E o estoque de Southern Comfort, está durando?

— Mary, eu não estou bebendo.

— Isso é uma vitória? — Ela soava fria e ele sentiu um leve pânico, em especial de que tivesse se enganado redondamente. Seria possível que alguém que ele conhecia há tanto tempo, e que achava conhecer tão bem, pudesse estar lhe escapando com tanta facilidade?

— Acho que sim — disse ele, sem convicção.

— Fiquei sabendo que a lavanderia teve que fechar — disse ela.

— Deve ser temporário. — Ele tinha a sensação estranha de estar em um elevador, conversando com alguém que o achava um chato.

— Não foi o que a mulher de Tom Granger disse. — Pronto, finalmente uma acusação. Aquilo era melhor do que nada.

— Tom não terá problemas. Há anos que a concorrência está atrás dele. O pessoal da Brite-Kleen.

Ele acreditou ter ouvido um suspiro.

— Por que você ligou, Bart?

— Acho que precisamos nos ver — disse ele com cautela. — Temos que conversar sobre o que aconteceu, Mary.

— Você está falando de divórcio? — disse ela com calma o suficiente, mas ele pensou que, daquela vez, era na voz dela que parecia haver pânico.

— É isso que você quer?

— Eu não sei *o que* eu quero. — Sua calma se quebrou e ela soou furiosa e assustada. — Achei que estivesse tudo bem. Eu estava feliz e achava que você também. Agora, de uma hora para outra, tudo isso mudou.

— Você achou que estivesse tudo bem — respondeu ele. De repente, estava possesso com ela. — Você teria que ser muito burra para pensar isso. Está achando que eu mandei meu emprego para o espaço de brincadeira, como um moleque atirando uma bombinha em uma privada?

— Então qual o motivo, Bart? O que aconteceu?

Sua raiva desmoronou como um monte de neve amarela e podre e ele descobriu que havia lágrimas por debaixo dela. Lutou intensamente contra elas, sentindo-se traído. Aquilo não era para acontecer com ele sóbrio. Quando você está sóbrio, deveria ser capaz de se controlar, porra. Porém, lá estava ele, querendo botar tudo para fora e chorar no colo dela como uma criança com um skate destruído e um joelho ralado. No entanto, não podia lhe contar o que havia de errado, pois não sabia, e chorar sem saber por que é bem coisa de "está na hora de ir para o Pinel".

— Não sei — disse ele por fim.

— Charlie?

Desamparado, ele falou:

— Se ele fez parte disso, como você pode ter sido tão cega em relação a todo o resto?

— Também sinto falta dele, Bart. Ainda. Todos os dias.

Mais ressentimento. *Então você tem um jeito estranho de demonstrar.*

— Isso não está dando certo — disse ele finalmente. Lágrimas lhe desciam pelo rosto, mas ele as manteve longe da sua voz. *Senhores, acho que agora está tudo resolvido*, pensou ele, quase rindo. — Não por telefone, eu liguei para sugerir um almoço na segunda. No Handy Andy's.

— Certo. Que horas?

— Tanto faz. Posso sair do trabalho. — A piada caiu no chão e morreu sem uma gota de sangue.

— Uma da tarde? — perguntou ela?

— Ótimo. Vou reservar uma mesa.

— Reserve, então. Só não chegue às onze e comece a beber.

— Não vou fazer isso — disse ele com humildade, sabendo que provavelmente faria.

Houve uma pausa. Não pareciam ter mais nada a dizer. Baixinho, quase perdido no zumbido da linha telefônica, outras vozes fantasmagóricas conversavam sobre outras coisas fantasmagóricas. Então ela disse algo que o pegou completamente de surpresa.

— Bart, você precisa ir a um psiquiatra.

— Eu preciso do quê?

— De um psiquiatra. Sei como isso soa, vindo assim do nada. Mas quero que você saiba que, independente do que nós decidirmos, eu só volto a morar com você se você concordar.

— Até mais, Mary — falou ele lentamente. — Nos vemos na segunda.

— Bart, você precisa de uma ajuda que eu não posso oferecer.

Cuidadosamente, enfiando a faca da melhor maneira possível a mais de 3 quilômetros de linha telefônica de distância, ele disse:

— Disso eu já sabia. Até mais, Mary.

Ele desligou antes de ouvir o resultado e se surpreendeu feliz. *Game, set* e *partida*. Atirou um jarro de leite de plástico pela cozinha e ficou aliviado por não ter jogado algo quebrável. Abriu o armário em cima da pia, arrancou lá de dentro os primeiros dois copos que suas mãos encontraram e tacou-os no chão. Eles se despedaçaram.

— *Seu bebezão, seu bebezão de merda!* — gritou ele para si mesmo. — *Por que você não prende a porra da respiração até ficar* AZUL, *caralho?*

Ele esmurrou o punho direito contra a parede para calar a voz e gritou de dor. Segurou a direita ferida com a esquerda e ficou no meio do chão, tremendo. Quando conseguiu se controlar, pegou uma pá de lixo e uma vassoura e varreu a sujeira, sentindo-se assustado, mal-humorado e de ressaca.

9 de dezembro de 1973

Ele pegou a Interestadual, dirigiu 240 quilômetros e então voltou. Não teve coragem de ir mais longe. Aquela era a primeira segunda sem gasolina e todos os postos da estrada estavam fechados. E ele não queria andar. Está vendo? Disse para si mesmo. É assim que eles ferram com merdinhas como você, Georgie.

Fred? É você mesmo? A que lhe devo a honra desta visita, Freddy?

Vá se foder, amigo.

No caminho para casa, ele ouviu a seguinte mensagem de utilidade pública no rádio:

"Então você está preocupado com a falta de gasolina e quer garantir que você e sua família não fiquem na mão neste inverno. Agora, está a caminho do posto de gasolina mais próximo com 12 latas de 20 litros cada. Mas, se você estiver mesmo preocupado com a sua família, é melhor dar meia-volta e voltar para casa. Pense no seguinte: quando o vapor de gasolina se mistura com o ar, ele se torna explosivo. E 4 litros de gasolina têm o potencial explosivo de 12 barras de dinamite. Lembre-se disso antes de encher aquelas latas. E então pense na sua família. A questão é: nós queremos que você viva.

"Esta foi uma mensagem de utilidade pública da WLDM. O Pessoal da Música lembra a você para deixar o armazenamento de gasolina para as pessoas equipadas para fazê-lo adequadamente."

Ele desligou o rádio, desacelerou até oitenta por hora e voltou para a outra pista.

— Doze barras de dinamite — disse ele. — Cara, isso é impressionante.

Se tivesse olhado no espelho retrovisor, teria visto que estava sorrindo.

10 de dezembro de 1973

Ele chegou ao Handy Andy's pouco depois das onze e meia e o maître lhe deu uma mesa ao lado das portas de vaivém estilizadas que conduziam ao salão. Era uma mesa ruim, mas uma das poucas ainda vazias à medida que o lugar enchia para o almoço. As especialidades do Handy Andy's eram bifes, costeletas e uma coisa chamada Andyburger, que parecia um pouco uma Chef's Salad enfiada no meio de um rolo de grão de gergelim enorme com um palito de dente para manter toda aquela geringonça junta. Como todos os restaurantes de cidade grande a uma distância percorrível a pé para executivos, ele entrava e saía de moda em ciclos indefiníveis. Dois meses antes, ele poderia ter entrado ali ao meio-dia e escolhido uma mesa — dali a três meses, talvez pudesse fazer o mesmo. Para ele, aquele sempre fora um dos pequenos mistérios da vida, como os incidentes nos livros de Charles Fort, ou o instinto que sempre levava as andorinhas de volta para Capistrano.

Ele olhou em volta rapidamente ao se sentar, com medo de ver Vinnie Mason, Steve Ordner ou algum outro executivo da lavanderia. Porém, o lugar estava lotado de estranhos. À sua esquerda, um rapaz tentava convencer sua garota de que eles tinham dinheiro para passarem três dias em Sun Valley naquele fevereiro. O restante da conversa no salão era apenas um murmúrio suave — tranqüilizador.

— Algo para beber, senhor? — O garçom estava a seu lado.
— Uísque com gelo, por favor — disse ele.
— Perfeitamente, senhor — falou o garçom.

Ficou até meio-dia tomando o primeiro drinque, matou mais dois até meio-dia e meia e então, só de birra, pediu um duplo. Estava acabando de secar a bebida quando viu Mary entrar e parar na porta entre o lobby e o salão, procurando por ele. Cabeças viraram para olhá-la e ele pensou: *Mary, você deveria me agradecer; está linda.* Ele levantou a mão direita e acenou.

Ela ergueu a mão, retribuindo o cumprimento, e veio até sua mesa. Usava um vestido de lã com detalhes em cinza que batia no joelho. Seu cabelo estava preso em uma trança grossa que ia até as omoplatas, de uma maneira que ele não se lembrava de ter visto antes (e talvez estivesse daquela forma justamente por isso). O penteado a deixava jovem e, de repente, para sua culpa, a imagem de Olivia — contorcendo-se sob seu corpo na cama que ele e Mary haviam compartilhado tanto — lampejou na sua mente.

— Olá, Bart — disse ela.
— Oi. Você está muito bonita.
— Obrigada.
— Quer uma bebida?
— Não... só um Andyburger. Há quanto tempo você está aqui?
— Ah, não muito.

A multidão da hora do almoço tinha diminuído e o garçom apareceu quase imediatamente.

— Gostaria de pedir agora, senhor?
— Sim. Dois Andyburgers. Leite para a moça. Outro duplo para mim. — Ele olhou para Mary, mas seu rosto não revelava nada. Aquilo era ruim. Se ela tivesse falado, ele teria cancelado o uísque. Torcia para não ter que ir ao banheiro, pois não tinha certeza se conseguiria andar em linha reta. Aquela seria uma bela fofoca para levar de volta para casa, para seus velhos. *Leve-me de volta para a velha Virginnie.*[9] Ele quase deu uma risadinha.

---

[9] No original, *Carry me Back to Ol' Virginnie*, canção popular americana de James A. Bland, composta logo depois da Guerra Civil. Virginnie refere-se ao estado da Virgínia. (N. do T.)

— Bem, você não está bêbado, mas está a caminho — disse ela, desdobrando seu guardanapo no colo.

— Essa foi muito boa — falou ele. — Você ensaiou?

— Bart, não vamos brigar.

— Não — concordou ele.

Ela brincou com seu copo d'água; ele brincou com o descanso do seu.

— Bem? — disse ela finalmente.

— Bem o quê?

— Você parecia ter algo em mente quando me ligou. Agora que está cheio de coragem irlandesa, o que é?

— A sua frieza é melhor — disse ele, como um idiota, e fez um buraco no descanso do copo sem querer. Não podia lhe falar o que estava pensando: como ela parecia ter mudado, como parecia de uma hora para outra sofisticada e perigosa, como uma secretária em busca de sexo que negociou sair para almoçar mais tarde e que recusaria qualquer convite para um drinque que não viesse de um homem dentro de um terno de 4 mil dólares. E que saberia a diferença só de olhar para o corte do tecido.

— Bart, o que nós vamos fazer?

— Eu vou me consultar com um psiquiatra se você quiser — disse ele, baixando a voz.

— Quando?

— Em breve.

— Você pode marcar uma consulta hoje à tarde se quiser.

— Não conheço nenhum psicanalista.

— As Páginas Amarelas estão aí para isso.

— Esse me parece um jeito meio fajuto de escolher alguém para cutucar seu cérebro.

Ela apenas o encarou e ele afastou o olhar, constrangido.

— Você está com raiva de mim, não está? — perguntou ela.

— É, bem, eu não estou trabalhando. Cinqüenta dólares a hora me parece um pouco caro para um desempregado.

— E do que você acha que eu estou vivendo? — perguntou ela com rispidez. — Da caridade dos meus pais. E, como você deve se lembrar, os dois estão aposentados.

— Se bem me lembro, seu pai tem ações o suficiente na SOI e na Beechcraft para manter vocês três na boa vida daqui até bem depois da virada do século.

— Bart, isso não é verdade. — Ela pareceu surpresa e magoada.

— O *cacete* que não é. Eles foram para a Jamaica no inverno passado, um ano antes tinham ido para Miami, onde ficaram hospedados no Fountainbleau ainda por cima, e um ano antes *disto* estavam em Honolulu. Ninguém faz isso com um salário de engenheiro aposentado. Então não me venha com essa de pobrezinha, Mary...

— Pare, Bart. Você está dando bandeira.

— Isso sem falar no Cadillac Gran DeVille e na caminhonete Bonneville. Nada mal. Qual dos dois eles usam para buscar as cestas básicas?

— *Pare!* — sibilou ela, seus lábios um pouco retraídos por cima dos dentes brancos pequenos, seus dedos agarrando a beirada da mesa.

— Desculpe — murmurou ele.

— O almoço está vindo.

A temperatura entre os dois esfriou um pouco à medida que o garçom dispunha os Andyburgers e as batatas fritas diante deles, acrescentando pratos minúsculos de ervilhas e cebolinhas e afastando-se em seguida. Eles comeram sem falar por alguns minutos, ambos concentrados em não deixar a comida escorrer pelo queixo ou cair no colo. Quantos casamentos os Andyburgers já terão salvado?, perguntou-se ele. Graças, simplesmente, à sua característica providencial: quando você comia um daqueles, tinha que calar a boca.

Ela largou o seu no prato pela metade, limpou a boca com o guardanapo e disse:

— Eles são tão bons quanto eu me lembrava. Bart, você tem alguma idéia razoável sobre o que fazer?

— Claro que tenho — disse ele, magoado. Porém, não sabia qual era sua idéia. Se tivesse tomando outro uísque duplo, talvez soubesse.

— Você quer o divórcio?

— Não — disse ele. Aquilo parecia pedir uma reação positiva.

— Quer que eu volte?

— Você quer isso?

— Não sei — falou ela. — Posso lhe dizer uma coisa, Bart? Pela primeira vez em vinte anos, estou me preocupando comigo mesma. — Ela começou a dar uma mordida no seu Andyburger, então o baixou novamente. — Sabia que eu quase não me casei com você? Isso passou alguma vez pela sua cabeça?

A surpresa no rosto dele pareceu agradá-la.

— Achei mesmo que não. Eu estava grávida, então é claro que queria me casar com você. Mas parte de mim não queria. Algo ficava sussurrando no meu ouvido que seria o pior erro da minha vida. Então, me deixei ficar em banho-maria por três dias, vomitando todas as manhãs ao acordar, odiando *você* por aquilo, pensando em várias coisas. Fugir. Fazer um aborto. Ter o bebê e dá-lo para a adoção. Ter o bebê e ficar com ele. Então, finalmente fiz a coisa mais sensata. A coisa mais sensata. — Ela riu. — E aí perdi o bebê assim mesmo.

— É, você perdeu — murmurou ele, desejando que a conversa saísse daquele assunto. Era parecido demais com abrir um armário e pisar numa poça de vômito.

— Mas eu era feliz com você, Bart.

— Era? — perguntou ele automaticamente. Percebeu que queria fugir. Aquilo não estava dando certo. Pelo menos não para ele.

— Sim. Mas acontece uma coisa com as mulheres no casamento que não acontece com os homens. Você se lembra de como nunca se preocupava com seus pais quando era criança? Você simplesmente esperava que eles estivessem lá e eles estavam, assim como a comida, o aquecimento e as roupas.

— Acho que sim. Claro.

— E então a bobinha aqui engravidou. E por três dias, todo um novo mundo se descortinou à minha volta.

Ela estava inclinada para a frente, seus olhos brilhantes e ávidos, e ele percebeu com um início de espanto que aquele discurso era *importante* para ela, que significava mais do que se reunir com suas amigas sem filhos, decidir qual calça comprar na Banberry's ou adivinhar com quais celebridades Merv estaria conversando às quatro e meia da tarde. Aquilo era *importante* para ela — e teria ela passado por vinte anos de casamento com aquele único pensamento importante apenas? Teria *mesmo*? Foi praticamente o que ela disse. Vinte anos, meu Deus. De repente, ele se sentiu enjoado. Gostava muito mais da imagem dela pegando a garrafa vazia e mostrando-a com alegria para ele do outro lado da estrada.

— Eu me vi como uma pessoa independente — dizia ela. — Uma pessoa independente que não precisava dar satisfações ou se subordinar a ninguém. Sem ninguém à minha volta tentando me mudar; porque eu tinha certeza de que *podia* ser mudada. Sempre fui fraca nesse sentido. Mas também sem ninguém para me amparar quando eu ficasse doente, com medo, ou talvez sem grana. Então fiz a coisa mais sensata. Como minha mãe e a mãe *dela*. Como minhas amigas. Estava cansada de ser a dama de honra tentando apanhar o buquê. Então disse sim, que era o que você esperava, e as coisas seguiram adiante. Não tínhamos com que nos preocupar e, quando o bebê morreu, e depois Charlie, você estava lá. E sempre foi bom para mim. Sei disso e fico grata. Mas era um ambiente isolado. Eu parei de pensar. Achava que estava pensando, mas não estava. E agora dói pensar. *Dói.* — Ela o encarou com um ressentimento indisfarçável por um instante, mas então ele sumiu. — Então, estou pedindo para você pensar por mim, Bart. O que vamos fazer agora?

— Vou arranjar um emprego — mentiu ele.

— Um emprego.

— E procurar um psiquiatra. Mary, vai dar tudo certo. Juro. Eu estava um pouco fora dos trilhos, mas estou voltando. Estou...

— Você quer que eu volte para casa?

— Daqui a algumas semanas, sem dúvida. Só tenho que ajeitar um pouco as coisas...

— Casa? Do que eu estou falando? Eles vão demolir nossa casa. Como assim, casa? Meu Deus — lamentou ela —, que bagunça. Por que você teve que me arrastar para uma bagunça tão grande?

Ele não conseguia aturá-la daquela maneira. Aquela não era Mary, não mesmo.

— Talvez eles não façam isso — disse ele, pegando sua mão do outro lado da mesa. — Talvez eles deixem de demolir nossa casa, Mary, eles podem mudar de idéia, se eu for falar com eles, explicar a situação, talvez eles apenas...

Ela puxou sua mão para longe. Olhava para ele, horrorizada.

— Bart — sussurrou ela.

— O quê... — Ele parou de falar, inseguro. O que estava dizendo? O que poderia estar dizendo para ela ficar com uma cara tão feia?

— Você *sabe* que eles vão demolir nossa casa. Já sabia há muito tempo. E nós ficamos aqui, andando em círculos...

— Não, não estamos fazendo isso — disse ele. — Não estamos. Sério. Não estamos. Nós... nós... — Mas *o que* eles estavam fazendo? Ele teve uma sensação de irrealidade.

— Bart, acho melhor eu ir embora agora.

— Eu vou arranjar um emprego...

— A gente se fala. — Ela se levantou depressa, sua coxa batendo na beirada da mesa, fazendo os talheres cochicharem.

— O psiquiatra, Mary, eu prometo...

— Mamãe quer que eu passe na loja...

— *Então vá logo!* — gritou ele, fazendo cabeças se virarem. — Saia daqui, sua puta! Você tinha o melhor de mim e o que tem agora? Uma casa que a Prefeitura vai demolir. Suma da minha *frente*!

Ela fugiu. Fez-se um silêncio terrível no salão pelo que pareceu uma eternidade. Então, a conversa voltou. Ele baixou os olhos para a metade do seu hambúrguer gordurento, tremendo, com medo de vomitar. Quando teve certeza de que não faria aquilo, pagou a conta e foi embora sem olhar em volta.

12 de dezembro de 1973

Ele tinha feito uma lista de Natal na noite anterior (bêbado) e estava no centro da cidade, comprando os itens de uma versão reduzida. A lista completa era inacreditável: mais de 120 nomes, incluindo cada parente próximo ou distante que ele e Mary compartilhavam, um monte de amigos e conhecidos e, por último — Deus salve a rainha —, Steve Ordner, sua mulher e, minha Nossa Senhora, a *empregada* deles.

Ele havia cortado a maioria dos nomes, soltando risadinhas pensativas diante de alguns deles, e caminhava lentamente pelas vitrines repletas de quitutes natalinos; todos para serem dados em nome daquele ladrão holandês do passado que costumava descer pelas chaminés das pessoas e roubar tudo que elas tinham. Com a mão enluvada, ele acariciou um maço de quinhentos dólares em notas de 10 no seu bolso.

Ele estava vivendo do dinheiro do seguro e os primeiros mil dólares tinham ido por água abaixo em uma velocidade impressionante. Calculava que, daquele jeito, estaria quebrado lá pela metade de março, talvez antes. Porém, descobriu que a idéia não o incomodava nem um pouco. Era inconcebível para ele calcular onde estaria ou o que poderia estar fazendo em março.

Ele entrou em uma joalheria e comprou um broche de prata batida em forma de coruja para Mary. O broche tinha lascas de diamantes que emitiam um brilho frio no lugar dos olhos. Custou 150 dólares, mais impostos. A vendedora foi efusiva. Tinha certeza de que sua mulher iria adorar. Ele sorriu. Lá se vão três consultas com o sr. Psicopata, Freddy. O que você acha disso?

Freddy não estava falando.

Ele entrou em uma loja de departamentos grande e pegou uma escada rolante até a seção de brinquedos, que estava dominada pela exposição de um trem elétrico gigante — colinas verdes de plástico perfuradas por túneis, estações de trem de plástico, pontes, passagens subterrâneas, bifurcações e uma locomotiva que corria por aquilo tudo, expelindo tiras de fumaça sintética da chaminé e puxando uma longa fileira de vagões de carga: B&O, SOO LINE, GREAT NORTHERN, GREAT WESTERN, WARNER BROTHERS (WARNER BROTHERS??), DIAMOND INTERNATIONAL, SOUTHERN PACIFIC. Garotinhos com seus pais estavam parados diante da cerca de madeira em volta da exposição e ele sentiu uma onda quente de amor por eles, imaculada pela inveja. Achava que poderia ter ido até lá para lhes falar sobre aquele amor, sobre como se sentia grato por eles e por aquela época. Também lhes pediria para terem cuidado.

Ele vagou por um corredor de bonecas e escolheu uma para cada uma de suas três sobrinhas: Cathy Tagarela para Tina; Maisie, a Acrobata, para Cindy; e uma Barbie para Sylvia, que já estava com 11 anos. No corredor seguinte, pegou um GI Joe para Bill e, depois de pensar um pouco, um jogo de xadrez para Andy. Andy tinha 12 anos e era motivo de alguma preocupação para a família. A Velha Bea de Baltimore confidenciara a Mary que não parava de encontrar pedaços duros nos lençóis de Andy.

Seria possível? Tão cedo? Mary dissera a Bea que as crianças estavam ficando mais precoces a cada ano que passava. Bea achava que era por causa de todo aquele leite que eles bebiam, e das vitaminas, mas *torcia* para que Andy gostasse mais de esportes coletivos. Ou do acampamento de verão. Ou de andar a cavalo. Ou de qualquer outra coisa.

Não tem importância, Andy, pensou ele, enfiando o jogo de xadrez debaixo do braço. Você pode praticar o gambito do cavalo, jogadas com a rainha e bater punheta debaixo da mesa, se quiser.

Havia um trono de Papai Noel enorme na entrada da seção de brinquedos. Ele estava vazio e havia um cartaz em um cavalete na sua frente. O cartaz dizia:

PAPAI NOEL ESTÁ ALMOÇANDO NA NOSSA FAMOSA
"CHURRASCARIA DO CENTRO"

Por que você não se junta a ele?

Havia um rapaz de jaqueta de brim e calça jeans olhando para o trono com os braços cheios de embrulhos e, quando ele se virou, Bart viu que era Vinnie Mason.

— Vinnie! — falou ele.

Vinnie sorriu e corou um pouco, como se tivesse sido pego fazendo algo um pouco sacana.

— Olá, Bart — disse ele, vindo na sua direção. — Não passaram pelo constrangimento de apertar as mãos; estavam com embrulhos demais nos braços.

— Fazendo umas compras de Natal? — perguntou ele a Vinnie.

— É. — Ele deu uma risadinha. — Eu trouxe Sharon e Bobbie, esta é minha filha Roberta, aqui para ver no sábado. Bobbie já está com 3 anos. Queríamos que ela tirasse uma foto com o Papai Noel. Eles fazem isso no sábado. É só um dólar. Mas ela não quis. Abriu o berreiro. Sharon ficou um pouco irritada.

— Bem, é um estranho com uma barba grande. Às vezes as criancinhas ficam assustadas. Pode ser que no ano que vem ela vá por vontade própria.

— É, pode ser. — Vinnie abriu um sorrisinho.

Ele o retribuiu, pensando que tinha ficado muito mais fácil lidar com Vinnie. Quis dizer a ele que não o odiasse muito. Queria lhe dizer que sentia muito por ter ferrado com a sua vida.

— Então, o que você anda fazendo ultimamente, Vinnie?

Vinnie ficou absolutamente radiante.

— É tão bom que você nem vai acreditar. Estou administrando um cinema. E, até o próximo verão, estarei encarregado de outros três.

— Media Associates? — Era uma das empresas da corporação.

— Isso mesmo. Fazemos parte da rede de distribuição Cinemate. Eles mandam todos os filmes... sucessos de bilheteria garantidos. Mas estou cuidando de toda a administração do Cinema Westfall.

— E eles vão lhe dar mais?

— Isso, o Cinema II e o III no próximo verão. E o Drive-in do Farol, também vou cuidar dele.

Ele hesitou.

— Vinnie, me avise se eu estiver sendo intrometido, mas se esse grupo Cinemate escolhe os filmes e cuida da programação, o que exatamente você faz?

— Bem, eu lido com a grana, é claro. E encomendo as coisas, o que é muito importante. Você sabia que os doces *sozinhos* podem quase pagar uma noite de aluguel do filme se forem bem administrados? E tem também a manutenção — ele inchou visivelmente —, as contratações e demissões. Vou ter trabalho de sobra. Sharon está gostando porque ela é louca por filmes, especialmente os do Paul Newman e do Clint Eastwood. Eu estou gostando porque de uma hora para outra saltei de 9 mil para 11.500.

Ele ficou olhando como um idiota para Vinnie por um instante, se perguntando se deveria falar algo. Aquele era o prêmio de Ordner, então. Bom cachorro. Aqui está o osso.

— Dê o fora daqui, Vinnie — disse ele. — Dê o fora daqui o mais rápido possível.

— O quê, Bart? — a sobrancelha de Vinnie franziu com uma perplexidade genuína.

— Você sabe o que significa a palavra "contínuo", Vinnie?

— Contínuo? Claro. É um negócio que fica acontecendo sem parar...

— Não, *contínuo*, o substantivo.

— Aí já não sei.

— É um funcionário de escritório. Um garoto de recados. Um office boy de luxo. Vá pegar um café, vá pegar um doce, vá dar uma voltinha no quarteirão, filho. Enfim, um contínuo.

— Do que você está falando, Bart? Quero dizer...

— Estou falando que Steve Ordner discutiu seu caso com os outros membros do conselho, quero dizer, com os que apitam alguma coisa, e disse: veja bem, gente, temos que fazer alguma coisa com Vincent Mason e ele é um caso meio delicado. Ele nos avisou que Bart Dawes estava pirando na batatinha e, mesmo que Mason não tenha sido enfático o bastante para que impedíssemos Dawes de jogar água no nosso chope, devemos algo a esse sujeito. Mas é claro que não podemos dar muita responsabilidade para ele. E sabe por quê, Vinnie?

Vinnie estava olhando para ele com raiva.

— Só sei que não preciso mais engolir merda de você, Bart. Disso eu sei.

Ele olhou para Vinnie com gravidade.

— Não estou querendo te esculhambar. O que você faz já não significa mais nada para mim. Mas, pelo amor de Deus, Vinnie, você é um cara novo. Não quero ver Ordner ferrando contigo desse jeito. Esse emprego que você arranjou pode parecer uma maravilha agora, mas a longo prazo é uma roubada. A decisão mais difícil que você vai ter que tomar vai ser quando encomendar mais bolinhos amanteigados e barras de chocolate. E Ordner vai garantir que a coisa continue assim enquanto você estiver na companhia.

O espírito natalino, se é que era isso mesmo, azedou nos olhos de Vinnie. Ele agarrava os embrulhos com tanta força que o papel de presente deles estalava, e seus olhos estavam cinza de raiva. Era a imagem de um rapaz que tivesse saído de casa assobiando, pronto para o grande encontro da noite, e visto que todos os quatro pneus do seu carro esporte novo tinham sido rasgados. *E ele nem está ouvindo. Eu poderia lhe mostrar gravações e mesmo assim ele não ouviria.*

— No fim das contas, você agiu com responsabilidade — prosseguiu ele. — Não sei o que as pessoas estão falando de mim agora...

— Eles estão falando que você é louco, Bart — disse Vinnie com uma voz fraca, hostil.

— Essa é uma palavra como qualquer outra. Certo, você tinha razão. Mas errou também. Bateu com a língua nos dentes. Eles não dão cargos de responsabilidade para uma pessoa que faz isso, nem quando ela está certa ao agir assim, nem quando a companhia é prejudicada pelo silêncio dela. Aqueles caras no 14º andar, Vinnie, eles são como médicos. E não gostam de língua solta da mesma forma que médicos não gostam de residentes que saem falando sobre um cirurgião que pisou na bola numa operação porque tomou uns drinques a mais no almoço.

— Você está mesmo decidido a ferrar com a minha vida, não está? — perguntou Vinnie. — Mas eu não trabalho mais para você, Bart. Vá gastar seu veneno com outra pessoa.

O Papai Noel estava voltando, com um saco enorme pendurado em um ombro, soltando gargalhadas enlouquecidas e deixando um rastro de criancinhas como fumaça de cano de descarga multicolorida.

— Vinnie, Vinnie, não se deixe cegar. Eles estão dourando a pílula. É claro que você está fazendo 11.500 este ano e, no próximo, quando assumir os outros cinemas, eles passarão você para 14 mil. E daqui a 12 anos você ainda estará nessa, quando não puder comprar uma mísera Coca-Cola por trinta centavos. Vá pegar aquele tapete novo, vá pegar aquele carregamento de cadeiras de cinema, vá pegar aqueles rolos de filme que mandamos para o outro lado da cidade por engano. Você quer estar fazendo este tipo de merda quando tiver 40 anos, Vinnie, sem nenhuma outra ambição além de um relógio de ouro?

— É melhor do que o que você está fazendo. — Vinnie se virou bruscamente, quase trombando com o Papai Noel, que disse algo que pareceu muito *olhe por onde anda, seu merda*.

Ele seguiu Vinnie. Algo na expressão do rapaz o convenceu de que ele estava se fazendo entender, apesar de todas as barreiras de proteção. Meu Deus, meu Deus, pensou ele. Permita que seja verdade.

— Me deixe em paz, Bart. Suma daqui.

— Acorde — reiterou ele. — Se você esperar até o próximo verão, será tarde demais. Vai ser mais difícil entrar em um emprego do que no cinto de castidade de uma virgem se essa crise de energia engrenar, Vinnie. Essa pode ser a sua última chance. Pode...

Vinnie deu meia-volta.

— Vou falar pela última vez, Bart.

— Você está jogando seu futuro no lixo, Vinnie. A vida é curta demais para isso. O que você vai dizer para sua filha quando...

Vinnie deu um soco no olho dele. Um raio de dor cristalina brilhou na sua cabeça e ele cambaleou para trás, abrindo os braços. As crianças que estavam seguindo o Papai Noel se espalharam à medida que seus embrulhos — bonecas, GI Joe, jogo de xadrez — saíram voando. Ele bateu em uma prateleira de telefones de brinquedo, que se esparramaram pelo chão. Em algum lugar, uma garotinha gritou como um animal ferido e ele pensou: *Não chore, querida, é só o bobo do George caindo, acontece bastante lá em casa ultimamente* enquanto outra pessoa — o alegre Papai Noel, talvez — xingava e chamava aos gritos o segurança da loja. Então ele estava no chão em meio aos telefones a pilha, todos com fitas embutidas que repetiam uma frase, e um deles dizia sem parar: "Você quer ir ao circo? Você quer ir ao circo? Você quer..."

17 de dezembro de 1973

O toque estridente do telefone o arrancou de um sono leve e agitado. Ele estava sonhando que um jovem cientista descobrira que, com uma pequena mudança na composição atômica dos amendoins, os Estados Unidos poderiam produzir quantidades ilimitadas de gasolina pouco poluente. Aquilo parecia deixar tudo bem, tanto em termos individuais quanto nacionais, e o tom do sonho era de celebração histriônica. O telefone estabeleceu um contraste sinistro que foi crescendo e crescendo até o sonho se partir ao meio, dando entrada a uma realidade indesejada.

Ele se levantou do sofá, andou até o telefone e colou-o desajeitadamente à orelha. Seu olho não doía mais, porém conseguia ver no espelho do corredor que ainda estava roxo.

— Alô?

— Oi, Bart. Tom.

— E aí, Tom? Como vai?

— Bem. Ouça, Bart. Achei que você gostaria de saber. Eles vão demolir a Blue Ribbon amanhã.

Os olhos dele se arregalaram de repente.

— Amanhã? Não pode ser amanhã. Eles... porra, é quase Natal!

— Por isso mesmo.

— Mas eles ainda não chegaram lá.

— É o único prédio industrial que resta no caminho — falou Tom. — Eles vão derrubá-lo antes de pararem para o Natal.

— Tem certeza?

— Tenho. Foi a reportagem principal naquele programa da manhã. *City Day*.

— Você vai aparecer?

— Vou — disse Tom. — Passei muito tempo da minha vida naquele monte de concreto para não ir.

— Então acho que nos vemos lá.

— Acho que sim.

Ele hesitou.

— Olhe, Tom. Quero pedir desculpas. Não acho que eles vão reabrir a Blue Ribbon, nem em Waterford, nem em qualquer outro lugar. Se eu ferrei completamente contigo...

— Não, não estou magoado. Estou lá na Brite-Kleen, fazendo manutenção. Menos horas de trabalho, salário melhor. Acho que consegui encontrar a rosa no monte de bosta.

— E como está sendo?

Tom suspirou na linha.

— Mais ou menos — falou ele. — Mas já passei dos 50. É difícil mudar. Teria sido a mesma coisa em Waterford.

— Tom, quanto ao que eu fiz...

— Não quero saber, Bart. — Tom pareceu constrangido. — Isso é entre você e Mary. Sério.

— Ok.

— Ahn... vocês estão se entendendo?

— Claro. Estou com algumas coisas em vista.

— Fico feliz em ouvir isso. — Tom fez uma pausa tão longa que o silêncio na linha ficou pesado e ele estava prestes a agradecer a ligação e desligar quando Tom acrescentou: — Steve Ordner me ligou para falar sobre você. Telefonou aqui pra casa.

— É mesmo? Quando?

— Semana passada. Ele está puto dentro das calças com você, Bart. Ficou perguntando se algum de nós fazia idéia de que você vinha sabotando a compra da fábrica de Waterford. Mas era mais do que isso. Ele perguntou um monte de outras coisas.

— Tipo o quê?

— Tipo se você já havia levado coisas para casa, material de escritório e tal. Se alguma vez tinha sacado do caixa pequeno sem dar recibo. Ou se lavava as próprias roupas em horário comercial. Chegou até a me perguntar se você tinha algum acordo por fora com os motéis.

— Aquele filho-da-puta — disse ele, pensativo.

— Como eu costumo dizer, ele está procurado um belo de um pepino cru para enfiar no seu rabo, Bart. Acho que ele está querendo achar alguma acusação para colocar você na justiça.

— Ele não vai conseguir. Está tudo com a família. E a família já se desmantelou a essa altura.

— Ela se desmantelou faz tempo — falou Tom com tranqüilidade. — Desde que Ray Tarnington morreu. Não sei de ninguém que esteja puto com você além de Ordner. Aqueles caras do centro... para eles era só pela grana. Não sabem nada sobre o negócio e nem querem saber.

Ele não conseguia pensar em nada para dizer.

— Bem... — suspirou Tom. — Achei que você deveria saber. E imagino que tenha ouvido falar do irmão do Johnny Walker.

— Arnie? Não, o que tem ele?

— Se matou.

— *O quê?*

Tom parecia estar sugando cuspe de volta pela parte de cima da boca.

— Puxou uma mangueira do cano de descarga do carro pela janela dos fundos e fechou tudo. Foi encontrado pelo menino do jornal.

— Santo Deus — sussurrou ele. Pensou em Arnie Walker sentado na cadeira da sala de espera do hospital, tremendo como se um ganso tivesse passado pela sua cova. — Que horror.

— É... — Aquele barulho de sucção novamente. — Bem, a gente se vê, Bart.

— Claro. Obrigado por ligar.

— Foi um prazer. Até logo.

Ele desligou lentamente, ainda pensando em Arnie Walker e naquele engasgo estranho, choroso, que Arnie deu quando o padre entrou correndo.

Meu Deus, ele estava com o cibório, você viu?

— Oh, isso é muito ruim — disse ele para o quarto vazio. As palavras morreram logo depois de pronunciadas e ele foi até a cozinha preparar um drinque.

Suicídio.

A palavra tinha um som sibilante, preso, como uma serpente contorcendo-se por uma fenda pequena. Ela deslizou por entre a língua e o céu da boca como um condenado em fuga.

Suicídio.

A mão dele tremia ao servir o Southern Comfort e o gargalo da garrafa tilintou contra a borda do copo. Por que ele fez isso, Freddy? Eles eram só dois velhos que moravam juntos. Deus do céu, por que *qualquer pessoa* faria isso?

Porém, ele achava que sabia o porquê.

18-19 de dezembro de 1973

Ele chegou à lavanderia por volta das oito da manhã e eles só começaram a demoli-la às nove, porém, já às oito havia uma platéia e tanto no local, todos parados no frio com as mãos enfiadas nos bolsos dos casacos e hálito congelado saindo de suas bocas como balões de histórias em quadrinhos: Tom Granger, Ron Stone, Ethel Diment, a garota das camisas que geralmente ficava de pileque durante o horário de almoço e então passava a tarde inteira queimando colarinhos inocentes, Gracie Floys e sua prima Maureen, que costumavam trabalhar juntas na passadeira, e mais uns dez ou 15.

O Departamento de Estradas tinha colocado cavaletes, fogueiras e placas laranja e pretas grandes que diziam:

DESVIO

As placas mandariam o tráfego dar a volta no quarteirão. A calçada da frente da lavanderia também tinha sido fechada.

Tom Granger o cumprimentou com um dedo, mas não veio falar com ele. Os demais da lavanderia o olharam com curiosidade e então juntaram as cabeças.

É o sonho de um paranóico, Freddy. Quem será o primeiro a vir correndo e gritar *j'accuse* na minha cara?

No entanto, Freddy não queria falar.

Por volta das quinze para as nove, um Toyota Corolla 74 novo estacionou ali, com a placa provisória ainda colada na janela traseira, e Vinnie Mason saiu, radiante e um pouco constrangido com seu novo casaco de pêlo de camelo e luvas de couro. Vinnie lançou na direção dele um olhar azedo que teria entortado pregos de aço e então caminhou até onde Ron Stone estava parado com Dave e Pollack.

Faltando dez minutos para as nove, um guindaste veio subindo a rua, a bola de demolição balançando da ponta de sua lança como uma teta etíope sem corpo. O guindaste vinha muito devagar nas suas dez rodas altas. O rugido uniforme e crepitante do seu cano de descarga batia no frio prateado da manhã, como o martelo de um artesão moldando uma escultura de forma desconhecida.

Um homem de capacete amarelo duro o conduziu para cima da calçada e através do estacionamento e ele conseguia vê-lo lá em cima, na cabine, passando as marchas e pisando na embreagem com um pé que parecia um tijolo. Fumaça marrom subia da chaminé do guindaste.

Uma sensação estranha e diáfana o assombrava desde que tinha estacionado a caminhonete a três quarteirões de distância e andado até ali, como uma metáfora que não funcionasse direito. Então, enquanto olhava o guindaste parar diante do prédio de tijolos longo, logo à esquerda das plataformas de carga, tudo fez sentido. Era como chegar ao último capítulo de um livro de detetive de Ellery Queen em que todos os personagens tivessem se reunido para que o mecanismo do crime fosse explicado e o culpado, desmascarado. Em instantes, alguém — Steve Ordner, provavelmente — sairia do meio da multidão, apontaria para ele e gritaria: *Foi ele! Bart Dawes! Ele matou a Blue Ribbon!* E, nesse momento, ele sacaria sua pistola para silenciar sua nêmesis, apenas para ser perfurado pelas balas da polícia.

A idéia o perturbou. Ele olhou na direção da estrada para se tranqüilizar e sentiu o estômago despencar ao ver o Delta 88 verde-garrafa de Ordner estacionado logo depois das barreiras amarelas, fumaça saindo dos canos de descarga duplos.

Steve Ordner lhe devolvia o olhar calmamente através do vidro polarizado.

Naquele momento, a bola de demolição descreveu um arco em torno de si mesma com um barulho grave, de engrenagem, e a pequena multidão suspirou quando ela atingiu o muro de tijolos e o arrebentou com um estrondo surdo, feito um canhão disparando.

Às quatro da tarde, já não sobrava nada da Blue Ribbon além de um entulho de tijolos e vidro, em meio ao qual projetavam-se as vigas de sustentação destroçadas, como o esqueleto partido de algum monstro exumado.

O que ele fez mais tarde foi levado a cabo sem pensar de forma consciente no futuro e nas conseqüências. Ele o fez praticamente no mesmo estado de espírito em que comprara as duas armas na Loja de Armas do Harvey no mês anterior. Só que não houve necessidade de usar o disjuntor porque Freddy tinha calado a boca.

Ele foi até um posto e encheu o tanque do LTD com gasolina premium. Nuvens tinham coberto a cidade no decorrer do dia e o rádio anunciava a chegada de uma tempestade: algo entre 15 e 25 centímetros de neve fresca. Então, voltou para casa, estacionou a caminhonete na garagem e desceu até o porão.

Debaixo da escada, havia duas caixas de papelão grandes com garrafas retornáveis de refrigerante e garrafas de cerveja, a camada de cima coberta por uma crosta grossa de poeira. Algumas garrafas deveriam ser de uns cinco anos antes. Até Mary tinha se esquecido delas havia mais ou menos um ano e desistira de importuná-lo para que ele fosse devolvê-las e pegar o reembolso. A maioria das lojas já nem aceitava mais garrafas retornáveis. O negócio era usar uma vez e jogar fora. Que diabo.

Ele colocou as duas caixas de papelão uma em cima da outra e as tirou dali da garagem em um carrinho. Quando voltou à cozinha para pegar uma faca, um funil e o balde de lavar chão de Mary, já haviam começado a cair alguns pingos de neve.

Acendeu a luz da garagem e tirou a mangueira verde de plástico do seu prego, onde ela estava enrolada desde a terceira semana de setembro. Cortou o bico, que caiu no chão de cimento com um tinido insignificante. Puxou cerca de um metro e cortou novamente. Chutou o resto para longe e olhou pensativo para o pedaço da mangueira por um instante. Então, desenroscou a tampa de combustível do carro e o enfiou lá dentro com cuidado, como um amante carinhoso.

Já tinha visto gasolina sendo tirada daquele jeito antes, sabia qual era o princípio, mas nunca tinha feito ele mesmo. Preparou-se para sentir o gosto do combustível e sugou pela outra ponta da mangueira. Por um instante, não houve nada além de uma resistência invisível e viscosa, então sua boca se encheu de um líquido tão gelado e bizarro que ele teve que conter um impulso de engasgar e mandar um pouco dele goela abaixo. Cuspiu aquilo com uma careta, ainda sentindo o gosto na língua como uma espécie de morte insólita. Dobrou a mangueira sobre o balde de Mary e um jato de gasolina rosada esguichou no fundo dele. O fluxo se reduziu a um gotejar e ele pensou que precisaria repetir o ritual. Então, ficou um pouco mais forte e se estabilizou. A gasolina jorrava no balde com um som que parecia alguém urinando em um banheiro público.

Ele cuspiu no chão, enxaguou o interior da boca com saliva e cuspiu novamente. Melhor. Veio-lhe à cabeça que, embora tivesse passado quase todos os dias da sua vida adulta usando gasolina, sua relação com ela nunca fora tão íntima. A única outra vez em que a tocara tinha sido ao encher o tanquinho do seu cortador de grama Briggs & Stratton até transbordar. De repente, ficou feliz que aquilo tivesse acontecido. Até o resquício do gosto na sua boca parecia bom.

Ele voltou para casa enquanto o balde enchia (já estava nevando mais forte) e pegou alguns panos velhos do armário de limpeza de Mary debaixo da pia. Levou-os de volta até a garagem e os rasgou em tiras longas, que estendeu no capô do LTD.

Quando o balde estava preenchido pela metade, ele passou a mangueira para dentro do balde de aço galvanizado no qual geralmente jogava cinzas e restos de carvão para espalhar na entrada para carros quando o caminho estava congelado. Enquanto ele enchia, dispôs vinte garrafas de cerveja e refrigerante em quatro fileiras certinhas e foi colocando gasolina em cada uma delas até ficarem três quartos cheias, usando o funil. Quando acabou, puxou a mangueira de dentro do tanque e despejou o conteúdo do balde de aço no balde de Mary. Ele encheu quase até a borda.

Em seguida, enfiou um pavio de pano em cada garrafa, vedando completamente os gargalos. Voltou para a casa, carregando o funil. A neve cobria a terra em linhas inclinadas, que apontavam na direção do vento. A entrada para carros já estava branca. Ele colocou o funil na pia e então pegou a tampa que servia no balde do armário de Mary. Levou-a de volta à garagem, prendendo-a com segurança sobre a gasolina. Ele abriu a tampa traseira do LTD e guardou o balde de gasolina lá dentro. Colocou os coquetéis molotov em uma das caixas de papelão, aconchegando-os uns contra os outros para ficarem de prontidão como bons soldados. Pôs a caixa de papelão no banco do carona, ao alcance da mão. Então, voltou para casa, sentou-se na sua poltrona e ligou a tevê Zenith com o módulo de Comando a Distância. O *Filme da Semana de Terça* estava passando. Era um faroeste, estrelando David Janssen. Ele achava que David Janssen fazia um péssimo caubói.

Quando o filme acabou, ele viu Marcus Welby tratar uma adolescente problemática com epilepsia. A adolescente problemática não parava de cair em lugares públicos. Welby a curou. Depois de Marcus, entraram uma chamada da emissora e duas propagandas, uma do processador de alimentos Miracle Chopper e outra de um álbum contendo 41 sucessos espirituais, seguidas pelo noticiário. O homem do tempo disse que iria nevar durante a noite inteira e a maior parte do dia seguinte. Aconselhou as pessoas a ficarem em casa. As estradas estavam traiçoeiras e a maioria dos veículos de remoção de neve só poderia sair depois das duas da manhã. Ventos fortes estavam fazendo a neve se espalhar e, no geral, insinuou o homem do tempo, as coisas estariam uma bela merda pelos próximos dois dias, mais ou menos.

Depois do noticiário, foi a vez de Dick Cavett. Ele assistiu ao programa por meia hora e então desligou a tevê. Então Ordner queria pegá-lo cometendo algum crime, não queria? Bem, se o LTD ficasse preso na estrada depois que ele fizesse aquilo, o desejo de Ordner se realizaria. Ainda assim, ele achava que as chances eram boas. O LTD era um carro pesado e os pneus das rodas traseiras tinham travas.

Ele vestiu o casaco, o chapéu e as luvas na entrada da cozinha e parou por um instante. Atravessou a casa calorosamente iluminada de volta, olhou para ela — a mesa da cozinha, o forno, a cômoda da sala de jantar com as xícaras de chá penduradas no suporte em cima dela, a violeta-africana sobre a lareira na sala de estar — e sentiu uma onda quente de amor por ela, um impulso de protegê-la. Pensou na bola de demolição varando-a com um rugido, reduzindo as paredes a entulho, estilhaçando as janelas, vomitando escombros pelo chão. Não deixaria aquilo acontecer. Charlie engatinhara naquele chão, dera seus primeiros passos na sala de estar, tinha caído certa vez da escada da frente e quase matado seus pais desatentos de susto. O quarto de Charlie havia virado um escritório no segundo andar, mas tinha sido lá que seu filho começara a sentir as dores de cabeça, ver as coisas em dobro e sentir aqueles cheiros esquisitos, que às vezes pareciam porco assado, ou grama queimando, ou raspas de lápis. Depois da morte de Charlie, quase cem pessoas tinham vindo visitá-los e Mary servira bolo e torta para elas na sala de estar.

Não, Charlie, pensou ele. *Não se eu puder evitar.*

Ele puxou a porta da garagem para cima e viu que já havia 10 centímetros de neve, muito esfarelada e macia, na entrada para carros. Entrou no LTD e ligou o motor. Ainda tinha três quartos da gasolina no tanque. Deixou o carro esquentar e, quando se sentou atrás do volante sob o brilho verde místico do painel, começou a pensar em Arnie Walker. Apenas um pedaço de mangueira de borracha. Não era tão ruim. Seria como ir dormir. Ele tinha lido em algum lugar que o envenenamento por monóxido de carbono era daquele jeito. Ele até corava suas bochechas, de modo que você ficava com um aspecto saudável, explodindo de vida e energia. Era...

Ele começou a tremer — aquele ganso andando pra lá e pra cá em cima da sua cova novamente — e ligou o aquecedor. Quando o carro estava pelando e a tremedeira parou, ele engatou a ré e saiu para a neve.

Conseguia ouvir a gasolina se agitando no balde de Mary, lembrando-o de que ele havia esquecido uma coisa.

Parou o carro novamente e voltou para a casa. Havia uma caixa de fósforos de papel na gaveta da cômoda e ele encheu os bolsos do casaco com uns vinte envelopes. Então saiu outra vez.

As ruas estavam muito escorregadias.

Havia camadas de gelo sob a neve fresca em alguns lugares e uma vez, quando ele freou para parar em um sinal na esquina da Crestallen com a Garner, o LTD girou até quase ficar de lado na pista. Quando conseguiu parar a derrapagem, seu coração batia surdamente nas costelas. Aquilo era uma maluquice, sem dúvida. Se batessem atrás dele com toda aquela gasolina na traseira, eles poderiam raspá-lo do asfalto com uma colher e enterrá-lo numa caixa de comida para cachorro.

Melhor isso do que suicídio. Suicídio é pecado mortal.

Bem, vocês acabaram de ouvir os católicos. Porém, ele não achava que iria levar uma batida. O tráfego diminuiu até ficar quase inexistente e ele nem estava vendo nenhum policial. Deveriam estar todos estacionados pelos becos, encolhidos.

Dobrou com cuidado na Kennedy Promenade, que em sua cabeça seria sempre a Dumont Street, como a alameda era chamada até uma sessão extraordinária da Câmara Municipal mudar seu nome em 1964. A Dumont/Kennedy Prom se estendia desde Westside até o centro, mais ou menos paralela à obra da 784 por uns 3 quilômetros. Ele a seguiria por cerca de um quilômetro e meio e então pegaria a esquerda para a Grand Street. Pouco menos de um quilômetro depois, a Grand Street estava extinta, assim como o velho Grand Theater, que ele descanse em paz. No próximo verão, a Grand Street ressuscitaria na forma de um viaduto (um dos três que ele mencionara a Magliore), porém, não seria a mesma rua. Em vez de ver o cinema à sua direita, você só conseguiria ver seis — ou seriam oito? — pistas de tráfego correndo lá embaixo. Ele tinha absorvido bastante informação sobre a extensão através do rádio, da tevê e do jornal diário, não por um esforço consciente, mas quase por osmose. Talvez ele tivesse armazenado aquilo tudo por instinto, da mesma forma que um esquilo armazena nozes. Ele sabia que as construtoras que haviam contratado a obra tinham quase terminado o trabalho de construção da estrada propriamente dito para o inverno, mas também sabia que eles pretendiam concluir as demolições necessárias (*demolições*, aí está uma palavra para você, Fred — mas Fred não aceitou o desafio) dentro dos limites da cidade até o final de fevereiro. Isso incluía Crestallen Street West. De certa forma, era irônico. Se a casa deles estivesse localizada um quilômetro e meio mais longe, eles não estariam no alvo da demolição até o fim da primavera, ou seja, maio ou começo de junho de 1974. E se desejos fossem cavalos, os mendigos estariam montados em corcéis dourados. Ele também sabia por observação pessoal *consciente* que a maior parte do maquinário usado na construção estava estacionada debaixo do local em que a Grand Street havia sido assassinada.

Então, ele dobrou na Grand Street, a traseira do LTD tentando fugir a seu controle. Aproveitou a derrapagem para fazer a curva, domando o carro, enganando-o com as mãos, e ele roncou adiante, cortando a neve quase virgem: o rastro do último carro a passar por ali já estava nebuloso e indistinto. A visão de tanta neve fresca fez com que, de alguma forma, ele se sentisse melhor. Era bom estar em movimento, *fazendo* algo.

Enquanto subia a Grand à velocidade constante de 25 quilômetros por hora, sem pressa, seus pensamentos fluíram de volta a Mary e ao conceito de pecado, mortal e venial. Ela fora criada como católica, alfabetizada em uma escola paroquial e, embora já tivesse abandonado a maioria dos conceitos religiosos — em um nível intelectual, pelo menos —, quando eles se conheceram ainda não havia se livrado de algumas daquelas coisas mais profundas, as que eles enfiam pela sua goela abaixo. Como a própria Mary dizia, as freiras tinham passado nela seis camadas de verniz e duas de cera. Depois da perda do bebê, sua mãe mandara um padre ao hospital para ela fazer uma boa confissão e Mary chorou quando o viu. Ele estava com ela quando o padre entrou, carregando seu cibório, e o som da sua mulher chorando rasgou-lhe o coração como apenas uma coisa o fizera desde aquela época até então.

Uma vez, a pedido dele, ela desfiou uma lista inteira de pecados mortais e veniais. Embora os tivesse aprendido em aulas de catecismo vinte, vinte e cinco, ou até trinta anos antes, sua lista parecia (a ele, pelo menos) completa e impecável. Porém, havia um problema de interpretação que ele não conseguia resolver. Às vezes, um ato era um pecado mortal, outras, era apenas venial. Parecia depender da intenção de quem o cometesse. *A vontade consciente de fazer o mal.* Isso era algo que ela falara durante aquelas conversas antigas, ou foi Freddy que o sussurrou no seu ouvido naquele instante? Aquilo o deixou intrigado, preocupado. *A vontade consciente de fazer o mal.*

No fim das contas, ele achou que tinha isolado os dois grandões, os dois pecados mortais rápidos e implacáveis: suicídio e assassinato. Porém, uma conversa posterior — com Ron Stone, talvez? É, ele achava que sim — tinha embaralhado até mesmo aquilo. Às vezes, segundo Ron (eles estavam bebendo em um bar, ao que parecia, pelo menos dez anos atrás), o próprio assassinato era apenas um pecado venial. Ou talvez nem fosse pecado. Se você planejasse a sangue-frio se livrar de alguém que tivesse estuprado sua esposa, aquilo não passaria de um pecado venial. E se matasse uma pessoa *em uma guerra justa* — tinham sido estas as exatas palavras de Ron —, então nem era pecado algum. Segundo Ron, nenhum dos soldados americanos que haviam matado nazistas e japas teria problemas quando a Trombeta do Juízo Final soasse.

Então sobrava suicídio, aquela palavra sibilante.

Ele se aproximava da obra. Havia barreiras preto-e-brancas com pisca-piscas redondos em cima e placas laranja que se iluminaram breve e intensamente sob a luz dos seus faróis. Uma delas dizia:

FIM TEMPORÁRIO DA ESTRADA

Outra dizia:

DESVIO — SIGA AS PLACAS

E outra:

ÁREA DE DETONAÇÃO!
FAVOR DESLIGAR RÁDIOS BIDIRECIONAIS

Ele parou o LTD, colocando a alavanca de câmbio em Estacionar, desligou os faróis de quatro focos e saiu do carro. Andou em direção às barreiras preto-e-brancas. Os pisca-piscas laranja faziam a neve que caía parecer mais grossa, de uma cor absurda.

Também se lembrava de ter ficado confuso no que dizia respeito à absolvição. A princípio, achara que era bem simples: se você tivesse cometido um pecado mortal, estava mortalmente ferido, condenado. Poderia louvar Maria até a língua cair e ainda assim iria para o inferno. Porém, Mary disse que nem sempre era assim. Havia confissão, expiação, reconsagração e assim por diante. Era muito confuso. Cristo disse que um assassino não receberia a vida eterna, porém ele disse também: todo aquele que crer em mim não perecerá. *Todo aquele*. Parecia haver tantas frestas na doutrina bíblica quanto no contrato de compra de um advogado charlatão. Exceto em relação ao suicídio, é claro. Você não podia confessar um suicídio, repeti-lo ou expiá-lo, pois isto romperia o fio de prata e o faria despencar até quaisquer outros mundos que existissem. E...

E por que ele estava pensando naquilo, afinal? Não pretendia matar ninguém e com certeza não pretendia cometer suicídio. Nunca nem tinha pensado em suicídio. Pelo menos não até recentemente.

Ele olhou para além das barreiras preto-e-brancas, sentindo-se frio por dentro.

As máquinas estavam lá, cobertas de neve, dominadas pelo guindaste de demolição. Na sua imobilidade taciturna, ele ganhava uma dimensão atroz. Com a lança esquelética erguendo-se em meio à neve na escuridão, ele o fazia pensar em um louva-deus que tivesse entrado em algum ciclo desconhecido de contemplação de inverno.

Ele tirou uma das barreiras do caminho. Era muito leve. Então voltou para o carro, entrou nele e engatou a marcha lenta. Deixou o veículo se arrastar para a frente, passando pela beirada e descendo a encosta, na qual as idas e vindas das máquinas grandes tinham aberto sulcos regulares. Com a terra que havia sob a neve, a probabilidade de o carro pesado derrapar para o lado era menor. Quando chegou ao pé da encosta, ele colocou a alavanca de câmbio novamente em Estacionar e apagou todas as luzes. Tornou a subir a encosta e colocou a barreira de volta no lugar. Desceu mais uma vez.

Abriu a tampa traseira do LTD e tirou o balde de Mary lá de dentro. Então deu a volta até o banco do carona e o colocou no chão, debaixo da sua caixa de papelão de bombas incendiárias. Tirou a tampa branca do balde e, cantarolando baixinho, mergulhou cada pavio na gasolina. Terminado aquilo, carregou o balde de gasolina até o guindaste e subiu para a sua cabine destrancada, tomando cuidado para não escorregar. Estava empolgado, o coração batendo depressa, a garganta rija e fechada com uma alegria amarga.

Ele espalhou gasolina sobre o assento, o painel de controle e a caixa de marcha. Saiu para a passarela rebitada que contornava o capô do motor e despejou o resto da gasolina na capota. O perfume de hidrocarbonetos encheu o ar. Suas luvas tinham ficado encharcadas, molhando suas mãos e deixando-as quase imediatamente dormentes. Ele saltou para o chão e tirou as luvas, enfiando-as nos bolsos do casaco. A primeira embalagem de fósforos caiu dos seus dedos, tão insensíveis que pareciam de madeira. Ele segurou firme a segunda, porém o vento apagou os dois primeiros que acendeu. Então, deu as costas para o vento, arqueou-se sobre o fósforo para protegê-lo e conseguiu manter um aceso. Encostou-o aos demais e eles chiaram, fazendo uma labareda. Atirou os fósforos incandescentes na cabine.

A princípio, ele achou que os fósforos tivessem se apagado, pois não aconteceu nada. Então, ouviu-se uma pequena explosão — *flump!* — e o fogo jorrou da cabine em uma rajada furiosa, fazendo-o dar dois passos para trás. Ele protegeu os olhos da flor laranja brilhante que se abriu ali.

Um braço de fogo saiu correndo de dentro da cabine, alcançou o capô do motor, parou por um instante como se refletisse e então fuçou lá dentro. Daquela vez, a explosão não foi pequena. CA-BUUM! E, de repente, a capota estava no ar, subindo até quase desaparecer de vista, tremulando e virando do avesso. Algo passou zunindo pela sua cabeça.

Está queimando, pensou ele. *Está queimando de verdade.*

Ele começou a dançar, arrastando os pés em meio à escuridão flamejante, o rosto contorcido em um êxtase tão grande que seus traços pareciam capazes de despedaçar e cair em um milhão de pedacinhos sorridentes. Suas mãos se enroscaram em punhos que se agitavam em cima da sua cabeça.

— É isso aí! — gritou ele para o vento, e o vento gritou de volta. — É isso aí, cacete, é isso aí!

Ele correu para dar a volta no carro, escorregou na neve, caiu, e aquilo talvez tenha salvado sua vida, pois foi então que o tanque de gasolina do guindaste atirou destroços em um raio de 12 metros. Um pedaço de metal quente varou a janela direita do LTD, abrindo um buraco em forma de estrela no vidro de segurança e espalhando uma teia de aranha bêbada de rachaduras.

Ele se forçou a levantar, com a frente do corpo toda coberta de neve, e foi com dificuldade para trás do volante. Colocou as luvas de volta — impressões digitais —, porém, depois daquilo, qualquer idéia de precaução tinha desaparecido. Deu partida no carro com dedos que mal conseguiam sentir a chave de ignição e então pisou firme no acelerador — "pau na máquina", como diziam quando eram crianças e o mundo era jovem —, a traseira da caminhonete sacudindo de um lado para o outro. O guindaste queimava violentamente, melhor do que ele jamais teria imaginado; a cabine, um inferno, o pára-brisa grande, desaparecido.

— Caramba! — gritou ele. — *Caramba*, Freddy!

Ele girou o LTD diante do guindaste, a luz do fogo delineando seu rosto em dois tons de Halloween. Bateu com o indicador direito no painel, acertando o isqueiro do carro na terceira tentativa. As máquinas de construção passaram para a sua esquerda e ele baixou o vidro da janela. O balde de Mary rolava de um lado para outro no chão e as garrafas de cerveja e refrigerante retiniam freneticamente umas contra as outras enquanto a caminhonete sacudia pela terra revolvida e congelada.

O isqueiro saltou para fora e ele enfiou os dois pés no freio. A caminhonete deu uma volta e parou. Ele puxou o isqueiro do seu encaixe, pegou uma garrafa da caixa de papelão e pressionou a espiral incandescente contra o pavio. Uma chama se acendeu e ele a atirou. Ela se despedaçou contra a correia incrustada de lama de um buldôzer e as labaredas se espalharam com extravagância. Ele colocou o isqueiro de volta no lugar, andou mais 60 metros e jogou mais três garrafas contra o vulto de uma escavadeira. Uma errou o alvo, a outra bateu na lateral da máquina e espirrou gasolina flamejante de modo inofensivo na neve e a terceira descreveu um arco perfeito até entrar na cabine.

— *Na mosca, porra!* — gritou ele.

Outro buldôzer. Uma escavadeira menor. Então, ele chegou a um trailer suspenso por macacos. Uma placa na porta dizia:

CIA. DE CONSTRUÇÃO LANE
Escritório local

NÃO FAZEMOS CONTRATAÇÕES AQUI
Favor limpar os pés

Ele parou o LTD bem de frente para o trailer e atirou quatro garrafas em chamas na janela grande do lado da porta. Todas elas entraram, a primeira estilhaçando o vidro tanto da janela quanto da própria garrafa, arrastando uma cortina flamejante atrás de si.

Depois do trailer, havia uma picape estacionada. Ele saiu do LTD, tentou abrir a porta do carona da picape e descobriu que ela estava trancada. Acendeu o pavio de uma de suas bombas e a arremessou lá dentro. As chamas saltaram famintas pelo banco.

Ele voltou para o seu carro e viu que havia apenas quatro ou cinco garrafas sobrando. Continuou dirigindo, tremendo de frio, com ranho escorrendo pelo nariz, fedendo a gasolina, sorrindo!

Uma escavadeira a vapor. Ele atirou as últimas garrafas nela, sem causar nenhum dano até a última, que estourou uma das correias, soltando-a da roda dentada traseira.

Ele vasculhou a caixa novamente, lembrou-se de que ela estava vazia e olhou para o retrovisor.

— *Puta merda* — exclamou ele. — *Puta merda*, Freddy, seu maluco do caralho!

Atrás dele, uma fileira de fogueiras separadas destacava-se na escuridão sufocada pela neve como luzes de aterrissagem numa pista de vôo. As janelas do trailer expeliam as chamas alucinadamente. A picape era uma bola de fogo. A cabine da escavadeira, um caldeirão laranja. Porém, o guindaste era a obra-prima, pois era um facho de luz amarela crepitante, uma tocha ardente no meio da obra.

— *Isso que é demolição, porra!* — gritou ele.

Algo parecido com sanidade começou a retornar. Ele não tinha coragem de voltar utilizando o caminho pelo qual viera. Em breve, a polícia estaria a caminho, se é que já não estava. E os bombeiros. Será que ele conseguiria sair antes, ou estava preso lá dentro?

Heron Place, talvez ele conseguisse subir até Heron Place. Seria um ângulo de 25 graus encosta acima, talvez 30, e ele teria que derrubar uma barreira do Departamento de Estradas com o LTD, mas não havia mais muretas. Talvez pudesse fazer aquilo. Sim. Ele *podia*. Naquela noite, podia fazer tudo.

Guiou o LTD até o leito incompleto da estrada, derrapando e deslizando, usando apenas os faróis baixos. Quando viu os postes de luz de Heron Place acima e à direita, foi acelerando cada vez mais e viu a agulha do velocímetro chegar aos cinqüenta por hora enquanto apontava o carro para a barragem. Estava a quase 65 quando atingiu a encosta e disparou para cima. Lá pela metade do caminho, as rodas de trás começaram a perder tração e ele engatou a marcha reduzida. O barulho do motor diminuiu e o carro arrancou para a frente. O bico do veículo estava quase passando pela beirada quando as rodas começaram a girar mais uma vez, metralhando neve, cascalho e montes de terra congelada para trás. Por um instante, o resultado foi incerto, mas então a simples inércia do movimento para a frente do LTD — aliada à força de vontade, talvez — o carregou até o nível do solo.

O bico do carro empurrou a barreira preto-e-branca para o lado e ela caiu para trás sobre um monte de neve, levantando uma nuvem onírica. Ele desceu pelo meio-fio e ficou quase chocado ao perceber que estava outra vez em uma rua normal, como se nada tivesse acontecido. Colocou a alavanca de câmbio em Dirigir novamente e se manteve a lentos cinqüenta quilômetros por hora.

Preparava-se para virar na direção da sua casa quando se lembrou que estava deixando rastros que os tratores de remoção ou uma próxima neve levariam duas horas ou mais para apagar. Em vez de seguir para a Crestallen Street, ele continuou saindo de Heron Place em direção à River Street, descendo em seguida a River até a rota 7. O tráfego ali estava tranqüilo desde que a neve começara a cair forte, porém tinha sido o suficiente para transformar a neve que cobria a auto-estrada em um lamaçal escorregadio.

Ele juntou sua traseira às de todos os outros carros que seguiam na direção leste e acelerou até 65 quilômetros por hora.

Continuou na rota 7 por cerca de 15 quilômetros, então entrou de volta na cidade e foi em direção à Crestallen Street. Alguns tratores já estavam na rua, movendo-se noite adentro como mastins laranja gigantes com olhos amarelos reluzentes. Olhou várias vezes para a obra da 784, porém não conseguia ver nada em meio à neve que soprava.

Na metade do caminho de casa percebeu que, embora todas as janelas estivessem fechadas e o aquecedor no máximo, o carro ainda estava frio. Olhou para trás e viu o buraco dentado na janela traseira do lado do carona. Havia vidro quebrado e neve no banco de trás.

Agora, como isso foi acontecer?, ele se perguntou, perplexo. Sinceramente, não se lembrava.

Entrou na sua rua pelo norte e seguiu direto para casa. Estava como ele a havia deixado, a luz solitária da sua cozinha a única acesa em todo aquele trecho escurecido da rua. Não havia viaturas policiais estacionadas na sua frente, porém a porta da garagem estava aberta, o que era uma burrice sem tamanho. Você tinha que fechar a porta da garagem quando nevava, sempre. É por isso que se tem uma garagem, para proteger as suas coisas das intempéries. O pai dele costumava dizer isso. Seu pai tinha morrido em uma garagem, assim como o irmão de Johnny, mas Ralph Dawes não tinha cometido suicídio. Ele sofrera uma espécie de derrame. Um vizinho o encontrara com sua tesoura de jardineiro na mão esquerda, que já começava a enrijecer, e uma pequena pedra de amolar na direita. Uma morte suburbana. Oh, Senhor, envie essa alma branca para um céu em que não haja ervas daninhas e os negros sempre mantenham sua distância.

Ele estacionou a caminhonete, baixou a porta da garagem e entrou na casa. Estava tremendo de cansaço e tensão. Eram três e quinze da manhã. Pendurou seu casaco e seu chapéu no armário do corredor e estava fechando a porta quando sentiu um choque quente de terror, tão intenso quanto uma dose de uísque puro virada de um gole. Tateou alucinadamente os bolsos do seu casaco e deu um suspiro assobiado quando sentiu suas luvas, ainda ensopadas de gasolina, ambas reduzidas a bolinhas encharcadas.

Ele pensou em fazer café, mas desistiu. Estava com uma dor de cabeça enjoada e latejante, provavelmente causada pelos vapores da gasolina e agravada por sua viagem assustadora através da escuridão nevoenta. No seu quarto, tirou as roupas e atirou-as sobre uma cadeira sem se preocupar em dobrá-las. Achou que iria dormir tão logo batesse com a cabeça no travesseiro, mas não foi assim. Uma vez em casa — e aparentemente seguro —, foi tomado por uma insônia alerta. Ela veio lhe trazer medo, como uma criada. Eles iriam apanhá-lo e colocá-lo na cadeia. Sua foto sairia nos jornais. As pessoas que o conheciam balançariam a cabeça e falariam sobre aquilo em cafeterias e refeitórios. Vinnie Mason diria à sua mulher que sabia que Dawes era louco desde o começo. Os pais de Mary possivelmente a colocariam em um avião para Reno, onde ela primeiro arranjaria uma casa para morar e depois pediria o divórcio. Talvez encontrasse alguém para comê-la. O que não o surpreenderia.

Ele ficou deitado insone, dizendo a si mesmo que eles não o pegariam. Tinha usado as luvas. Não deixara impressões digitais. Havia pegado o balde de Mary e a tampa branca que o fechava. Cobrira seus rastros e despistara qualquer possibilidade de perseguição como um fugitivo despistaria cães de caça andando em um riacho. Porém, nenhum desses pensamentos lhe trouxe sono ou tranquilidade. Eles o pegariam. Alguém em Heron Place poderia ter visto seu carro e achado suspeito que algum veículo estivesse na rua tão tarde em uma noite tão tempestuosa. Ou alguém poderia ter anotado o número da sua placa e estar naquele exato momento recebendo os parabéns da polícia. Ou então eles poderiam ter retirado raspas de tinta da barreira da obra em Heron Place e estar induzindo algum computador a entregar seu nome culpado de uma lista de registro de automóveis. Ou então...

Ele rolou e se debateu na cama, esperando que as sombras azuis dançantes surgissem na sua janela, esperando a batida forte na sua porta, esperando alguma voz sem corpo, kafkiana, gritar: *Ok, vamos abrindo essa porta!* E, quando ele enfim adormeceu, foi sem saber, pois os pensamentos continuaram ininterruptamente, passando de uma ruminação consciente para o mundo distorcido dos sonhos quase sem intervalo, como um carro passando para a marcha lenta. Mesmo em seus sonhos, ele achava que estava acordado e, neles, cometia suicídio sem parar: queimando-se vivo; esmagando-se ao parar debaixo de uma bigorna e puxar a corda que a segurava; enforcando-se; apagando as chamas piloto do fogão e então ligando o forno e todas as quatro bocas; com um tiro; jogando-se da janela; pulando na frente de um ônibus da Greyhound; tomando uma overdose de pílulas; engolindo desinfetante de privada Vanish; enfiando uma lata de aerossol Glade Pine Fresh na boca, apertando o botão e inalando até sua cabeça sair flutuando pelo céu como um balão de criança; cometendo haraquiri ajoelhado em um confessionário na igreja de S. Domingos, confessando seu auto-homicídio a um padre jovem e atônito ao passo que suas entranhas saíam como uma sanfona, caindo sobre o banco como um cozido de carne — realizando um ato de contrição com uma voz distante e contemplativa, enquanto se deitava em meio ao próprio sangue e às salsichas fumegantes do seu intestino. No entanto, a imagem mais clara — e que se repetia sem parar — era a dele mesmo atrás do volante do LTD, pisando de leve no acelerador na garagem fechada, respirando fundo e folheando um exemplar da *National Geographic*, examinando fotos da vida no Taiti, em Auckland e durante o Mardi Gras em Nova Orleans, virando as páginas cada vez mais devagar, até o som do motor se tornar um zumbido doce e distante e as águas verdes do Pacífico Sul submergirem-no em uma quentura chacoalhante, arrastando-o para baixo, até as profundezas cor de prata.

19 de dezembro de 1973

Era meio-dia e meia quando ele acordou e saiu da cama. Parecia que tinha ido a uma festa de arromba. Estava com uma dor de cabeça monstruosa. Sua bexiga estava apertada e cheia. Sentia gosto de cobra morta na boca. Andar fez seu coração bater como um tarol. Não podia nem se dar ao luxo de acreditar (por mais brevemente que fosse) que todas as suas lembranças da noite anterior eram um sonho, pois o cheiro de gasolina parecia ter se entranhado em sua carne e subia, com um perfume repugnante, da sua pilha de roupas. A neve tinha parado, o céu estava claro e o sol brilhante fez seus olhos implorarem por misericórdia.

Ele entrou no banheiro, sentou na tábua da privada e uma diarréia violentíssima irrompeu das suas entranhas como um trem postal passando em disparada por uma estação deserta. Seus dejetos caíram na água em uma série repugnante de jatos e barulhos que o fizeram gemer e agarrar a cabeça. Ele urinou sem se levantar, o cheiro forte e desanimador do produto final repulsivo da sua digestão subindo densamente ao seu redor.

Ele puxou a descarga e desceu até o andar de baixo com as pernas nuas, levando roupas limpas junto. Esperaria até aquele cheiro horroroso se dissipar do banheiro e então entraria no banho, talvez pela tarde inteira.

Enfiou na boca três Excedrins do frasco verde na prateleira em cima da pia da cozinha, engolindo-os com duas goladas grandes de Pepto Bismol. Colocou água para ferver para o café e quebrou sua xícara favorita ao tirá-la desajeitadamente do seu gancho. Varreu os cacos, tirou outra, despejou pó de café Maxwell House nela e então foi para a sala de jantar.

Ligou o rádio e girou o dial inteiro em busca de notícias, que — como a polícia — nunca estavam lá quando se precisava. Música pop. Um informe sobre os preços dos grãos e cereais. Uma propaganda do cereal matinal Golden Nugget. Um *talk show* que recebia ligações dos ouvintes. Um programa de classificados. Paul Harvey vendendo um seguro de vida. Mais música pop. Nenhuma notícia.

A água do café estava fervendo. Ele colocou o rádio em uma das estações de música pop, trouxe o café de volta para a mesa e o bebeu puro. Sentiu vontade de vomitar durante os dois primeiros goles, mas depois ela passou.

As notícias começaram, primeiro nacionais, depois locais:

> Na cidade, durante as primeiras horas da manhã, um incêndio foi causado no canteiro de obras da extensão 784 da auto-estrada, próximo à Grand Street. O tenente da polícia Henry King disse que, aparentemente, os vândalos usaram bombas à base de gasolina para incendiar um guindaste, duas escavadeiras, dois buldôzeres, uma picape e o escritório local da Companhia de Construção Lane, que foi completamente arrasado.

Um regozijo tão amargo e negro quanto o gosto do seu café sem açúcar fechou sua garganta diante das palavras *completamente arrasado*.

> O dano causado às escavadeiras e aos buldôzeres foi pequeno, de acordo com Francis Lane, cuja companhia ganhou uma vultosa licitação para a extensão intermunicipal. Já o guindaste de demolição, orçado em 60 mil dólares, deve ficar fora de serviço por até duas semanas.

Duas semanas? Só *isso*?

Mais grave, de acordo com Lane, foi o incêndio do escritório local, que continha as folhas de ponto, relatórios e noventa por cento dos registros contábeis das despesas da empresa nos últimos três meses. "Isto vai ser um inferno para resolver", disse Lane. "Pode nos causar um atraso de um mês ou mais."

Talvez aquilo fosse uma boa notícia. Talvez tivesse valido a pena por aquele mês a mais de tempo.

De acordo com o tenente King, os vândalos fugiram do canteiro de obras em uma caminhonete, possivelmente uma Chevrolet de modelo recente. Ele pediu que qualquer pessoa que possa ter visto o carro deixando a área da construção pela Heron Street se apresente. Francis Lane calcula um prejuízo de 100 mil dólares na área.

Outras notícias locais: o deputado federal Muriel Reston apelou novamente...

Ele desligou o rádio.

Depois de ouvir aquilo — e de ouvi-lo à luz do dia — as coisas pareciam um pouco melhores. Era possível encará-las de forma racional. É claro que a polícia não precisava divulgar todas as suas pistas; porém, se eles estivessem mesmo procurando por um Chevy em vez de um Ford e reduzidos a pedir que testemunhas oculares se apresentassem, talvez ele estivesse seguro, pelo menos por ora. E, caso tivesse havido alguma testemunha, ficar preocupado não mudaria as coisas.

Ele jogaria fora o balde de Mary e abriria a garagem para tirar o cheiro de gasolina. Inventaria uma história para explicar a janela traseira quebrada, se alguém perguntasse. E, mais importante, tentaria se preparar psicologicamente para uma visita da polícia. Uma vez que era o último morador de Crestallen Street, seria perfeitamente lógico para eles pelo menos investigá-lo. E bastaria farejarem suas pegadas mais recentes para descobrir que ele vinha agindo de maneira instável. Ele tinha ferrado com a lavanderia. Sua mulher o abandonara. Um ex-colega de trabalho lhe dera um soco numa loja de departamentos. E, é claro, ele tinha uma caminhonete, fosse ela Chevrolet ou não. Tudo aquilo era ruim. Mas não provava nada.

E, se desencavassem alguma prova, ele imaginava que seria preso. Porém, havia coisas piores do que a cadeia. Ir para a cadeia não era o fim do mundo. Eles lhe dariam um trabalho, o alimentariam. Ele não teria que se preocupar com o que iria acontecer se o dinheiro do seguro acabasse. Sem dúvida havia muita coisa pior do que a cadeia. Suicídio, por exemplo. Aquilo era pior. Ele subiu e tomou um banho.

Mais tarde, ligou para Mary. Sua mãe atendeu e foi chamar a filha, dando uma fungada. No entanto, quando a própria Mary atendeu, ela parecia quase alegre.

— Olá, Bart. Feliz Natal adiantado.

— Feliz Natal digo eu[10] — respondeu ele. Era uma brincadeira antiga que havia sido promovida de piada a tradição.

— Sei — disse ela. — O que foi, Bart?

— Bem, eu comprei alguns presentes... são só umas lembranças... para você, minhas sobrinhas e sobrinhos. Estava pensando se não poderíamos nos encontrar em algum lugar. Queria entregá-los a você. Não embrulhei os presentes das crianças...

— Eu os embrulho com prazer. Mas não precisava. Você está sem trabalho...

— Mas estou trabalhando nisso — disse ele.

— Bart, você... você tomou alguma atitude sobre o que nós conversamos?

— O psiquiatra?

— Sim.

— Liguei para dois. Um está com a agenda cheia até quase junho. O outro cara vai para as Bahamas até o final de março. Falou que poderia me atender nessa época.

— Quais os nomes deles?

— Os nomes? Puxa, querida, vou ter que olhar de novo para lhe dizer. Adams, acho que era esse o nome do primeiro cara. Nicholas Adams...

---

[10] No original, "No, *Mary* Christmas", trocadilho intraduzível com a palavra "merry", de "Merry Chistmas" (Feliz Natal), e o nome "Mary", que são homófonas. (N. do T.)

— Bart — disse ela, com tristeza na voz.

— Pode ter sido Aarons — falou ele, sem pensar.

— Bart — repetiu ela.

— Ok — disse ele. — Acredite no que quiser. É o que você vai fazer mesmo.

— Bart, se você pelo menos...

— E quanto aos presentes? Eu liguei para falar dos presentes, não do maldito psiquiatra.

Ela suspirou.

— Traga-os na sexta, sim? Eu posso...

— O quê, para os seus pais poderem contratar o Charles Manson para me receber na porta? Vamos nos encontrar em território neutro, ok?

— Eles não estarão aqui — disse ela. — Vão passar o Natal com Joanna. — Joanna era Joanna St. Claire, prima de Jean Calloway, que morava em Minnesota. Elas tinham sido amigas íntimas quando meninas (na época daquela agradável calmaria entre a guerra de 1812 e o advento da Confederação, pensava ele às vezes) e Joanna sofrera um derrame em julho. Ainda estava tentando se recuperar, mas Jean havia dito a ele e Mary que, segundo os médicos, ela poderia partir a qualquer momento. Deve ser uma beleza, pensou ele, ter uma bomba-relógio embutida na sua cabeça daquele jeito. Ei, bomba, vai ser hoje? Por favor, hoje não. Ainda não terminei o novo romance da Victoria Holt.

— Bart? Você está na linha?

— Sim, estava divagando.

— Uma da tarde está bom?

— Está ótimo.

— Mais alguma coisa?

— Não, não.

— Bem...

— Cuide-se, Mary.

— Pode deixar. Até, Bart.

— Até logo.

Eles desligaram e ele foi até a cozinha preparar um drinque. A mulher com quem acabara de falar ao telefone não era a mesma que tinha se sentado em prantos no sofá da sala de estar menos de um mês antes, implorando por algum motivo que ajudasse a explicar o maremoto que havia varrido majestosamente sua vida bem-ordenada, destruindo o trabalho de vinte anos e deixando apenas algumas palafitas saindo do lamaçal. Era impressionante. Ele balançou a cabeça pensando naquilo da mesma maneira que teria balançado diante da notícia de que Jesus tinha descido do céu e levado Richard Nixon para o Paraíso em uma carruagem de fogo. Ela se reencontrara. Mais que isso: reencontrara uma pessoa que mal conhecia, uma garota-mulher da qual ele mal se lembrava. Como uma arqueóloga, ela havia escavado aquela pessoa, que estava com as juntas meio enferrujadas, mas ainda perfeitamente aproveitável. As juntas voltariam ao normal e aquela pessoa nova-velha se tornaria uma mulher completa, talvez escoriada por conta daquela rasteira, mas sem ferimentos graves. Ele talvez a conhecesse melhor do que ela pensava e tinha percebido, apenas pelo seu tom de voz, que estava se aproximando cada vez mais da idéia do divórcio, da idéia de uma ruptura total com o passado... uma ruptura que reagiria bem ao gesso e não deixaria seqüela alguma. Ela estava com 38. Tinha metade da vida pela frente. Não havia crianças para serem mutiladas acidentalmente na colisão daquele casamento. Não ia sugerir o divórcio, porém, se ela o fizesse, ele concordaria. E se dali a dez anos ela olhasse para trás e visse seu casamento como um longo corredor escuro conduzindo à luz do sol, ele ficaria triste por ela se sentir dessa maneira, mas não a culparia. Não, ele não a culparia.

21 de dezembro de 1973

Ele lhe entregara os presentes na sala de estar de Jean Calloway, sob o tique-taque do relógio de ouropel, e a conversa que se seguiu foi forçada e embaraçosa. Nunca tinha estado sozinho com ela naquela sala e sentia o tempo todo que eles deveriam se agarrar ali. Era uma reação instintiva enferrujada que o fazia se sentir como uma cópia malfeita do seu eu universitário.

— Você clareou o cabelo? — perguntou ele.

— Só um pouquinho. — Ela encolheu um pouco os ombros.

— Ficou bonito. Deixa você mais jovem.

— Você está ficando um pouco grisalho nas têmporas, Bart. Deixa você elegante.

— Conversa fiada, me faz parecer acabado.

Ela deu uma risada — um pouco aguda demais — e olhou para os presentes em cima da mesinha. Ele havia embrulhado o broche em forma de coruja e deixado os brinquedos e o jogo de xadrez para ela embrulhar. As bonecas olhavam inexpressivas para o teto, esperando que as mãos de alguma garotinha as trouxessem à vida.

Ele olhou para Mary. Seus olhos se encontraram, sérios, por um instante e ele pensou que palavras irrevogáveis sairiam dos lábios dela e teve medo. Então, o cuco saltou de dentro do relógio, anunciando que era uma e meia, e os dois levaram um susto e depois riram. Ele se levantou para que aquilo não voltasse a acontecer. Salvo pelo cuco, pensou ele. Faz sentido.

— Tenho que ir — disse ele.

— Tem uma consulta?

— Uma entrevista de emprego.

— Sério? — Ela pareceu feliz. — Onde? Com quem? Quanto?

Ele riu e balançou a cabeça.

— Tem uma dezena de concorrentes com a mesma chance que eu. Falo o que é quando a vaga for minha.

— Convencido.

— Claro.

— Bart, o que você vai fazer no Natal? — Ela parecia preocupada e solene e lhe ocorreu de repente que era um convite para a ceia de Natal, e não um divórcio depois do ano-novo, que tinha estado por detrás dos seus lábios. Deus! Ele quase soltou uma gargalhada.

— Vou cear em casa.

— Você pode vir para cá — disse ela. — Seríamos apenas nós dois.

— Não — disse ele, pensativo, e então, com mais firmeza: — Não. As emoções têm o hábito de fugir ao controle durante o período de festas. Fica para a próxima.

Ela assentia, também pensativa.

— Você vai cear sozinha? — perguntou ele.
— Posso ir para a casa do Bob e da Janet. Tem certeza mesmo?
— Tenho.
— Bem... — No entanto, ela parecia aliviada.

Eles foram até a porta e trocaram um beijo apático.

— Eu te ligo — disse ele.
— Faça isso.
— E mande um abraço para o Bobby.
— Pode deixar.

Ele estava na metade do caminho até o seu carro quando ela o chamou:

— Bart! Bart, espere um minuto!

Ele se virou, quase temeroso.

— Quase me esqueci — falou ela. — Wally Hamner ligou nos convidando para a festa de ano-novo dele. Aceitei por nós dois. Mas se você não quiser ir...

— Wally? — Ele franziu o cenho. Walter Hamner era praticamente o único amigo deles na cidade. Ele trabalhava para uma agência de publicidade local. — Ele não sabe que nós estamos, bem... separados?

— Sabe, mas você conhece Walt. Ele não se incomoda muito com esse tipo de coisa.

E não se incomodava mesmo. Sorriu só de pensar em Walter. Walter, sempre ameaçando largar a publicidade para projetar treliças para construção. Escritor de poemas obscenos e compositor de paródias mais obscenas ainda de músicas populares. Divorciou-se duas vezes e perdeu feio nos dois casos. Tinha ficado impotente — se você acreditasse nas fofocas — e, nesse caso, ele achava que elas provavelmente eram verdadeiras. Há quanto tempo não via Walt? Quatro meses? Seis? Tempo demais.

— Pode ser divertido — falou ele, e então um pensamento lhe veio à cabeça.

Ela o leu no seu rosto como costumava fazer antes e disse:

— Não vai ter ninguém da lavanderia lá.
— Ele e Steve Ordner se conhecem.
— Bem, é, tem *ele*... — Mary deu de ombros para mostrar como achava improvável que *ele* fosse, e aquele gesto se transformou em um

pequeno calafrio, que a fez segurar os próprios cotovelos. A temperatura estava por volta dos 4 graus negativos apenas.

— Ei, entre logo — disse ele. — Você vai acabar congelada, sua boba.

— Você quer ir?

— Não sei. Vou ter que pensar. — Ele a beijou novamente, daquela vez com um pouco mais de determinação, e ela retribuiu o beijo. Em um momento como aquele, ele poderia se arrepender de tudo; mas o arrependimento se manteve distante, frio.

— Feliz Natal, Bart — disse Mary, e ele notou que ela estava chorando um pouco.

— O ano que vem será melhor — disse ele. A frase era consoladora, mas não tinha nenhum significado profundo. — Entre antes que você pegue uma pneumonia.

Ela entrou e ele foi embora no seu carro, ainda pensando na festa de ano-novo de Wally Hamner. Talvez aparecesse por lá.

24 de dezembro de 1973

Ele encontrou uma oficina pequena em Norton que trocaria o vidro de trás quebrado por noventa dólares. Quando perguntou ao mecânico se ele trabalharia na véspera de Natal, o homem disse:

— Claro, vou pegar tudo que vier pela frente.

No caminho, parou em uma lavanderia *self-service* em Norton e colocou suas roupas em duas máquinas. Girou automaticamente o agitador para ver qual o estado do equipamento e então colocou as roupas com cuidado lá dentro, para que cada máquina as centrifugasse (só que nas lavanderias automáticas eles chamavam aquilo de "secagem rápida") sem atirar para fora o excesso. Ele se interrompeu, sorrindo um pouco. Você pode tirar um sujeito de dentro da lavanderia, mas nunca vai tirar a lavanderia de dentro dele. Certo, Fred? Fred? Ah, vá se foder.

* * *

— Taí um baita de um buraco — disse o mecânico, olhando para o vidro trincado.

— Um moleque atirou uma bola de neve — falou ele. — Tinha uma pedra no meio.

— Pois é — disse o homem. — Só pode mesmo.

Depois que a janela foi trocada, ele voltou até a lavanderia, colocou as roupas na secadora, regulou a temperatura para morna e colocou trinta centavos na fenda para moedas. Então se sentou e pegou um jornal que alguém largara ali. O único outro cliente da lavanderia era uma jovem com aparência cansada, óculos com armação de metal e mechas loiras em seu cabelo longo, castanho-arruivado. Estava com uma garotinha, e a garotinha estava fazendo um escândalo.

— Eu quero minha *garrafa*!

— Cacete, Rachel...

— GARRAFA!

— Papai vai bater em você quando a gente chegar em casa — prometeu a jovem com severidade. — E nada de doces antes de dormir.

— GARRAAAAAFA!

Agora, por que uma jovem como aquela tingiria o cabelo daquele jeito?, perguntou-se ele, olhando em seguida para o jornal. As manchetes diziam:

BELÉM ATRAI PEQUENAS MULTIDÕES
PEREGRINOS TEMEM GUERRA SANTA

Bateu os olhos em uma matéria curta no final da primeira página e a leu com atenção:

WINTERBURGER DIZ QUE ATOS DE VANDALISMO
NÃO SERÃO TOLERADOS

(Cidade) Victor Winterburger, candidato democrata à cadeira do falecido Donald P. Naish, que foi morto em um acidente de carro no mês passado, afirmou ontem que atos de vandalismo como o que causou quase 100 mil dólares de prejuízo no canteiro de obras da rota 784 na

manhã da quarta-feira passada não podem ser tolerados "em uma cidade americana civilizada". Winterburger fez suas declarações em um jantar da Legião Americana e foi aplaudido de pé.

"Já vimos o que aconteceu em outras cidades", falou Winterburger. "Os ônibus, os vagões de metrô e os prédios vandalizados em Nova York; as escolas com vidros quebrados e depredadas sem motivo em Detroit e em São Francisco; a violência contra instalações, museus e galerias públicas. Não podemos permitir que o maior país do mundo seja invadido pelos hunos e bárbaros."

A polícia foi chamada ao trecho da construção na Grand Street quando uma série de incêndios e explosões foi vista por

(Continua na pág. 5, col. 2)

Ele dobrou o jornal e o colocou em cima de uma pilha de revistas esfarrapadas. A lavadora zumbia sem parar um som baixo e soporífero. Hunos. Bárbaros. Eles eram os hunos. Os depredadores e assassinos, que expulsavam pessoas de suas casas, destruindo vidas como um garotinho que destrói um formigueiro...

A jovem saiu arrastando sua filha, que ainda berrava por uma garrafa, da lavanderia. Ele fechou os olhos e cochilou, esperando a secadora terminar seu serviço. Alguns minutos depois, acordou com um susto, achando que tinha ouvido alarmes de incêndio, porém era apenas o Papai Noel do Exército de Salvação que assumira seu posto na esquina lá fora. Quando saiu da lavanderia com seu cesto de roupas, ele jogou todas as moedas do bolso no pote do Papai Noel.

— Deus te abençoe — disse o bom velhinho.

25 de dezembro de 1973

O telefone o acordou por volta das dez da manhã. Ele tirou o fone da extensão de cima do criado-mudo desajeitadamente, colocou-o na orelha e a voz clara e ríspida da telefonista invadiu seu sono:

— O senhor aceita uma ligação a cobrar de Olivia Brenner?

Ele estava confuso e só conseguiu balbuciar:

— O quê? Quem? Estou dormindo.

Uma voz distante, ligeiramente familiar, disse:

— Oh, pelo amor de Deus. — E ele soube quem era.

— Sim — falou. — Aceito. — Será que ela havia desligado na cara dele? Ele se apoiou em um cotovelo para descobrir. — Olivia? Você está aí?

— Por favor, pode falar — adiantou-se a telefonista, sem querer variar sua ladainha.

— Olivia, você está aí?

— Estou. — A voz estava quebradiça e distante.

— Que bom que você ligou.

— Achei que não fosse aceitar a ligação.

— Acabei de acordar. Onde você está? Em Las Vegas?

— Sim — disse ela categoricamente. A palavra saiu com uma estranha autoridade apática, como uma tábua caindo em um chão de cimento.

— Bem, e como estão as coisas? Como você está?

Seu suspiro foi tão amargo que era quase um soluço sem lágrimas.

— Não muito bem.

— Não?

— Conheci um cara na minha segunda... não, terceira... noite aqui. Nós fomos para uma festa e ficamos muuuito loucos...

— Drogas? — perguntou ele com cautela, sabendo muito bem que aquela era uma ligação de longa distância e o governo estava em toda parte.

— Drogas? — repetiu ela, irritada. — Claro que sim. Um negócio pesado, cheio de dexedrina ou sei lá o quê... acho que fui estuprada.

O final da frase ficou tão difícil de ouvir que ele teve que perguntar:

— O quê?

— *Estuprada!* — gritou ela, tão alto que o receptor distorceu o som. — É quando um atleta imbecil se fingindo de hippie numa noite de sexta brinca de esconder o salame em você enquanto seu cérebro está em algum outro lugar, escorrendo pela parede! Estupro, você sabe o que é estupro?

— Sei — disse ele.

— Sabe é o cacete.

— Você precisa de dinheiro?

— Por que você está me perguntando isso? Não posso trepar com você pelo telefone. Não posso te bater uma punheta.

— Eu tenho algum dinheiro — disse ele. — Poderia mandar para você. Só isso. Foi por isso que perguntei. — Por instinto, ele se viu falando não de forma tranqüilizadora, mas com a voz baixa, para ela ter que desacelerar e ouvir.

— Sei, sei.

— Você tem algum endereço.

— Posta-restante, esse é meu endereço.

— Você não tem um apartamento?

— Tenho, eu e essa outra ferrada estamos dividindo um lugar. As caixas de correio estão todas quebradas. Deixe pra lá. Fique com o seu dinheiro. Eu arranjei um emprego. Acho que vou pedir demissão e voltar. Feliz Natal para mim.

— Que emprego?

— Servir hambúrgueres em um restaurante fast-food. Eles têm caça-níqueis no saguão e as pessoas ficam jogando e comendo hambúrgueres a noite inteira, dá pra *acreditar*? A última coisa que você tem que fazer no fim do seu turno é limpar todas as alavancas dos caça-níqueis. Elas ficam todas cobertas de mostarda, maionese e ketchup. E você precisava ver as *pessoas* daquele lugar. São todas gordas. Elas são ou bronzeadas ou tostadas de sol. E, quando não querem trepar com você, é como se você fosse parte da mobília. Recebi ofertas de ambos os sexos. Graças a Deus que minha colega de quarto é tão ligada em sexo quanto um arbusto, eu... ah, minha nossa, por que estou contando tudo isso para você? Nem sei por que eu te liguei. Vou pedir carona para longe daqui no fim da semana, assim que receber meu salário.

Ele ouviu a si mesmo dizer:

— Espere um mês.

— *O quê?*

— Não fuja por causa de medo. Se você for embora agora, vai passar a vida inteira se perguntando o que foi fazer aí.

— Você jogou futebol americano na escola? Aposto que jogou.

— Não fui nem o garoto que traz água.
— Então você não sabe de tudo, não é?
— Estou pensando em me matar.
— Você nem... o que você disse?
— Estou pensando em me matar — falou ele com calma. Já não estava pensando na longa distância e nas pessoas que poderiam estar monitorando aquele tipo de ligação só por diversão: a companhia telefônica, a Casa Branca, a CIA, o Efe-Bê-I. — Continuo fazendo as coisas e elas continuam não dando certo. Acho que é porque estou meio velho para fazê-las darem certo. Uma coisa deu errado alguns anos atrás e eu sabia que era ruim, mas não sabia que era ruim para mim. Achei que tinha apenas acontecido e que eu iria superar. Mas as coisas não param de desmoronar dentro de mim. Estou de saco cheio. E não paro de fazer coisas.
— Você está com câncer? — sussurrou ela.
— Acho que sim.
— Então devia ir para um hospital, se...
— É um câncer na alma.
— Você está numa ego trip, cara.
— Talvez seja isso — falou ele. — Não tem importância. De uma maneira ou de outra, as coisas já estão decididas e vão acontecer do jeito programado. Só tem uma coisa que me incomoda; uma sensação que tenho às vezes de que sou um personagem num livro de algum escritor ruim e ele já decidiu como as coisas vão acontecer e por quê. É até mais fácil ver as coisas dessa maneira do que culpar Deus: o que Ele fez por mim, de qualquer forma? Não, a culpa é deste escritor ruim. Ele cortou meu filho da história inventando um tumor no cérebro. Este foi o primeiro capítulo. Se vou me suicidar ou não, isso vem logo antes do epílogo. É uma história idiota.
— Ouça — disse ela, preocupada —, se tiver alguma daquelas centrais de ajuda por telefone na sua cidade, talvez você devesse...
— Eles não podem fazer nada por mim — falou ele —, e isso não importa. Eu quero ajudar *você*. Pelo amor de Deus, olhe ao seu redor antes de fugir de medo. Largue as drogas, você falou que iria fazer isso. Da próxima vez que se der conta, já estará com 40 anos e quase todas as suas opções terão acabado.

— Não, não agüento mais isso aqui. Se for para algum outro lugar...

— Todos os lugares são iguais, a não ser que sua cabeça mude. Não existe nenhum lugar mágico para ajeitar sua cabeça. Se você estiver se sentindo uma merda, tudo que olhar vai parecer uma merda. Tenho *certeza* disso. Manchetes de jornal, até as placas que eu vejo, todas dizem: é isso aí, Georgie, peça a conta. É assim que a banda toca.

— Ouça...

— Não, não, ouça *você*. Preste bastante atenção. Envelhecer é como dirigir um carro por uma neve que fica cada vez mais funda. Quando finalmente consegue desatolar as suas calotas, você simplesmente sai derrapando sem parar. A vida é *assim*. Não existem tratores para desencavar você. Seu barco não vai chegar ao porto, garota. Não tem barco nenhum para ninguém. Você nunca vai ganhar uma competição. Não tem nenhuma câmera seguindo você e gente assistindo à sua luta. É isso e *pronto*. Só isso. Mais nada.

— Você não sabe como *está sendo* aqui! — exclamou ela.

— Não, mas sei como está sendo aqui.

— Você não manda na minha vida.

— Vou enviar quinhentos dólares para você: Olivia Brenner, a/c Posta-restante, Las Vegas.

— Não vou estar aqui. Eles vão mandar de volta.

— Não vão, não. Por que eu não vou colocar endereço de devolução.

— Pode jogar fora, então.

— Use o dinheiro para arranjar um emprego melhor.

— Não.

— Então use como papel higiênico — falou ele imediatamente, desligando em seguida. Suas mãos tremiam.

O telefone tocou cinco minutos depois. A telefonista disse:

— O senhor aceita...

— Não — disse ele, desligando.

O telefone tocou mais duas vezes naquele dia, porém não era Olivia em nenhuma das duas.

Por volta das duas da tarde, Mary ligou para ele da casa de Bob e Janet Preston — Bob e Janet, que sempre o faziam se lembrar, acredite se quiser, de Fred e Wilma Flintstone. Como ele estava? Bem. Mentira. O que ele faria na ceia de Natal? Ir até o Old Customhouse para comer peru com todas aquelas decorações. Mentira. Ele não preferiria ir para lá? Janet tinha um monte de sobras e adoraria se livrar de algumas delas. Não, ele ainda não estava com fome. Verdade. Ele estava bastante alcoolizado e, no calor do momento, acabou falando para ela que iria para a festa de Walter. Ela pareceu gostar daquilo. Ele sabia que era para levar o que fosse beber? E quando Wally Hamner deu uma festa de outro jeito?, perguntou ele, e ela riu. Eles desligaram e ele voltou a sentar em frente à tevê com uma bebida.

O telefone tocou de novo por volta das sete e meia e, àquela altura, ele não estava nem perto de um educado "alcoolizado": estava bêbado feito um gambá.

— Lô?
— Dawes?
— Dozz fa'ano; quem é?
— Magliore, Dawes. Sal Magliore.

Ele piscou e olhou para dentro do seu copo. Então, olhou para a tevê Zenith em cores, na qual estava vendo um filme chamado *Férias Mortais*. Era sobre uma família que se reunia na casa do patriarca moribundo na véspera de Natal e alguém os assassinava um por um. Muito natalino.

— Sr. Magliore — falou ele, pronunciando o nome com atenção. — Feliz Natal para o senhor! E tudo de bom neste ano-novo!

— Oh, se você soubesse o medo que eu tenho de 1974 — falou Magliore com tristeza. — Este vai ser o ano em que os barões do petróleo dominarão o país, Dawes. Espere só para ver. Olhe minha planilha de vendas se não acredita. Eu vendi um Chevette Impala 1971 um dia desses, o carro estava mais limpo do que bunda de neném, e eu o vendi por mil pratas. *Mil* pratas! Dá pra acreditar? Uma queda de 45 por cento em um ano. Mas consigo vender todos os Vegas 1971 que arranjar por 1.500, 1.600 pratas. E o que eles são, você pode me dizer?

— Carros pequenos?

— Eles são latas de sardinha, isso sim! — gritou Magliore. — Caixas de biscoito com rodas! Toda vez que você olha torto para uma droga daquelas e diz buga-buga o motor desregula, o sistema de ventilação pifa ou a direção vai pro espaço. Pintos, Vegas, Gremlins, são todos iguais, caixotes suicidas. E eu vendo todos eles assim que chegam à minha mão e só consigo repassar um Chevette Impala dos bons se der o carro de graça. E você me diz feliz ano-novo. Santa Maria Mãe de Deus!

— É por causa da época — disse ele.

— Enfim, não foi para isso que eu liguei — respondeu Magliore. — Liguei para dar os parabéns.

— Paranhéns? — Ele ficou sinceramente estupefato.

— Você sabe o que eu quero dizer. Crac-crac, buum-buum.

— Ah, o senhor está falando...

— Psiu. Não por telefone. Segure a onda, Dawes.

— Certo. Crac-crac, buum-buum. Essa é boa. — Ele riu.

— Foi você, não foi, Dawes?

— Eu não comprometeria meu sobrenome com o senhor.

Ele gargalhou.

— Muito bom. *Você* é bom, Dawes. É um frutinha, mas um frutinha *esperto*. Admiro isso.

— Obrigado — falou ele, virando espertamente o resto da sua bebida.

— Também queria dizer que está tudo seguindo dentro do prazo por lá. De vento em popa.

— *O quê?*

O copo que ele estava segurando escapou dos seus dedos e saiu rolando pelo tapete.

— Cada uma daquelas tem uma sobressalente, Dawes. A maioria, até duas. Estão pagando em dinheiro até ajeitarem a papelada, mas, quanto ao resto, está tudo em cima.

— O senhor está maluco.

— Não. Só achei que você deveria saber. Eu te disse, Dawes. De algumas coisas a gente não tem como se livrar.

— O senhor é um desgraçado. Está mentindo. Para que ligar para um homem na noite de Natal e contar mentiras para ele?

— Não estou mentindo. A bola está com você novamente, Dawes. Neste jogo, ela estará *sempre* com você.

— Não acredito no senhor.

— Seu pobre coitado — falou Magliore. Parecia sentir uma pena sincera, o que era o pior. — Não acho que este vá ser um ano-novo muito feliz para você, também. — Ele desligou.

E assim foi o Natal.

26 de dezembro de 1973

Eles tinham deixado uma carta na caixa de correio (ele passara a ver as pessoas anônimas do centro da cidade daquela maneira, o pronome pessoal em itálico e escrito em letras gotejantes e agourentas, como as de um cartaz de um filme de terror), como se quisessem confirmar o que Magliore tinha dito.

Ele a segurou na mão, olhando para o envelope comercial branco, sua mente se enchendo com quase todas as emoções ruins que a mente humana pode sentir: desespero, ódio, medo, raiva, abandono. Ele quase a rasgou em pedacinhos e a jogou na neve junto à casa, mas então percebeu que não conseguiria fazer aquilo. Ele a abriu, rasgando o envelope no meio, e percebeu que o que mais sentia era que estava sendo enganado. Tinham passado a perna nele. Ele tinha sido feito de bobo. Destruíra suas máquinas e seus registros e eles simplesmente trouxeram alguns reforços. Era como tentar enfrentar o Exército chinês sozinho.

A bola está com você novamente, Dawes. Neste jogo, ela estará sempre com você.

As outras cartas tinham sido formalidades, enviadas do escritório do Departamento de Estradas. *Caro amigo, um guindaste imenso chegará à sua casa em breve. Fique atento a este acontecimento empolgante enquanto* NÓS MELHORAMOS A SUA CIDADE*!*

Aquela era da Câmara Municipal e era pessoal. Ela dizia:

Sr. Barton G. Dawes
1.241 Crestallen Street West
M____, W_____

Caro sr. Dawes:

Fomos comunicados que o senhor é o único morador da Crestallen Street West que ainda não foi realocado. Não temos dúvidas de que seus problemas quanto a essa questão são justificáveis. Embora tenhamos em nossos arquivos o formulário 19642-A (notificação do recebimento das informações concernentes ao Projeto Rodoviário Municipal 6983-426-73-74-HC), ainda não recebemos o seu formulário de realocação (6983-426-73-74-HC-9004, pasta azul). Como o senhor sabe, não podemos iniciar o processamento do seu cheque de reembolso sem esse formulário. De acordo com o nosso lançamento fiscal de 1973, a propriedade do número 1.241 da Crestallen Street West foi avaliada em US$63.500, de modo que temos certeza de que o senhor está tão ciente da urgência da situação quanto nós. Por lei, o senhor deve ser realocado até o dia 20 de janeiro de 1974, data em que o trabalho de demolição está programado para começar na Crestallen Street West.

Devemos informá-lo também que, de acordo com o Estatuto Municipal de Domínio Eminente (S.L. 19452-36), o senhor estará violando a lei ao permanecer na sua localidade atual após a meia-noite de 19 de janeiro de 1974. Estamos seguros de que o senhor está ciente disto, porém decidimos informá-lo novamente apenas para termos um registro claro.

Caso esteja enfrentando algum problema em efetivar a realocação, espero que o senhor me telefone durante o horário comercial ou, melhor ainda, venha me encontrar para conversarmos a respeito. Estou certo de que podemos solucionar essa questão e o senhor nos encontrará mais que dispostos a cooperar nesse sentido. Enquanto isso, permita que eu lhe deseje um Feliz Natal e um ano-novo muito produtivo.

Cordialmente,

Em nome da Câmara Municipal

JTG/tk

— Não — murmurou ele. — Não permito que me deseje isso. Não mesmo. — Então, rasgou a carta em pedacinhos e a jogou na lixeira.

Naquela noite, sentado diante da tevê, ele se viu pensando em como ele e Mary haviam descoberto, quase 42 meses antes, que Deus decidira fazer uma pequena obra no cérebro do filho deles.

O nome do médico era Younger. Havia uma série de letras depois do seu nome no diploma pendurado na parede revestida de lambris em seu escritório, porém tudo o que ele conseguiu entender com certeza foi que Younger era neurologista; um homem que sabia lidar com uma boa doença cerebral.

Ele e Mary tinham ido vê-lo a pedido do próprio Younger, numa manhã quente de junho 19 dias depois de Charlie ser admitido no Hospital de Clínicas. Ele era um homem bonito, de cerca de 45 anos, talvez, em boa forma de tanto jogar golfe sem usar um carrinho elétrico para se locomover. Seu bronzeado era de um tom forte de couro. E ele ficou fascinado com as mãos do médico. Eram enormes, aparentemente desajeitadas, porém se moviam pela sua mesa — pegando uma caneta, folheando sua agenda, brincando preguiçosamente pela superfície de um peso de papel revestido de prata — com uma elegância ligeira que por muito pouco não era repugnante.

— Seu filho tem um tumor cerebral — disse ele. Falou sem rodeios, economizando na entonação, porém seus olhos os observavam muito atentamente, como se tivesse acabado de armar uma bomba temperamental.

— Tumor — falou Mary baixinho, em um tom inexpressivo.

— Qual a gravidade? — perguntou ele a Younger.

Os sintomas se desenvolveram em um espaço de oito meses. Primeiro, surgiram as dores de cabeça. No começo eram raras, mas então foram se tornando mais recorrentes. Daí começaram os acessos de visão dupla, que iam e vinham, especialmente depois de atividades físicas. Depois disso, para grande vergonha de Charlie, ele passou a fazer xixi na cama com alguma freqüência. No entanto, eles não o levaram ao médico da família até a aterrorizante cegueira temporária do olho esquerdo, que ficara vermelho como o pôr do sol, obscurecendo o azul saudável da íris de Charlie. O médico da família o internou para fazer alguns exames e outros sintomas se seguiram àquele: cheiros fantasmagóricos de laranjas e de lápis apontados; uma dormência aleatória na mão esquerda; crises esporádicas em que ele falava coisas sem sentido ou obscenidades pueris.

— O quadro é ruim — disse Younger. — Vocês devem se preparar para o pior. É inoperável.

Inoperável.

A palavra veio ecoando até ele através daqueles anos. Jamais imaginara que as palavras tivessem gosto, mas aquela tinha. Era um gosto ruim e, ao mesmo tempo, suculento, como um hambúrguer podre malpassado.

Inoperável.

Em algum lugar, dissera Younger, bem no fundo do cérebro de Charlie, havia um grupo de células ruins mais ou menos do tamanho de uma noz. Se aquele grupo de células ruins estivesse bem na sua frente, em cima da mesa, daria para esmagá-lo com um só golpe. Porém, ele não estava na mesa. Estava enfiado no cerne da mente de Charlie, ainda crescendo orgulhosamente, enchendo-o de comportamento estranho aleatório.

Um dia, pouco depois da internação, ele foi visitar o filho durante o horário de almoço. Eles estavam falando de beisebol, discutindo, na verdade, se conseguiriam ou não ir às finais da American League se o time da cidade vencesse.

Então, Charlie falou:

— Acho que se os arremessadores deles mmmmmmmmm mmmm se os arremessadores mmmmm nnmmm arremessa mmmm...

Ele se inclinou para a frente.

— O quê, Fred? Não estou entendendo.

Os olhos de Charlie giraram violentamente para fora.

— Fred? — sussurrou George. — Freddy...?

— Cacete filho-da-puta safado nnnnnn furingo! — gritou seu filho da cama de hospital limpa. — Chupador de boceta lambe-cu bundão filho de uma quenga...

— ENFERMEIRA! — gritou ele, enquanto Charlie desmaiava. — OH, DEUS, ENFERMEIRA!

Eram as células que o faziam falar daquele jeito, entende? Um montinho de células ruins que não eram maiores do que, digamos, uma noz comum. Uma vez, segundo a enfermeira da noite, ele ficou quase cinco minutos gritando a palavra *abobrinha* sem parar. Apenas células ruins. Do tamanho de uma noz qualquer. Fazendo seu filho delirar como um estivador enlouquecido, molhar a cama, ter dores de cabeça; fazendo-o — durante a primeira semana de calor daquele julho — perder toda a capacidade de mover a mão esquerda.

— Olhem — disse o dr. Younger naquele dia ensolarado de junho, perfeito para uma partida de golfe. Ele desenrolou um papel longo, um traçado que representava as ondas cerebrais do seu filho. O médico mostrou o gráfico de uma onda cerebral saudável para efeito de comparação, mas não havia necessidade. Ele olhou para o que estava acontecendo na cabeça do seu filho e sentiu novamente aquele gosto podre, porém suculento, na boca. O papel revelava uma série irregular de montanhas pontiagudas e vales, como um monte de punhais mal desenhados.

Inoperável.

A questão é que, se aquele grupo de células ruins, do tamanho de uma noz, tivesse decidido crescer fora do cérebro de Charlie, uma cirurgia simples poderia sugá-lo sem problemas. Sem galho, sem preocupação, sem dor no cocuruto, como eles costumavam dizer quando crianças. Porém, em vez disso, ele cresceu bem lá no fundo e aumentava de tamanho a cada dia. Se eles tentassem bisturi, laser ou criocirurgia, teriam de volta um pedaço de carne bonito, saudável e vivo. Se não tentassem nada disso, logo estariam enfaixando o garoto para colocá-lo em um caixão.

O dr. Younger falou tudo aquilo de forma casual, cobrindo o leque de opções disponíveis em uma espuma tranqüilizadora de linguagem técnica que sumiria dali a pouco. Mary não parava de balançar a cabeça numa perplexidade branda, porém ele entendera tudo completa e perfeitamente. O primeiro pensamento que lhe veio à cabeça, em alto e bom som, imperdoável, foi: *Graças a Deus não é comigo.* Então, o gosto estranho voltou e ele começou a se lamentar pelo filho.

Hoje, uma noz, amanhã, o mundo. O terror que mata. O incrível filho moribundo. Não havia nada a entender.

Charlie morreu em outubro. Não houve últimas palavras dramáticas. Ele estava em coma havia três semanas.

Ele suspirou e foi até a cozinha preparar um drinque. A noite escura pressionava uniformemente todas as janelas. A casa estava vazia desde que Mary fora embora. Ele não parava de topar com pedacinhos de si mesmo em todo canto: retratos, seu conjunto de moletom antigo em um armário do andar de cima, um par de chinelos velhos debaixo da escrivaninha. Aquilo era ruim, muito ruim.

Ele jamais chorara por Charlie depois da sua morte; nem mesmo no funeral. Mary tinha chorado bastante. Parecia que Mary tinha passado semanas com uma conjuntivite que não sarava nunca. Contudo, no fim das contas, foi ela quem ficou boa.

Charlie deixara cicatrizes nela, era inegável. Externamente, ela carregava todas as cicatrizes. Mary antes-e-depois. Antes, ela só tomava um drinque se achasse que seria socialmente útil para o futuro dele. Então, pedia um hi-fi com pouca vodca em uma festa e ficava com ele a noite inteira. Um rum com gema de ovo e mel antes de se deitar quando estava muito congestionada por causa de uma gripe. Nada mais. Depois, sempre o acompanhava em um coquetel no fim da tarde, quando ele voltava do trabalho e não dormia sem um drinque. Ninguém diria que ela bebia pesado — nada de bebedeira de passar mal e vomitar no banheiro —, porém era mais do que antes. Um pouquinho daquela espuma protetora. Sem dúvida, exatamente o que o médico receitou. Antes, quase nada a fazia chorar. Depois, chorava por qualquer coisa, sempre sozinha. Se o jantar queimasse. Se um pneu furasse. Na vez em que a bomba da fossa congelou e a caldeira da calefação pifou. Antes, tinha uma queda por música *folk* — cantores brancos de *folk* e blues, como Van Ronk, Gary Davis, Tom Rush, Tom Paxton, Spider John Koemer. Depois, simplesmente perdeu o interesse. Cantava seus próprios blues e lamentos em algum circuito interno. Parara de falar sobre a viagem para a Inglaterra se ele fosse promovido a um cargo melhor. Começou a fazer o cabelo em casa e vê-la sentada diante da tevê com bobes na cabeça passou a ser comum. Era dela que suas amigas sentiam pena — e com razão, imaginava ele. Ele queria fazer o mesmo, e o fazia, mas em segredo. Ela tinha a capacidade de necessitar — e de aproveitar o que lhe era dado por conta dessa necessidade dos outros —, e isso acabou por salvá-la. Evitara que ela caísse naquela contemplação terrível que o mantinha acordado tantas noites depois que o drinque de antes de dormir a fazia pegar no sono. E, enquanto ela dormia, ele pensava sobre o fato de que, neste mundo, um pequeno grupo de células do tamanho de uma noz podia tirar a vida de um filho e fazê-lo desaparecer para sempre.

Ele jamais a odiou por ter ficado boa, ou pela complacência com que as outras mulheres a tratavam, como se fosse um direito dela. Elas a olhavam da maneira que um jovem petroleiro olharia para um veterano cujas mãos, costas ou bochechas brilham com aquele aspecto de pele queimada, enrugada e rosa: com o respeito que os nunca-magoados têm pelos já-magoados-porém-agora-curados. Ela cumprira sua pena no inferno por Charlie e aquelas mulheres sabiam disso. Porém, havia superado. Passara pelo Antes, pelo Inferno, pelo Depois e até pelo Depois-de-Depois, quando ela voltou a freqüentar dois dos seus quatro clubes sociais, fez um curso de macramê (ele tinha um cinto que ela havia feito um ano atrás: um trabalho bonito de corda trançada com uma fivela de prata pesada com o monograma BGD) e passou a ver tevê à tarde — novelas e Merv Griffin conversando com as celebridades.

E agora?, pensou ele, voltando para a sala de estar. Depois-de-Depois-de-Depois? Era o que parecia. Uma nova mulher, uma mulher completa, erguendo-se das cinzas que ele havia remexido com tanta brutalidade. O velho petroleiro com enxertos de pele sobre as queimaduras, mantendo o antigo know-how, mas ganhando uma aparência nova. Beleza superficial? Não. A beleza está nos olhos de quem vê. Pode ter quilômetros de profundidade.

Para ele, as cicatrizes tinham sido todas internas. Ele examinara suas mágoas uma a uma nas longas noites depois da morte de Charlie, catalogando-as com toda a fascinação mórbida de um homem analisando as próprias fezes em busca de sangue. Ele queria ver Charlie jogar beisebol em uma equipe da Liga Infantil. Queria receber boletins e ralhar com ele. Queria mandá-lo arrumar o quarto quinhentas vezes. Queria se preocupar com as garotas com quem Charlie saía, com os amigos que escolhia, com os sentimentos do garoto. Queria ver o que o seu filho se tornaria e se ainda poderiam continuar apaixonados como estavam até antes de as células ruins, do tamanho de uma noz, se meterem entre eles como alguma mulher cruel e exploradora.

Mary dissera: *Ele era seu.*

Aquilo era verdade. Os dois combinavam tão bem que usar nomes era ridículo, até pronomes eram um pouco obscenos. Então, tornaram-se

George e Fred, uma espécie de dupla cômica, dois zés-ninguém contra o mundo.

E se um grupo de células do tamanho de uma noz podia destruir todas aquelas coisas, todas aquelas coisas tão íntimas que jamais poderiam ser devidamente verbalizadas, tão íntimas que você mal ousava admitir a existência delas para si mesmo, o que restava? Como seria possível confiar na vida novamente? Como acreditar que ela tem mais significado do que um *demolition derby*[11] de sábado à noite?

Tudo isso estava dentro dele, porém ele não sabia, sinceramente, que aqueles pensamentos o estavam modificando de forma tão profunda e inevitável. No entanto, agora estava tudo lá, a olhos vistos, como uma poça de vômito repugnante em uma mesa de centro, fedendo a suco gástrico, repleta de nacos indigestos, e, se o mundo era apenas um *demo derby*, não seria compreensível a pessoa sair do carro? Mas e depois? A vida parecia apenas uma preparação para o Inferno.

Ele viu que tinha acabado com seu drinque na cozinha e entrado na sala com um copo vazio.

31 de dezembro de 1973

Ele estava a apenas dois quarteirões da casa de Wally Hamner quando colocou a mão no bolso do sobretudo para ver se ainda tinha Canada Mints nele. Não havia nenhuma pastilha de hortelã, mas ele tirou um quadradinho de papel-alumínio que emitiu um brilho fosco sob as luzes verdes do painel da caminhonete. Estava prestes a atirá-lo no cinzeiro depois de um olhar intrigado e distraído quando se lembrou do que era.

Na sua cabeça, a voz de Olivia disse: *Mescalina sintética tipo quatro, é como eles chamam. É muito pesado.* Ele havia se esquecido completamente daquilo.

---

[11] Espécie de competição automobilística americana em que os motoristas batem seus carros deliberadamente uns contra os outros. O último competidor com o carro em funcionamento vence. (N. do T.)

Colocou o pequeno embrulho de alumínio de volta no bolso do sobretudo e dobrou na rua de Walter. Os carros estavam enfileirados até a metade do quarteirão nas duas calçadas. Aquilo era a cara de Walter: ele não era o tipo que daria uma simples festa quando havia possibilidade de uma orgia. O Princípio do Prazer Inevitável, segundo Wally. Ele dizia que, um dia, patentearia a idéia e então publicaria manuais de como colocá-la em prática. Se juntasse gente o bastante, sustentava Wally Hamner, você era forçado a se divertir — era inevitável. Certa vez, enquanto Wally explicava sua teoria em um bar, ele mencionara bandos de linchadores. "Pronto", retrucou Wally com delicadeza, "Bart, você acabou de provar que eu tenho razão".

Ele se perguntou o que Olivia estaria fazendo naquele instante. Ela não tentou ligar de volta, embora, se tivesse tentado, ele teria fraquejado e aceitado a ligação. Talvez ela tivesse ficado em Las Vegas só até receber o dinheiro e pegado um ônibus para... onde? Para o Maine? E por acaso alguém saía de Las Vegas para o Maine no meio do inverno? Claro que não.

Tipo quatro, é como eles chamam. É muito pesado.

Ele acomodou a caminhonete no meio-fio, atrás de um GTX esporte vermelho com uma listra de carro de corrida na lateral, e saiu. Era uma véspera de ano-novo de céu limpo, porém fazia um frio de rachar. Uma casquinha gelada de lua estava pendurada nas alturas como o recorte de uma criança. Estrelas brilhavam ao redor dela numa profusão suntuosa. O muco no seu nariz congelou até virar uma camada petrificada que trincou quando ele dilatou as narinas. Sua respiração fazia plumas no ar escuro.

A três casas de distância da de Walter, ele ouviu os sons graves do aparelho de som. Estava alto de verdade. As festas de Wally tinham alguma coisa de especial, refletiu ele, com ou sem Princípio do Prazer. Os mais bem-intencionados, no estilo "vim só dar uma passadinha", acabavam ficando e bebendo até suas cabeças estarem cheias de sininhos prateados que se transformavam em sinos de igreja de chumbo no dia seguinte. Os inimigos mais empedernidos do rock acabavam dançando na sala de estar ao som dos clássicos que Wally desencavava quando todo mundo estava de porre o suficiente para se lembrar do fim dos anos 50 e do começo dos 60 como o auge de suas vidas. Eles bebiam e dançavam, dançavam e bebiam, até estarem suando como porcos no 4 de Julho. Havia mais beijos na cozinha trocados por metades de todos diferentes, mais agarração por centímetro cúbico, mais mulheres desacompanhadas sendo arrancadas com grosseria das paredes para dançar, mais sujeitos normalmente abstêmios que acordariam na manhã de ano-novo com ressacas de chorar e lembranças terrivelmente claras de desfilar com abajures na cabeça ou finalmente decidir falar algumas verdades para o chefe. Wally parecia inspirar aquele tipo de coisa, não por algum esforço consciente, mas apenas por ser Wally — e é claro que nenhuma festa chegava aos pés da festa de ano-novo.

Ele se viu examinando os carros em busca do Delta 88 verde-garrafa de Steve Ordner, mas não o encontrou.

Mais perto da casa, o resto da banda de rock se aglutinou ao baixo persistente característico e Mick Jagger gritava:

Ooooh, children —
It's just a kiss away,
Kiss away, kiss away...

Todas as luzes da casa estavam acesas — a crise energética que se foda —, exceto, é claro, a da sala de estar, onde a esfregação rolaria durante as baladas. Mesmo sob a barulheira da música amplificada, ele conseguia ouvir uma centena de vozes gritando cinquenta conversas diferentes, como se Babel tivesse acabado de cair.

Ele pensou que, se fosse verão (ou até outono), seria mais divertido simplesmente ficar do lado de fora, ouvindo o circo, mapeando sua escalada em direção ao zênite e, então, sua queda gradativa. Teve uma visão — surpreendente, assustadora — de si mesmo parado no gramado de Wally Hamner segurando o gráfico de um eletroencefalograma nas mãos, cheio dos picos irregulares e mergulhos de uma atividade mental defeituosa: o registro da monitoração de um Cérebro Festa gigante, tumoroso. Ele tremeu um pouco e enfiou as mãos nos bolsos do sobretudo para aquecê-las.

Sua mão direita encontrou o pequeno embrulho de alumínio novamente e ele o tirou do bolso. Curioso, o desdobrou, apesar do frio que mordia as pontas de seus dedos com dentes rombudos. Havia um pequeno comprimido roxo dentro do embrulho, tão pequeno que caberia na unha do seu dedo mindinho sem encostar nas beiradas dela. Muito menor do que, digamos, uma noz. Poderia algo tão minúsculo deixá-lo louco de pedra, fazê-lo ver coisas que não estavam lá, pensar de uma maneira que jamais pensara antes? Poderia, em suma, imitar todos os sintomas da doença mortal do seu filho?

Casualmente, quase sem pensar, colocou o comprimido na boca. Não tinha gosto. Ele o engoliu.

— BART! — gritou a mulher. — BART DAWES!

Era uma mulher com vestido de gala preto tomara-que-caia e um martíni em uma das mãos. Tinha cabelos pretos, armados para a ocasião e presos com uma fita brilhante decorada com diamantes falsos.

Ele havia entrado pela porta da cozinha, que estava abarrotada, entupida de gente. Eram apenas oito e meia; o Efeito Cascata ainda não tinha chegado longe, àquela altura. O Efeito Cascata era outra parte da teoria de Walter. À medida que uma festa prosseguia, afirmava ele, as pessoas iam migrando para os quatro cantos da casa. "O centro não suporta a pressão", dizia ele, piscando com sagacidade. "Foi T.S. Eliot quem disse." Uma vez, de acordo com Wally, ele encontrou um cara vagando pelo sótão 18 horas depois de a festa ter acabado.

A mulher de vestido preto o beijou calorosamente nos lábios, os seios fartos pressionando seu peito. Ela derramou um pouco de martíni no chão entre os dois.

— Oi — disse ele. — Quem é você?

— Tina *Howard*, Bart. Não se lembra da excursão da escola? — Ela balançou uma unha longa, em forma de pá, debaixo do seu nariz. — Seu *SA-fa-DINHO!*

— *Aquela* Tina? Meu Deus, é você mesma! — Um sorriso pasmo se espalhou pela sua boca. Essa era outra característica das festas de Walter: figuras do passado não paravam de aparecer, como fotos antigas. Seu melhor amigo do bairro de trinta anos atrás; a garota que você quase comeu uma vez na faculdade; um cara com quem você trabalhou por um mês em um emprego de verão 18 anos atrás.

— Só que agora sou Tina Howard Wallace — disse a mulher de vestido preto. — Meu marido está aqui... em algum lugar... — Ela lançou um olhar vago em volta, derramou um pouco mais do seu drinque e engoliu o resto antes que ele conseguisse fugir dela. — Que HORROR, parece que ele sumiu.

Ela o encarou calorosamente, cheia de curiosidade, e Bart mal conseguia acreditar que aquela mulher havia lhe proporcionado seu primeiro toque em carnes femininas — durante a excursão dos alunos do segundo ano da Grover Cleveland High School, 109 anos antes. Ele passara a mão nos seus peitos debaixo da blusinha branca de algodão na margem do...

— Cotter's Stream — disse ele em voz alta.

Ela corou e deu uma risadinha:

— Você se lembra, não é?

Ele baixou os olhos em um reflexo perfeito, involuntário, até a parte da frente do seu vestido, e ela gritou de tanto rir. Ele abriu aquele sorriso indefeso novamente.

— Acho que o tempo passa mais rápido do que nós...

— Bart! — berrou Wally Hamner mais alto do que a falação geral da festa. — Ei, meu velho, que bom que você pôde vir!

Ele atravessou a sala até onde eles estavam com o igualmente patenteado Ziguezague de Festas de Walter Hamner, que era um homem magro, já quase totalmente careca, usando uma camisa listrada estilo 1962 e óculos de armação de chifre. Ele apertou a mão estendida de Walter e sua pegada era tão firme quanto ele se lembrava.

— Estou vendo que você já conhece Tina Wallace — disse Walter.

— Nossa, a gente tem uma longa história — falou ele, sorrindo constrangido para Tina.

— Não me vá falar isso para o meu marido, seu safadinho — disse Tina às risadinhas. — Com licença, sim? A gente ainda se vê, Bart?

— Claro — respondeu ele.

Ela desapareceu atrás de um amontoado de pessoas reunidas diante de uma mesa cheia de batatinhas e molhos e seguiu pela sala de estar adentro. Ele assentiu enquanto ela ia embora e falou:

— Onde você arranja essas pessoas, Walter? Aquela garota foi meu primeiro amasso. Parece aquele programa *This is your life*.

Walter deu de ombros com modéstia.

— É tudo parte do Prazer Inevitável, Barton, meu garoto. — Ele apontou com a cabeça o saco de papel debaixo do seu braço. — O que tem nesse embrulho de papel sem graça?

— Southern Comfort. Você tem refrigerante, não tem?

— Claro — disse Walter, mas não sem fazer uma careta. — Você vai mesmo tomar essa bebida de mendigo? Sempre achei que você fosse partidário do uísque.

— Sempre fui partidário às escondidas de um Comfort com refrigerante. Agora, saí do armário.

Walter sorriu.

— Mary está aqui em algum lugar. Acho que ela está esperando você chegar. Faça um drinque e vá atrás dela.

— Ótimo.

Ele atravessou a cozinha, dizendo olá para pessoas que conhecia vagamente e que davam a impressão de nunca tê-lo visto na vida e respondendo olá, como vai, a pessoas das quais não se lembrava e que o cumprimentavam primeiro. Fumaça de cigarro circulava de forma majestosa pela cozinha. As conversas sumiam e reapareciam depressa, como estações de uma rádio AM na calada da noite, todas animadas e sem sentido.

...Freddy e Jim estavam sem as planilhas, então eu

...falei que a mãe dele morreu muito recentemente e que é capaz de ele abrir o berreiro se beber demais

...então, quando raspou a tinta, ele viu que era uma peça excelente, talvez pré-revolucionária

...e aí esse judeuzinho bateu na minha porta vendendo enciclopédias

...uma zona; ele não quer dar o divórcio a ela por causa das crianças, e bebe feito

...vestido maravilhoso

...encheu tanto a cara que, quando foi pagar a conta, vomitou bem em cima da garçonete

Uma mesa longa com tampo de fórmica fora montada diante do fogão e da pia e já estava entulhada de garrafas abertas e de copos de tamanhos variados e cheios em diversos níveis. Cinzeiros já transbordavam de guimbas. Três baldes de gelo repletos de cubos tinham sido amontoados na pia. Em cima do fogão, havia um pôster grande com Richard Nixon usando fones de ouvido. O fio do fone desaparecia no reto de um burro parado na beirada da imagem. A legenda dizia:

ESTAMOS OUVINDO MELHOR!

À esquerda, um homem de calça boca-de-sino e um drinque em cada mão (um copo d'água cheio do que parecia uísque e um caneco grande cheio de cerveja) divertia um grupo heterogêneo com uma piada:

— Um cara entra num bar e tem um macaco sentado em um banquinho do lado dele. Então o cara pede uma cerveja e, quando o barman traz a bebida, ele diz: "De quem é esse macaco? Ele é uma gracinha." E o barman diz: "Ah, este é o macaco do pianista". Daí o cara vira para trás...

Ele preparou um drinque e olhou em volta, procurando Walt, mas ele tinha ido até a porta receber mais alguns convidados — um jovem casal. O homem usava uma boina enorme, óculos e uma jaqueta fora de moda. Escritas na frente da jaqueta estavam as seguintes palavras:

KEEP ON TRUCKIN'

Várias pessoas gargalhavam escandalosamente e Walter estava morrendo de rir. Fosse qual fosse a piada, parecia ser bem antiga.

— ...e o cara vai até o pianista e fala: "Seu macaco acabou de mijar na minha cerveja." E o pianista responde: "Essa eu não conheço, mas, se você cantarolar o começo, eu posso dar uma enrolada." Uma explosão calculada de risos. O homem de calça boca-de-sino bebericou seu uísque e então tomou um gole de cerveja para gelar.

Ele pegou seu drinque e foi andando até a sala de estar escura, passando por trás das costas de Tina Howard Wallace antes que ela pudesse agarrá-lo e prendê-lo em uma partida demorada de "Onde Eles Estão Agora?". Ela parecia, pensou ele, o tipo de pessoa que contaria tintim por tintim da vida de ex-colegas de classe que se deram mal — divórcios, transtornos nervosos e crimes seriam sua especialidade — e ignoraria os bem-sucedidos.

Alguém havia colocado o inevitável disco de rock-and-roll dos anos 50 e cerca de 15 casais dançavam mal, e de um jeito muito engraçado, o jitterbug. Ele viu Mary dançando com um homem magro e alto que ele conhecia, mas não conseguia se lembrar de onde. Jack? John? Jason? Ele balançou a cabeça. Era inútil. Mary usava um vestido de festa que ele nunca tinha visto. Era abotoado de um lado só e ela deixara a quantidade certa de botões abertos para produzir uma fresta sexy logo acima de um joelho com meia de náilon. Ele esperou a chegada de algum sentimento forte — ciúmes, fracasso, até mesmo desejo comum —, mas nenhum veio. Então, bebericou seu drinque.

Ela virou a cabeça e o viu. Ele a cumprimentou erguendo discretamente um dedo: *Pode terminar sua dança* — mas ela parou e veio andando na sua direção, trazendo seu parceiro junto.

— Que ótimo que você veio, Bart — falou ela, erguendo a voz para ser ouvida apesar das risadas, da conversa e do som. — Você se lembra de Dick Jackson?

Bart estendeu a mão e o homem magro a apertou.

— Você e sua esposa moravam na nossa rua cinco... não, sete anos atrás. Não é?

Jackson assentiu.

— Estamos morando em Willowood agora.

Conjunto habitacional, pensou ele. Desenvolvera uma grande sensibilidade em relação à geografia e aos tipos de moradia da cidade.

— Legal. Você ainda trabalha para a Piels?

— Não, estou com meu próprio negócio. Dois caminhões. Transportadora Tri State. Ei, se aquela sua lavanderia precisar de transporte diurno... produtos químicos ou coisa do gênero...

— Não estou trabalhando mais para a lavanderia — falou ele e viu Mary franzir um pouco o rosto, como se alguém tivesse tocado em uma ferida antiga.

— Não? E o que você está fazendo agora?

— Sou autônomo — falou ele, sorrindo. — Você participou daquela greve dos caminhoneiros independentes?

O rosto de Jackson, que já estava carregado por causa do álcool, ficou mais carregado ainda.

— Pode apostar que sim. E despedi pessoalmente um cara que não queria fazer o mesmo. Sabe quanto aqueles desgraçados de Ohio estão cobrando pelo diesel? 31,9! Isso derruba minha margem de lucro de vinte por cento para nove por cento. E toda a manutenção dos meus caminhões tem que sair desses nove. Isso sem falar naquele raio de limite de velocidade de 90 quilômetros por hora...

Enquanto ele continuava falando sobre os perigos enfrentados pelos caminhoneiros independentes em um país que desenvolveu repentinamente um caso grave de mazela energética, Bart ficou escutando e assentindo nas horas certas e bebericando seu drinque. Mary pediu licença e foi até a cozinha pegar um copo de ponche. O homem de jaqueta dançava o charleston de um jeito espalhafatoso ao som de uma música antiga dos Everly Brothers e as pessoas riam e aplaudiam.

A mulher de Jackson, uma garota peituda e musculosa com um cabelo ruivo cor de cenoura, se aproximou deles e foi apresentada. Ela estava quase chegando ao nível de andar torto. Seus olhos pareciam placas de *tilt* de uma máquina de *pinball*. Ela apertou sua mão, deu um sorriso vidrado e então falou para Dick Jackson:

— Querido, acho que vou fazer um pipizinho. Onde fica o banheiro?

Jackson a tirou dali. Ele contornou a pista de dança e se sentou em uma das cadeiras ao lado dela. Terminou seu drinque. Mary estava demorando a voltar. Devia ter ficado presa em alguma conversa, imaginou ele.

Enfiou a mão em um bolso interno, retirou um maço de cigarros e acendeu um. Passara a fumar apenas em festas. Aquilo era uma vitória e tanto em relação a alguns anos antes, quando ele fazia parte da brigada do câncer, adepta dos três maços por dia.

Estava na metade do cigarro e ainda esperava Mary aparecer na porta da cozinha quando olhou por acaso para os dedos e viu como eles eram interessantes. Era curioso como o polegar e o dedo médio da sua mão direita sabiam exatamente como segurar o cigarro, como se tivessem fumado a vida inteira.

O pensamento era tão engraçado que ele teve que sorrir.

Ele parecia estar examinando os dedos por um bom tempo quando percebeu que estava com um gosto diferente na boca. Não era ruim, apenas diferente. A saliva nela parecia ter engrossado. E suas pernas... sentia as pernas um pouco agitadas, como se elas quisessem marcar o compasso da música, como se fazer aquilo fosse aliviá-las, deixá-las tranqüilas e parecidas com pernas novamente.

Ficou um pouco assustado com a maneira como aquele pensamento, que começou tão comum, passou a espiralar em uma direção completamente diferente, como um homem perdido em um casarão subindo uma escada longa de *crrrristal*...

Estava acontecendo de novo, e provavelmente por causa do comprimido que ele tinha tomado, o comprimido de Olivia, sem dúvida. E aquela não era uma maneira interessante de se dizer cristal? *Crrrrristal*, dava um som áspero, chacoalhante, como a roupa de uma stripper.

Ele sorriu com malícia e olhou para o cigarro, que parecia espantosamente *branco*, espantosamente *circular*, espantosamente simbólico de toda consistência e riqueza da América. Somente na América os cigarros tinham um gosto tão bom. Deu uma tragada. Maravilhoso. Ele pensou em todos os cigarros dos Estados Unidos fluindo das fábricas em Winston-Salem, uma pletora de cigarros, uma cornucópia interminável, branca como a neve, deles. E se as pessoas soubessem que ele estava pensando na palavra *cristal* (também conhecida como *crrristal*), elas assentiriam e dariam uma batidinha nas próprias cabeças: *É, ele está maluco, mesmo. Maluco igual a um frutinha.* Frutinha, aí estava uma outra palavra boa. De repente, quis que Sal Magliore estivesse ali. Juntos, ele e Sally Caolho discutiriam todas as facetas dos negócios da organização. Conversariam sobre putas velhas e tiroteios. Na sua mente, ele se viu junto com Sally Caolho comendo linguine em um pequeno *ristorante* italiano com paredes escuras e mesas de madeira riscadas, enquanto a melodia de *O Poderoso Chefão* tocava ao fundo. Tudo em um exuberante tecnicólor no qual você podia mergulhar, se banhar como em um banho de espuma.

— Crrrrristal — disse ele baixinho, sorrindo. Parecia que ele estava sentado ali havia muito tempo, repassando uma ou outra coisa na cabeça, porém seu cigarro não havia criado cinza nenhuma. Ele ficou pasmo. Deu outra tragada.

— Bart?

Ele ergueu os olhos. Era Mary, e ela estava lhe trazendo um canapé. Ele sorriu para ela.

— Sente-se. É para mim?

— É — respondeu ela, entregando-lhe o canapé. Era um pequeno sanduíche triangular com algo rosa no meio. Ocorreu-lhe de repente que Mary ficaria assustada, horrorizada, se soubesse que ele estava numa viagem. Poderia chamar a emergência, a polícia, ou Deus sabe quem mais. Tinha que agir com naturalidade. Porém, a idéia de agir com naturalidade o fez se sentir mais estranho do que nunca.

— Mais tarde eu como — disse ele, colocando o sanduíche no bolso da camisa.

— Bart, você está bêbado?

— Só um pouquinho. — Ele conseguia ver os poros no rosto dela. Não conseguia se lembrar de ter visto com tanta clareza na vida. Todos aqueles buraquinhos, como se Deus fosse um cozinheiro e ela, a crosta de uma torta. Ele deu uma risadinha e, ao vê-la fechar ainda mais o rosto, disse: — Escute, não conte.

— Contar? — Ela franziu o cenho, intrigada.

— Sobre o tipo quatro.

— Bart, pelo amor de Deus, o que você...

— Tenho que ir ao banheiro — falou ele. — Já volto. — Ele saiu sem olhar para ela, mas conseguia sentir a carranca irradiar do rosto de Mary em ondas, como o calor de um forno microondas. Porém, se ele não se virasse para olhá-la, talvez ela não percebesse. Ali, no melhor de todos os mundos, tudo era possível, até escadas de cristal. Ele sorriu com afeto. A palavra se tornara uma velha amiga.

A viagem até o banheiro se tornou de certa forma uma odisséia, um safári. O barulho da festa pareceu ter assumido uma batida cíclica, PARECIA ir e vir de TRÊS EM TRÊS sílabas e o PRÓPRIO SOM IA e VINHA. Ele murmurava para pessoas que achava conhecer, mas se recusava a abrir uma brecha que fosse para conversa; apenas apontava para a virilha, sorria e continuava andando. Deixou rostos intrigados no seu rastro. Por que nunca aparece uma festa cheia de estranhos quando você precisa de uma?, repreendeu-se ele.

O banheiro estava ocupado. Ele esperou do lado de fora pelo que pareceram horas e, quando finalmente entrou, não conseguia urinar, embora parecesse estar com vontade. Ele olhou para a parede sobre o tanque da privada e ela se arqueava para dentro e para fora em um ritmo cíclico, de três tempos. Deu a descarga mesmo sem fazer nada, caso alguém estivesse ouvindo do lado de fora, e observou a água sumir girando do vaso. Era de um rosa sinistro, como se a última pessoa a usá-lo tivesse mijado sangue. Perturbador.

Ele saiu do banheiro e a festa o golpeou novamente. Rostos surgiam e desapareciam como balões flutuantes. A música, no entanto, era boa. Elvis estava tocando. O bom e velho Elvis. Manda brasa, Elvis, manda brasa.

O rosto de Mary apareceu diante dele e ficou pairando no ar com uma expressão preocupada.

— Bart, qual o problema com você?

— Problema? Problema nenhum. — Ele ficou estupefato, maravilhado. Suas palavras saíram em uma série visual de notas musicais. — Estou alucinando — disse ele em voz alta, mas falando apenas para si mesmo.

— Bart, o que você tomou? — Àquela altura, ela parecia assustada.

— Mescalina.

— Oh, meu Deus, Bart. *Drogas? Por quê?*

— Por que não? — respondeu ele, não para ser espirituoso, mas porque era a única resposta imediata em que conseguia pensar. As palavras saíram em forma de notas novamente e, daquela vez, algumas delas tinham bandeiras.

— Quer que eu leve você ao médico?

Ele a encarou, surpreso, e repassou com ponderação sua pergunta na cabeça para ver se ela possuía alguma conotação secreta; ecos freudianos do manicômio. Ele riu mais uma vez e as risadas jorraram musicalmente da sua boca diante dos seus olhos, notas de crrristal feitas de linhas e espaços, quebradas por compassos e pausas.

— Por que eu iria querer um médico? — disse ele, pesando cada palavra. — É como ela falou. Nem tão bom, nem tão ruim. Só interessante.

— Quem? — perguntou ela. — Quem falou isso? Onde você arranjou esse negócio? — O rosto dela estava mudando, parecendo ficar encapuzado e reptiliano. Mary no papel de detetive policial de um filme de suspense barato, jogando a luz sobre os olhos do suspeito — *Vamos, McGonigal, você escolhe: por bem ou por mal* —, e então, para piorar, ela começou a lembrá-lo, para o seu desconforto, dos contos de H.P. Lovecraft que ele lera quando menino, as histórias sobre o Mito de Cthulu, em que humanos perfeitamente normais se transformavam em criaturas rastejantes, parecidas com peixes, sob a influência dos Antigos.

O rosto de Mary começou a assumir um aspecto escamoso, recordando vagamente uma enguia.

— Esqueça — disse ele, assustado. — Por que você não me deixa em paz? Pare de me encher o saco. Não estou incomodando você.

O rosto dela se retraiu, tornando-se o de Mary novamente — o rosto magoado, desconfiado de Mary —, e ele se arrependeu. A festa pulsava e girava ao redor deles.

— Certo, Bart — falou ela baixinho. — Pode se destruir do jeito que quiser. Mas, por favor, não me faça passar vergonha. Isso é pedir demais para você?

— É claro que n...

Porém, ela não esperou pela resposta. Deixou-o ali, indo depressa para a cozinha sem olhar para trás. Ele lamentou aquilo, mas também se sentiu aliviado. Mas e se alguma outra pessoa tentasse falar com ele? Ela também perceberia. Ele não conseguiria falar normalmente com os outros, não naquele estado. Pelo jeito, não conseguia nem mesmo fazê-los pensar que estava bêbado.

— Cerrrrrto — disse ele, agitando um pouco os "erres" no céu da boca. Daquela vez, as notas saíram em uma linha reta, todas correndo com suas bandeiras. Ele ficaria satisfeito em passar a noite inteira produzindo notas, sem o menor problema. Em algum lugar reservado, onde pudesse ouvir seus próprios pensamentos. A festa o fazia se sentir como se estivesse atrás de uma cachoeira imensa. Era difícil pensar com todo aquele barulho. Seria melhor encontrar um canto sossegado. Talvez com um rádio para ouvir. Ele achava que ouvir música o ajudaria a pensar, e ele precisava pensar em muita coisa. Um montão de coisas.

Além disso, tinha certeza de que as pessoas haviam começado a olhar para ele. Mary devia ter espalhado a notícia. *Estou preocupada, Bart tomou mescalina.* Aquilo se espalharia de grupo em grupo. Eles continuariam a fingir que estavam dançando, tomando seus drinques e batendo seus papos, porém estariam na verdade observando-o às escondidas, sussurrando a respeito dele. Dava para perceber. Estava crrrristalino.

Um homem passou por ele, carregando um drinque em um copo muito alto e cambaleando um pouco. Ele puxou o paletó esporte do sujeito e sussurrou com a voz rouca:

— O que eles estão falando de mim?

O homem lhe deu um sorriso desligado e soprou um bafo quente de uísque no seu rosto:

— Vou anotar para você — disse ele, e continuou andando.

Ele por fim chegou ao escritório de Walter Hamner (mais tarde, não conseguiria dizer como) e, quando fechou a porta atrás de si, os sons da festa foram abençoadamente silenciados. Estava ficando assustado. A coisa que ele tomara não tinha chegado ao efeito máximo ainda; não parava de ficar cada vez mais forte. Ele parecia ter atravessado de um canto a outro da sala de estar num piscar de olhos; cruzado o quarto em que os casacos estavam guardados em outro; descido o corredor em um terceiro. A cadeia da existência normal, composta de um passo após o outro, tinha se partido, espalhando fragmentos da realidade por todo lado. A continuidade se despedaçara. Sua noção de tempo havia sido esmagada. E se ele nunca mais ficasse sóbrio? E se permanecesse daquele jeito para sempre? Pensou em se enroscar e dormir até aquilo passar, mas não tinha certeza se conseguiria. E, se conseguisse, só Deus sabe que sonhos teria. Ficou apavorado com a maneira leviana, impulsiva como havia tomado o comprimido. Aquilo não era como estar de porre; não havia nenhum núcleo de sobriedade piscando bem no centro dele, aquela parte que nunca ficava bêbada. Ele estava doido do início ao fim.

No entanto, estava melhor lá dentro. Talvez ele pudesse se controlar ali, sozinho. E, pelo menos, se pirasse não teria...

— Olá.

Ele deu um pulo, assustado, e olhou para o canto. Um homem estava sentado ali, em uma cadeira de encosto alto, ao lado de uma das estantes de livros de Walter. Havia um livro no seu colo, por sinal. Era mesmo um homem? Havia apenas uma luz acesa no cômodo, uma lâmpada em uma mesinha redonda à esquerda do dono da voz. Seu brilho lançava sombras longas no rosto do vulto, tão longas que seus olhos eram cavernas escuras, as bochechas entalhadas em linhas sarcásticas, maléficas. Por um instante, ele pensou ter topado com Satanás sentado no escritório de Walter. Então, a figura se levantou e ele viu que se tratava de um homem, nada mais. Um sujeito alto, por volta dos 60, com olhos azuis e um nariz que havia travado várias lutas com a garrafa e perdido todas. Contudo, não havia drinque algum em sua mão, ou na mesa.

— Outro andarilho, pelo que vejo — disse o homem, estendendo a mão. — Phil Drake.

— Barton Dawes — falou ele, ainda atordoado pelo susto. Trocaram um aperto de mãos. A de Drake era retorcida e marcada por alguma ferida antiga; uma queimadura, talvez. Porém, ele não se incomodou em apertá-la. *Drake*. O nome era familiar, mas ele não lembrava onde o escutara antes.

— Você está bem? — perguntou Drake. — Parece um pouco...

— Estou chapado — disse ele. — Tomei um pouco de mescalina e, vou te contar, estou chapado. — Ele olhou para as estantes, viu que elas iam para a frente e para trás e não gostou daquilo. Parecia demais com as batidas de um coração gigante. Não queria mais ver aquele tipo de coisa.

— Entendo — falou Drake. — Sente-se. Conte o que está sentindo.

Ele olhou para Drake, um pouco impressionado, e então sentiu uma onda enorme de alívio. Sentou-se.

— O senhor conhece mescalina? — perguntou ele.

— Ah, um pouco. Um pouco. Tenho uma cafeteria no centro. De vez em quando, entra algum garoto da rua, tropeçando em alguma coisa... A viagem está boa? — perguntou ele educadamente.

— Boa e ruim — respondeu ele. — É... pesada. Essa é uma boa palavra, no sentido que eles usam.

— Sim. É mesmo.

— Eu estava ficando um pouco assustado. — Ele olhou pela janela e viu uma estrada longa, celestial, estendendo-se pela abóbada negra do céu. Desviou o olhar casualmente, mas não pôde deixar de passar a língua pelos lábios. — Diga-me... quanto tempo isso costuma durar?

— A que horas você ingeriu?

— Ingeri? — A palavra caiu da sua boca letra por letra até o carpete e se dissolveu nele.

— A que horas você tomou o negócio?

— Ah... umas oito e meia.

— E agora são... — Ele consultou o relógio. — São dez e quinze agora...

— *Dez* e quinze? *Só* isso?

Drake sorriu.

— A noção de tempo vira borracha, não é mesmo? Imagino que você já esteja bem por volta de uma e meia.

— Sério?

— Ah, sim. Imagino que sim. Você deve estar no auge agora. Essa mescalina é bem visual?

— É. Um pouco visual *demais*.

— Há mais coisas no mundo do que o olho do homem foi feito para ver — falou Drake, oferecendo um sorriso retorcido estranho.

— É, isso mesmo. Exatamente. — A sensação de alívio por estar com aquele homem era intensa. Sentia-se a salvo. — O que o senhor faz além de conversar com homens de meia-idade que caíram na toca do coelho?

Drake sorriu.

— Muito bem. Geralmente quem toma mescalina ou ácido fica inarticulado, às vezes incoerente. Eu passo quase todas as noites atendendo ao Disque-Ajuda. Nos dias de semana, trabalho à tarde na cafeteria de que falei antes, um lugar chamado Drop Down Mamma. A maior parte da clientela é de viciados de rua e mendigos. Pela manhã, ando pelas ruas e converso com meus fiéis, se eles estiverem acordados. E, no tempo livre, presto serviços para o presídio do condado.

— O senhor é pastor?

— Eles me chamam de padre andarilho. Muito romântico. Malcolm Boyd que se cuide.[12] Já fui padre de verdade.

— Não é mais?

— Abandonei a santa igreja — falou Drake. Disse aquilo com brandura, mas havia uma espécie de determinação terrível nas suas palavras. Ele quase ouviu o estrondo de portas de ferro fechando-se para sempre.

— Por que o senhor fez isso?

Drake deu de ombros.

— Não tem importância. E quanto a você? Como arranjou a mescalina?

---

[12] Pastor americano ligado ao Movimento pelos Direitos Civis que, na década de 1970, assumiu publicamente sua homossexualidade. (N. do T.)

— Uma garota que estava indo para Las Vegas me deu. Era uma garota legal, eu acho. Ela me ligou no dia de Natal.

— Pedindo ajuda?

— Acho que sim.

— Você a ajudou?

— Não sei. — Ele sorriu com malícia. — Padre, me fale sobre minha alma imortal.

Drake contraiu o rosto.

— Não sou mais padre.

— Então, esqueça.

— O que você quer saber sobre a sua "alma"?

Ele baixou os olhos para os próprios dedos. Conseguia fazer raios de luz saírem das pontas deles quando bem entendesse. Aquilo lhe deu uma sensação ébria de poder.

— Quero saber o que vai acontecer com ela se eu cometer suicídio.

Drake se mexeu desconfortavelmente.

— É melhor não pensar em suicídio enquanto estiver chapado. É a droga que está falando, não você.

— Sou *eu* quem está falando — disse ele. — Responda à pergunta.

— Não posso. Não sei o que vai acontecer com a sua "alma" se você cometer suicídio. Sei, no entanto, o que vai acontecer com o seu corpo. Ele vai apodrecer.

Alarmado por aquela idéia, ele olhou para as mãos novamente. Obedientes, elas pareceram rachar e se decompor diante dos seus olhos, fazendo-o pensar naquele conto de Poe, "O Estranho Caso do Sr. Valdemar". Que noite. Poe e Lovecraft. A. Gordon Pym, alguém? Que tal Abdul Allhazred, o Árabe Louco? Ele ergueu os olhos, um pouco desconcertado, porém não exatamente assombrado.

— O que seu corpo está fazendo?

— Hein? — Ele franziu as sobrancelhas, tentando extrair sentido da pergunta.

— Existem dois tipos de viagem — falou Drake. — A da cabeça e a do corpo. Está sentindo náuseas? Dores? Algum tipo de enjôo?

Ele consultou seu corpo.

— Não — respondeu. — Só estou me sentindo... ocupado. — Ele riu um pouco da palavra e Drake sorriu. Era um bom termo para descrever o que ele sentia. Seu corpo parecia muito ativo, mesmo quando parado. Bastante leve, mas não etéreo. Na verdade, ele nunca havia se sentido tão *carnal*, tão consciente da maneira como seus processos mentais e seu corpo físico se entrelaçavam. Não havia como separá-los. Não dava para desgrudar um do outro. Você está preso com os dois, *baby*. Integração. Entropia. A idéia explodiu sobre ele como o nascer veloz de um sol tropical. Ele ficou remoendo aquilo sob a luz da sua nova condição, tentando compreender o padrão, se é que havia um. Mas...

— Mas a alma existe — disse ele em voz alta.

— O que tem ela? — perguntou alegremente Drake.

— Se você matar o cérebro, mata o corpo — falou ele, devagar. — E vice-versa. Mas o que acontece com a alma? Essa que é a grande jogada, pa... sr. Drake.

Drake falou:

— Naquele sono da morte, que sonhos virão? *Hamlet*, sr. Dawes.

— O senhor acredita que a alma continua vivendo? Nós sobrevivemos?

Os olhos de Drake ficaram sombrios.

— Sim — respondeu ele. — Eu acho que nós sobrevivemos... de alguma forma.

— E o senhor acha que o suicídio é um pecado mortal que condenaria minha alma ao Inferno?

Drake ficou calado por um bom tempo.

— O suicídio é errado. Acredito nisso do fundo do meu coração.

— Isso não responde à minha pergunta.

Drake se levantou.

— Não tenho intenção de respondê-la. Já não lido com metafísica. Sou um civil. Você quer voltar para a festa?

Ele pensou no barulho e no tumulto e balançou a cabeça.

— Quer ir para casa?

— Não tenho como dirigir. Ficaria com medo.

— Eu dirijo.

— O senhor faria isso? E como voltaria?

— Posso chamar um táxi da sua casa. A véspera de ano-novo é uma ótima noite para taxistas.

— Isso seria ótimo — falou ele, agradecido. — Eu gostaria de ficar sozinho, acho. De ver tevê.

— Vai ficar seguro sozinho? — perguntou Drake em um tom soturno.

— Ninguém fica — respondeu ele com a mesma gravidade e os dois riram.

— Ok. Quer se despedir de alguém?

— Não. Tem alguma porta dos fundos aqui?

— Acho que podemos achar uma.

Ele não falou muito no caminho até sua casa. Ver os postes de luz passando já era agitação quase o suficiente para ele. Quando passaram pela obra da estrada, ele pediu a opinião de Drake.

— Eles estão construindo estradas novas para bestas sugadoras de energia enquanto as crianças desta cidade passam fome — limitou-se a dizer Drake. — O que eu acho? Acho um maldito crime.

Ele começou a contar a Drake sobre os coquetéis molotov, o guindaste e o trailer-escritório pegando fogo, mas então parou. Ele poderia achar que era uma alucinação. Ou, pior ainda, poderia achar que não era.

O restante da noite não foi muito claro. Ele explicou para Drake o caminho até sua casa. Drake comentou que todo mundo deveria estar festejando ou ter ido para a cama mais cedo. Ele não fez comentários. Drake chamou um táxi. Eles ficaram um tempo vendo tevê sem conversar: Guy Lombardo no Waldorf-Astoria, tocando a música mais doce deste lado do paraíso. Guy Lombardo, pensou ele, estava decididamente nebuloso.

O táxi chegou faltavam quinze para a meia-noite. Drake voltou a perguntar se ele ficaria bem.

— Sim, acho que a onda está passando. — E estava mesmo. As alucinações estavam escoando para o fundo da sua mente.

Drake abriu a porta da frente e levantou seu colarinho.

— Pare de pensar em suicídio. É covardia.

Ele sorriu e assentiu, mas nem aceitou nem recusou o conselho de Drake. Como todo o resto naqueles dias, ele apenas levou aquilo em consideração.

— Feliz ano-novo — disse.

— Para você também, Dawes.

O táxi buzinou com impaciência.

Drake desceu a calçada e o táxi foi embora com sua luz amarela brilhando no teto.

Ele voltou para a sala de estar e se sentou diante da tevê. Em vez de Guy Lombardo, eles estavam mostrando a Times Square, onde a bola luminosa estava posicionada em cima do Allis-Chalmers Building, pronta para fazer sua descida até 1974. Ele se sentiu cansado, esgotado, finalmente sonolento. Logo a bola desceria e ele entraria no ano-novo viajando até o cu fazer bico. Em algum lugar do país, um bebê empurrava sua cabeça esmagada, coberta de placenta, para fora do útero da mãe, adentrando o melhor de todos os mundos. Na festa de Walter Hamner, as pessoas estariam erguendo seus copos e fazendo a contagem regressiva. Resoluções de ano-novo estavam prestes a ser colocadas à prova. A maior parte se mostraria tão firme quanto toalhas de papel molhadas. Ele fez uma resolução no calor do momento, levantando-se apesar do cansaço. Seu corpo doía e sua coluna parecia de vidro — que bela ressaca. Foi até a cozinha e tirou seu martelo da parede. Quando o trouxe de volta para a sala, a bola luminosa estava descendo poste abaixo. A tela estava dividida, mostrando a bola à direita e os foliões do Waldorf à esquerda, que entoavam: "Oito... sete... seis... cinco..." Uma dama da sociedade gorda viu a própria imagem no monitor, pareceu surpresa e então acenou para o país.

A virada do ano, pensou ele. Ridiculamente, um arrepio surgiu nos seus braços.

A bola chegou à base do poste e uma placa se acendeu no topo do Allis-Chalmers Building. Ela dizia:

1974

Naquele exato momento, ele girou o martelo e a tela da tevê explodiu. Vidro foi expelido sobre o carpete. Só para garantir que a televisão não o fritasse durante a noite por vingança, ele arrancou o plugue da tomada da parede com um chute.

— Feliz ano-novo — disse ele baixinho, largando o martelo no carpete.

Ele se deitou no sofá e adormeceu quase de imediato. Dormiu com as luzes acesas e não teve sonhos.

Parte Três

JANEIRO

If I don't get some shelter,
Oh, I'm gonna fade away…
— Rolling Stones

Se eu não arranjar um abrigo,
Oh, eu vou desaparecer...

5 de janeiro de 1974

O que aconteceu na loja Shop 'n' Save naquele dia foi o único acontecimento da sua vida que pareceu de fato planejado e consciente, e não fortuito. Era como se um dedo invisível tivesse escrito em outro ser humano especialmente para ele ler.

Ele gostava de ir às compras. Era muito tranqüilizador, muito são. Passou a gostar de fazer coisas sãs depois do seu embate com a mescalina. Só foi acordar à tarde no dia de ano-novo e passou o restante dele vagando desligado pela casa, sentindo-se fora da realidade e estranho. Pegava as coisas e ficava olhando para elas, sentindo-se como Iago examinando a caveira de Yorick. A sensação ainda estava lá, embora mais branda, no outro dia e até no que se seguiu a ele. Porém, em outro aspecto, o efeito tinha sido bom. Sua mente parecia espanada e limpa, como se tivesse sido virada de ponta-cabeça, esfregada e encerada por alguma empregada alucinadamente ligeira. Ele não encheu a cara, portanto não chorou. Quando Mary ligou para ele, com muita cautela, por volta das sete da noite do dia 1º, ele conversou com ela de forma calma e racional e lhe pareceu que suas posições não tinham mudado muito. Eles vinham brincando de uma espécie de pique-estátua social, um esperando o outro se mover primeiro. No entanto, ela se mexeu e mencionou o divórcio. Apenas como possibilidade, o discretíssimo balançar de um dedo, mas que não deixava de ser um movimento. Não, a única conseqüência da mescalina que o incomodava de verdade era o tubo despedaçado da sua tevê em cores Zenith. Não conseguia entender por que fizera aquilo. Passara anos querendo uma televisão daquelas, muito embora seus programas favoritos fossem os antigos, filmados em preto-e-branco. Não era nem mesmo o ato que o afligia tanto, e sim seus indícios — o vidro quebrado, a fiação exposta. Aquilo parecia reprová-lo, dizendo: *Por que você foi fazer isso? Eu o servi com lealdade e você me quebrou. Nunca lhe fiz mal e você me esmigalhou. Eu estava indefesa.* Além do mais, era um lembrete terrível do que eles queriam fazer com a sua casa. Por fim, ele pegou uma colcha velha e cobriu a parte da frente do aparelho. Aquilo deixou as coisas tanto melhores quanto piores. Melhores porque ele não podia mais ver o estrago, piores porque era como ter um cadáver amortalhado em casa. Ele jogou fora o martelo como se fosse a arma de um assassinato.

No entanto, ir à loja foi uma coisa boa, como beber um café no Benjy's Grill, levar o LTD para o lava a jato ou parar na banca de jornal do Henry no centro para comprar um exemplar da *Time*. A Shop 'n' Save era muito grande, iluminada por barras fluorescentes presas ao teto e cheia de senhoras empurrando carrinhos, ralhando com crianças e franzindo as sobrancelhas para tomates embalados em plástico transparente que não permitia uma bela apertada. Música ambiente descia das caixas de som gradeadas discretas, adentrando uniformemente seus ouvidos para ser quase escutada.

Naquele dia, sábado, a S&S estava abarrotada de fregueses de fim de semana e havia mais homens do que o comum, acompanhando suas esposas e aborrecendo-as com sugestões idiotas. Ele contemplava os maridos, as mulheres e o desenrolar dos seus diversos tipos de convivência com olhos benignos. O dia estava claro e o sol se derramava pelas grandes janelas da frente da loja, salpicando as registradoras com quadrados vistosos de luz que às vezes batiam nos cabelos de alguma mulher, transformando-os em uma auréola. As coisas não pareciam graves em momentos como aquele, mas elas sempre pioravam à noite.

Seu carrinho estava repleto dos artigos habituais para um homem atirado bruscamente na vida doméstica solitária: espaguete, molho de carne em jarros de vidro, 14 jantares congelados, uma dúzia de ovos, manteiga e uma embalagem de laranjas-baía para evitar o escorbuto.

Seguia por um corredor do meio em direção aos caixas quando talvez Deus tenha falado com ele. Havia uma mulher na sua frente, usando calças azul-claras e um suéter de lã azul-marinho. Devia ter uns 35 anos, bonita de uma maneira franca, alerta. Ela soltou um gorgolejo estranho, cacarejante, e cambaleou. O frasco de apertar de mostarda que estava segurando caiu no chão e saiu rolando, mostrando repetidamente uma flâmula e a palavra FRENCH'S.

— Moça — arriscou ele. — Você está bem?

A mulher caiu para trás e sua mão esquerda, que ela erguera para se equilibrar, derrubou uma fileira de latas de café no chão. Cada uma delas dizia:

MAXWELL HOUSE
Saboroso até a última gota

Aconteceu tão rápido que ele não chegou a ter medo — não por ele mesmo, pelo menos —, porém notou algo que ficou na sua cabeça mais tarde e retornou para assombrar seus sonhos. Os olhos da mulher giraram até ficarem brancos, como os de Charlie durante suas crises.

A mulher caiu no chão. Soltou um grasnido fraco. Seus pés, calçados de botas de couro com uma camada de sal em volta das solas, tamborilavam o chão ladrilhado. A funcionária que estava colocando preços em latas de sopa subiu correndo o corredor, largando sua etiquetadora. Duas caixas foram até a ponta do corredor e ficaram observando com os olhos arregalados.

Ele se ouviu dizer:

— Ela está tendo um ataque epilético.

No entanto, não era um ataque epilético. Era algum tipo de hemorragia cerebral e um médico que estava na loja com sua mulher atestou seu óbito. O jovem médico parecia assustado, como se tivesse acabado de perceber que sua profissão o acompanharia até a cova, como algum monstro vingativo em uma história de terror. Quando terminou de examiná-la, uma multidão de tamanho médio já havia se formado em volta da jovem caída em meio a latas de café, que haviam sido a última parte do mundo em que ela exercera seu direito humano de reordenar. Àquela altura, já fazia parte daquele outro mundo e seria reordenada por outros humanos. Seu carrinho estava pela metade de suprimentos para uma semana de vida e a visão das latas, caixas e carnes embaladas o encheram de um horror penetrante e doloroso.

Olhando para o carrinho da morta, ele se perguntou o que eles fariam com as compras. Colocariam-nas de volta nas prateleiras? Guardariam-nas ao lado do escritório do gerente até elas serem resgatadas, como prova de que a dona de casa morreu em plena atividade?

Alguém chamou um policial e ele abriu caminho por entre o aglomerado de pessoas perto dos caixas.

— Atenção — dizia o policial, cheio de si. — Abram espaço para ela respirar. — Como se fosse adiantar alguma coisa.

Ele deu meia-volta e saiu do meio da multidão com violência, batendo nas pessoas com os ombros. A calma que sentira nos últimos cinco minutos estava em pedaços e, provavelmente, para sempre. Já havia tido um presságio mais claro do que aquele na vida? Claro que não. Mas o que ele significava? O quê?

Quando chegou em casa, ele enfiou os jantares congelados no freezer e então preparou um drinque forte. Seu coração esmurrava-lhe o peito. Passou a viagem de volta inteira tentando lembrar o que tinha feito com as roupas de Charlie.

Eles haviam dado os brinquedos para a loja Goodwill em Norton e transferido os mil dólares da sua poupança (dinheiro para a faculdade; metade de tudo o que Charlie ganhava de aniversário e de Natal dos parentes ia para aquela conta, apesar dos seus gritos de protesto) para a conta conjunta dos dois. Tinham queimado a cama dele, por conselho de Mamãe Jean — coisa que ele nunca conseguiu entender, embora não houvesse tido coragem de reclamar; tudo tinha caído aos pedaços, para que discutir por um colchão e um estrado de molas? As roupas, no entanto, eram outra questão. O que eles haviam feito com as roupas de Charlie?

A pergunta o atormentou a tarde inteira, irritando-o a ponto de ele quase pegar o telefone para ligar para Mary e perguntar a ela. Depois daquilo, ela não teria mais dúvidas sobre o seu estado de sanidade.

Logo antes do pôr do sol, ele subiu até o pequeno meio-sótão, ao qual se chegava por um alçapão no teto do armário do quarto principal. Ele teve que subir em uma cadeira e escalar com a ajuda das mãos e dos pés para entrar. Fazia muito, muito tempo que não entrava naquele sótão, porém a única lâmpada de 100 watts ainda funcionava. Estava coberta de poeira e teias de aranha, mas ainda funcionava.

Ele abriu a esmo uma caixa empoeirada e encontrou todos os seus livros do Ensino Médio e da faculdade, guardados com organização. Em cada livro do ano do Ensino Médio havia as palavras em alto-relevo:

O CENTURIÃO
Bay High School...

Na capa de cada livro do ano da faculdade (que eram mais pesados, com uma encadernação mais refinada), estava escrito o seguinte:

O PRISMA
Para não esquecermos...

Ele abriu primeiro os livros do ano do Ensino Médio, folheando as páginas finais assinadas ("Nos subúrbios, no centro, na cidade inteira/ me conhecem como a garota que estragou seu livro do ano rabiscando nele — A.F.A., Connie"); depois as fotografias dos professores de tanto tempo antes, congelados atrás de suas mesas e ao lado de seus quadros-negros, com sorrisos vagos; depois colegas de classe dos quais mal se lembrava com seus créditos (FHA, 1,2; Conselho de Classe, 2,3,4; Poe Society, 4) listados abaixo das fotos, junto com seus apelidos e um pequeno slogan. Ele conhecia o destino de alguns deles (Exército; morto em um acidente de carro; subgerente bancário), porém a maioria era um mistério; seus futuros ocultados dele.

No seu livro do terceiro ano, ele topou com um George Barton Dawes jovem, lançando um olhar sonhador em direção ao futuro em uma foto retocada que havia sido tirada no Estúdio Fotográfico Cressey. Ficou impressionado com o pouco que aquele menino sabia do futuro e com a semelhança dele com o filho, cujos vestígios aquele homem viera procurar. O garoto na fotografia ainda nem começara a produzir o esperma que se tornaria metade do menino. Na legenda:

BARTON G. DAWES
"ESPERTINHO"
(OUTING CLUB, 1,2,3,4
POE SOCIETY, 3,4)

Bay High School
Bart, o Palhaço da Turma, ajudou a deixar as coisas mais leves para nós!

Ele guardou os livros do ano de volta no *bunker* deles e continuou revirando o sótão. Encontrou as cortinas que Mary havia tirado cinco anos atrás. Uma poltrona velha com um braço quebrado. Um rádio-relógio quebrado. Um álbum de casamento que ele teve medo de olhar. Pilhas de revistas — *tenho que tirá-las daqui*, disse a si mesmo. *Elas podem causar um incêndio no verão*. Um motor de máquina de lavar que tinha trazido certa vez para casa e tentado consertar sem sucesso. E as roupas de Charlie.

Elas estavam em três caixas de papelão, todas com o cheiro forte de bolas de naftalina. As camisas, as calças e os suéteres de Charlie, até suas cuecas Hanes. Ele as tirou, analisando-as com atenção, tentando imaginar seu filho naquelas roupas, se movendo dentro delas, reordenando pequenas partes do mundo nelas. Por fim, foi o cheiro das bolas de naftalina que o afugentou do sótão, tremendo e fazendo careta, precisando de um drinque. O cheiro das coisas que tinham ficado em repouso e sem uso pelos anos afora, coisas cujo único propósito era o de magoar. Ele ficou boa parte da noite pensando nelas, até a bebida entorpecer sua capacidade de raciocinar.

7 de janeiro de 1974

A campainha tocou às dez e quinze e, quando ele abriu a porta da frente, um homem de terno e sobretudo estava parado ali, um pouco descadeirado, corcunda e amigável. Tinha a barba bem-feita, carregava uma maleta fina e, a princípio, ele pensou que o homem fosse um vendedor com uma maleta cheia de amostras — produtos de beleza, assinaturas de revistas ou, quem sabe, até o obsceno Tira-tudo — e se preparou para deixá-lo entrar, ouvir sua proposta com atenção, fazer perguntas e talvez até comprar alguma coisa. Com a exceção de Olivia, ele era a primeira pessoa que aparecia na casa desde que Mary fora embora, quase cinco semanas antes.

O homem, no entanto, não era um vendedor. Ele era um advogado. Seu nome era Philip T. Fenner e, seu cliente, a Câmara Municipal. Esses fatos foram anunciados com um sorriso acanhado e um aperto de mão vigoroso.

— Entre — disse ele, suspirando. Pensava que, forçando um pouco a barra, aquele cara *era* um vendedor. Você poderia até dizer que ele estava vendendo Tira-tudo.

Fenner falava sem parar, a toda a velocidade.

— O senhor tem uma bela casa. Muito bonita. Dá pra ver quando o dono cuida bem do imóvel, é o que eu sempre digo. Não vou tomar muito do seu tempo, sr. Dawes, sei que é um homem ocupado, mas Jack Gordon achou melhor que eu desse uma passada aqui, já que estava no meu caminho, e deixasse este formulário de realocação com o senhor. Imagino que tenha mandado o seu pelo correio, mas com a correria do Natal e tudo o mais, as coisas acabam se perdendo. E terei o maior prazer em responder a qualquer pergunta que o senhor tenha, é claro.

— Eu tenho uma pergunta — disse ele, sem sorrir.

O exterior alegre do seu visitante fraquejou por um instante e ele viu o verdadeiro Fenner escondido por trás dele, tão frio e mecanizado quanto um relógio.

— E qual seria ela, sr. Dawes?

Ele sorriu.

— O senhor gostaria de uma xícara de café?

De volta ao Fenner sorridente, o alegre prestador de serviços da Câmara Municipal.

— Puxa, isso seria ótimo, se não for dar muito trabalho. Está fazendo um friozinho lá fora, só 8 graus. Parece que os invernos andam ficando mais frios, o senhor não acha?

— Com certeza. — A água que ele usara para o café-da-manhã ainda estava quente. — Espero que não se importe de ser café instantâneo. Minha mulher está passando um tempo na casa dos pais e eu estou quebrando o galho por aqui.

Fenner deu uma risada bem-intencionada, e Bart percebeu que o advogado sabia exatamente qual era a situação entre ele e Mary e, provavelmente, qual era a situação entre ele e quaisquer outras pessoas e instituições: Steve Ordner, Vinnie Mason, a empresa, Deus.

— De forma alguma, café instantâneo está ótimo. Estou acostumado. Nem noto a diferença. Posso colocar uns papéis nesta mesa?

— Vá em frente. Creme?

— Não, preto mesmo. Preto está ótimo. — Fenner desabotoou seu sobretudo, mas não o tirou. Alisou-o debaixo de si para se sentar como uma mulher alisaria a saia para ela não amarrotar atrás. Em um homem, o gesto era de uma delicadeza quase irritante. Ele abriu a maleta e retirou um formulário grampeado que parecia uma restituição do imposto de renda. Serviu uma xícara de café para Fenner e a entregou a ele.

— Obrigado. Muito obrigado. O senhor não vai me acompanhar?

— Acho que vou tomar um drinque — respondeu ele.

— Ã-rã — disse Fenner, abrindo um sorriso charmoso. Ele bebericou seu café. — Bom, muito bom. Na medida certa.

Ele preparou um drinque em um copo alto e disse:

— Com licença um instante, sr. Fenner. Tenho que fazer uma ligação.

— Claro, com certeza. — Ele bebericou seu café novamente e estalou os lábios sobre a xícara.

Foi até o telefone no corredor, deixando a porta aberta. Discou o número da casa dos Calloway e Jean atendeu.

— É o Bart — falou ele. — Mary está aí, Jean?

— Ela está dormindo. — A voz de Jean estava gélida.

— Vá acordá-la, por favor. É muito importante.

— Eu aposto que sim. Aposto. Falei com Lester na noite passada: Lester, está na hora de a gente trocar para um número de telefone que não apareça na lista. E ele concordou comigo. Nós dois estamos achando que você está doido de pedra, Barton Dawes, e essa é a mais pura verdade, sem tirar nem pôr.

— Sinto muito em ouvir isso. Mas eu preciso mesmo...

A extensão do andar de cima foi atendida e Mary disse:

— Bart?

— É. Mary, um advogado chamado Fenner apareceu para falar com você? Um sujeito de fala mansa que quer parecer o Jimmy Stewart?

— Não — falou ela. *Merda, que azar*. Então ela acrescentou: — Ele telefonou. — *Bingo*. Fenner estava parado no batente da porta, segurando seu café e bebericando-o com tranquilidade. Aquela expressão meio acanhada, totalmente jovial e modesta tinha sumido de seu rosto. Ele parecia bastante aborrecido.

— Mamãe, saia da extensão — falou Mary, e Jean Calloway desligou, bufando de desgosto.

— Ele perguntou a meu respeito?

— Sim.

— Falou com você depois da festa?

— Foi, mas... eu não contei nada para ele sobre aquilo.

— Pode ter contado mais do que imagina. Ele aparece com essa cara de chiuaua sonolento, mas é o cão de guarda da Câmara Municipal. — Ele sorriu para Fenner, que abriu um sorriso fraco em resposta. — Você tem uma reunião marcada com ele?

— Bem... tenho. — Ela pareceu surpresa. — Mas ele só quer conversar sobre a casa, Bart...

— Não, isso é o que ele disse para você. O que ele quer é conversar sobre mim. Acho que esses caras querem me arrastar para uma perícia psiquiátrica.

— Uma... o quê?... — Ela parecia completamente estupefata.

— Ainda não aceitei o dinheiro deles, portanto, devo estar maluco. Mary, você se lembra da nossa conversa no Handy Andy's?

— Bart, o sr. Fenner está aí?

— Está.

— O psiquiatra — falou ela com desânimo. — Eu mencionei que você iria se consultar com um... oh, Bart, me desculpe.

— Não se desculpe — disse ele com brandura, e estava falando sério. — Isso vai terminar bem, Mary. Eu juro. Talvez o resto não, mas isso vai terminar bem.

Ele desligou e se virou para Fenner.

— Quer que eu ligue para Stephan Ordner? — perguntou ele. — Vinnie Mason? Não vou me incomodar com Ron Stone ou Tom Granger, eles reconheceriam um babaca de meia-tigela como você antes mesmo de você abrir sua maleta. Mas Vinnie, não, e Ordner o receberia de braços abertos. Ele está na minha cola.

— Não há necessidade — disse Fenner. — O senhor me entendeu mal, sr. Dawes. E pelo jeito entendeu mal meus clientes. Não há nada de pessoal nisso. Ninguém está querendo pegar o senhor. Porém, é sabido há algum tempo que o senhor não gosta da extensão 784. O senhor escreveu uma carta para o jornal agosto passado...

— Agosto passado — disse ele, maravilhado. — Vocês têm um serviço de *clipping*, não é?

— É claro.

Ele se encurvou, aflito, girando os olhos de medo.

— Mais *clippings*! Mais advogados! Ron, vá lá pra fora bajular aqueles repórteres! Estamos cercados de inimigos, Mavis, traga meus remédios! — Ele se endireitou. — Alguém falou em paranóia? Meu Deus, e eu achando que estava mal.

— Também temos uma equipe de relações públicas — disse Fenner com formalidade. — Não é uma questão de trocados, sr. Dawes. Estamos falando de um projeto de 10 milhões de dólares.

Ele balançou a cabeça, enojado.

— Eles deveriam fazer uma perícia psiquiátrica em vocês que estão cuidando da estrada, não em mim.

Fenner disse:

— Vou colocar todas as minhas cartas na mesa, sr. Dawes.

— Sabe, pela minha experiência, sempre que uma pessoa fala isso ela está pronta para deixar as mentiras inofensivas de lado e contar uma lorota daquelas.

Fenner corou, finalmente nervoso.

— O senhor escreveu para o jornal. Ficou enrolando para encontrar uma nova fábrica para a lavanderia Blue Ribbon e por fim foi mandado embora...

— Não fui, não. Eu me demiti pelo menos meia hora antes de eles me colocarem na rua.

— ...e ignorou todos os comunicados referentes a esta casa. Há um consenso de que pode estar planejando algum tipo de manifestação pública no dia 20. Que vai ligar para os jornais e emissoras de tevê e chamar todos eles para cá. O proprietário heróico sendo arrastado aos berros do seu amado lar pelos agentes da Gestapo da Prefeitura.

— Isso preocupa vocês, não?

— É claro que sim! A opinião pública é volúvel, muda de direção como um cata-vento...

— E seus clientes são funcionários públicos eleitos.

Fenner o encarou inexpressivamente.

— E agora? — perguntou ele. — Vai me fazer uma oferta irrecusável?

Fenner soltou um suspiro.

— Não entendo por que estamos discutindo, sr. Dawes. A Prefeitura está lhe oferecendo 60 mil dólares...

— Sessenta e três mil e quinhentos.

— Isso, exatamente. Eles estão lhe oferecendo essa quantia pela casa e pelo terreno. Tem gente recebendo muito menos. E o que o senhor ganha por esse dinheiro? Nenhum aborrecimento, nenhum problema, nenhuma pressão. O dinheiro é praticamente isento de impostos porque o senhor já pagou ao Tio Sam as taxas sobre o dinheiro que usou para comprar a casa. Os únicos impostos que deve são sobre a diferença. Ou o senhor não acha a avaliação justa?

— Acho bem justa — falou ele, pensando em Charlie. — Em termos de dinheiro, é justa. Provavelmente mais do que eu conseguiria se quisesse vendê-la, com os valores dos empréstimos do jeito que estão.

— Então *por que* estamos discutindo?

— Não estamos — falou ele, bebericando seu drinque. É, ele estava com aquele vendedor na palma da mão, sem dúvida. — O senhor tem uma casa, sr. Fenner?

— Sim, tenho — disse Fenner, sem titubear. — Uma casa muito boa em Greenwood. E se o senhor está querendo me perguntar o que eu faria e como me sentiria se fosse o contrário, eu serei muito sincero. Eu torceria a teta da Prefeitura para arrancar o máximo possível dela e depois iria morrendo de rir até o banco.

— Sim, é claro que você faria isso. — Ele riu e pensou em Don e Ray Tarkington, que torceriam as duas tetas e enfiariam o mastro do Tribunal de Justiça no rabo da Prefeitura para completar. — Vocês estão achando mesmo que eu perdi o juízo, então?

Fenner disse, com sensatez:

— Não sabemos. Não se pode dizer que sua resolução do problema da realocação da lavanderia tenha sido normal.

— Bem. Deixe-me lhe dizer o seguinte. Ainda tenho juízo o suficiente para saber que poderia arranjar um advogado que não gosta da lei do domínio eminente; um que ainda acredite naquele estranho provérbio antigo de que a casa de um homem é seu castelo. Ele poderia conseguir uma liminar que deixaria vocês de mãos atadas por um ou dois meses.

Se tivermos sorte e pegarmos os juízes certos, poderíamos deixar tudo isso parado até setembro.

Fenner parecia mais alegre do que perturbado, conforme ele já imaginava. Finalmente, o advogado estava pensando. *A isca está lançada, Freddy, está gostando disso? É, George, tenho que admitir que sim.*

— O que o senhor quer?

— Quanto vocês estão dispostos a oferecer?

— Podemos aumentar o valor da avaliação em 5 mil dólares. Nem um centavo a mais. E ninguém fica sabendo da garota.

Tudo parou. Completamente.

— O quê? — sussurrou ele.

— A garota, sr. Dawes. A que o senhor estava comendo. Ela esteve aqui nos dias 6 e 7 de dezembro.

Uma série de pensamentos girou em espiral pela sua mente numa questão de segundos, alguns extremamente claros, embora a maioria estivesse sobreposta e indigna de confiança por conta de um verniz amarelo de medo. No entanto, acima tanto do medo quanto dos pensamentos claros, havia uma fúria vermelha enorme que o fazia ter vontade de saltar por cima da mesa e esganar aquele homem mecânico até molas de relógio caírem de suas orelhas. E ele não deveria fazer aquilo; tudo, menos aquilo.

— Me dê um número — falou ele.

— Número...?

— Um número de telefone. Eu ligarei hoje à tarde para falar minha decisão.

— Seria muitíssimo melhor se pudéssemos resolver tudo agora.

Você gostaria disso, não gostaria? Juiz, vamos estender este round por mais trinta segundos. Estou com este cara nas cordas.

— Não, eu acho que não. Por favor, saia da minha casa.

Fenner encolheu os ombros de leve, inexpressivamente.

— Aqui está o meu cartão. Tem meu número nele. Devo estar disponível entre duas e meia e quatro horas.

— Eu ligarei.

Fenner foi embora. Pela janela ao lado da porta da frente, ele o observou andar pela calçada até o seu Buick azul-escuro, entrar no carro e partir. Então esmurrou, com força, a parede.

***

Ele preparou outro drinque e se sentou à mesa da cozinha para analisar a situação. Eles sabiam a respeito de Olivia. Estavam dispostos a usar aquela informação como uma espécie de alavanca. No entanto, se a intenção era fazê-lo sair dali, ela não era grande coisa. Sem dúvida poderiam acabar com seu casamento com aquilo, mas de qualquer forma ele já estava em sérios apuros. Porém, eles o haviam *espionado*.

A questão era: como?

Se homens o tivessem vigiado, eles certamente saberiam sobre o mundialmente famoso crac-crac, buum-buum. Se fosse o caso, teriam usado aquilo contra ele. Por que se incomodar com algo insignificante como uma trepadinha extraconjugal quando você pode colocar o proprietário rebelde na cadeia por incêndio criminoso? Então, eles tinham grampeado seu telefone. Quando ele pensou em como chegara perto de contar, bêbado, seu crime para Magliore naquele telefonema, pontinhos gelados de suor brotaram na sua pele. Graças a Deus que Magliore havia calado sua boca. Crac-crac, buum-buum já era ruim o bastante.

Então ele morava em uma casa grampeada, mas aquilo não resolvia seu problema: o que fazer quanto à proposta de Fenner e quanto aos métodos dos clientes dele?

Ele colocou comida congelada no forno para o almoço e se sentou com outro drinque para esperar. Eles o haviam espionado e tentado suborná-lo. Quanto mais pensava naquilo, mais furioso ficava.

Tirou a comida do forno e comeu. Vagou pela casa, olhando para as coisas. Começou a ter uma idéia.

Às três da tarde, ele ligou para Fenner e lhe pediu para mandar o formulário. Ele o assinaria se Fenner cuidasse dos dois itens que eles haviam discutido. Fenner pareceu bastante satisfeito, aliviado até. Falou que resolveria tudo com prazer e cuidaria para que ele recebesse o formulário no dia seguinte. Disse também que estava feliz por ele ter decidido agir com sensatez.

— Tenho algumas condições — falou ele.

— Condições — repetiu Fenner, soando imediatamente desconfiado.

— Não se altere. Não é nada de que você não possa dar conta.

— Pode falar — disse Fenner. — Mas estou avisando, Dawes, você arrancou o máximo que podia de nós.

— Mande entregar o formulário na minha casa amanhã — falou ele. — Eu o levarei até o seu escritório na quarta. Quero que o cheque de 68.500 dólares esteja esperando por mim. Um cheque *administrativo*. Trocarei o formulário de autorização pelo cheque.

— Sr. Dawes, não podemos fazer negócio desta forma...

— Talvez vocês não devam, mas *podem*. Da mesma forma que não deveriam grampear o meu telefone e fazer sabe-se lá mais o quê. Sem cheque, sem formulário. Se não for assim, eu procuro o advogado.

Fenner ficou calado. Ele quase conseguia ouvi-lo pensar.

— Tudo bem. O que mais?

— Não quero mais ser incomodado depois de quarta. No dia 20, a casa é de vocês. Até lá, é minha.

— Certo — disse Fenner de imediato, pois, obviamente, aquilo não era uma condição. A lei dizia que a casa era dele até a meia-noite do dia 19, um minuto depois, se tornaria propriedade incontestável da Prefeitura. Se ele assinasse o formulário de autorização da Prefeitura e aceitasse o dinheiro dela, poderia gritar até explodir para cada jornal e emissora de tevê da cidade sem conseguir um pingo de compaixão.

— Isso é tudo — falou ele.

— Ótimo — disse Fenner, soando feliz da vida. — Que bom que finalmente conseguimos resolver isso de uma forma racional, senhor...

— Vá se foder — retrucou ele, desligando em seguida.

8 de janeiro de 1974

Ele não estava em casa quando o Correio Expresso jogou o envelope pardo gordo contendo o formulário 6983-426-73-74 (pasta azul) pela abertura para cartas da sua porta. Tinha ido à região mais obscura de Norton para falar com Sal Magliore. Magliore não ficou exultante em vê-lo, porém, à medida que ele falava, foi ficando mais solícito.

O almoço foi comprado — espaguete, vitela e uma garrafa de vinho tinto Gallo. Foi uma refeição maravilhosa. Magliore ergueu a mão para interrompê-lo quando ele chegou à parte do suborno de 5 mil dólares e de como Fenner sabia sobre Olivia. Ele fez uma ligação e falou brevemente com o homem do outro lado da linha. Magliore lhe deu o endereço da Crestallen Street.

— Use a van — falou, desligando em seguida. Enrolou mais espaguete no garfo e, meneando a cabeça para o lado oposto da mesa, pediu que ele continuasse a história.

Quando ele terminou, Magliore disse:

— Você deu sorte de não ter sido seguido. Estaria em cana a uma hora dessas.

Ele estava a ponto de explodir, incapaz de comer mais uma garfada que fosse. Havia cinco anos que não fazia uma refeição daquelas. Ele elogiou a comida e Magliore sorriu.

— Alguns amigos meus, eles não comem mais massa. Têm uma imagem a conservar. Então comem em restaurantes de carne ou lugares de comida francesa, sueca, ou sei lá o quê. As úlceras deles não me deixam mentir. Pra que arranjar uma úlcera? Não se pode mudar o que você é. — Ele se servia do molho de espaguete da travessa de papelão manchada de gordura na qual o macarrão tinha vindo. Começou a limpá-lo com casca de pão de alho, parou, fitou o lado oposto da mesa com aqueles olhos estranhos e arregalados e disse: — Você está me pedindo para ajudá-lo a cometer um pecado mortal.

Ele olhou confuso para Magliore, sem conseguir esconder sua surpresa.

Magliore soltou uma gargalhada rabugenta.

— Sei em que você está pensando. Um homem do meu ramo não deveria estar falando de pecado mortal. Já lhe disse que apaguei um cara certa vez. Mais de um, na verdade. Mas nunca matei ninguém que não merecesse ser morto. E pense assim: se um sujeito morre antes da hora que Deus planejou para ele, é como uma partida de beisebol interrompida pela chuva. Os pecados que o cara cometeu não contam mais. Deus tem que deixá-lo entrar porque o sujeito não teve o tempo de se arrepender que o Todo-poderoso tinha reservado para ele. Ou seja, matar esse cara é, na verdade, livrá-lo do sofrimento do Inferno.

Então, de certa forma, fiz mais por esses sujeitos do que o próprio papa poderia ter feito. Acho que Deus sabe disso. Mas isso não é problema meu. Eu gosto bastante de você. Você tem colhões. Precisou deles para fazer o que fez com aqueles coquetéis molotov. Isso, no entanto... isso já é outra coisa.

— Não estou pedindo para o senhor fazer nada. A decisão é minha.

Magliore girou os olhos.

— Minha mãe do céu! Por que você não me deixa em paz?

— Porque o senhor tem o que eu quero.

— Quem me dera não ter.

— Vai me ajudar?

— Não sei.

— Estou com o dinheiro agora. Ou melhor, estarei com ele em breve.

— Não é uma questão de dinheiro. É uma questão de princípios. Nunca lidei com um frutinha como você antes. Deixe-me pensar. Eu te ligo.

Ele decidiu que não era uma boa idéia pressioná-lo mais e foi embora.

Ele estava preenchendo o formulário de realocação quando os homens de Magliore chegaram. Vieram em uma van branca com RAY'S VENDA E CONSERTO DE TEVÊS escrito na lateral, sob uma televisão dançante com um sorriso largo desenhado no tubo. Eram dois homens, usando uniformes de faxina verdes e carregando maletas grandes. As maletas continham ferramentas para conserto de tevês e de tubos, mas também vários outros equipamentos. Eles "limparam" a casa. Levou uma hora e meia. Encontraram grampos nos dois telefones, um no quarto e outro na sala de jantar. Nenhum na garagem, o que o deixou aliviado.

— Que desgraçados — disse ele, segurando os grampos reluzentes na mão. Jogou-os no chão e os esmagou com o calcanhar.

Na saída, um dos homens falou com um quê de admiração:

— O senhor acabou mesmo com aquela tevê. Quantas vezes teve que bater nela?

— Uma só.

Depois que eles seguiram em direção ao sol frio do fim da tarde, ele varreu os grampos, catando-os com uma pá, e jogou seus resquícios despedaçados e brilhantes na lixeira da cozinha. Então, preparou um drinque.

9 de janeiro de 1974

Às duas e meia da tarde, havia pouca gente no banco e ele seguiu direto para uma das mesas no meio do andar com o cheque da Prefeitura. Rasgou um comprovante de depósito do verso do seu talão de cheques e o preencheu com a quantia de 34.250 dólares. Foi até um caixa e apresentou o recibo e o cheque.

A caixa, uma jovem com cabelo negro como a noite, usando um vestidinho roxo e com as pernas cobertas por uma meia-calça de náilon que deixaria o papa de barraca armada, olhou do recibo para o cheque e do cheque para o recibo, confusa.

— Algo de errado com o cheque? — perguntou ele com simpatia. Tinha que admitir que estava gostando daquilo.

— Nããão... o senhor quer depositar 34.250 dólares e sacar os demais 34.250 em *dinheiro*? É isso mesmo?

Ele assentiu.

— Só um instante, senhor, por gentileza.

Ele sorriu, assentindo novamente e mantendo o olhar grudado nas suas pernas, enquanto ela se encaminhava para a mesa do gerente. A mesa ficava atrás de uma bancada de madeira, mas não isolada por um vidro, como para dar a idéia de que aquele homem era tão humano quanto qualquer um... quer dizer, ou quase. O gerente era um homem de meia-idade que usava roupas jovens. Seu rosto era tão estreito quanto os portões do Paraíso e, quando ele olhou para a caixa de vestido roxo, suas sobrancelhas se arquearam.

Eles conversaram sobre o cheque, o comprovante de depósito e suas implicações para o banco e, talvez, para todo o Sistema Federal de Depósitos. A garota se debruçou sobre a mesa, sua saia se levantou atrás, revelando uma combinação malva com um laço na bainha. *Love o love o careless love,*[13] pensou ele. Venha para casa comigo e a gente vai transar até o fim dos tempos, ou até eles derrubarem minha casa, o que vier primeiro. A idéia o fez sorrir. Ele teve uma ereção... quer dizer, uma semi-ereção. Afastou a vista dela e olhou ao redor do banco. Havia um guarda, provavelmente um policial aposentado, parado com indiferença entre o cofre e as portas da frente. Uma senhora de idade sofria para assinar seu cheque azul da Previdência Social. Um pôster grande na parede esquerda mostrava a Terra fotografada do espaço sideral, uma jóia azul e verde enorme contra um fundo preto. Em cima do planeta, em letras grandes, estava escrito:

VÁ PARA LONGE

Debaixo dele, em letras um pouco menores:

COM UM EMPRÉSTIMO DO FIRST BANK

A bonita moça do caixa voltou.

— Vou ter que dar esta quantia em notas de quinhentos e de cem para o senhor.

— Não tem problema.

Ela fez um recibo para o depósito e então foi até o cofre do banco. Quando voltou, trazia uma maleta pequena. Falou com o guarda e ele a acompanhou. O guarda olhou para ele desconfiado.

Ela contou três maços de 10 mil dólares, com vinte notas de quinhentos em cada um. Prendeu todos com elásticos e então enfiou um pedaço de papel de calculadora entre o elástico e a nota de cima de cada maço. Em todos os três, o papelzinho dizia:

US$10.000,00.

Ela contou 42 notas de cem, passando-as rapidamente com a almofada do seu indicador direito. Em cima dessas, colocou cinco notas de dez. Passou um elástico no maço e enfiou debaixo dele outro papel de calculadora, que dizia:

US$4.250,00.

---

[13] Versos da canção popular americana "Careless Love" (numa tradução literal, "amor leviano"), gravada por diversos intérpretes. (N. do T.)

Os quatro maços estavam alinhados lado a lado e os três os observaram com desconfiança por um instante: dinheiro o suficiente para comprar uma casa, ou cinco Cadillacs, ou um avião Piper Cub, ou quase 100 mil maços de cigarros.

Então ela disse, um pouco titubeante:

— Posso lhe dar uma sacola com zíper...

— Não, assim está ótimo. — Ele apanhou os maços e os largou dentro dos bolsos do sobretudo. O guarda assistiu àquele tratamento cortês da sua *raison d'être* com um desprezo impassível; a bonita moça do caixa parecia fascinada (cinco anos de seu salário estavam desaparecendo casualmente nos bolsos do sobretudo barato daquele homem, e mal fazia volume); e o gerente o encarava com uma antipatia mal disfarçada, pois bancos eram lugares onde o dinheiro deveria ser como Deus, invisível e reverenciado.

— Beleza — disse ele, acomodando seu talão de cheques em cima dos maços de 10 mil dólares. — Fiquem na paz.

Ele saiu e todos o acompanharam com o olhar. Então, a senhora veio andando rápido até a moça do caixa e apresentou seu cheque da Previdência Social, devidamente assinado, para pagamento. A moça do caixa lhe entregou duzentos dólares e sessenta e três centavos.

Quando chegou em casa, ele colocou o dinheiro em uma caneca de cerveja empoeirada na prateleira de cima do armário da cozinha. Mary lhe dera aquela caneca como um presente de aniversário, de brincadeira, cinco anos antes. Nunca ligou muito para ela, preferindo beber sua cerveja no gargalo. Na lateral, havia o emblema de uma tocha olímpica com os dizeres:

EQUIPE DE BEBERRÕES DOS EUA

Ele guardou de volta a caneca, cheia de uma mistura mais inebriante, e subiu até o quarto de Charlie, onde ficava sua mesa. Remexeu a última gaveta e encontrou um envelope de papel manilha pequeno. Sentou-se à mesa, somou o novo saldo do talão de cheques e viu que dava 35.053,49 dólares. Endereçou o envelope a Mary, aos cuidados dos seus pais. Colocou o talão de cheques dentro, fechou o envelope e revirou a mesa novamente. Encontrou um livro de selos pela metade e colou cinco de oito centavos no envelope. Ficou olhando para ele por um instante e então, debaixo do endereço, escreveu.

CORREIO PRIORITÁRIO

Deixou o envelope sobre a mesa e foi até a cozinha preparar um drinque.

10 de janeiro de 1974

Era tarde da noite, nevava e Magliore não tinha ligado. Ele estava sentado na sala de estar com um drinque, ouvindo música, porque a tevê ainda estava *hors de combat*. Saíra mais cedo com duas notas de dez da caneca de cerveja e comprara quatro discos de rock-and-roll. Um deles era o *Let It Bleed*, dos Rolling Stones. Estava tocando na festa e ele gostou mais dele do que dos outros que havia comprado, que lhe soavam um pouco idiotas. Um deles, de um grupo chamado Crosby, Stills, Nash and Young, era tão idiota que ele o quebrou no joelho. Porém, *Let It Bleed* era cheio de música barulhenta, maliciosa e pulsante. O disco martelava e fazia esporro. Ele gostou bastante. Fazia-o lembrar do programa *Let's Make a Deal*, apresentado por Monte Hall. Mick Jagger cantava:

Well we all need someone to cream on,
And if you want to, you can cream on me

Ele estava pensando sobre o pôster do banco, que mostrava a Terra inteira, diferente e nova, com a legenda convidando quem o olhasse a ir PARA LONGE. Aquilo o fazia pensar sobre a viagem que ele fizera na véspera de ano-novo. Ele tinha ido para longe, sem dúvida. Muito longe.

Porém, ele não tinha gostado daquilo?

A idéia o fez parar de repente.

Ele vinha se arrastando pelos últimos dois meses como um cachorro cujas bolas haviam ficado presas em uma porta giratória. No entanto, não tivera algumas compensações no caminho?

Fizera coisas que jamais teria feito de outra maneira. As viagens pela Interestadual, tão impensadas e livres quanto uma migração. A garota e o sexo, a sensação de tocar seus seios, tão diferente da que tinha com Mary. Falar com um homem que era um criminoso. Ser finalmente aceito por aquele homem como uma pessoa séria. O regozijo ilícito de jogar os coquetéis molotov e o terror onírico, como se ele estivesse se afogando, quando pareceu que o carro não conseguiria acabar de subir a barragem e tirá-lo dali. Emoções profundas que haviam sido desenterradas de sua alma seca de executivo de médio escalão como relíquias de uma religião antiga em uma escavação arqueológica. Ele sabia o que era estar *vivo*.

Claro que houve coisas ruins. O modo como ele perdera o controle no Handy Andy's, ao gritar com Mary. A solidão torturante daquelas primeiras duas semanas só, sozinho pela primeira vez depois de vinte anos, tendo apenas as batidas terríveis e mortais do próprio coração como companhia. Ter sido socado por Vinnie — Vinnie Mason ainda por cima! — na loja de departamentos. O medo terrível que sentiu na manhã seguinte, como uma ressaca, depois de jogar as bombas na construção. Aquilo era o que estava mais gravado na sua memória.

No entanto, mesmo essas coisas, por piores que fossem, tinham sido novas e, de certa forma, empolgantes, como a idéia de que ele poderia estar louco ou enlouquecendo. As trilhas que cruzavam a sua paisagem interna, pelas quais ele vinha andando (ou rastejando?) no decorrer daqueles dois meses, eram as únicas que existiam. Ele havia explorado a si mesmo e, ainda que muitas vezes as coisas que encontrava fossem banais, às vezes elas também eram assustadoras e belas.

Seus pensamentos se voltavam para Olivia como ele a vira da primeira vez, parada na rampa da Interestadual com seu cartaz que dizia LAS VEGAS... OU CAIA FORA!, erguido com petulância em meio à indiferença fria das coisas. Ele pensou no pôster do banco: VÁ PARA LONGE. Por que não? Não havia nada que o segurasse ali além de uma obsessão suja. Não tinha esposa, mas apenas o fantasma de uma criança; não tinha emprego, mas uma casa que seria uma não-casa dentro de uma semana e meia. Tinha dinheiro em espécie e um carro que era dele, quitado e legalizado. Por que não entrava no veículo e ia embora?

Ele foi tomado por uma espécie de entusiasmo louco. Na sua mente, se viu apagando as luzes, entrando no LTD e seguindo para Las Vegas com o dinheiro no bolso. Procurando Olivia. Falando para ela: *Vamos para longe*. Indo até a Califórnia, vendendo o carro, reservando uma passagem para os mares do hemisfério sul. De lá para Hong Kong, de Hong Kong para Saigon, Bombaim, Atenas, Madri, Paris, Londres, Nova York. E então até...

Ali?

O mundo é redondo, essa era a verdade cruel. Como Olivia, indo para Nevada, resolvendo se livrar dos seus problemas. Ficando chapada e sendo estuprada pela primeira vez no seu novo caminho, porque o novo caminho é igual ao antigo, uma vez que ele *é* o antigo. De tanto andar em círculos, você acaba cavando um buraco fundo demais nele e não consegue mais sair, então é hora de fechar a porta da garagem, ligar a ignição e apenas esperar... esperar...

A noite chegou e seus pensamentos rodopiavam sem parar, como um gato tentando agarrar e comer o próprio rabo. Por fim, ele adormeceu no sofá e sonhou com Charlie.

11 de janeiro de 1974

Magliore ligou para ele a uma e meia da tarde.

— Ok — disse. — Vamos fazer negócio, nós dois. Vai lhe custar 9 mil dólares. Não imagino que isso vá fazer você mudar de idéia.

— Em dinheiro?

— Como assim em dinheiro? Você acha que eu vou aceitar um cheque no seu nome?

— Certo. Desculpe.

— Esteja no Boliche de Revel Lanes amanhã, às dez da noite. Sabe onde fica?

— Sei, na rota 7. Logo depois do shopping Skyview.

— Exatamente. Dois caras estarão na pista 16 usando camisas verdes com Marlin Avenue Firestone bordado nas costas com linha dourada. Junte-se a eles. Um vai lhe explicar tudo o que você precisa saber. Isso vai ser enquanto você estiver jogando boliche. Jogue duas ou três rodadas, então saia e pegue a estrada até um bar chamado Town Line Tavern. Sabe onde ele fica?

— Não.

— É só seguir para oeste na rota 7. Fica a uns 3 quilômetros do boliche, do mesmo lado. Eles estarão dirigindo uma picape Dodge Custom Cab. Azul. Vão passar um caixote do carro deles para a sua caminhonete. Entregue a eles um envelope. Eu devo estar maluco, sabia? Com a cuca fundida. Provavelmente vou em cana por isso. Então terei um bom tempo para pensar em por que fui fazer essa porra.

— Eu gostaria de conversar com o senhor na semana que vem. Pessoalmente.

— Não. De jeito nenhum. Não sou seu padre para você se confessar. Não quero te ver nunca mais. Nem falar com você. Para dizer a verdade, Dawes, não quero nem ler a seu respeito no jornal.

— É sobre um investimento, nada de mais.

Magliore fez uma pausa.

— Não — disse ele por fim.

— É algo que ninguém jamais poderá usar contra o senhor — falou ele. — Quero fazer um... fundo de reserva para uma pessoa.

— Sua esposa?

— Não.

— Passe aqui na quinta — disse finalmente Magliore. — Talvez eu receba você. Ou talvez resolva ser mais sensato.

Ele desligou.

De volta à sala de estar, ele pensou em Olivia e em sua vida — ambas pareciam constantemente interligadas. Ele pensou em IR PARA LONGE. Pensou em Charlie, e mal conseguia se lembrar do rosto dele, exceto na forma de um retrato. Como aquilo poderia estar acontecendo, então?

Com súbita determinação, ele se levantou, foi até o telefone e abriu as Páginas Amarelas em VIAGENS. Discou um número. Porém, quando uma voz feminina amigável falou do outro lado da linha "Agência de

Viagens Arnold, como podemos ajudá-lo?", ele desligou e se afastou depressa do telefone, esfregando as mãos uma na outra.

12 de janeiro de 1974

O Boliche de Revel Lanes era um prédio longo e fluorescente que retinia com música ambiente estilo Musak, o som de um jukebox, gritos, conversas, os sinos gaguejantes de máquinas de *pinball*, o barulho de partidas de sinuca em mesas a ficha e, acima de tudo, o estardalhaço simultâneo de pinos caindo e o zumbido ruidoso de grandes bolas de boliche pretas rolando.

Ele foi até o balcão, apanhou um par de sapatos de boliche vermelho e branco (que o atendente borrifou solenemente com um desinfetante para pés em spray antes de deixar a seus cuidados) e foi até a Pista 16. Os dois homens estavam lá. Ele viu que o que se levantava para jogar era o mecânico que estava trocando o silencioso no dia da sua primeira viagem à Concessionária de Carros Usados Magliore. O sujeito sentado à mesa de contagem era um dos que tinham ido à sua casa na van de conserto e venda de televisões. Bebia uma cerveja em um copo de papel. Os dois o olharam quando ele se aproximou.

— Eu sou Bart — disse.

— Eu sou Ray — falou o homem à mesa. — E aquele cara — o mecânico já estava jogando a bola — é o Alan.

A bola deixou a mão de Alan e desceu ribombando a pista. Pinos explodiram para todos os lados e então Alan fez um barulho de reprovação. Ele tinha deixado os pinos de número 7 e 10 de pé. Tentou colar a segunda bola à canaleta direita e derrubar os dois. A bola acabou caindo na canaleta e ele fez outro barulho de nojo enquanto o colocador de pinos os derrubava.

— Mire em um só — advertiu Ray. — Sempre mire em um só. Quem você pensa que é, Billy Welu?[14]

---

[14] Famoso jogador de boliche americano, falecido em 1974 de ataque cardíaco aos 41 anos. (N. do T.)

— Não me entendi direito com a bola. Um pouquinho mais e *kazam*. Olá, Bart.

— Oi.

Os três trocaram apertos de mão.

— É um prazer conhecê-lo — disse Alan. E então, para Ray: — Vamos começar uma nova rodada e deixar Bart entrar. Você me deu uma surra nesta última, de qualquer jeito.

— Claro.

— Pode jogar primeiro, Bart — falou Alan.

Devia fazer cinco anos que ele não jogava boliche. Escolheu uma bola de 5,5 quilos que pareceu certa para os seus dedos e a fez rolar de primeira pela canaleta esquerda. Ficou observando a bola seguir seu caminho, sentindo-se um completo imbecil. Teve mais cuidado com a bola seguinte, mas ela fez uma curva e ele só derrubou três pinos. Ray fez um strike. Alan derrubou nove e depois acertou o quarto pino.

No final das cinco rodadas, o placar estava Ray 89, Alan 76 e Bart 40. No entanto, ele estava gostando da sensação do suor nas suas costas e do esforço incomum de certos músculos que raramente tinham a chance de se exibir.

Ficou tão envolvido no jogo por um instante que não soube do que Ray estava falando quando ele disse:

— Eles chamam de malglinite.

Ele olhou para Ray, franzindo um pouco as sobrancelhas diante da palavra estranha, e então entendeu. Alan estava na beira da pista, segurando sua bola e olhando com seriedade para os pinos 4 e 6, totalmente concentrado.

— Ok — disse ele.

— Vem em bananas de uns 10 centímetros de comprimento. São quarenta. Cada uma tem um poder de explosão cerca de seis vezes maior do que o de uma banana de dinamite.

— Oh — falou ele, sentindo de repente um embrulho no estômago. Alan jogou a bola e saltou no ar quando derrubou os dois pinos que sobravam.

Ele jogou, derrubou sete pinos e voltou a se sentar. Ray fez um strike. Alan foi até o carrinho das bolas e segurou a sua debaixo do queixo, olhando com cara feia pela pista encerada até os pinos. Deixou o jogador à sua direita lançar sua bola e então deu seus quatro passos em direção à pista.

— Tem 120 metros de pavio. É preciso uma corrente elétrica para disparar o negócio. Você pode usar um maçarico nas bananas que elas só vão derreter. Elas... oh, *gostei de ver, Al! Gostei de ver!*

Al tinha feito um "Brookling hit", atingindo o primeiro pino do lado oposto e derrubando todos os dez para trás.

Ele se levantou, jogou duas bolas na canaleta e se sentou novamente. Ray passou.

Enquanto Alan se aproximava da beira da pista, Ray prosseguiu:

— Você vai precisar de eletricidade, de um acumulador. Tem um?

— Tenho — falou ele. Olhou para a sua pontuação. Quarenta e sete. Sete a mais do que a sua idade.

— Pode cortar pedaços do pavio e juntá-los para conseguir explosões simultâneas, sabe como é?

— Sei.

Alan conseguiu outro strike, igual ao anterior.

Quando voltou, sorrindo, Ray disse:

— Esses "Brookling hits" não são confiáveis, rapaz. Derrube os pinos pelo lado certo.

— O cacete, estou só oito atrás.

Ele jogou, fez seis pontos, sentou-se, e Ray conseguiu mais um strike. Estava com 116 pontos no final de sete jogadas.

Quando ele se sentou novamente, Ray falou:

— Alguma pergunta?

— Não. Podemos ir embora no final desta rodada?

— Claro. Mas não faria mal você desenferrujar um pouco. Está girando a mão toda vez que joga a bola. Esse é o problema.

Alan fez exatamente a mesma jogada dos seus últimos dois strikes, mas, daquela vez, deixou os pinos 7 e 10 de pé e voltou com a cara fechada. Ele pensou: *é a minha deixa.*

— Eu falei para você não confiar nessa jogada de merda — disse Ray, sorrindo.

— Que se dane — rosnou Alan. Ele tentou derrubar os pinos restantes e fez a bola cair na canaleta novamente.

— Tem gente — falou Ray, às gargalhadas. — Juro por Deus, tem gente que não aprende nunca, sabia? Nunca.

O bar Town Line tinha uma placa de néon vermelha enorme que não sabia nada sobre a crise de energia. Ela ligava e desligava com uma confiança inconsciente e eterna. Debaixo da placa vermelha, havia um letreiro grande que dizia:

HOJE À NOITE
THE FABULOUS OYSTERS
DIRETO DE BOSTON

Havia um estacionamento à esquerda do bar cheio de carros dos fregueses de sábado à noite. Quando entrou no estacionamento, viu que ele dava a volta até os fundos, fazendo um L. Havia muitas vagas livres lá atrás. Ele foi em seguida até uma delas, desligou o carro e saiu.

Fazia um frio impiedoso naquela noite, que era do tipo que não parecia tão fria assim até você perceber que suas orelhas ficaram dormentes como o cabo de uma bomba de gasolina nos seus primeiros 15 minutos na rua. No céu, um milhão de estrelas cintilavam com um brilho exagerado. Através da parede dos fundos do bar, ele conseguia ouvir The Fabulous Oysters tocando *After Midnight*. J.J. Cale compôs essa canção, pensou ele, perguntando-se de onde tinha arrancado aquela informação inútil. Conseguia se lembrar de quem compôs *After Midnight*, mas não conseguia se lembrar do rosto do seu filho. Aquilo parecia muito cruel.

A picape modelo Custom Cab surgiu ao lado da sua caminhonete; Ray e Alan saíram. Tinham passado a agir de forma estritamente profissional, ambos usando luvas pesadas e casacos do Exército.

— Você tem um dinheiro pra gente — disse Ray.

Ele tirou o envelope de dentro do paletó e o entregou. Ray o abriu e passou os dedos pelas notas dentro dele, fazendo mais uma estimativa do que contando.

— Ok. Abra sua caminhonete.

Ele abriu a mala (que, nos manuais da Ford, era chamada de Portal Mágico) e os dois arrastaram um caixote de madeira pesado para fora da picape e o carregaram até sua caminhonete.

— O pavio está no fundo — falou Ray, soltando jatos brancos de ar pelo nariz. — Lembre-se, você precisa de energia. Senão é melhor usar as bananas como velas de aniversário.

— Não vou esquecer.

— Você deveria jogar mais boliche. Tem bastante força para lançar a bola.

Eles voltaram para a picape e foram embora. Alguns minutos depois, ele também partiu, deixando The Fabulous Oysters por conta própria. Suas orelhas estavam geladas e formigaram quando o aquecedor as esquentou.

Quando chegou em casa, carregou o caixote para dentro e o abriu com uma chave de fenda. Os explosivos eram exatamente como Ray tinha falado: pareciam velas de cera cinza. Embaixo das bananas e de uma camada de jornal, havia dois rolos gordos de pavio branco. Os rolos estavam presos por fitas de plástico idênticas àquelas que ele usava para amarrar seus sacos de lixo.

Ele colocou o caixote no armário da sala de estar e tentou esquecê-lo, porém ele parecia emitir más vibrações que saíam se espalhando de dentro do armário para cobrir a casa inteira, como se algo ruim tivesse acontecido ali anos atrás, algo que tivesse, lenta, porém inexoravelmente, contaminado tudo.

13 de janeiro de 1974

Ele foi de carro até a Pista de Aterrisagem e subiu e desceu lentamente as ruas, procurando o local de trabalho de Drake. Viu cortiços amontoados, lado a lado, tão exauridos que pareciam capazes de desabar se os prédios que os flanqueavam fossem tirados dali. Uma floresta de antenas de tevê se erguia em cima de cada um deles, recortadas contra o céu como cabelos arrepiados. Bares, fechados até o meio-dia. Um carro abandonado no meio de uma rua secundária, sem os pneus, sem os faróis, sem a cromagem, parecendo um esqueleto de vaca malhada no meio do Vale da Morte. Vidro brilhando nas sarjetas. Todas as lojas de penhores e de bebida tinham grades sanfonadas na frente de suas vitrines. Ele pensou: foi isso que os protestos raciais de oito anos atrás nos ensinaram. Como evitar ser saqueado durante uma emergência. E, na metade da Venner Street, ele viu a pequena fachada de uma loja com uma placa em tipologia antiga. Ela dizia:

CAFETERIA DROP DOWN MAMMA

Ele estacionou, trancou o carro e entrou. Havia apenas dois fregueses, um garoto negro com um jaquetão grande demais, que parecia estar cochilando, e um velho branco beberrão bebericando café de uma xícara grossa de porcelana. Suas mãos tremiam incontrolavelmente toda vez que aproximava a xícara da boca. As mãos do beberrão eram amarelas e, quando ele levantou a cabeça, seus olhos estavam infestados de luz, como se o homem estivesse preso por inteiro naquela prisão fétida, enterrado fundo demais para sair.

Drake estava sentado atrás do balcão nos fundos, perto de um fogão elétrico de duas bocas. Havia uma cafeteira com água quente e outra com café preto. Uma caixa de charutos com alguns trocados dentro estava em cima do balcão. Viam-se dois cartazes de cartolina escritos a lápis de cor. Um dizia:

MENU
Café 0,15
Chá 0,15
Refrigerantes 0,25
Sanduíche Balogna 0,30
Sanduíche de pasta de amendoim e geléia 0,25
Cachorro-quente 0,35

O outro dizia:

POR FAVOR, AGUARDE O ATENDIMENTO

Todas as pessoas que ajudam no balcão são VOLUNTÁRIAS e, quando você se serve sozinho, faz com que elas se sintam inúteis e idiotas. Por favor, aguarde e lembre-se: DEUS TE AMA!

Drake tirou os olhos de sua revista, um exemplar surrado da *National Lampoon*. Por um instante, seus olhos foram tomados por aquela curiosa sombra enevoada de um homem estalando seus dedos mentais para se lembrar do nome certo, e então disse:

— Sr. Dawes, como vai?

— Bem. Pode me servir uma xícara de café?

— Claro. — Ele pegou uma das xícaras grossas da segunda fileira da pirâmide às suas costas e serviu. — Leite?

— Preto mesmo. — Ele entregou a Drake uma moeda de 25 centavos e Drake lhe deu uma de dez da caixa de charutos. — Quero lhe agradecer por aquela noite e fazer uma contribuição.

— Não precisa me agradecer por nada.

— Preciso, sim. Fiz naquela festa o que as pessoas costumam chamar de papelão.

— Pode acontecer com os sintéticos. Nem sempre, mas às vezes. No verão passado, uns garotos trouxeram para cá um amigo que tinha tomado ácido no parque municipal. O menino não parava de gritar porque achava que os pombos estavam vindo atrás dele para comê-lo. Parece um conto de terror da *Reader's Digest*, não parece?

— A garota que me deu a mescalina falou que uma vez ela tirou a mão de um homem de dentro do ralo da pia. Depois, não conseguia saber se tinha acontecido mesmo ou não.

— Quem era ela?

— Não sei direito — falou ele com sinceridade. — Enfim, aqui está. — Ele colocou um maço de notas no balcão, ao lado da caixa de charutos. O maço estava preso por um elástico.

Drake franziu a sobrancelha para as notas, sem tocá-las.

— Na verdade, é para a loja — falou ele. Tinha certeza de que Drake sabia disso, mas precisava preencher seu silêncio.

Drake soltou o elástico, segurando as notas com a mão esquerda e manipulando-as com aquela direita cheia de cicatrizes estranhas. Colocou o elástico de lado e contou devagar.

— Tem 5 mil dólares aqui — falou ele.

— Isso.

— Você ficaria ofendido se eu lhe perguntasse onde...

— Onde eu consegui o dinheiro? Não, não ficaria. Foi da venda da minha casa para a Prefeitura. Eles vão construir uma estrada que vai passar por cima dela.

— Sua mulher concorda com isso?

— Minha mulher não tem voz neste assunto. Estamos separados. Logo seremos divorciados. Ela tem metade do valor da venda para fazer o que achar melhor com ele.

— Entendo.

Atrás deles, o velho beberrão começou a cantarolar. Não era uma canção; estava apenas cantarolando a esmo.

Drake ficou batendo de modo taciturno nas notas com o indicador direito. As pontas delas estavam viradas para cima por terem ficado enroladas.

— Não posso aceitar — disse ele, por fim.

— Por que não?

Drake falou:

— Não se lembra da nossa conversa?

Ele respondeu:

— Não pretendo fazer nada daquilo.

— Acho que pretende, sim. Um homem com os pés plantados tão firmes neste mundo não sai dando dinheiro por capricho.

— Isso não é um capricho.

Drake olhou para ele de forma incisiva.

— E como você chamaria? Um encontro fortuito?

— Que droga, eu já dei dinheiro para gente que nunca vi na vida. Pesquisas sobre o câncer. Uma fundação de amparo às crianças. Um hospital de distrofia muscular em Boston. E eu nunca nem *estive* em Boston.

— Quantias tão grandes assim?

— Não.

— E dinheiro em espécie, sr. Dawes. Um homem para quem o dinheiro ainda tem alguma utilidade nunca quer vê-lo. Ele passa cheques, assina papéis. Até quando joga pôquer valendo centavos ele usa fichas. Torna a coisa simbólica. E, na nossa sociedade, um homem que não vê necessidade no dinheiro também não vê muita necessidade em viver.

— Essa é uma atitude materialista pra cacete para um...

— Um padre? Mas eu não sou mais padre. Não desde que isto aqui aconteceu. — Ele ergueu a mão repleta de cicatrizes, ferida. — Quer saber como eu consigo dinheiro para manter este lugar de pé? Chegamos tarde demais para as instituições de caridade de fachada como o United Fund ou o City Appeal Fund. As pessoas que trabalham aqui são todas aposentadas e velhas. Elas não entendem os garotos que entram por aquela porta, mas não querem ser apenas mais um rosto olhando para a rua de uma janela de terceiro andar. Tenho uns garotos em liberdade condicional que caçam bandas para tocar de graça nas noites de sexta e de sábado, bandas que estão só começando e que precisam aparecer. Nós passamos o chapéu. Mas a maioria da grana vem dos ricaços, da nata da sociedade. Eu faço turnês. Discurso em chás beneficentes de madames. Falo dos meninos de rua e dos cachaceiros que dormem debaixo de viadutos e fazem fogueiras com jornal para não congelarem no inverno. Conto sobre a garota de 15 anos que está na rua desde 1971 e apareceu aqui com piolhos brancos enormes andando por toda a sua cabeça e nos pêlos pubianos. Conto sobre a quantidade de DSTs em Norton. Sobre os caftens, sujeitos que ficam andando pelos terminais rodoviários procurando garotos que fugiram de casa para caftiná-los. Falo sobre aqueles meninos que acabam pagando boquete para algum cara no banheiro masculino do cinema por dez dólares, 15 se ele prometer engolir a porra. Cinqüenta por cento para ele e cinqüenta para o cafetão. E aquelas mulheres, os olhos delas ficam completamente chocados e depois meio derretidos e cheios de ternura. Às vezes você consegue agarrar uma delas e consegue mais do que uma contribuição de dez pratas. Ela o convida para jantar na sua casa em Crescent, o apresenta para a família e faz você dizer as orações depois que a empregada serve a entrada. E você obedece, por pior que seja o gosto das palavras na sua boca, e passa a mão pelo cabelo da criança, porque sempre tem uma criança, Dawes, uma só, não como os coelhos safados desta parte da cidade, que colocam no mundo um cortiço inteiro delas, e fala "que menino bonito que a senhora tem" ou "que menina bonita", e, se estiver com sorte, a senhora terá convidado algumas das suas colegas de bridge ou do clube para ver este padre bizarro, que é provavelmente um radical que contrabandeia armas para os Panteras Negras ou para a Frente de Libertação Nacional da Argélia, e então dá uma de padre Brown,[15] acrescenta uma pitada de bajulação e sorri até seu rosto doer. Tudo isso é conhecido como balançar a árvore de dinheiro e é feito nos ambientes mais elegantes, mas, no caminho de casa, parece que você estava de joelhos chupando algum empresário bissexual em uma das cabines do Cinema 41. Mas, que diabo, meu jogo é esse, faz parte da minha penitência, se você me perdoa a má palavra, mas minha penitência não inclui necrofilia. E isso, sr. Dawes, é o que me parece que você está oferecendo. E é por isso que eu tenho que dizer não.

— Penitência pelo quê?

— Isso — falou Drake com um sorriso retorcido — é entre mim e Deus.

— Então por que escolher esse método de financiamento, se ele é tão repugnante para o senhor? Por que simplesmente não...

— Eu faço dessa maneira porque ela é a única. Não tenho saída.

Com uma sensação repentina e horrível de desespero, ele percebeu que Drake havia acabado de explicar por que ele tinha ido até ali, por que tinha feito tudo o que fez.

— Você está bem, sr. Dawes? Parece...

— Estou bem. Quero lhe desejar toda a sorte do mundo. Mesmo que o senhor não esteja chegando a lugar nenhum.

— Não tenho ilusões — falou Drake, sorrindo. — Você deveria pensar melhor antes de fazer... algo drástico. Existem alternativas.

— Existem? — Ele sorriu de volta. — Feche este lugar agora. Saia daqui comigo e nós dois montamos um negócio. É uma proposta séria.

— Você está tirando sarro de mim.

— Não — falou ele. — Talvez alguém esteja tirando sarro de nós dois. — Ele virou de costas, enrolando as notas em um cilindro pequeno e compacto novamente. O garoto ainda dormia. O velho estava com a xícara pela metade em cima da mesa e a fitava com o olhar vazio. Ainda cantarolava. Enquanto saía, ele enfiou o maço na xícara do velho, espalhando café amarronzado na mesa. Saiu depressa, destrancou o carro no meio-fio, esperando que Drake o seguisse até lá fora para censurá-lo,

---

[15] Detetive criado pelo escritor G.K. Chesterton, protagonista de vários contos de mistério do autor. (N. do T.)

talvez salvá-lo. Drake, no entanto, não fez isso, talvez por esperar que ele voltasse e salvasse a si mesmo.

Em vez disso, ele entrou no seu carro e foi embora.

14 de janeiro de 1974

Ele foi para a loja da Sears no centro e comprou um acumulador e dois cabos de bateria. Na lateral do acumulador havia as seguintes palavras impressas em relevo no plástico:

LONGA DURAÇÃO

Foi para casa e guardou tudo no armário da frente, junto com o caixote de madeira. Pensou no que aconteceria se a polícia chegasse com um mandado de busca. Armas na garagem, explosivos na sala de estar, uma grande quantia de dinheiro na cozinha. Agente Secreto X-9, contratado de um cartel estrangeiro terrível demais para ser mencionado. Ele assinava a *Reader's Digest*, que era cheia de histórias de espionagem daquele tipo, além de uma série de campanhas: antitabagista, antipornografia, anticrime. Era sempre mais assustador quando o suposto espião era um branco protestante suburbano, um de *nós*. Agentes da KGB em Willamette ou Des Moines, trocando microfotografias na seção de empréstimo de livros da farmácia, tramando um golpe contra a república no drive-in, comendo Big Macs com um dente furado para esconder ácido prússico.

Sim, um mandado de busca e eles conseguiriam crucificá-lo. Porém, ele não tinha mais medo. As coisas pareciam ter ultrapassado aquele ponto.

15 de janeiro de 1974

— O que você quer? — disse Magliore, em um tom cansado.

Chovia e nevava lá fora; a tarde estava sombria e triste, um dia em que qualquer ônibus municipal arrastando-se do clima cinzento e membranoso, espirrando lama em todas as direções com seus pneus enormes, pareceria fruto da fantasia de um maníaco-depressivo, na qual o próprio ato de viver fosse algo ligeiramente psicopata.

— Minha casa? Meu carro? Minha mulher? Qualquer coisa, Dawes. Só me deixe viver em paz meus anos de decadência.

— Olhe — disse ele, constrangido. — Sei que estou sendo insuportável.

— Ele sabe que está sendo insuportável — falou Magliore para as paredes. Levantou as mãos e as deixou cair de volta sobre suas coxas carnudas. — Então, pelo amor de Deus, por que você não pára?

— Esta é a última coisa.

Magliore girou os olhos.

— Isso vai ser uma beleza — falou ele para as paredes. — O que é?

Ele retirou algumas notas do bolso e disse:

— Tem 18 mil dólares aqui. Três mil são para o senhor. Como pagamento pela busca.

— E o que você quer que eu busque?

— Uma garota em Las Vegas.

— Os 15 são para ela?

— Isso. Gostaria que o senhor pegasse esse dinheiro e investisse em qualquer negócio seu que seja um bom investimento. E que dê o lucro para ela.

— Negócios lícitos?

— O que der o maior lucro. Confio no seu bom senso.

— Ele confia no meu bom senso — Magliore informou as paredes. — Vegas é uma cidade grande, sr. Dawes. Ninguém fica lá.

— O senhor não tem contatos por lá?

— Na verdade, tenho, sim. Mas se você estiver falando de alguma garota meio hippie que já pode ter se mandado para São Francisco ou Denver...

— Ela atende pelo nome de Olivia Brenner. E acho que ainda está em Las Vegas. Estava trabalhando em um restaurante fast-food...

— Igual a pelo menos outros 2 milhões em Vegas — disse Magliore. — Santa Maria Mãe de Deus!

— Ela divide um apartamento com outra garota, ou pelo menos dividia quando nos falamos pela última vez. Não sei onde. Tem mais ou menos 1,75 metro, cabelo escuro, olhos verdes. Bonita. Vinte e um anos. Ou pelo menos é o que diz.

— E vamos supor que eu não consiga encontrar esse pitéu?

— Invista o dinheiro e fique com os lucros. Considere um pagamento pelo incômodo.

— Como você pode saber que eu não vou fazer isso de qualquer maneira?

Ele se levantou, deixando as notas na mesa de Magliore.

— Acho que não tenho como. Mas o senhor tem uma cara honesta.

— Ouça — falou Magliore. — Não pretendo te sacanear. Você é um homem que já está sendo sacaneado. Mas não gosto disso. Parece que você está me transformando no redator da porra do seu testamento.

— Pode dizer não, se não tiver jeito.

— Não, não, não, você não entende. Se ela ainda estiver em Vegas e usando esse nome de Olivia Brenner, acho que consigo encontrá-la, e cerca de 5 quilômetros é mais do que justo. Aconteça o que acontecer, não saio perdendo. Mas você me assusta, Dawes. Você está mesmo determinado.

— Estou.

Magliore franziu o cenho para as fotografias dele mesmo, da sua mulher e dos seus filhos debaixo do tampo de vidro da mesa.

— Tudo bem — disse Magliore. — Pela última vez, tudo bem. Mas chega, Dawes. Ponto final. Se eu vir a sua cara novamente ou ouvir sua voz no telefone, pode esquecer. Estou falando sério. Já tenho problemas demais sem ficar me metendo nos seus.

— Concordo com essa condição.

Ele estendeu a mão, sem saber ao certo se Magliore a apertaria, mas ele apertou.

— Você não faz o menor sentido para mim — falou Magliore. — Por que eu gosto de um cara que não faz o menor sentido para mim?

— Este mundo não faz sentido — disse ele. — Se tiver alguma dúvida, pense sobre a cadela do sr. Piazzi.

— Eu penso bastante nela — respondeu Magliore.

16 de janeiro de 1974

Ele levou o envelope de papel manilha contendo o cheque até a caixa de correio da esquina e o enviou. Naquela noite, foi assistir a um filme chamado *O Exorcista*, porque era com Max Von Sydow e ele sempre admirara bastante Max Von Sydow. Em uma das cenas, uma garotinha vomitou na cara de um padre católico. Algumas pessoas nas fileiras de trás comemoraram.

17 de janeiro de 1974

Mary telefonou para ele. Soava absurdamente aliviada e feliz, o que tornou tudo muito mais fácil.

— Você vendeu a casa — disse ela.

— Isso mesmo.

— Mas ainda está aí.

— Só até sábado. Aluguei uma casa de fazenda grande no interior. Vou tentar pôr a cabeça no lugar.

— Oh, Bart. Que maravilha. Fico tão feliz. — Ele compreendeu por que aquilo estava tão fácil. Ela estava sendo piegas. Não estava feliz ou triste. Tinha desistido. — Sobre o talão de cheques...

— Sim.

— Você dividiu o dinheiro pela metade certinho, não foi?

— Foi. Se quiser conferir, pode ligar para o sr. Fenner.

— Não. Oh, não foi *isso* que eu quis dizer. — Ele praticamente conseguia vê-la como que afastando algo com as mãos. — O que quis dizer é... já que você separou o dinheiro desse jeito... quer dizer que...

Ela deixou a frase morrer engenhosamente e ele pensou: *Ai, sua vaca, você me pegou, bem na mosca.*

— É, acho que sim — falou ele. — Divórcio.

— Você pensou no assunto? — perguntou ela em um tom grave, sentimentalóide. — Pensou *bem*...

— Pensei bastante.

— Eu também. Parece que é a única saída. Mas eu não tenho nenhum rancor de você, Bart. Não estou brava.

Meu Deus, ela anda lendo todos aqueles romances baratos. Daqui a pouco vai me dizer que voltou a estudar. Ele ficou surpreso com a amargura que sentia. Achou que tivesse passado daquela fase.

— O que você vai fazer?

— Vou voltar a estudar — disse ela, e já não havia mais sentimentalismo na sua voz; soava empolgada, radiante. — Desencavei meu histórico antigo, ainda estava no sótão da mamãe com todas as minhas roupas velhas, e você sabia que faltam só 24 créditos para eu me formar? Bart, isso é pouco mais de um ano.

Ele viu Mary engatinhando pelo sótão da mãe e a imagem se misturou com a dele mesmo sentado, perplexo, em meio a uma pilha de roupas de Charlie. Ele bloqueou aquilo.

— Bart? Você ainda está aí?

— Estou. Fico feliz em ver que ser solteira novamente vai tornar você uma pessoa tão realizada.

— Bart — disse ela em tom de repreenda.

No entanto, não havia necessidade de estourar com ela naquele momento, irritá-la ou fazê-la se sentir mal. As coisas estavam em outro estágio. A cadela do sr. Piazzi, depois de morder, segue adiante. Aquilo lhe pareceu engraçado e ele deu uma risadinha.

— Bart, você está chorando? — Havia ternura na sua voz. Apesar da pieguice, havia ternura.

— Não — disse ele bravamente.

— Bart, eu posso fazer alguma coisa? Porque, se puder, eu quero fazer.

— Não. Acho que vou ficar bem. E fico feliz que você esteja voltando a estudar. Ouça, sobre o divórcio... quem vai dar a entrada? Eu ou você?

— Acho que ficaria melhor se fosse você — disse ela, timidamente.

— Ok. Ótimo.

Houve um silêncio entre os dois e, de repente, ela botou tudo para fora, como se as palavras tivessem escapado sem seu conhecimento ou aprovação:

— Você dormiu com alguém desde que eu fui embora?

Ele pensou na pergunta e nas formas de respondê-la: a verdade, a mentira, uma evasiva que poderia deixá-la acordada naquela noite.

— Não — disse ele, com cautela, e acrescentou: — E você?

— Claro que não — respondeu ela, conseguindo soar chocada e satisfeita ao mesmo tempo. — Não conseguiria.

— Com o tempo, vai conseguir.

— Bart, não vamos falar de sexo.

— Tudo bem — disse ele com bastante tranqüilidade, embora tivesse sido ela a tocar no assunto. Ele tentava encontrar algo simpático para lhe dizer, algo que ficaria na sua memória. Não conseguia pensar em nada e, além do mais, não sabia por que iria querer que ela se lembrasse dele, pelo menos não naquela situação. Eles haviam tido bons anos antes. Ele tinha certeza de que tinham sido bons, pois não se lembrava de muito do que acontecera neles, exceto talvez da aposta maluca para comprar a tevê.

Ele se ouviu dizendo:

— Você se lembra da primeira vez em que levamos Charlie para o jardim-de-infância?

— Sim. Ele chorou e você queria levá-lo de volta com a gente. Você não queria largar dele, Bart.

— Mas você quis.

Ela negou aquilo de alguma forma em um tom ligeiramente magoado, mas ele estava se lembrando da cena. A mulher responsável pelo jardim-de-infância se chamava sra. Ricker. Ela era certificada pelo Estado e dava um almoço quente e gostoso para todas as crianças antes de mandá-las para casa a uma da tarde. A escola ficava no andar de baixo em um porão reformado, e, enquanto descia as escadas com Charlie entre eles, ele se sentia um traidor; como um fazendeiro afagando uma vaca e acalmando-a no caminho para o matadouro. Ele era um menino lindo, o seu Charlie. Cabelo loiro que mais tarde escureceu, olhos azuis e atentos, mãos espertas desde quando era um bebezinho. E ele ficou entre os dois ao pé da escada, petrificado, observando as outras crianças gritando, correndo, colorindo e recortando papel colorido com tesouras de ponta redonda — *tantas* delas —, e Charlie nunca tinha parecido tão vulnerável quanto naquele instante, simplesmente observando aquelas crianças. Não havia alegria ou medo nos olhos dele, apenas atenção — uma espécie de *deslocamento* —, e ele nunca tinha se sentido tão pai do seu filho quanto naquela hora, tão próximo de uma verdadeira sintonia com seus pensamentos. E a sra. Ricker se aproximou, sorrindo como uma barracuda, e disse: *Nós vamos nos divertir à beça, Chuck*, fazendo-o querer gritar: *Esse não é o nome dele!* E, quando ela estendeu a mão, Charlie não a pegou, mas ficou apenas observando, então ela o agarrou e começou a arrastá-lo na direção dos outros. Ele foi de bom grado por dois passos e depois parou, olhando de volta para eles, e a sra. Young falou muito baixinho: *Podem ir, ele vai ficar bem*. E Mary teve que cutucá-lo e dizer *Vamos ANDANDO, Bart*, porque ele estava congelado, olhando para seu filho, para os olhos de seu filho que diziam: *Você vai deixar eles fazerem isso comigo, George?*, e seus próprios olhos respondendo: *Sim, acho que vou, Freddy*. E ele e Mary começaram a subir as escadas, dando as costas para Charlie — a pior visão do mundo para uma criancinha —, e Charlie começou a chorar. Mary não diminuiu o passo, porque o amor de uma mulher é estranho e cruel e quase sempre lúcido — um amor que vê com clareza é sempre um amor terrível —, e ela sabia que ir embora era a coisa certa a fazer, então foi isso o que fez, ignorando o choro como apenas outra parte do crescimento do menino, como sorrisos diante de um pum ou um joelho ralado. E ele sentiu uma dor tão aguda no peito, tão física, que se perguntou se estava tendo um infarto, e então a dor simplesmente passou, deixando-o trêmulo e incapaz de interpretá-la, porém, ao se lembrar daquilo, achava que a dor tinha sido um mero e prosaico adeus. As costas dos pais não são a pior coisa do mundo. A pior coisa do mundo é a velocidade com que as crianças esquecem aquelas mesmas costas e se voltam para seus próprios assuntos — para a brincadeira, o quebra-cabeça, o novo amigo e, com o passar do tempo, a morte. Aquelas eram as coisas horrorosas que ele aprendera. Charlie começara a morrer muito antes de ficar doente e não havia como parar.

— Bart — dizia ela. — Você ainda está aí, Bart?

— Estou.

— Que bem você está fazendo a si mesmo pensando em Charlie o tempo todo? Está acabando com você. É como se fosse prisioneiro dele.

— Mas você está livre — disse ele. — Sim.

— Posso procurar o advogado na semana que vem?

— Ok. Ótimo.

— Não precisa ser desagradável, precisa, Bart?

— Não. Vai ser bastante civilizado.

— Você não vai mudar de idéia e contestar o pedido?

— Não.

— Eu... Eu entro em contato com você, então.

— Você sabia que era hora de deixá-lo sozinho e foi o que fez. Deus, quem me dera ser tão instintivo.

— O quê?

— Nada. Tchau, Mary. Eu te amo. — Ele percebeu que tinha dito aquilo depois de desligar. Falou automaticamente, sem emoção, como um marcador discursivo. Porém, aquele não era um final tão ruim. Nem um pouco.

18 de janeiro de 1974

A voz da secretária disse:

— Quem eu devo anunciar?

— Bart Dawes.

— O senhor aguarda na linha um instante?

— Claro.

Ela o colocou no limbo e ele ficou segurando o receptor mudo na orelha, batendo o pé e olhando pela janela para o fantasma da Crestallen Street West. Fazia um dia claro, mas muito frio, com a temperatura por volta de dez graus negativos e uma sensação térmica de vinte graus negativos. O vento soprava neve ruidosamente até o outro lado da rua, onde a casa dos Hobart erguia-se em um silêncio meditativo: apenas uma casca esperando a bola de demolição. Eles tinham até levado as persianas.

Ouviu-se um clique e a voz de Steve Ordner falou:

— Bart, como vai?

— Bem.

— O que posso fazer por você?

— Liguei para saber da lavanderia — disse ele. — Estava me perguntando o que a corporação decidiu fazer quanto à realocação.

Ordner suspirou e então disse com uma discrição bem-humorada.

— Um pouco tarde demais, não?

— Não liguei para ser punido pelo que fiz, Steve.

— E por que não? Você certamente puniu todo mundo com o que fez. Bem, deixe pra lá. O conselho decidiu abandonar o ramo de lavagem industrial, Bart. As lavanderias comuns vão continuar; estão todas dando certo. Mas vamos mudar o nome da franquia. Para Handi-Wash. O que você acha?

— Horrível — falou ele com uma voz distante. — Por que você não demite Vinnie Mason?

— Vinnie? — Ordner pareceu surpreso. — Ele está fazendo um excelente trabalho para a gente. Está se tornando um manda-chuva e tanto. Devo dizer que não esperava tanta amargura...

— Por favor, Steve. Aquele emprego não tem mais futuro do que o sistema de ventilação de um cortiço. Dê algo que valha a pena para ele ou dispense o cara.

— Não acho que isso seja da sua conta, Bart.

— Você amarrou uma galinha morta em volta do pescoço dele e ele ainda não percebeu porque ainda não começou a apodrecer. Ainda está achando que é um jantar.

— Fiquei sabendo que ele deu um soco em você logo antes do Natal.

— Falei a verdade e ele não gostou.

— Verdade é uma palavra capciosa, Bart. Imagino que você saiba disso melhor do que ninguém, depois de todas as mentiras que contou para mim.

— Isso ainda incomoda você, não é?

— Quando você descobre que o sujeito que achava ser um bom homem é um mentiroso, fica melindrado, sim.

— Melindrado — repetiu ele. — Sabe de uma coisa, Steve? Você é a única pessoa que eu conheci na vida capaz de falar isso. Melindrado. Que porra é essa?

— Mais alguma coisa, Bart?

— Não, acho que não. Só queria que você parasse de tirar o couro do Vinnie. Ele é um bom homem. Você o está jogando fora. E sabe muito bem disso.

— Repito: por que eu iria querer "tirar o couro" do Vinnie?

— Porque não pode me atingir.

— Você está ficando paranóico, Bart. Não tenho desejo de fazer nada com você além de esquecê-lo.

— Foi por isso que você andou perguntando se eu alguma vez lavei minha própria roupa de graça? Ou levava um por fora dos motéis? Fiquei sabendo que chegou a conferir os recibos do caixa pequeno dos últimos cinco anos mais ou menos.

— Quem contou isso para você? — gritou Ordner. Ele pareceu surpreso, abalado.

— Alguém da sua organização — mentiu ele alegremente. — Alguém que não gosta muito de você. Que achou que talvez eu conseguisse pegar a bola rolando bem a tempo para a próxima reunião do conselho.

— Quem?

— Adeus, Steve. Pense sobre Vinnie Mason, e eu vou pensando com quem eu posso ou não vir a falar.

— Não ouse desligar na minha cara! Não ouse...

Ele desligou, sorrindo. Até Steve Ordner tinha o famoso pé de barro. De quem Steve o fazia se lembrar, mesmo? Bolinhas de metal. Sorvete de morango roubado do depósito de comida. Herman Wouk. Capitão Queeg, era isso. Humphrey Bogart tinha feito o papel dele no filme.[16] Ele riu alto e cantou:

---

[16] O autor se refere ao filme *The Caine Mutiny*, de 1954, chamado no Brasil de *A Nave da Revolta*, adaptação do livro homônimo de Herman Wouk. Nele, Humphrey Bogart interpreta um capitão com problemas psicológicos, que fica obcecado pelo roubo de um sorvete de morango do depósito de comida do seu navio e gira bolinhas de metal constantemente nas mãos. (N. do T.)

> *We all need someone to Queeg on,*
> *And if you want to, why don'tcha Queeg all over me?*[17]

Estou louco mesmo, pensou ele, ainda rindo. No entanto, parece que existem algumas vantagens. Ocorreu-lhe que um dos sinais mais incontestáveis de loucura era um homem completamente sozinho, rindo no meio do silêncio, ou em uma rua vazia cheia de casas vazias. Porém, a idéia não detém seu bom humor e ele riu mais alto, parado diante do telefone, balançando a cabeça e sorrindo.

19 de janeiro de 1974

Depois que escureceu, ele saiu até a garagem e trouxe as armas para dentro de casa. Carregou a Magnum com cautela, seguindo os passos do panfleto de instruções, depois de disparar sem munição diversas vezes. Os Rolling Stones tocavam no aparelho de som, cantando sobre o Midnight Rambler.[18] Não conseguia tirar da cabeça como aquele disco era bom. Ele pensou em si mesmo como Barton George Dawes, Midnight Rambler, Consultas Apenas com Hora Marcada.

O Weatherbee .460 tinha capacidade para oito projéteis. Eles pareciam grandes o suficiente para caber em um canhão. Quando o rifle estava carregado, ele o analisou com curiosidade, perguntando-se se era tão poderoso quanto Dirty Harry Swinnerton afirmara. Decidiu levá-lo para trás da casa e atirar com ele. Quem estava na Crestallen Street West para denunciar os tiros?

Colocou o paletó e começou a andar para a porta dos fundos pela cozinha, então voltou até a sala de estar e pegou uma das almofadas

---

[17] Trocadilho com o refrão da música *Let It Bleed*, dos Rolling Stones, já citada anteriormente. Aqui, Bart troca a palavra "cream" (que já é alternada a cada refrão por "lean", "dream", "bleed" etc. por Mick Jagger na música original) por "Queeg", em referência ao capitão Queeg do filme. (N. do T.)

[18] Numa tradução livre, *Andarilho da Meia-Noite*, nome de uma canção dos Rolling Stones sobre um estuprador e assassino. (N. do T.)

pequenas que ficavam no sofá. Saiu em seguida, parando para ligar a lâmpada de 200 watts que ele e Mary haviam usado no verão para fazer churrasco no quintal dos fundos. Lá atrás, como ele tinha imaginado, havia um pouco mais de neve do que antes — intocada, imaculada, totalmente virgem. Ninguém tinha fodido aquela neve com os pés. Nos anos anteriores, Kenny, o filho de Don Upslinger, às vezes pegava o atalho do quintal dos fundos para chegar à casa do seu amigo Ronnie. Ou então Mary usava a corda que ele amarrara na diagonal entre a casa e a garagem para pendurar algumas coisas (geralmente roupas de baixo) quando os dias estavam quentes demais para elas congelarem. Mas, quanto a ele, sempre ia para a garagem pelo passadiço e, naquele instante, aquilo lhe pareceu uma espécie de maravilha — ninguém estivera naquele quintal dos fundos desde que a primeira neve caíra, no fim de novembro. Nem mesmo um cachorro, pelo jeito.

De repente, ele teve uma vontade louca de caminhar até o meio, mais ou menos onde ele montava o *hibachi* todo verão e fazia um anjo de neve.

Em vez disso, dobrou a almofada sobre o ombro direito, a segurou por um instante com o queixo e então pressionou a coronha do Weatherbee contra ele. Baixou a vista até a mira com o olho esquerdo fechado e tentou se lembrar dos conselhos que os atores sempre davam uns aos outros antes de os fuzileiros navais chegarem às praias nos filmes de guerra da madrugada. Geralmente era algum veterano como Richard Widmark falando com algum recruta; Martin Milner, talvez: *Não puxe o gatilho, filho,* aperte-o.

Ok, Fred. Vamos ver se eu consigo acertar minha própria garagem.

Ele apertou o gatilho.

O rifle não produziu um estampido. Produziu uma explosão. A princípio, ele teve medo de ter estraçalhado as próprias mãos. Teve certeza de que estava vivo quando o coice o jogou contra a porta antitempestade da cozinha. O estrondo viajou em todas as direções com um som curiosamente ondulante, como o escapamento de um jato. A almofada caiu na neve. Seu ombro latejou.

— Meu Deus, Fred! — falou ele, ofegante.

Ele olhou para a garagem e mal conseguiu acreditar. Havia um buraco lascado na lateral grande o bastante para se enfiar uma xícara de chá.

Ele recostou a arma contra a porta antitempestade da cozinha e atravessou a neve, ignorando o fato de que estava com seus sapatos baixos. Examinou o buraco por um instante, empurrando para cima as lascas soltas com o indicador, e então deu a volta e entrou.

O buraco de saída era maior. Ele olhou para sua caminhonete. Havia um buraco de bala na porta do motorista e a tinta havia sido cauterizada, revelando metal puro ao redor do orifício côncavo, que era grande o suficiente para se enfiar as pontas de dois dedos. Ele abriu a porta e olhou pelo banco até a porta do carona. Sim, a bala a havia atravessado também, bem embaixo da maçaneta.

Ele deu a volta até a porta do carona e viu por onde a bala saíra, deixando outro buraco grande, dessa vez com dentes de metal apontando perniciosamente para fora. Ele se virou e olhou para a parede da garagem oposta àquela pela qual a bala tinha entrado. Ela também a atravessara. Até onde ele sabia, ainda não tinha parado.

Ele ouviu Harry, o dono da loja de armas, dizendo: *Então seu primo vai mirar na barriga... Essa belezinha vai espalhar as tripas dele por um raio de seis metros.* E o que o rifle faria com um homem? Provavelmente o mesmo. Aquilo embrulhou seu estômago.

Ele andou de volta até a porta da cozinha, parou para apanhar a almofada e entrou na casa, detendo-se automaticamente para bater os pés, de modo a não deixar uma trilha pela cozinha de Mary. Na sala de estar, tirou a camisa. Havia uma marca vermelha no formato da coronha do rifle no seu ombro, apesar da almofada.

Ele entrou na cozinha ainda sem a camisa, preparou um café e um jantar congelado. Quando terminou a refeição, voltou para a sala de estar, deitou-se no sofá e começou a chorar. O choro então se tornou uma histeria dissonante e violenta que ele ouvia e temia, mas não conseguia controlar. Por fim, ela começou a passar e ele caiu num sono pesado, ressonando. Adormecido, ele parecia velho, e alguns dos pêlos curtos na sua bochecha estavam brancos.

20 de janeiro de 1974

Ele acordou dando um salto, cheio de culpa, com medo de que fosse manhã e tarde demais. Seu sono tinha sido encharcado de suor e negro como café velho, o tipo de sono do qual sempre despertava se sentindo idiota e aéreo. Olhou para o relógio e viu que eram duas e quinze. O rifle estava onde ele o havia deixado, recostado com indiferença contra a poltrona. A Magnum estava na mesa de canto.

Ele se levantou, foi até a cozinha e jogou água gelada no rosto. Subiu para o andar de cima e colocou uma camisa limpa. Voltou a descer, vestindo-a. Trancou todas as portas do primeiro piso e, por motivos que não teve vontade de analisar com muita atenção, seu coração parecia um pouco mais leve à medida que cada tranca se fechava com um clique. Começou a se sentir novamente ele mesmo pela primeira vez desde que aquela maldita mulher desabara na frente dele no supermercado. Colocou o Weatherbee no chão, perto da janela panorâmica da sala de estar, e empilhou os cartuchos ao lado dele, abrindo cada caixa à medida que as largava no chão. Arrastou a poltrona até lá e a deixou ao lado da arma.

Foi até a cozinha e trancou as janelas. Pegou uma das cadeiras da sala de jantar e a apoiou debaixo da maçaneta da cozinha. Serviu-se de uma xícara de café frio, o bebericou distraído, fez uma careta e o derramou na pia. Preparou um drinque.

Voltou à sala de estar e tirou o acumulador do armário. Colocou-o atrás da poltrona virada, então apanhou os cabos de bateria e os enrolou do lado do acumulador.

Carregou o caixote de explosivos para o andar de cima, grunhindo e bufando. Quando chegou ao patamar, largou-o no chão com um baque e soltou a respiração pela boca. Estava ficando velho demais para aquele tipo de porcaria, embora boa parte dos músculos desenvolvidos na lavanderia, na época em que ele e seu sócio costumavam levantar cargas de 180 quilos de lençóis passados para colocá-las dentro de caminhões de entrega, ainda estivesse lá. Porém, com ou sem músculos, quando um homem chegava aos 40, algumas coisas eram jogar com a sorte. Quarenta anos é a idade do infarto.

Ele foi de quarto em quarto no andar de cima, acendendo todas as luzes. O quarto de hóspedes, o banheiro de hóspedes, o quarto principal, o escritório que tinha sido o quarto de Charlie. Colocou uma cadeira debaixo do alçapão do sótão e subiu até lá, acendendo a lâmpada empoeirada. Então desceu até a cozinha e pegou um rolo de fita isolante, uma tesoura e uma faca de carne afiada.

Apanhou duas bananas de explosivo do caixote (eram macias e, se você as apertasse, deixava impressões digitais) e as levou até o sótão. Cortou dois pedaços de pavio e descascou o isolamento branco do núcleo de cobre com a faca de carne. Então, enfiou os dois fios desencapados em uma das bananas. Dentro do armário, parado debaixo do alçapão, ele descascou o isolamento das outras pontas dos pavios e prendeu nelas mais duas bananas, introduzindo com força o pavio nelas para que o fio desencapado não se soltasse.

Cantarolando, ele puxou mais pavio do sótão até o quarto principal, deixando uma banana em cada cama de casal. Continuou puxando o pavio de lá pelo corredor e deixou uma banana no banheiro de hóspedes e duas outras no quarto de hóspedes. Apagou as luzes ao sair. No antigo quarto de Charlie, deixou quatro bananas, amarradas com fita adesiva umas às outras. Saiu arrastando o fio pela porta e largou um rolo dele em cima do corrimão da escada. Então, desceu para o andar de baixo.

Quatro bananas no balcão da cozinha, do lado da sua garrafa de Southern Comfort. Quatro na sala de estar. Quatro no corredor.

Ele arrastou o fio de volta até a sala de estar, um pouco sem fôlego de tanto subir e descer as escadas. Porém, ainda havia mais uma viagem para fazer. Subiu novamente e pegou o caixote, que estava consideravelmente mais leve àquela altura. Havia apenas 11 bananas de explosivo sobrando. Viu, então, que o caixote já havia contido laranjas. Escrito na lateral, em letras apagadas, estava a palavra:

Ao lado dela, a figura de uma laranja com uma folha pendurada no caule.

Ele levou o caixote até a garagem, usando o passadiço daquela vez, e colocou a caixa no banco de trás do carro. Enfiou um pavio curto em cada banana de malglinite, então juntou todas as 11 com um pedaço grande de fita isolante, puxando o pavio longo de volta até a casa, tendo o cuidado de passar o fio pela fresta debaixo da porta lateral que dava para o passadiço, trancando-a de volta em seguida.

Na sala de estar, ele juntou o disjuntor principal da casa com o que vinha da garagem. Trabalhando com atenção, ainda cantarolando, cortou outro pedaço de pavio e o colou aos outros dois com fita isolante. Puxou aquele último pavio até o acumulador e descascou o isolamento da ponta com a faca de carne.

Separou os fios de cobre e enrolou ambos até eles formarem uma trança. Pegou os cabos de bateria e prendeu uma garra preta em uma trança e uma garra vermelha na outra. Foi até o acumulador e prendeu outra garra preta ao terminal que dizia:

POS

Deixou a garra vermelha solta, ao lado do pólo marcado

NEG

Então, foi até o aparelho de som, o ligou e ficou ouvindo os Rolling Stones. Eram 4h05 da manhã. Ele foi até a cozinha, preparou outro drinque e voltou para a sala de estar com ele, vendo-se de repente sem nada para fazer. Havia um exemplar da revista *Good Housekeeping* em cima da mesinha de centro. Havia um artigo sobre a família Kennedy e seus problemas. Ele leu o artigo. Em seguida, leu um outro chamado "Mulheres e o câncer de mama". Era de autoria de uma médica.

Eles chegaram um pouco depois das dez, logo depois de os sinos da Igreja Congregacional badalarem a hora a cinco quarteirões dali, conclamando as pessoas para as preces matinais, seja qual for o raio de nome que os congregacionistas dão a elas.

Havia um sedã verde e uma viatura preto-e-branca lá fora. Eles estacionaram no acostamento e três homens saíram do sedã verde. Um deles era Fenner. Não sabia quem eram os outros dois. Ambos carregavam as respectivas maletas.

Dois policiais saíram da viatura e se recostaram nela. A atitude deles deixava óbvio que não esperavam confusão; conversavam sobre alguma coisa apoiados contra o capô do carro e as palavras saíam de suas bocas em lufadas brancas visíveis.

Tudo parou.

Tempo parado, 20 de janeiro de 1974

Bem fred acho que é isso hora de mandar ver ou desistir oh eu sei que de certa forma é tarde demais para desistir estou com explosivos armados pela casa inteira como decorações de aniversário uma arma na mão e outra no cinto como a porra do john dillinger bem o que você acha essa é a decisão final como subir uma árvore eu pego este galho depois pego aquele galho agora este agora aquele

(os homens pararam no ato lá fora na entrada entre os segundos fenner de terno verde a 50 centímetros do chão enquanto andava para a frente bons sapatos usando galochas chiques de salto baixo se é que existem galochas chiques seu sobretudo verde ondulando aberto como um procurador destemido em uma chamada de tevê sua cabeça está ligeiramente virada ligeiramente inclinada o homem atrás dele comentou alguma coisa e fenner está curvando a cabeça para ouvir o homem que falou está com metade de uma pluma branca saindo da boca o segundo homem está vestindo um blazer azul e calças marrom-escuras seu sobretudo também está aberto e o vento o pegou o tempo parado pegou o sobretudo dele no meio da ondulação e o terceiro homem está acabando de dar a volta no carro e os policiais estão recostados contra a viatura com as cabeças viradas um para o outro eles poderiam estar conversando sobre qualquer coisa casamento ou um caso difícil ou a péssima temporada que os mustangs fizeram ou o estado do saco deles e o sol saiu o bastante de trás das nuvens no céu para fazer um único reflexo em uma única bala da munição de um dos policiais e a bala em questão se projeta de uma das várias alças pequenas de couro do cinto do policial em questão e o outro policial está usando óculos escuros e o sol arrancou uma ponta de compasso da lente direita e os lábios dele são grossos e sensuais presos no começo de um sorriso: esta é a fotografia)

    eu vou em frente freddy meu garoto tem alguma coisa que você queira dizer neste momento auspicioso a esta altura do campeonato sim diz fred você vai esperar pelos jornalistas não vai pode ter certeza que vou george as palavras as imagens os cinejornais eu sei que uma demolição só faz sentido se houver visibilidade mas freddy você percebe como isso é solitário em toda a cidade e em todo o mundo as pessoas estão comendo e cagando e trepando e coçando seus eczemas todas as coisas que eles usam para escrever livros enquanto nós temos que fazer isso sozinhos sim eu pensei sobre isso george na verdade se isso servir de consolo para você parece a coisa certa a se fazer agora porque se você não consegue se mexer não tem como dar a obra de bandeja para eles mas por favor george não mate ninguém não de propósito fred mas você está vendo a situação em que eu estou sim estou vendo eu entendo mas george eu estou assustado agora estou tão assustado não fique assustado eu vou dar um jeito nisso e estou totalmente sob controle

    rodando

20 de janeiro de 1974

— Rodando — disse ele em voz alta e tudo começou a se mover.

    Ele apoiou o rifle no ombro, mirou na roda dianteira direita da viatura policial e puxou o gatilho.

    O rifle deu um coice esmagador contra o seu ombro e a boca da arma saltou para cima depois que a bala foi disparada. A janela grande da sala explodiu, deixando apenas pedaços denteados projetando-se da moldura como flechas de vidro impressionistas. O pneu dianteiro da viatura não esvaziou; ele explodiu com um estouro alto e o carro inteiro tremeu nas suas molas como um cachorro chutado enquanto dormia. A calota saiu voando e trepidou a esmo na superfície congelada da Crestallen Street West.

Fenner parou e olhou com incredulidade para a casa. Seu rosto estava pálido por conta do choque. O camarada de blazer azul deixou sua maleta cair. O outro sujeito tinha reflexos melhores, ou talvez um senso mais apurado de autopreservação. Ele deu meia-volta e foi correndo para trás do sedã, agachou-se rente ao chão e sumiu de vista.

Os policiais foram para a direita e a esquerda, escondendo-se atrás da viatura. Logo em seguida, o que usava óculos de sol pipocou de trás do capô, segurando seu revólver com as duas mãos, e atirou três vezes. A arma produziu estalos inócuos depois do estrondo brutal do Weatherbee. Ele se jogou para trás da poltrona e ouviu as balas passando por cima da sua cabeça — dava mesmo para ouvi-las, e o barulho que elas faziam no ar era zzizzz! —, enterrando-se no emboço sobre o sofá. O barulho que elas faziam entrando na parede o fez se lembrar do som de punhos esmurrando um saco pesado em uma academia de boxe. Ele pensou: é esse o som que elas fariam se entrassem em mim.

O policial de óculos de sol estava gritando para Fenner e para o homem de blazer azul.

— Abaixem-se! Abaixem-se, cacete! Ele está com uma porra de um canhão lá dentro!

Ele levantou um pouco a cabeça para enxergar melhor e o policial de óculos de sol o viu e atirou mais duas vezes. As balas fizeram um barulho surdo contra a parede e, daquela vez, o quadro favorito de Mary, *O Pescador de Lagostas*, de Winslow Homer, caiu, bateu no sofá e então foi parar no chão. O vidro que cobria a pintura se estilhaçou.

Ele voltou a levantar a cabeça porque precisava ver o que estava acontecendo (por que não pensara em um periscópio de brinquedo?), tinha que ver se eles estavam tentando cercá-lo pelos lados, que era como Richard Widmark e Marty Milner sempre tomavam os abrigos para metralhadora dos japoneses nos filmes da madrugada, e, se estivessem tentando fazer aquilo, ele teria que tentar atirar em um deles. No entanto, os policiais ainda estavam atrás da viatura e Fenner e o cara de blazer azul disparavam de trás do carro verde. A maleta do Blazer Azul estava caída na calçada como um animalzinho morto. Ele apontou para ela, encolhendo-se diante do coice do rifle grande antes mesmo de ele vir, e disparou.

CRRRAAQUE! E a maleta explodiu em dois pedaços, saltando alucinadamente no ar, agitando-se e expelindo uma revoada de papéis para que o vento sacudisse um dedo invisível no meio deles.

Ele atirou novamente, daquela vez na roda dianteira direita do sedã verde, e o pneu estourou. Um dos homens atrás do carro soltou um grito de terror digno de um soprano.

Ele olhou para o carro da polícia e viu que a porta do motorista estava aberta. O policial de óculos de sol estava com metade do corpo deitado no banco, usando o rádio. Logo todos os convidados da festa estariam ali. Eles o entregariam de bandeja, um pedacinho para qualquer um que quisesse, e daí aquilo já não seria mais pessoal. Sentiu um alívio que era tão amargo quanto jiló. O que quer que tenha sido, fosse qual fosse a doença lúgubre que o levara até ali, até aquele último galho bifurcado de uma árvore alta, já não era mais só dele, não podia ser sussurrado e lamentado em segredo. Ele havia entrado para o rol dos lunáticos famosos, tinha saído do armário. Logo, eles o reduziriam a uma manchete inofensiva: FRÁGIL CESSAR-FOGO CONTINUA NA CRESTALLEN STREET.

Ele baixou o rifle e se arrastou de quatro pela sala de estar, tomando cuidado para não se cortar no vidro da moldura quebrada. Pegou a almofada pequena e então engatinhou de volta. O policial não estava mais no carro.

Ele pegou a Magnum e disparou dois tiros de aviso. A pistola deu um tranco forte na sua mão, mas o coice foi suportável. Seu ombro latejava como um dente podre.

Um dos policiais, o que não usava óculos de sol, saltou de trás do porta-malas da viatura para devolver os tiros e ele meteu duas balas na janela traseira do carro, fazendo-a explodir para dentro em um emaranhado tortuoso de rachaduras. O policial se agachou de volta sem atirar.

— Parem! — berrou Fenner. — Deixem-me falar com ele.

— Vá em frente — disse um dos policiais.

— *Dawes!* — gritou Fenner com firmeza, parecendo um detetive no último rolo de um filme com James Cagney. (Os holofotes da polícia se arrastam incansavelmente de um lado a outro da casa decadente em que "Cachorro Louco" Dawes se escondeu com uma .45 automática em cada mão. "Cachorro Louco" está agachado atrás de uma poltrona virada, vestindo uma camiseta e rosnando.) — *Dawes, está me ouvindo aí dentro?*

(E "Cachorro Louco", com o rosto contorcido de empáfia — embora sua testa esteja ensebada de suor —, grita de volta:)

— Venham me pegar, seus tiras duma figa! — Ele saltou de trás da poltrona e esvaziou a Magnum no sedã verde, deixando uma fileira irregular de buracos.

— Meu Deus! — gritou alguém. — Oh, meu Deus, ele está maluco!

— *Dawes!* — gritou Fenner.

— Vocês nunca vão me pegar vivo — berrou ele, delirante de alegria. — Vocês são os canalhas imundos que mataram meu irmão mais novo! Vou mandar uns de vocês pro inferno antes de me pegarem! — Ele recarregou a Magnum com dedos trêmulos e então colocou projéteis o suficiente no Weatherbee para encher seu pente.

— *Dawes!* — gritou Fenner novamente. — *Que tal fazermos um acordo?*

— Que tal um pouco de chumbo quente, seu miserável! — gritou ele para Fenner, mas estava olhando para o carro da polícia, e, quando o policial de óculos de sol colocou a cabeça furtivamente por cima do capô, ele o fez mergulhar com dois tiros. Um deles varou a janela panorâmica da casa dos Quinn do outro lado da rua.

— *Dawes!* — gritou Fenner com arrogância.

Um dos policiais disse:

— Cala a boca, porra. Você só está encorajando o cara.

Fez-se um silêncio constrangido e, nele, sons de sirenes, ainda distantes, começaram a se erguer. Ele largou a Magnum e apanhou o rifle. O delírio jubiloso o havia abandonado, deixando-o cansado, dolorido e com vontade de cagar.

Por favor, faça o pessoal das estações de tevê chegar rápido, rezou ele. Faça-os chegar rápido com suas câmeras.

* * *

Quando a primeira viatura policial dobrou a esquina aos berros, disparando calculadamente como se tivesse saído do filme *Operação França*, ele estava pronto. Tinha disparado duas das balas de canhão por sobre a viatura estacionada para obrigar os policiais a continuarem agachados e mirou com cuidado a grade da que vinha correndo. Apertou o gatilho como uma espécie de veterano à la Richard Widmark, e a grade pareceu explodir, o capô voando para cima. O carro subiu roncando o meio-fio cerca de 40 metros mais à frente e bateu em uma árvore. As portas se abriram depressa e quatro policiais foram cuspidos para fora com as armas sacadas, parecendo atordoados. Dois deles trombaram um contra o outro. Então, os tiras atrás da primeira viatura (os *seus* tiras, pensou ele com certa sensação de propriedade) abriram fogo e ele mergulhou atrás da poltrona enquanto as balas cortavam o ar acima da sua cabeça. Eram 11h17. Ele pensou que, daquela vez, eles tentariam cercá-lo pelos lados.

Levantou a cabeça, pois não havia outro jeito, e uma bala zuniu pela sua orelha direita. Mais duas viaturas subiam a Crestallen Street West na direção oposta, sirenes gritando, luzes azuis piscando. Dois dos policiais da viatura acidentada tentavam subir a cerca entre a calçada e o quintal dos Upslinger e ele disparou o rifle contra eles três vezes, sem querer acertar ou errar, mas apenas para fazê-los voltar para o carro. E foi o que eles fizeram. Madeira da cerca de Wilbur Upslinger (trepadeiras subiam por ela durante a primavera e o verão) se espalhou por todo lado e parte dela chegou a cair na neve.

As duas novas viaturas tinham parado formando um V que bloqueava a rua em frente à casa de Jack Hobart. Policiais se agachavam no vértice do V. Um deles falava com o policial na viatura acidentada por um walkie-talkie. Logo em seguida, os recém-chegados começaram a disparar uma rajada pesada de tiros para dar cobertura, obrigando-o a se abaixar novamente. Balas atingiram a porta da frente, a fachada da casa e a janela panorâmica inteira. O espelho do corredor de entrada explodiu numa mistura de diamantes. Uma bala varou a colcha que cobria a tevê Zenith e a coberta dançou por um instante.

Ele engatinhou pela sala de estar e se levantou ao lado da janela atrás da televisão. Dali, tinha uma visão clara do quintal dos Upslinger. Dois policiais estavam tentando cercá-lo pelos lados novamente. Um deles sangrava pelo nariz.

Freddy, talvez eu tenha que matar um deles para impedi-los.

Não faça isso, George. Por favor. Não faça isso.

Ele quebrou a janela com a coronha da Magnum e cortou a mão. Eles procuraram de onde vinha o barulho, o viram e começaram a atirar. Ele retribuiu os tiros e viu duas de suas balas abrirem buracos no revestimento de alumínio novo da casa de Wilbur (será que a Prefeitura o reembolsou por aquilo?). Ele ouviu as balas atingirem sua própria casa logo debaixo da janela e nos dois lados dela. Uma arrancou a moldura e farpas voaram no seu rosto. Esperava que uma bala rasgasse o topo da sua cabeça a qualquer momento. Era difícil saber quanto tempo durou a troca de tiros. De repente, um dos policiais agarrou o próprio antebraço e gritou. Então, largou a pistola como uma criança que tivesse se cansado de uma brincadeira idiota. Ele correu, descrevendo um pequeno círculo. Seu parceiro o agarrou e eles começaram a correr de volta para a viatura acidentada, o policial ileso com o braço em volta da cintura do parceiro.

Ele ficou de quatro e engatinhou de volta para a poltrona virada, olhando para fora. Havia mais duas viaturas na rua àquela altura, cada uma vindo de um lado. Elas pararam na calçada dos Quinn e oito policiais saíram e correram para trás do carro com o pneu furado e do sedã verde.

Ele baixou a cabeça de volta e se arrastou para o corredor. A casa estava sob fogo muito pesado. Ele sabia que deveria pegar o rifle e ir para o andar de cima; os veria de um ângulo melhor do segundo andar e talvez até conseguisse afastá-los do carro para buscarem proteção nas casas do outro lado da rua. Porém, não tinha coragem de se afastar tanto do pavio principal e do acumulador. O pessoal da tevê poderia chegar a qualquer momento.

A porta da frente estava cheia de buracos de bala, o verniz marrom-escuro despedaçado para dentro, revelando a madeira crua debaixo dele. Ele se arrastou até a cozinha. Todas as janelas ali tinham sido quebradas e cacos de vidro cobriam o piso. Um tiro fortuito havia derrubado a cafeteira do fogão e ela estava caída de cabeça para baixo em uma poça marrom pegajosa. Ele se agachou debaixo da janela por um instante, então saltou de pé e esvaziou a Magnum nos carros parados em V. Imediatamente a cozinha levou uma rajada mais intensa de tiros. Dois buracos apareceram no esmalte branco da geladeira e um outro atingiu a garrafa de Southern Comfort em cima do balcão. Ela explodiu, espirrando vidro e hospitalidade sulista por todo lado.

Engatinhando de volta para a sala de estar, ele sentiu algo parecido com uma picada de abelha na parte carnuda da sua coxa direita, debaixo das nádegas, e, quando colocou a mão no local, seus dedos voltaram cheios de sangue.

Ele se deitou atrás da poltrona e recarregou a Magnum. Então, recarregou o Weatherbee. Levantou a cabeça e a abaixou de volta, encolhendo-se diante da ferocidade do fogo que veio na sua direção, balas atingindo o sofá, a parede e a tevê, fazendo a colcha rebolar. Levantou a cabeça novamente e atirou nas viaturas paradas do outro lado da rua. Estourou a janela de uma delas. E viu...

No começo da rua, uma caminhonete branca e uma van branca da Ford. Escritas em letras azuis nas laterais das duas havia as palavras:

WHML NOTÍCIAS
CANAL 9

Ofegante, ele engatinhou de volta para a janela que dava para o jardim lateral dos Upslinger. Os veículos do noticiário se arrastavam devagar e titubeantes pela Crestallen Street. De repente, uma nova viatura os ultrapassou em disparada e bloqueou o caminho deles com os pneus fumegantes. Um braço vestido de azul irrompeu da janela traseira da viatura e começou a acenar para que os jornalistas fossem embora.

Uma bala atingiu o parapeito da janela e saltou inclinada para dentro da sala.

Ele engatinhou de volta para a poltrona, segurando a Magnum com a mão direita cheia de sangue e gritou:

— Fenner!

O fogo diminuiu um pouco.

— *Fenner!* — gritou ele novamente.

— *Esperem!* — berrou Fenner. — *Parem! Parem um instante!*

Ouviram-se alguns tiros isolados e, então, silêncio.

— *O que você quer?* — gritou Fenner.

— *Os jornalistas! Eles estão lá atrás daqueles carros do outro lado da rua! Quero falar com eles!*

Fez-se uma pausa longa e contemplativa.

— *Não!* — respondeu Fenner.

— *Eu paro de atirar se puder falar com eles!* — Quanto àquilo, estava dizendo a verdade, pensou ele, olhando para o acumulador.

— *Não!* — gritou Fenner novamente.

Desgraçado, pensou ele, desamparado. Isso é tão importante assim para vocês? Para você, Ordner e todos os outros burocratas escrotos?

Os tiros começaram de novo, timidamente a princípio, mas ganhando força em seguida. Então, por incrível que parecesse, havia um homem de camisa xadrez vindo correndo pela calçada, segurando uma câmera portátil em uma das mãos.

— Eu ouvi isso! — gritou o homem de camisa xadrez. — Ouvi cada palavra! Escutei seu nome, meu chapa! Ele se ofereceu a parar de atirar e você...

Um policial saltou, dando um encontrão na cintura do homem de camisa xadrez, que se estatelou na calçada. Sua filmadora saiu voando até a sarjeta e, logo em seguida, três balas a esmigalharam em pedacinhos cintilantes. Um rolo de filme não exposto se desenrolou preguiçosamente dos destroços. Então, o fogo esmoreceu novamente, hesitante.

— *Fenner, deixe os jornalistas montarem o equipamento!* — berrou ele. Sua garganta parecia em carne viva e castigada, como todo o resto do seu corpo. Sua mão doía e uma dor profunda, latejante, começara a emanar de sua coxa.

— *Saia primeiro!* — gritou Fenner de volta. — *Vamos deixar você contar seu lado da história.*

A raiva o invadiu em uma onda vermelha diante daquela mentira deslavada.

— *EU ESTOU COM UMA ARMA GRANDE AQUI DENTRO, PORRA, E VOU COMEÇAR A ATIRAR EM TANQUES DE GASOLINA, SEU MERDINHA, E ISSO AQUI VAI VIRAR UM CHURRASCO DEPOIS QUE EU TERMINAR!*

Silêncio estupefato.

Então, com cautela, Fenner disse:

— O que você quer?

— Mandem o cara que vocês derrubaram para cá! Deixem a equipe de filmagem montar o equipamento.

— De jeito nenhum! Não vamos lhe dar um refém para você ficar brincando com a gente o dia inteiro!

Um policial veio correndo até o sedã verde inclinado, se agachou rente ao chão e desapareceu atrás dele. Houve uma confabulação.

Uma nova voz gritou:

— *Tem trinta homens atrás da sua casa, cara! Eles estão com escopetas! Saia ou eles vão entrar! Saia ou vamos mandá-los entrar!*

Hora de lançar o trunfo sujo dele.

— É melhor não! A casa inteira está cheia de explosivos. Olhe isso aqui.

Ele ergueu a garra vermelha até a janela.

— *Está vendo?*

— *Você está blefando!* — a voz gritou de volta, confiante.

— Se eu prender isto na bateria de carro que está do meu lado no chão, vai tudo pelos ares.

Silêncio. Mais confabulação.

— Ei! — alguém gritou. — Ei, segurem aquele cara! — Ele levantou a cabeça para olhar e lá estava vindo o homem de camisa xadrez e jeans, bem pelo meio da rua, sem nenhuma proteção, heroicamente convencido da importância da sua própria profissão, ou então louco. Ele tinha um cabelo preto longo que ia quase até o colarinho da camisa e usava um bigode preto fino.

Dois policiais começaram a correr de trás das viaturas paradas em V e desistiram quando ele mandou uma bala por cima de suas cabeças.

— Meu Deus, que zona! — gritou alguém de puro desgosto.

O homem de camisa xadrez já estava no gramado, chutando explosões de neve para cima. Algo zumbiu pela orelha de Bart, seguido de um estouro, e ele percebeu que ainda estava olhando por cima da poltrona. Ouviu a porta da frente sendo forçada e então o homem de camisa xadrez começou a esmurrá-la.

Ele se arrastou pelo chão, que já estava salpicado de brita e emboço que haviam sido arrancados das paredes. Sua perna direita doía como o diabo e, quando olhou para baixo, ele viu que a perna da sua calça estava manchada de sangue desde a coxa até o joelho. Ele girou a tranca da porta estraçalhada, soltando o ferrolho.

— Ok! — disse ele, e o homem de camisa xadrez irrompeu na sala.

De perto, ele não parecia assustado, embora estivesse muito ofegante. Havia um arranhão no seu rosto de quando o policial o derrubara e o braço esquerdo da sua camisa estava rasgado. Depois que o homem de camisa xadrez já estava lá dentro, ele se arrastou de volta até a sala de estar, apanhou o rifle e atirou às cegas duas vezes por cima da poltrona. Então se virou. O homem de camisa xadrez estava parado diante da porta, parecendo incrivelmente calmo. Ele havia tirado um bloco grande do bolso de trás.

— E então, cara — falou ele. — Que porra é essa?

— Qual o seu nome?

— Dave Albert.

— A van branca tem mais equipamento de filmagem?

— Tem.

— Vá até a janela. Diga à polícia para deixar a equipe de filmagem montar o equipamento no gramado dos Quinn. É a casa do outro lado da rua. Fale para eles que, se não estiver tudo pronto dentro de cinco minutos, você está encrencado.

— E eu estou?

— Sem dúvida.

Albert riu.

— Você não tem cara de quem consegue matar uma mosca, meu chapa.

— Diga a eles.

Albert andou até a janela quebrada da sala de estar e ficou enquadrado ali por um instante, obviamente saboreando o momento.

— *Ele está pedindo para minha equipe de filmagem montar o equipamento do outro lado da rua!* — gritou ele. — *Está dizendo que vai me matar se vocês não deixarem.*

— *Não!* — gritou Fenner de volta, furioso. — *Não, não, n...*

Alguém calou sua boca. Silêncio por um instante.

— *Tudo bem!* — Era a mesma voz que o havia acusado de blefar sobre os explosivos. — *Você vai deixar dois dos nossos homens irem até lá pegá-los?*

Ele pensou naquilo e assentiu para o repórter.

— Sim! — gritou Albert.

Houve uma pausa e então dois policiais uniformizados trotaram pouco à vontade até onde a van do jornal esperava, seu motor orgulhosamente ligado. No meio-tempo, mais duas viaturas tinham parado ali e, inclinando-se bastante para a direita, ele conseguia ver que o lado da Crestallen Street West que descia a colina tinha sido bloqueado. Havia uma grande multidão de pessoas parada atrás das barreiras amarelas.

— Ok — disse Albert, sentando-se. — Temos um minuto. O que você quer? Um avião?

— Avião? — repetiu ele como um idiota.

Albert sacudiu os braços, sem largar o bloco.

— Para sair voando, cara. Simplesmente sair voaaaaando.

— Ah. — Assentiu ele para mostrar que tinha entendido. — Não, não quero um avião.

— Então, o que você quer?

— Eu quero — disse ele, com cautela — ter apenas 20 anos com um monte de decisões para tomar novamente. — Então, viu a expressão nos olhos de Albert e falou: — Sei que é impossível. Não sou tão maluco assim.

— Você está ferrado.

— Estou.

— Isso é mesmo o que você falou? — Ele estava apontando para o pavio principal e o acumulador.

— É. O pavio principal passa por todos os quartos da casa. Pela garagem também.

— Onde arranjou o explosivo? — A voz de Albert era amigável, mas seus olhos estavam alertas.

— Encontrei na minha meia de Natal.

Ele riu.

— Ei, nada mal. Vou colocar na minha matéria.

— Tudo bem. Quando sair de volta, fale para todos aqueles policiais que é melhor eles se afastarem.

— Você vai explodir a si mesmo? — perguntou Albert. Ele parecia curioso, nada além disso.

— Estou considerando a possibilidade.

— Sabe de uma coisa, meu chapa? Você viu filmes demais.

— Já não vou muito ao cinema. Mas fui ver *O Exorcista*. Antes não tivesse ido. Como estão indo seus cinegrafistas lá fora?

Albert olhou pela janela.

— Bem. Temos mais um minuto. Seu nome é Dawes?

— Eles contaram para você?

Albert riu com desdém.

— Eles não me contariam que eu tenho câncer se soubessem. Eu li na campainha. Você se importaria de me contar por que está fazendo isso?

— Nem um pouco. Por causa da obra da auto-estrada.

— A extensão? — Os olhos de Albert ficaram mais brilhantes. Ele começou a escrever no seu bloco.

— Isso mesmo.

— Eles tomaram sua casa?

— Tentaram. Quem vai tomá-la sou eu.

Albert escreveu aquilo, então fechou o bloco e o enfiou de volta no bolso de trás.

— Isso é uma grande burrice, sr. Dawes. Espero que não se importe que eu diga isso. Por que não sai daqui comigo e pronto?

— Você já tem uma entrevista exclusiva — disse ele, enfadado. — O que está querendo, o prêmio Pulitzer?

— Se eles me dessem, eu aceitaria. — Ele abriu um sorriso radiante, então ficou sério. — Vamos, sr. Dawes. Saia daqui. Vou garantir que o seu lado da história seja contado. Eu vou...

— Não existe lado nenhum.

Albert franziu o cenho.

— Como é?

— Eu não tenho lado. É por essa razão que estou fazendo isso. — Ele olhou por cima da poltrona e viu uma teleobjetiva montada em cima de um tripé afundado na neve do gramado dos Quinn. — Agora vá embora. Diga para eles se afastarem.

— Você vai mesmo chutar o balde?

— Sinceramente, não sei.

Albert andou até a porta da sala de estar e então se virou.

— Eu conheço você de algum lugar? Por que tenho essa sensação de que já nos conhecemos?

Ele balançou a cabeça. Achava que nunca tinha visto Albert na vida.

Enquanto observava o jornalista voltar andando pelo seu gramado, um pouco enviesado para a câmera do outro lado da rua pegar seu lado bom, ele se perguntou o que Olivia estaria fazendo naquele exato segundo.

Esperou mais 15 minutos. O fogo tinha ficado mais pesado, porém ninguém atacou pelos fundos da casa. O objetivo principal dos tiros parecia ser dar cobertura para que eles recuassem para as casas do outro lado da rua. A equipe de filmagem continuou onde estava por um tempo, resistindo impassivelmente. Então a van branca foi até o gramado lateral dos Quinn e o homem atrás da câmera dobrou seu tripé, o colocou na traseira e voltou a filmar.

Algo preto e cilíndrico zuniu pelo ar, aterrissou no seu gramado mais ou menos no meio do caminho entre a casa e a calçada e começou a soltar gás. O vento o pegou, afastando-o pela rua abaixo em ranhuras esfarrapadas. Um segundo projétil aterrissou perto dali e então ele ouviu um baque no telhado. Sentiu o cheiro daquele último quando ele caiu na neve que cobria as begônias de Mary. Seu nariz e olhos se encheram de lágrimas de crocodilo.

Ele engatinhou depressa pela sala de estar novamente, pedindo a Deus que não tivesse falado nada para aquele jornalista, Albert, que pudesse ser mal interpretado como profundo. Aquele não era um bom lugar para deixar sua marca no mundo. Veja Johnny Walker, morrendo em um acidente sem sentido em um cruzamento. Para que ele morreu? Para que os lençóis fossem entregues? Ou então aquela mulher no supermercado. As putarias que você fazia nunca compensavam as sacanagens que os outros fizeram com você.

Ele ligou o aparelho de som, e ainda estava funcionando. O disco dos Rolling Stones ainda estava na bandeja e ele colocou na última faixa, errando o sulco pela primeira vez quando uma bala atingiu a colcha que cobria a tevê Zenith com um baque.

Quando acertou, os últimos compassos de *Monkey Man* desaparecendo no nada, ele engatinhou de volta para a poltrona virada e jogou o rifle pela janela. Pegou a Magnum e a atirou para fora em seguida. Adeus, Nick Adams.

You can't always get what you want[19], cantava o aparelho de som, e ele sabia que aquilo era verdade. Porém, isso não o impedia de querer. Uma bomba de gás lacrimogêneo entrou descrevendo um arco pela janela, bateu na parede em cima do sofá e explodiu em uma nuvem branca.

But if you try sometimes, you might find,
You get what you need.[20]

Bem, vamos ver, Fred. Ele tomou a garra vermelha na sua mão. Vamos ver se eu vou conseguir o que preciso.

— Ok — murmurou ele, enfiando a garra vermelha no pólo negativo da bateria.

Ele fechou os olhos e seu último pensamento foi que o mundo não estava explodindo ao seu redor, mas sim dentro dele, e embora a explosão tivesse sido cataclísmica, não foi maior do que, digamos, uma noz de tamanho considerável.

E então, branco.

Epílogo

A equipe jornalística da WHML ganhou um prêmio Pulitzer pela cobertura do que chamaram de "A Batalha Final de Dawes" no jornal da noite e por um documentário de meia hora apresentado três semanas depois. O documentário foi chamado de *A Auto-estrada* e examinava a necessidade — ou a falta de necessidade — da extensão 784. Ele revelou que um dos motivos que levaram a estrada a ser construída não tinha nada a ver com o comportamento do tráfego, a comodidade de quem depende do transporte público ou qualquer outra questão de natureza prática. A Prefeitura precisava construir determinada quilometragem de estradas por ano ou começaria a perder dinheiro do governo para

---

[19] Você nem sempre consegue o que quer. (N. do T.)
[20] Mas se tentar de vez em quando, talvez descubra/ Que pode conseguir o que precisa. (N. do T.)

qualquer obra intermunicipal. Então, a cidade decidiu construí-la. O documentário também revelou que a Prefeitura estava dando entrada na surdina em uma ação judicial contra a viúva de Barton George Dawes para recuperar o máximo possível do seu dinheiro. Os protestos que se seguiram fizeram-na retirar a ação.

Fotografias do desastre foram veiculadas pela Associated Press e publicadas na maioria dos jornais do país. Em Las Vegas, uma jovem que havia acabado de se matricular em uma escola de administração viu as fotografias durante seu horário de almoço e desmaiou.

Apesar do que foi mostrado e escrito, a obra da extensão prosseguiu e foi concluída 18 meses depois, antes do prazo. Àquela altura, a maioria dos habitantes da cidade tinha se esquecido do documentário e a equipe jornalística local, incluindo o jornalista ganhador do Pulitzer, David Albert, partira para outras histórias e cruzadas. No entanto, poucos dos que assistiram à transmissão da matéria original no jornal da noite se esqueceram daquilo, lembrando-se do episódio mesmo depois de os fatos que o cercavam se tornarem confusos em suas mentes.

A matéria mostrava uma casa branca simples, de dois andares, com uma entrada para carros asfaltada à direita que conduzia a uma garagem para um veículo só. Uma casa bonita, porém totalmente comum. Não era do tipo que você viraria o pescoço para olhar se estivesse fazendo um passeio de domingo. Contudo, na filmagem, a janela panorâmica está estilhaçada. Duas armas, um rifle e uma pistola, saem voando de dentro dela e caem na neve. Por um instante, vemos a mão de quem as atirou, os dedos erguidos, frouxos, como os de um homem que estivesse se afogando. Em seguida, vemos fumaça branca soprando em volta da casa. Gás de pimenta, ou lacrimogêneo, ou algo do gênero. Então, há uma erupção imensa de chamas laranja e as paredes parecem inflar para fora numa curvatura impossível, como em um desenho animado; uma detonação vem em seguida e a câmera treme um pouco, como se estivesse horrorizada. Com o canto do olho, o espectador percebe que a garagem foi destruída em uma única explosão arrasadora. Por um instante, parece (e os *replays* em câmera lenta provam que a impressão registrada numa fração de segundo pelo olhar está correta) que o telhado da casa decolou das suas abas como um foguete para Saturno. Então, a casa inteira explode para fora e para cima: telhas voando; pedaços de madeira lançados para o alto e então voltando para o solo; algo que parece uma colcha rodopiando preguiçosamente no ar como um tapete mágico, à medida que destroços tamborilam no chão em batuque estrondoso, em contraponto.

Uma quietude se instala.

Então, o rosto chocado, transbordando lágrimas, de Mary Dawes preenche a tela; ela observa a cena com uma perplexidade entorpecida e aterrorizada enquanto uma floresta de microfones é enfiada no seu rosto, e nós somos trazidos de volta ilesos ao âmbito das coisas humanas novamente.

A Importância de Ser Bachman

por Stephen King

Esta é minha segunda introdução aos chamados Livros de Bachman — expressão que passou a significar (pelo menos na minha cabeça) os primeiros romances publicados com o nome de Richard Bachman, aqueles que saíram em brochura como originais não anunciados, sob o selo da Signet. Minha primeira introdução não foi muito boa; para mim, soa como um caso clássico de obscurecimento do autor. Mas isso não surpreende. Quando ela foi escrita, o *alter ego* de Bachman (eu, em outras palavras) não estava no que eu chamaria de um estado de ânimo contemplativo ou analítico; na verdade, eu me sentia roubado. Bachman não foi criado como um pseudônimo de curto prazo; era para existir até o fim, e, quando meu nome apareceu associado ao dele, fiquei surpreso, aflito e fulo da vida. O que não é um estado conducente à redação de bons ensaios. Desta vez, talvez eu me saia um pouco melhor.

A coisa mais importante que posso dizer sobre Richard Bachman, provavelmente, é que *ele se tornou real.* Não de todo, é claro (disse ele, com um sorriso nervoso); não escrevo isto num estado delirante. Só que... bem... talvez escreva. Afinal, a fantasia é algo que os escritores de ficção procuram estimular em seus leitores, pelo menos durante o tempo em que o livro ou o conto está aberto diante deles, e o autor não fica propriamente imune a esse estado de... como devo chamá-lo? Que tal "fantasia dirigida"?

Seja como for, Richard Bachman não começou sua carreira como uma fantasia, mas como um lugar protegido em que eu podia publicar alguns trabalhos iniciais de que achava que os leitores poderiam gostar. Depois, ele começou a crescer e ganhar vida, como tantas vezes fazem as criaturas nascidas da imaginação de um escritor. Comecei a imaginar sua vida de produtor de laticínios... sua mulher, a bela Claudia Inez Bachman... suas manhãs solitárias em New Hampshire, ordenhando as vacas, entrando no bosque e pensando em suas histórias... as noites que ele passava escrevendo, sempre com um copo de uísque ao lado de sua máquina Olivetti. Certa vez conheci um escritor que dizia que seu conto ou romance atual estava "engordando", quando as coisas corriam bem. Exatamente do mesmo modo, meu pseudônimo literário começou a engordar.

Depois, quando foi desmascarado, Richard Bachman morreu. Fiz pouco disso, no punhado de entrevistas que me senti obrigado a conceder sobre o assunto, dizendo que ele morrera de câncer do pseudônimo; na verdade, porém, foi o choque que o matou: o reconhecimento de que algumas pessoas simplesmente se recusam a nos deixar em paz. Dito em termos mais grosseiros (porém nada inexatos), Bachman era o lado vampiro de minha vida, morto pelo sol da revelação. Meus sentimentos a respeito disso tudo foram suficientemente confusos (e suficientemente *férteis*) para fazer surgir um livro (um livro de Stephen King, bem entendido), *A Metade Negra*. Era sobre um escritor cujo pseudônimo, George Stark, realmente ganha vida. É um romance que minha mulher sempre detestou, talvez porque, para Thad Beaumont, o sonho de ser escritor suplanta a realidade de ser homem; para Thad, o pensamento fantasioso domina por completo a racionalidade, com conseqüências pavorosas.

Mas eu não tinha esse problema. Verdade. Pus Bachman de lado e, embora lamentasse ter de matá-lo, estaria mentindo se não dissesse que também senti um certo alívio.

Os livros desta antologia foram escritos por um rapaz enraivecido, cheio de energia e profundamente apaixonado pela arte e pelo ofício de escrever. Não foram escritos como livros de Bachman em si (afinal, Bachman ainda não fora inventado), mas num estado de ânimo bachmaniano: raiva surda, frustração sexual, um bom humor louco e um desespero fervilhante. Ben Richards, o protagonista magrelo e pré-tuberculoso de *O Concorrente* (mais ou menos tão distante quanto se poderia ser do personagem de Arnold Schwarzenegger no filme), atira seu avião seqüestrado contra o arranha-céu dos Jogos da Rede e se mata, mas leva com ele centenas (talvez milhares) de executivos da GratuiTV; essa é a versão de final feliz de Richard Bachman. Os desfechos dos outros romances bachmanianos são ainda mais lúgubres. Stephen King sempre entendeu que os mocinhos nem sempre levam a melhor (ver *Cão Raivoso*, *O Cemitério* e, quem sabe, *Christine*), mas também sempre compreendeu que, na maioria das vezes, eles vencem. Todos os dias, na vida real, os mocinhos vencem. Essas vitórias quase nunca são noticiadas (HOMEM CHEGA A SALVO DO TRABALHO MAIS UMA VEZ não venderia muitos jornais), mas mesmo assim são reais... e a ficção deve refletir a realidade.

No entanto...

No primeiro rascunho de *A Metade Negra*, fiz Thad Beaumont citar Donald E. Westlake, um escritor engraçadíssimo que assinara uma série de romances policiais muito sombrios com o nome de Richard Stark. Solicitado a explicar a dicotomia entre Westlake e Stark, o autor em questão disse, certa vez: "Escrevo histórias de Westlake nos dias ensolarados. Quando chove, sou Stark." Acho que isso não entrou na versão final de *A Metade Negra*, mas sempre gostei da idéia (e me *identifiquei* com ela, como virou moda dizer). Bachman — uma criação ficcional que se tornou mais real para mim a cada livro publicado com seu nome — era o tipo do sujeito para dias chuvosos, se é que algum dia houve alguém assim.

Os bons sujeitos quase sempre saem ganhando, a coragem geralmente vence o medo, o cachorro da família quase nunca contrai raiva; essas são coisas que eu sabia aos 25 anos e que ainda sei agora, aos 25 x 2. Mas sei também uma outra coisa: há na maioria de nós um lugar em que a chuva é muito constante, as sombras são sempre grandes e os bosques são repletos de monstros. É bom dispor de uma voz em que seja possível articular os horrores desse lugar e descrever parcialmente sua geografia, sem negar o sol e a claridade que enchem uma parte muito grande de nossa vida comum.

Em *A Maldição do Cigano*, Bachman falou pela primeira vez como ele mesmo — foi o único dos primeiros romances bachmanianos que teve seu nome no rascunho inicial, em vez do meu —, e me pareceu realmente injusto que, no exato momento em que ele começava a falar com sua própria voz, tivesse de ser confundido comigo. E a sensação foi exatamente a de um erro, porque, àquela altura, Bachman se tornara uma espécie de id para mim; dizia as coisas que eu não podia dizer, e a idéia dele, lá em sua produção de laticínios em New Hampshire — não como um autor campeão de vendas que tem seu nome incluído numa lista idiota qualquer da revista *Forbes*, composta de artistas ricos demais para seu próprio bem, ou cujo rosto aparece no programa *Today* ou faz participações especiais em filmes —, a idéia de Bachman, dizia eu, calmamente escrevendo seus livros, dava-lhe permissão para pensar de um jeito que eu não podia pensar e falar de um modo que eu não podia falar. E aí saíram aquelas matérias noticiando que "Bachman é realmente King", e não houve ninguém — nem mesmo eu — para defender o morto, ou para assinalar o óbvio: que King também era realmente Bachman, ao menos durante parte do tempo.

Injustiça, pensei na época, e injustiça, penso agora, mas às vezes a vida nos pisoteia um pouquinho, só isso. Resolvi tirar Bachman de meus pensamentos e de minha vida, e foi o que fiz, durante vários anos. E então, quando estava escrevendo um romance (um romance de *Stephen King*) chamado *Desespero*, de repente Richard Bachman ressurgiu em minha vida.

Na época, eu trabalhava com um editor de texto Wang especial, que parecia o visifone de um antigo seriado de Flash Gordon. Ele tinha como par uma impressora a laser ligeiramente mais avançada, e, vez por outra, quando me ocorria uma idéia, eu escrevia uma frase ou um suposto título num pedaço de papel e o prendia com fita adesiva na lateral da impressora. Quando ia me aproximando da marca dos 3/4 de *Desespero*, peguei um papel com uma única palavra escrita: JUSTICEIROS. Eu tivera uma grande idéia para um romance, algo que tinha a ver com brinquedos, armas, televisão e bairros residenciais. Não sabia se iria escrevê-lo algum dia — uma porção daquelas "notas da impressora" nunca dava em nada —, mas com certeza era uma boa coisa em que pensar.

E então, num dia chuvoso (um dia no estilo Richard Stark), quando entrava em minha garagem, tive uma idéia. Não sei de onde veio; era totalmente desvinculada de qualquer das banalidades que tropeçavam por minha cabeça na época. A idéia foi pegar os personagens de *Desespero* e colocá-los em *Os Justiceiros*. Em alguns casos, pensei, eles poderiam fazer o papel das mesmas pessoas; noutros, mudariam; em nenhum dos dois casos fariam as mesmas coisas ou reagiriam das mesmas maneiras, porque as histórias diferentes ditariam cursos de ação diferentes. Seria, pensei com meus botões, como os integrantes de uma companhia teatral de repertório fixo, atuando em duas peças diferentes.

Aí me ocorreu uma idéia ainda mais empolgante. Se eu podia usar o conceito da companhia teatral com os *personagens*, também poderia usá-lo com a própria trama — poderia superpor uma porção de elementos de *Desespero* numa configuração totalmente nova e criar uma espécie de mundo especular. Antes mesmo de começar, eu sabia que muitos críticos chamariam esse emparelhamento de truque para chamar atenção... e não estariam exatamente errados. Mas poderia ser um bom truque, pensei. Talvez até um truque esclarecedor, que servisse de mostruário do vigor e da versatilidade de uma história, de sua capacidade quase ilimitada de adaptar alguns elementos básicos a variações infindavelmente agradáveis, de seu encanto travesso.

Mas os dois livros não poderiam *soar* exatamente iguais e não poderiam *significar* a mesma coisa, não mais do que uma peça de Edward Albee e uma de William Inge podem ter o mesmo som e significado, ainda que sejam encenadas em noites sucessivas pela mesma companhia teatral. De que modo eu poderia criar uma voz diferente?

A princípio, achei que não poderia, e que seria melhor destinar a idéia à caixa Rube Goldberg[21] que guardo no fundo da mente — aquela que tem a inscrição ENGENHOCAS INTERESSANTES, MAS INVIÁVEIS. Ocorreu-me então que eu soubera a resposta o tempo todo: Richard Bachman poderia escrever *Os Justiceiros*. Sua voz soava superficialmente igual à minha, mas havia por baixo um mundo de diferenças — toda a diferença que há entre o sol e a chuva, digamos. E sua visão das pessoas era sempre diferente da minha, a um tempo mais engraçada e mais impiedosa (Bart Dawes, em *A Auto-estrada*, meu favorito entre os primeiros livros de Bachman, é um exemplo excelente).

---

[21] Alusão a Reuben ("Rube") Lucius Goldberg (1883-1970), cartunista norte-americano que encantava os leitores com desenhos de engenhocas que usavam meios complicados para fazer coisas muito simples. (N. da T.)

É claro que Bachman estava morto, eu mesmo havia anunciado isso, mas a morte, na verdade, é um problema pequeno para um romancista — perguntem a Paul Sheldon, que ressuscitou Misery Chastain para Annie Wilkes, ou a Arthur Conan Doyle, que trouxe Sherlock Holmes de volta das cataratas de Reichenbach, quando os fãs de todo o império britânico clamaram por ele. De qualquer modo, não ressuscitei Richard Bachman dos mortos, propriamente; apenas visualizei uma caixa de manuscritos esquecidos em seu porão, com *Os Justiceiros* no alto da pilha. E assim, transcrevi o livro que Bachman já tinha escrito.

Essa transcrição foi um pouco mais difícil... mas também viria a ser imensamente revigorante. Foi maravilhoso ouvir de novo a voz de Bachman, e o que eu esperava que pudesse acontecer *aconteceu*: surgiu um livro que era uma espécie de gêmeo fraterno do que eu escrevera com meu próprio nome (e os dois foram literalmente escritos em cadeia, com o livro de King terminando num dia e o de Bachman começando no dia seguinte). Eram tão pouco parecidos quanto os próprios King e Bachman. *Desespero* tem a ver com Deus; *Os Justiceiros* é sobre a televisão. Acho que isso faz ambos referirem-se a forças superiores, mas, de qualquer modo, muito diferentes.

A importância de ser Bachman sempre foi a importância de encontrar uma boa voz e um ponto de vista válido que fossem um pouquinho diferentes dos meus. Não *realmente* diferentes: não sou tão esquizóide a ponto de acreditar nisso. Mas creio, sim, que existem truques que todos nós usamos para mudar de perspectiva e de percepção — para nos vermos renovados, usando roupas diferentes e penteando o cabelo em estilos diferentes —, e que esses truques podem ser muito úteis, podem ser um modo de revitalizar e renovar antigas estratégias para viver a vida, observar a vida e criar arte. Nenhum destes comentários pretende sugerir que eu tenha feito algo de grandioso nos livros de Bachman, e eles decerto não foram escritos como argumentos em defesa do mérito artístico. Mas gosto demais do que faço para querer ficar com um texto batido, se puder evitá-lo. Bachman foi uma forma pela qual tentei renovar meu ofício e me impedir de ficar excessivamente refestelado e acomodado.

Esses primeiros livros mostram uma certa progressão da *persona* de Bachman, espero, e espero que também mostrem a essência dessa *persona*. Sombrio no tom, desesperado até quando ri (desesperado *principalmen-*

te quando ri, na verdade), Richard Bachman não é um sujeito que eu desejasse ser o tempo todo, mesmo que ele ainda *estivesse* vivo... mas é bom ter essa opção, essa janela para o mundo, por mais polarizada que seja. Entretanto, à medida que o leitor ou a leitora for abrindo caminho por essas histórias, é possível que descubra que Dick Bachman tem uma coisa em comum com o *alter ego* de Thad Beaumont, George Stark: não é muito bom sujeito.

E eu me pergunto se haverá outros bons manuscritos, concluídos ou quase concluídos, na caixa encontrada pela viúva Bachman no porão de sua fazenda em New Hampshire.

Às vezes, penso *muito* nisso.

— Stephen King

Lovell, Maine
16 de abril de 1996

1ª EDIÇÃO [2009] 3 reimpressões

ESTA OBRA FOI COMPOSTA PELA ABREU'S SYSTEM EM ADOBE GARAMOND
E IMPRESSA EM OFSETE PELA LIS GRÁFICA SOBRE PAPEL PÓLEN SOFT
DA SUZANO S.A. PARA A EDITORA SCHWARCZ EM JUNHO DE 2021

A marca FSC® é a garantia de que a madeira utilizada na fabricação do papel deste livro provém de florestas que foram gerenciadas de maneira ambientalmente correta, socialmente justa e economicamente viável, além de outras fontes de origem controlada.